Ines Thorn wurde 1964 in Leipzig geboren. Nach einer Lehre als Buchhändlerin studierte sie Germanistik, Slawistik und Kulturphilosophie. Sie lebt und arbeitet in Frankfurt am Main. Bei rororo sind bereits ihre historischen Romane «Die Pelzhändlerin» (rororo 23762), «Die Silberschmiedin» (rororo 23857), «Die Wunderheilerin» (rororo 24264) und «Unter dem Teebaum» (rororo 24484) erschienen, außerdem die historischen Kriminalromane der Reihe «Die Verbrechen von Frankfurt»: «Galgentochter» (rororo 24603), «Höllenknecht» (rororo 24942) und «Totenreich» (rororo 25371).

«Die Kaufherrin» ist nach «Die Kaufmannstochter» (rororo 24766) und «Die Tochter des Buchdruckers» (rororo 25363) Teil drei der großen Saga um die Frankfurter Kaufmannsdynastie Geisenheimer.

Ines Thorn

Die Kaufherrin

Historischer Roman

Rowohlt Taschenbuch Verlag

Veröffentlicht im Rowohlt Taschenbuch Verlag,
Reinbek bei Hamburg, Mai 2012

Umschlaggestaltung any.way, Cathrin Günther,
nach dem Original der Verlagsgruppe Weltbild
(Gestaltung: zeichenpool, München,
Abbildung: Getty Images; © Jacques Linard, © Moses Haughton)
Satz Adobe Garamond PostScript, InDesign,
bei Pinkuin Satz und Datentechnik, Berlin
Druck und Bindung CPI – Clausen & Bosse, Leck
Printed in Germany
ISBN 978 3 499 25877 0

MIX
Papier aus verantwortungsvollen Quellen
FSC® C083411
FSC
www.fsc.org

Das für dieses Buch verwendete FSC®-zertifizierte Papier
Pamo Super liefert Arctic Paper Mochenwangen, Deutschland.

1

Frankfurt, im Jahr 1791

Theda Geisenheimer, geborene von Eisenberg, saß im blauen Salon und betrachtete ihr Gesicht im Handspiegel. Die Weihnachtstage waren gerade vorüber und hatten ihre Spuren hinterlassen. Die Schatten unter ihren Augen hatten sich ausgebreitet, und wie es schien, saßen rings um ihre Lider neue Fältchen. Sie seufzte und legte den Spiegel zurück auf die Kommode. »Nie hätte ich gedacht, Theodor Geisenheimer, dass du mir noch aus dem Grabe heraus ein Bein stellst.« Theda schüttelte den Kopf. Ihr Blick fiel auf einen Brief, den der Bote ausgerechnet heute, am Heiligen Abend, gebracht hatte. Er trug das Sigel des Landgrafen von Hessen-Homburg und war im Auftrag des Kaisers geschrieben.

Theda stand auf. Der lange Rock ihres Kleides raschelte bei jedem Schritt. Sie nahm den Brief und überflog wieder die Zeilen. Das ist doch nichts als Hohn, dachte sie und rümpfte verächtlich die Nase. »Sehr geehrte Madame Geisenheimer«, las sie. »Wir bedauern unendlich, Sie und Ihre Familie nach dem plötzlichen Tode Ihres Gatten nun nicht mehr in den Adelsstand erheben zu können, da diese hohe

Ehre so eng mit der Person und den Verdiensten des teuren Verblichenen verknüpft war.«

Verärgert knüllte Theda den Briefbogen zusammen und warf ihn in die Flammen. »Das ist bezeichnend«, zischte sie. »Bezeichnend für dich und deine ganze bäurische Brut. Meine ganze eheliche Liebe habe ich auf dein Wohlergehen gerichtet. Und du? Wirst erst wunderlich, dass ich die ganze Last des Handelshauses allein tragen muss, und stirbst dann auch noch vor der Zeit, sodass der Kaiser sein Wort nicht zu halten braucht. Und wie stehe ich jetzt da? Nichts ist es mit dem Adelsstand. Nicht einmal Freifrau darf ich mich nennen, obwohl mir dieser Titel von Geburt an zusteht. Schande über dein Grab!«

Im Spiegel sah ihr das eigene Gesicht entgegen, umrahmt von kurzem Grauhaar. Nein, so sah eine Grande Dame sicher nicht aus. Die pflegte ihre Locken. Aber was hätte ich denn tun sollen?, dachte sie. Als ich immer mehr auch im Kontor nach dem Rechten schauen musste, weil mein Theodor dort nur noch Unfug anrichtete, als ich zwischen Haushalt, Kindererziehung und Geschäft nicht mehr wusste, wo mir der Kopf stand, hatte ich einfach nicht mehr die Zeit für dreihundert Bürstenstriche am Abend. Und schon gar nicht mehr die Kraft. Also habe ich eben die Schere genommen, und gut war's. Eine Frau von meinem Stand geht doch sowieso nicht ohne Dormeuse auf dem Kopf aus ihrem Zimmer. Und wie es darunter aussieht, unter der Haube, das geht nur noch mich etwas an. Aber grau bin ich geworden. Vor der Zeit. Wegen dir, Theodor.

Unwillig griff sie nach ihrem Haar, zog es durch die Finger. Weich ist es, dachte sie überrascht, weich wie Kükenflaum. Nachdenklich strich Theda eine Strähne aus der hohen Stirn. Diese Falten, dachte sie, wie mit dem Lineal gezogen. Ich bin alt geworden. Aber meine Augen leuchten immer noch wie ein Novemberhimmel. Mehr grau als blau, als wäre der erste Nachtfrost schon da. Sie rieb sich über den Nasenrücken. Ach ja, der Silhouettenschneider hat es da einfach. Schnipp, schnapp, ein spitzkantiges Dreieck, fertig. Mit meinen Lippen muss er sich da schon mehr Mühe geben. Immer noch. Auch wenn sie nicht mehr so voll sind wie früher. Und dass die Mundwinkel gesackt sind, das sieht man im Scherenschnitt ja nicht. Aber hier im Spiegel? Gramselig. Gramselig siehst du aus, Theda. Sie straffte die Schultern und schob die Lippen ein wenig vor.

Immer noch war aus der scharfkantigen keine weiche Frau geworden, doch nun ging eine, wenn auch strenge, Anmut von ihr aus.

Vom Hof tönten Stimmen herauf. Theda erkannte das helle Lachen ihrer Tochter. Rasch setzte sie ihre Dormeuse auf und trat zum Fenster. Durch die kleinen Scheiben sah sie zunächst nur einige Auflader und Lagerarbeiter. Die lehnten grinsend an der Mauer, die Hände in den Taschen oder unter die Achseln gesteckt. Ihr Atem stand in dichten Wolken vor ihnen in der kalten Luft, während sich ihnen Schneeflocken ins Haar und auf die Jacken aus grobem Stoff setzten.

»Die Kerle sollen nicht rumstehen, sondern den Weizen einlagern«, schimpfte Theda vor sich hin. »Soll die Ware etwa nass werden und schimmeln?«

Ein Fuhrwerk rumpelte auf den Hof und verdeckte für einen Augenblick die Sicht. Doch gleich darauf entdeckte

Theda ihre Tochter. Friederike schwatzte im Hof mit der Magd. Ihre Wangen glühten. Sie hatte die pelzverbrämte Kapuze abgeworfen und ließ den Schnee in ihrem Haar nisten. Jetzt lachte sie auch noch! Mit weit zurückgeworfenem Kopf und offenem Mund!

Theda riss das Fenster auf: »Friederike! Du kommst zu mir in den Salon. Auf der Stelle!«

Das Mädchen zuckte zusammen. »Ja, Maman«, hauchte sie, aber Theda hörte sie trotzdem.

»Und du, Trine, was treibst du auf dem Hof? Hast du dich um den Weihnachtsbaum in der Halle gekümmert?«

Die junge Dienstbotin riss die Augen auf und knickste. »Jawohl, Madame!«

»Sind die Kugeln poliert? Das Silberzeug geputzt? Nicht dass es heißt, wir verstünden uns aufs Weihnachten nicht ebenso gut wie die Goethesche!«

Die Magd antwortete nicht, sondern raffte die Röcke und stürzte ins Haus, Friederike hinterher.

Gerade wollte sie das Fenster zuschlagen, als Stefan den Hof betrat. Ihr Sohn trug einen alten Militärmantel und kam wohl gerade aus der Stadt. Theda sah, wie er sich anschickte, die blau-weiß-rote Kokarde vom Jackenaufschlag zu nehmen. Mein kleiner Jakobiner, dachte sie, die Revolution da drüben bei den Franzosen, die hat es dir angetan. Theda lächelte, doch dann spannten sich ihre Züge wieder an. Stefan ließ die Kokarde stecken, straffte die Schultern und schritt wie ein Gardeoffizier über den Hof, hinüber zu den Arbeitern. Dort ließ er zwei Auflader ein Fass in die Mitte rollen und aufstellen. Endlich stieg er hinauf und breitete die Arme aus.

Theda öffnete das Fenster erneut und beugte sich ein wenig vor. Was mochte ihr Sohn den Leuten zu verkünden haben? Sie wischte sich ein paar Schneeflocken von der Nase und schnaubte. Was war so wichtig, die Männer von der Arbeit abzuhalten? »Bürger und Brüder«, hörte sie ihren Sohn rufen. Die Arbeiter, die faul an der Hauswand herumlungerten, stießen sich ab und traten näher. Ein Lehrbub verschwand im Kontor, Theda hörte ihn rufen. »Schnell, der junge Herr hält wieder eine Rede!«

Sogleich öffneten sich die Türen der Lager und Speicher. Die Leute drängten auf den Hof, blickten erwartungsvoll zum Fass in der Hofmitte. Einige lachten. Theda sah auch die Trine wieder mittendrin, auf der weißen Haube ein paar Tannennadeln. »Bürger und Brüder«, rief Stefan erneut. »Lasst euch nicht länger eurer Rechte berauben! Macht es wie die Franzosen! *Fraternité, égalité, liberté …*«

Theda schlug das Fenster mit einem lauten Knall zu, raffte die Röcke und stürzte die Treppe hinab. »Aus dem Weg«, fuhr sie die Küchenmagd an. Mit Schwung riss sie die Tür auf, hastete ungeachtet des Schneematsches über den Hof, stieß Auflader und Arbeiter zur Seite und war endlich am Fass angelangt. »Komm sofort da runter!«, zischte sie ihren Sohn an. Der aber kümmerte sich nicht um sie. »Bürger und Brüder«, schrie er in die Menge, »Gott hat alle Menschen nach seinem Bild geschaffen, also sollten für alle auch die gleichen Rechte gelten.«

»Flausen, nichts als Flausen!«, stellte Theda klar. Dann zerrte sie ihren Sohn vom Fass und versetzte ihm vor allen Leuten eine Maulschelle, dass ihm die rote Jakobinermütze vom Kopf flog.

»Und ihr, schert euch an eure Arbeit. Aber hurtig. Wen ich in einer Minute noch hier sehe, der kann seine Weihnachtsgabe in den Kamin schreiben!«

Sofort duckten sich die Leute und suchten mit leisem Gemurmel das Weite.

»Und du, Freundchen, kommst mit mir!«

»Mutter, das kannst du nicht …«, zeterte Stefan und versuchte, ihrem eisenharten Griff zu entkommen.

»Was kann ich nicht?« Theda ließ ihren Sohn los, sodass er in den Schnee fiel, und stemmte die Hände in die Hüften. »Zulassen, dass du uns vor allen hier lächerlich machst? Da hast du recht. Und jetzt komm!«

Sie drehte sich um und stapfte durch den Schnee, dass der Matsch nur so spritzte. Stefan, plötzlich allein auf dem Hof, hob seine Mütze auf und drehte sie in den Händen. Die Jakobinermütze, das Zeichen der Revolution, über und über mit Schneematsch bedeckt. Er fluchte leise vor sich hin. In seinen Augen glimmte wildes Feuer, und die Blicke, die er seiner Mutter hinterherschickte, hätten Eisblöcke zum Schmelzen bringen können.

Theda hatte bereits andere Sorgen. Missbilligend betrachtete sie ihre Tochter. »Warum ist dein Gesicht so gerötet?«

»Ich bin schnell gelaufen.«

»Papperlapapp. Eine Dame läuft nicht. Das ist für die Dienstboten. Dein Gesicht ist gerötet, weil du wieder bei Wind und Wetter draußen warst wie ein Straßenkind.«

Friederike schluckte.

»Und überhaupt«, fuhr ihre Mutter fort, »du bist kein Kind mehr. Du bist bald fünfzehn Jahre alt. Höchste Zeit, dass du mehr auf dein Äußeres achtest. Es geht nicht an, dass die Tochter der Geisenheimer herumläuft und sich gibt wie eine gewöhnliche Weibsperson.«

Bei diesem Wort zuckte Friederike zusammen. »Ich … ich«, stammelte sie.

»*Was* ich?«

»Ich möchte gern ein Frauenzimmer werden wie du«, hauchte sie.

Theda seufzte. »Und wie soll das vonstatten gehen? Ich bin ein Frauenzimmer, ja, hochwohlgeboren und seit zwanzig Jahren meines Titels beraubt. Leider Gottes hat sich in dir das Krämerische der Geisenheimerfamilie festgesetzt. Geh mal drei Schritte.«

Friederike tat, wie ihr geheißen.

»Nein, mein Gott, doch nicht so! Kopf hoch, Schultern straff und zurück. Anmut! Anmut! Herrgott, ist das denn so schwer!«

Sie klopfte ihrer Tochter auf den Rücken, zerrte an den Schultern und drückte ihr schließlich das Kinn nach oben. Die stand steif da, bis Theda seufzend die Hände sinken ließ. »Ich glaube, aus dir wird nie eine Dame von Stand mit guten Manieren und Sitten. Wenn du Glück hast, reicht es mit viel Üben vielleicht zur Frauensperson. Eine bloße Handwerkersgattin. Bis jetzt aber bist du nur eine Weibsperson, nicht besser als die, die auf dem Markt Eier und Fische verkaufen.«

Friederikes Augen füllten sich mit Tränen. Kläglich sah sie ihre Mutter an. Die seufzte noch einmal vernehmlich und tätschelte dann ihrer Tochter die Schulter. »Na ja, vielleicht platzt ja eines Tages doch noch der Knoten bei dir.

Bis zum Silvesterball müssen jedenfalls deine Sommersprossen verschwunden sein.«

Friederike griff sich an die Nase, als könne sie jeden einzelnen der braunen Punkte dort spüren.

»Weißhäutig ist eine Frau von Stande, hörst du, weißhäutig. Ihre Haut ist wie frisch geschlagene Sahne. Diese … diese Sommersprossen, diese Teufelsschisse, die stehen vielleicht drallen Bauernmädchen, aber keiner Enkelin des Freiherrn von Eisenberg.« Theda schob ihre Tochter ans Fenster, um sie genauer zu betrachten. Friederike war nicht ganz so groß wie Theda selbst, hatte aber die blauen Augen der Geisenheimer, dazu deren dünnes Blondhaar. Von den Eisenbergs hatte sie lediglich die zarte Nase und den herzförmigen Mund. Alles in allem, fand Theda, war ihre Tochter weder hübsch noch hässlich. Nun, sie hatte schon von einigen gehört, die Friedrike niedlich fanden. Aber was hieß das schon? Jede kleine Wäscherin war niedlich.

»Hmm, wir werden sie jedenfalls *›éphélides‹* nennen, deine Sommersprossen. Dann klingen sie wenigstens elegant, wenn sie schon nicht so aussehen. Hast du verstanden?«

Friederike nickte.

»Gut. Dann werden wir sogleich ein neues Mittel gegen diese vertrackten *éphélides* ausprobieren. Es ist mit der Post gekommen, direkt aus Paris.« »Aber Maman, ich wollte heute mit den anderen Schülerinnen aus Madame Duponts Französischem Institut auf die Eisbahn gehen«, wagte Friederike einen vorsichtigen Einwand.

»Flausen!«, lautete Thedas Meinung dazu. »Es gibt Wichtigeres, als dass du Ungeschick dich vor allen Leuten zum Narren machen müsstest.«

Theda wartete nicht auf eine Erwiderung ihrer Tochter, sondern nahm ein eckiges Gefäß vom Kaminsims. »Hier, das ist das Wundermittel.«

Friederike betrachtete es misstrauisch. Auf einer Seite waren die Worte: *»Candes & Cie, Lait contre les éphélides, Paris«* zu lesen, auf der anderen Seite die Namen einiger Chemikalien. Friederike, die seit drei Jahren das Institut von Madame Dupont besuchte, erkannte die Worte wieder. Ammoniak, Chlor und Schwefelsäure, Blei, Eisen, Kalk und Natron … Madame legte sehr viel Wert darauf, ihren jungen Zöglingen nicht nur ein paar französische Konversationsbrocken beizubringen, sie sparte auch nicht an Ratschlägen für einen schönen Teint. Und so hatte Friederike ganz nebenher ein beachtliches Wissen an chemischen Fachwörtern gewonnen.

»Warum starrst du so lange darauf?«, fragte Theda barsch und nahm ihr die Flasche aus den Händen.

»Da!« Friederike deutete mit dem Finger. »Dort klebt die Anleitung zum Gebrauch.«

Unwirsch las Theda. Ihr Französisch war bei Weitem nicht so gut, wie sie es gerne scheinen ließ. Eines aber verstand sie. Das Zeug musste erst einmal angerührt werden mit reinem Alkohol. Dafür hatte sie jetzt keine Zeit. Sie wollte es nicht länger hinauszögern, aus ihrer Tochter eine junge Dame zu machen, die selbst im Goetheschen Haus als eine gute Partie angesehen werden würde.

»Gut, wir versuchen einstweilen das alte Mittel.«

»Nein!« Friederike schlug die Hände vors Gesicht. »Das hat so gebrannt.«

»Hmm!« Theda überlegte, dann läutete sie nach der Köchin. Es dauerte eine Weile, bis die die Treppe zum Salon heraufgekeucht kam. Hedi kannte Theda, seit sie auf der Welt war. Schon damals war sie Köchin im Hause der von Eisenbergs gewesen. Sie hatte auch die Ammendienste übernommen und war seither Thedas Vertraute.

»Was ist, Madame Theda?«

»Das Rezept für die Sommersprossen. Friederike meint, beim letzten Mal hätte ihre Haut gebrannt.«

Hedi nickte. »Das kommt vor.« Sanft strich sie dem Mädchen über die Wangen. »So ein paar dunkle Pünktchen im Gesicht sind viel weniger schlimm als dunkle Pünktchen in der Seele. Wirst schon sehen, meine Kleine, wirst trotzdem einen Mann finden.«

»Hedi! Du sollst mir sagen, was wir statt des Apfelessigs sonst noch nehmen können. Alles andere überlass getrost mir!«

Die Köchin warf Friederike einen mitleidigen Blick zu, dann sagte sie: »Für die Maske aus Eiweiß und Dickmilch nehmen wir statt Apfelessig einfach stark verdünnten Zitronensaft und rühren ein Dutzend fein gehackter Mandeln darunter. Das wird helfen. Soll ich die Maske zubereiten?«

Theda nickte, Friederike verzog das Gesicht, und die Köchin eilte in die Küche. Wenig später hatte das Mädchen eine weiße, nasskalte Paste auf ihrem Gesicht. Natürlich brannte die so höllisch, dass Friederikes Tränen schnell weiße Bahnen links und rechts der Nase zogen.

»*Das Land getaucht in weiße Pracht, mein Herz, es klagt und liegt in Schmacht.* Hmmm. Nein, so geht das nicht, das ist Unfug. Vielleicht so: *In weiße Pracht getaucht das*

Land, mein Herz ist außer Rand und Band. Nein, das ist noch schlimmer. *Das Land in weiße Pracht getaucht, mein Herz von Kälte angehaucht.* Das ist gut. Ja, das ist wirklich gut.« Jago Geisenheimer murmelte die Zeilen noch mehrmals vor sich hin und trug sie schließlich in sein Skizzenbuch ein. Er wollte sie ja nicht vergessen. Sobald er zu Hause angekommen war, würde er sich in sein Zimmer zurückziehen, eine Kanne Rotwein aus dem Keller holen lassen und an seinem Schreibtisch den Vers zu Ende dichten. Oh, er fühlte, dass ihn sein Pegasos heute weit tragen würde. Das geflügelte Dichterross, ja, er verstand es, es zu reiten, er, Jago Geisenheimer! Die Luft war klar und kalt, brannte in seiner Brust. Ihm war so leicht und beschwingt zumute, als hätte der Frühling schon in seinem Herzen Einzug gehalten. Hoch erhobenen Hauptes schritt er durch die Gasse und achtete nicht auf den Schnee, den ihm der Wind entgegentrieb.

An der Straßenecke trat eine Dame im Pelzcape aus einem Laden. Sie hielt einen Jungen an der Hand. »Schaut mal, Maman«, klang seine helle Stimme über die Gasse, während er mit dem Finger auf Jago deutete, »seht nur, der ist angezogen wie der Werther. Bringt der sich gleich um?«

»Sei still und komm«, zischte seine Mutter. »Das gehört sich nicht, so auf andere zu zeigen.« Hastig zerrte sie den Jungen weiter. Jago lächelte. Zärtlich strich er über seine Kluft. Ja, er trug die Werther-Tracht, die gelben Hosen, eine gelbe Weste und einen blauen Rock. Seit seinem letzten Geburtstag trank er seinen Tee sogar aus einer Werther-Tasse. Jago seufzte und presste beide Hände auf die Brust. Endlich, nach langer Zeit, fühlte er sich wieder einmal so richtig wie Werther. Ob Goethe, der den Werther-Roman vor gut siebzehn Jahren geschrieben hatte, dieses Gefühl kannte? Natürlich, schalt sich Jago. Schließlich trug der Roman biografische Züge. Werther verliebte sich in Lotte, Lotte war verlobt, und am Ende erschoss sich Werther, weil er nur so die Liebe Lottens erhalten konnte. Über den Tod hinaus. Jawohl. Jago wusste, dass er ebenso tief und rein empfand wie Werther. Alles, was ihm fehlte, war eine Lotte. Aber die würde sich früher oder später schon finden. Sein Hauptziel war es ohnehin nicht, zu lieben, sondern als Dichter die Liebe zu besingen. Gerade kam er aus dem Kaffeehaus beim Bartholomäusdom. Dort, die Tabakspfeife im Mund, schwarzen Kaffee vor sich und Freunde ringsum, hatte Jago über sein bevorstehendes Leben als Dichter und Liebender schwadroniert. Doch er war nicht der einzige mit solchen Träumen. Auch der Sohn des italienischen Kaufmanns Santieri, dazu ein entfernter Verwandter der Goethefamilie sowie einer, der bei Fichte in Jena studiert hatte, wollte dem Wahren, Guten und Schönen dienen. Jago wusste, dass die Dichterei ein hartes Geschäft war, aber genau da wollte er es anders machen als all die anderen vor ihm. Niemals würde er sich bei Schiller, Goethe oder den anderen Weimarern anwanzen. Er würde einfach seine Werke auf eigene Kosten veröffentlichen. Dann würde man schon sehen. Jago seufzte. Seine Werke. Wenn sie denn einmal fertig wurden. Wehmut überkam ihn jäh. Seine Mutter hatte ihn vor drei Jahren nach Italien geschickt, um dort seine kaufmännischen Fähigkeiten zu entwickeln. Bei einem Bankhaus in Venedig hatte er lernen sollen und in Florenz einem Fernhandelskaufmann über die Schulter sehen. Er aber hatte sich in der Natur verlustiert und die italienischen Künste und Frauen studiert. Einmal, er erinnerte sich, als sei es gestern gewesen, hatte er sogar Goethe gesehen. Ein Mann von nicht mal vierzig Jahren war der damals gewesen, aber sein stolzer Gang und sein hochmütig erhobenes Haupt hatten allen angezeigt, dass es sich bei ihm um einen ganz außergewöhnlichen Charakter handeln musste. Seither trug Jago die Kleidung à la Werther.

Als es bergab ging mit seinem Vater, hatte Theda ihn zurück beordert. Er sollte jetzt schon in das Geschäft einsteigen. Doch Jago verspürte wenig Sehnsucht nach Stehpulten, Sackwaagen und Getreidespelzen. Er war ein Mann der Worte, ein Dichter, »ein Philosoph am End«, hatte sein Vater manchmal mit einem Kopfschütteln gemurmelt. Vater hat mich verstanden, dachte Jago. Und auch Maman wird es einsehen. Sie muss es einfach! Wie soll einer, in dem ein wahrer Werther steckt, seine Tage zwischen Kontor und Lagerräumen verbringen? Nein, Gott hatte anderes mit mir vor, da bin ich ganz sicher.

Mit einem siegesgewissen Lächeln schaute er sich um. Hier in der Fahrgasse stand das alte »Haus zum Raben«, der ehemalige Sitz der Familie. Klein kam ihm das dreigeschossige Giebelhaus vor, klein und eng. Wie prachtvoll dagegen residierte das Handelshaus Geisenheimer jetzt auf der Zeil! Dort hatte die Vorderfront vierundzwanzig Fenster, die Dachkammern nicht eingerechnet. Jago lief rascher, der Wind trieb die Flocken waagerecht über die Straße. Die Kälte hatte angezogen, und die Gassen waren mit einer Eisschicht überzogen. An manchen Stellen war Asche gestreut, doch der Neuschnee bedeckte sie in Minutenschnelle.

Jetzt war Jago an der Kreuzung von Töngesgasse und Fahrgasse angelangt. Ein Wagen rumpelte hochbeladen heran. Der Kutscher gab den Pferden die Peitsche, weiße Schaumflocken flogen von den Mäulern. Neben Jago wartete eine junge Frau, dass die Straße wieder frei wurde und sich überqueren ließ. Gerade war der Wagen vorüber, eine Flut aus Schneematsch und Straßendreck mit sich ziehend, als Jago einen Schrei hörte. Die Pferde waren auf dem Eis ausgerutscht. Mit einem Ruck blieb der Wagen stehen. Ein Fass hoch oben auf dem Wagen rumpelte, schwankte, neigte sich, weiter und weiter. Gleichzeitig sah Jago, dass die Mademoiselle einen Schritt nach vorne trat. »Nein! Nicht!«, schrie Jago und stürzte mit ausgestreckten Armen auf das Fräulein zu. Er prallte gegen sie, und schon lagen beide im Schneematsch. Krachend sauste das Fass herab und zerbrach am Rinnstein. Einer der Ringe, die die Dauben umspannten, sprang ab und traf mit seiner Kante Jagos Knöchel. Der Schmerz nahm ihm den Atem. Kaum spürte er das zitternde Fräulein in seinem Arm, doch dann gelang es ihm, nach Luft zu ringen.

»Excusez-moi, Mademoiselle«, bat er und rappelte sich hoch. Dann reichte er dem Fräulein galant die Hand, um ihr aufzuhelfen.

»Mais non«, erwiderte sie. »Ich muss mich bei Euch entschuldigen und Euch danken obendrein. Ihr habt mir das Leben gerettet. *Mon Dieu,* ohne Euch hätte mich das Fass erschlagen.« – »Es war mir ein großes Pläsier, Gnädigste«, erwiderte Jago und betrachtete für einen Augenblick das Gesicht des Fräuleins. Zu schade, dass sie keine Ähnlichkeit mit Werthers Lotte hatte. Nicht die geringste.

Jago sah sich um. Der Fuhrmann war weitergefahren, ohne den Schaden, den er angerichtet hatte, zu bemerken. Doch schon kam eine Mietkutsche vorüber. Jago hielt sie an.

»Bitte, bringt die Mademoiselle nach Hause«, bat er den Fahrer und drückte ihm eine Münze in die Hand.

»Habt Dank, Monsieur«, sprach die Fremde, die an ihrem Kleid herumwischte.

»Ich hoffe, Ihr habt Euch nicht verletzt?«

»Oh, nein, ich bin wohl mit dem Schrecken davongekommen. Dank Euch.«

Der Kutscher und Jago halfen ihr in den Wagen, und schon fuhr das Gespann davon.

Jago sah ihm bedauernd hinterher. Wie romantisch es doch gewesen wäre, hätte er seine Lotte auf diese Art kennengelernt. Er zog die Schultern hoch. Ihn fröstelte in dem Schneetreiben. Humpelnd und mit schmerzendem Fuß erreichte er endlich die Zeil und bog in den Geisenheimerschen Hof ein.

Theda hatte auf ihn gewartet. Nachdem sie Friederike mit einer dicken Schicht Melkfett auf den Wangen ins Bett geschickt und ihr weitere Tränen verboten hatte, war sie in den Salon gegangen und hatte nachgedacht. Vor sechs Wochen war er gestorben, der Handelsherr Geisenheimer. Ihr Theodor. Seither hatte sie das Handelshaus geführt, gemeinsam mit Kalis, dem Prokuristen. So war es richtig, war sie doch die Witwe Geisenheimers. Aber eine geborene von Eisenberg war keine Krämerin. Und eine Kauffrau, die Herrin eines großen Handelshauses, war sie schon gar nicht. Ja, auf das Geschäftemachen, darauf verstand auch sie sich, aber die Feinheiten des Bankwesens, die Wechsel und Optionen, die Obligationen und Aktien hatten sie nie interessiert. Für eine Frau ihres Standes ziemte sich das einfach nicht. Aber wer hätte die Geschäfte übernehmen sollen, wenn nicht sie? »Wenn ich nur wüsste, wem ich diese Verantwortung über kurz oder lang übertragen kann«, hatte sie geseufzt. Sie wusste längst, dass ihr Ältester keinerlei Neigung zeigte, sich dieser Verantwortung anzunehmen. Und obwohl sie seit seiner Rückkehr aus Italien nicht über Jagos Zukunft gesprochen hatten, ahnte Theda doch, dass ihr Sohn mit der Führung eines so großen Handelshauses wie dem der Geisenheimer überfordert war. Seit rund zweihundertfünfzig Jahren gab es das Geschäft nun schon. Es gehörte zur Stadt wie der Dom und der Römer.

Theda seufzte wieder. Aber was war das? Sie hörte leise Schritte, als schliche jemand über den Gang. Rasch ging sie zur Tür und riss sie auf. »Jago, bist du das?«, fragte sie.

»Ja, Maman.«

»Komm auf ein Wort herein zu mir.«

Jago, mit seinen einundzwanzig Jahren ein hoch aufgeschossener und noch schlaksiger Jüngling, trat ein, mit Schnee in seinem dunkelbraunen, weichen Haar.

»Wie du wieder herumläufst!«, tadelte Theda. »Werther ist tot. Und das schon lange. Meinst du, du beeindruckst den Geheimrat Goethe oder seine eingebildete Familie aus dem Hirschgraben mit deinem Aufzug?«

Jago schüttelte den Kopf. Von einer Sekunde auf die andere sah er mutlos aus. »Ich will Goethe nicht beeindrucken. Ohnehin ist er nur selten in Frankfurt.«

»Nun, *tout* Frankfurt weiß, dass seine geliebte Mutter ihm alle Tage nach Weimar schreibt.«

Thedas Stimme klang spöttisch. Unangenehm berührt, trat Jago von einem Fuß auf den anderen. Ein scharfer Schmerz zuckte durch seinen Knöchel, und er stöhnte auf.

»Was ist?« Theda eilte zu ihm, reichte ihm den Arm. »Hast du dich verletzt?«

Jago nickte. »Mir ist etwas auf den Fuß gefallen unterwegs.«

Sogleich drückte Theda ihn in einen Sessel, zog ihm behutsam den Stiefel aus und untersuchte den Fuß, der sichtlich geschwollen und blau verfärbt war. Eigenhändig machte sie ihm einen Umschlag mit essigsaurer Erde, flößte ihm sogar einen Becher Glühwein ein, doch wie es zu der Verletzung kam, erfuhr sie nicht.

Nach einer Weile war Jago zu Bett gegangen. Seither hatte Theda im Salon gesessen, die Füße auf einen Schemel, neben sich ein zierliches Tischlein mit gebogenen Beinen, auf dem das neueste *Journal des Luxus und der Moden* lag. Aber Theda beachtete es nicht. Sie grübelte über die Zukunft nach. Als die Glocken der Liebfrauenkirche die neunte Stunde verkündeten, kam Hedi mit einem Tablett herein. Zwei Tassen mit heißer Schokolade standen darauf.

Wie an jedem Abend setzte sich die alte Köchin zu ihrer Herrin und genoss mit ihr den Schlummertrunk. Meist blätterten die beiden in dem Journal, das in Weimar erschien. Doch heute Abend blieb es liegen.

»Was soll ich nur machen, Hedi?«, fragte Theda.

»Ihr meint, mit dem Geschäft?«

Theda nickte.

»Stefan ist ein guter Junge. Vielleicht ist er der Richtige, wenn Jago partout nicht will.«

»Nein, er ist zu aufbrausend. Diese revolutionären Ideen haben ihm das Gehirn verstopft. Er würde alles, was wir haben, an die Revolution verschenken.«

»Er ist jung, Herrin. Wäre er jetzt kein Revolutionär, würde ich mir viel eher Sorgen um ihn machen.«

Theda lächelte. »Ich weiß ja«, antwortete sie. »Ideen und Geist regieren die Welt, nicht Kontorbücher und Wechsel, sagt er immer. Aber er ist nun mal der Sohn eines Handelsherrn. Er muss gemäß seines Standes leben.«

»Je nun, es gibt wohl niemanden, der frei über sich und seine Zukunft entscheiden kann«, sagte Hedi nachdenklich. »Auch Ihr und ich nicht.«

Theda nickte. Mit anmutig abgespreiztem kleinen Finger führte sie die Tasse zum Mund. Köstlich! Aber das Unbehagen mit der Zukunft blieb. »Friederike macht mir ebenfalls Sorgen«, fuhr sie fort. »Sie ist ein liebes Ding, doch es fehlt ihr an Gewitztheit und Anmut.«

»Nun, nun, das wird die Mitgift reichlich wettmachen. Im Übrigen finde ich sie goldig. Mit ihren großen, blauen Augen blickt sie so arglos wie ein Engelchen.«

»Nein, Hedi, das ist es ja gerade. Ich möchte nicht, dass meine Tochter wegen ihrer Mitgift geheiratet wird. Sie soll um ihrer selbst willen gewollt werden. Mag sein, sie ist nicht im Übermaß mit Klugheit gesegnet, aber das ist ja auch nicht vonnöten. Sorgen macht mir ihre Unscheinbarkeit. Sie versteht es so gar nicht, sich ins rechte Licht zu rücken und den Männern zu gefallen.« Theda machte eine kleine Pause und fügte dann hinzu: »Zumindest sollte die

Mitgift nicht an erster Stelle stehen. Es wird sich jemand finden für sie, das wäre doch gelacht. Mehr Sorgen mache ich mir um Jago. Ich muss noch einmal ernsthaft mit ihm reden. Es kann doch nicht angehen, dass aus ihm ein Dichter wird. Wie stehen wir denn dann da?«

»Warum? Auch andere Frankfurter haben es damit zu Ruhm und Ehre gebracht.«

»Ja, ich weiß, du meinst Goethe. Aber Jago ist kein Dichter. Er ist … wie soll ich sagen? … Er ist einfach nur so … so gefühlig. Verstehst du? Eine Schneeflocke ist für ihn keine Schneeflocke, sondern ein Kunstwerk, ein Symbol der Liebe zwischen Wasser und Wind.«

Hedi kicherte und nippte an ihrem Kakao. »Das habt Ihr schön gesagt, Herrin. Jetzt weiß ich auch, von wem Jago das hat.«

Theda lächelte. »Mag sein. Aber ich bin eine Frau. Den Frauen sieht man die Gefühligkeit gerne nach. Doch nicht einem Mann, und schon gar nicht, wenn er aus einem Handelshause stammt. Was soll ich nur machen mit ihm? Das Kaffeehaus verbieten? Nun, er ist einundzwanzig Jahre alt. Der Sohn der Bolongaros war in seinem Alter schon Prokurist. Auch der junge Adlersberg sitzt längst im Kontor seines Vaters. Nur Jago läuft der Sehnsucht hinterher. Wenn er nicht im Kaffeehaus sitzt und dort auf sie wartet.«

»Nun, vielleicht wenn er sich verliebt. Vielleicht kommt er ja dann zur Vernunft.«

»Ja, vielleicht. Warten wir es ab, Hedi.«

2

Theda konnte nicht schlafen. Nun stand sie am Fenster ihres Zimmers und blickte in den Nachthimmel. »Bald ist Neujahr«, dachte sie. »Neujahr im Jahr des Herrn 1792. Eine Witwe bin ich, die Witwe des Handelsherrn Geisenheimer. Zweiundvierzig Jahre bin ich, nicht mehr jung, aber auch noch nicht richtig alt. Ein Mann wäre in den besten Jahren. Aber ich vermute, meine besten Jahre habe ich schon lange hinter mir. Früher, ja, früher habe ich an die Liebe geglaubt. Inzwischen weiß ich, dass das nur ein schönes Wort ist. Ein Name, hinter dem sich Selbstdisziplin und Konzentration verbergen. Früher habe ich es genossen, wenn das neue Jahr begann. Voller Hoffnung war ich. Gut, ich war sechzehn, und jeden Morgen sah ich auf dem Weg zum Französischen Institut diesen Jungen. Und wie der mir gefiel! Gerade weil er ein bisschen schüchtern war. Es dauerte nicht lange, da schrieben wir uns Briefe. Ein bisschen länger hat es gedauert, bis ich merkte, dass er seine glühenden Verse bei den großen Dichtern abschrieb. Aber er gefiel mir trotzdem. »Willst du mich ewig lieben?«, fragte er mich, »Soll unsere Liebe stärker sein als Krieg und Krankheit, Trauer und Tod?« Darauf gab es doch nur eine Antwort. Und was wusste ich junges Ding auch schon von

Krieg und Krankheit! »Ja«, schrieb ich ihm, »ja, das und nichts anderes, das will ich.« Sechzehn war ich und träumte davon, mit ihm zu leben. Jeden Morgen würde ich ein Gedicht erhalten, und nie würde ich dessen überdrüssig werden. Was wusste ich schon vom Alltag, von Pflichten und Verpflichtungen! Nur er war da, er und ein Haus der Liebe. Theda seufzte. Wie jung sie damals gewesen war. Und wie naiv! Sie hatte in den Tag hinein geträumt, und an jedem Tag war die Liebe groß und allumfassend gewesen. So groß, dass gar nichts anderes mehr Platz hatte in ihrem Denken und Tun. Sie atmete für diese Liebe, sie aß und trank für diese Liebe, sie schlief, um für diese Liebe neue Kraft zu schöpfen. Wie unerträglich banal kam ihr zu dieser Zeit das Leben ihrer Mutter, ihrer Schwestern, ihrer Freundinnen vor. Die Mutter, besorgt um einen Ruf, der doch vor den Augen der Liebe nicht mehr als Asche zählte. Die Schwestern, die an ihrer Aussteuer stickten, als wären die Kreuzstiche eine Gewähr für die Leidenschaft. Die Freundinnen, die sich kichernd zusammenballten, sobald ein Schüler vom Lateingymnasium sich auch nur von Ferne erblicken ließ. Oh, wie gewöhnlich war das alles, wie banal, wie kleinbürgerlich! Was hatte Theda leiden müssen. Einzig *er* wusste, was Liebe war, wie Liebe gelebt werden musste! Es bestand für Theda kein Zweifel daran, dass sie eines Tages heiraten würden und dass diese Liebe das ganze Leben lang halten konnte. Sie stürzte sich mit einer Leidenschaft und Inbrunst in diese Liebe, die jeden außer ihr auf das Äußerste erschreckte. »Mein Herz, mein Alles, mein Blut, mein Atem, mein Leben, mein Tag, meine Nacht, mein Wasser, mein Brot«, nannte sie ihn.

Doch eines Tages hörte sie von der Magd, dass der Liebste, ihr Liebster, sich verlobt habe. Sogar das Aufgebot sei schon an der Kirchentür angeschlagen. Theda stürzte hin. Mit eigenen Augen wollte sie sich vom Verrat des Liebsten überzeugen, mit eigenen Fingern über den Aushang streichen. Ihn abzureißen wagte sie nicht, aber in ihren Gedanken nannte sie ihn von nun an den »Verräter«.

Im Frühjahr war die Hochzeit. Theda litt. Ihr Leben war leer, ihre Liebe schmeckte nach Asche. Und dann hielt eines Tages einer um ihre Hand an. Theodor Geisenheimer. Ein zwanzig Jahre älterer Mann, von dem Theda glaubte, er habe an Stelle seines Herzens einen Goldgulden. Ein Mann, der nichts wusste von Poesie, von Leidenschaft und Seelenverwandtschaft. Ein Krämer nur, der nach Tinte und Vorratslagern roch. »Warum soll ich ihn heiraten? Wie könnt Ihr das von mir verlangen? Eher gehe ich ins Wasser, als dass ich mein Leben ohne Liebe an ihn verschwende«, teilte sie ihren Eltern mit. Wenn sie den Liebsten nicht haben konnte, dann wollte sie keinen.

Der Freiherr von Eisenberg hatte sechs Töchter. Er war Kummer gewöhnt. »Gut, dann geh eben ins Wasser«, sagte er, schloss die Tür von Thedas Zimmer hinter sich und ging ins Kaffeehaus zum Kartenspiel. Nun drohte Theda ihrer Mutter, doch diese zuckte nur die Schultern. »Zieh vorher dein Kleid aus. Es ist neu, ich will nicht, dass es ruiniert wird. Deine Schwestern könnten es gut gebrauchen.«

Solcherart getröstet, machte sich Theda auf den Weg zum Main. Es war März gewesen, die Fluten eiskalt und der Liebste weit weg. Sie ging tatsächlich ins Wasser. Bis zu den Knien. Der Main rauschte und die Wellen zerrten an ihr.

Theda sah sich um in der trostlosen Landschaft. Dann ging sie wieder ans Ufer. Nachdem sie ihre gehörige Erkältung im Bett auskuriert hatte, besichtigte sie das Heim ihres Verehrers. Das Haus auf der Zeil hatte zwei Etagen und das Zwerchhaus über dem Erdgeschoss. Vierundzwanzig Fenster zählte sie in der Vorderfront. Drei breite Stufen führten zur Eingangstür, rechts befand sich eine Toreinfahrt für Kutschen und Fuhrwerke. Im Inneren trennte eine breite Freitreppe den Nord- vom Südflügel. Hinter dem Gebäude befanden sich die Lagerhäuser, dahinter ein Gärtchen. Im Haus selbst gab es vierzehn Zimmer, außerdem sechs Kammern, eine Kinderstube, unten zwei Küchen und Gesindestuben unter dem Dach. Am prächtigsten war das große Mittelzimmer im ersten Stockwerk eingerichtet. Blaue Seidentapeten mit goldenen Malereien bedeckten die Wände, eine Stuckdecke zeigte mythologische Allegorien und Blumenranken. In einer Nische stand ein Majolikaofen, wie ihn selbst der Freiherr nicht hatte. Zwölf Nussbaumstühle, ebenfalls mit blauer Seide überzogen, und mit goldenem Plüsch bedeckte Sessel standen abwechselnd an den Wänden. Zwölf weitere Stühle aus geschnitztem Kirschbaumholz umstanden einen Tisch, der wie sie reiches Schnitzwerk trug. An den Wänden hingen zwei große Kristallspiegel in goldenen Rahmen, darunter ebenfalls vergoldete Konsolentische. Theda war sich nicht zu schade, in die Kommoden und Schränke zu schauen, die in den Räumen und Fluren standen. Sie öffnete Schubladen und Truhen, betrachtete den Inhalt von Körben und Laden. Im blauen Salon zählte sie in einer prunkvollen Vitrine einundvierzig silberne Schmuckstücke, einen gewaltigen Tafelaufsatz, daneben Porzellanfiguren, silberne Medaillen, Petschaften, Sanduhren, Silberbestecke, Sackührchen, ein silbernes Teeservice und eines aus Porzellan. Ähnlich prachtvoll waren auch die anderen Räume eingerichtet. Auf einem Sekretär fand sich ein Schreibzeug aus Elfenbein, in einem anderen Raum sah Theda ein Porzellankabinett, welches oben Glastüren und unten Schubladen hatte und laut Theodor Geisenheimer über dreihundert Stücke Meißner Ursprungs beinhaltete. Daneben gab es eine Bibliothek mit beinahe fünfhundert Bänden, darunter wissenschaftliche Bücher, französische Romane, Bücher über Sitten und Abenteuer in fernen Ländern, geschichtliche Werke, und natürlich eine prächtige Familienbibel in rotem Leder.

Schon lange lebe er allein, hatte Theodor Geisenheimer gesagt, die Eltern sind längst dahingegangen. Es wird Zeit, dass dieses Haus wieder von Leben erfüllt wird und bald eine neue Generation in der Familienbibel eingetragen werden kann. Theda war ein wenig rot geworden bei diesen Worten, aber ihre Mutter, die sie begleitet hatte auf diesen Besuch, hatte nur aufmunternd gelächelt und die Pracht ringsum gemustert. Aber das Beste hatte sich Theodor Geisenheimer bis zum Schluss aufgehoben. Er hatte die schweren Frankfurter Birnbaumschränke aufgetan, und Thedas Herz hatte sich geöffnet. Sechzig Tischtücher aus feinem Leinen, fast dreihundert Servietten, achtzig Handtücher, vierzig Küchenschürzen, über zweihundert Hemden, dazu Manschettenspitzen, verschiedene Taschentücher aus Damast oder Seide, Tee- und Kaffeetücher, damastene Betttücher, Pülven, Kissen, Kissenbezüge und schwere Decken aus Eiderdaunen. Wenn ich schon leiden muss, hatte Theda gedacht, dann wenigstens im Luxus, und hatte Theodor angelächelt. Unter den missbilligenden Blicken der Ahnen, die aus ihren Ölgemälden ins Zimmer starrten, hatte Theda auch die Garderobe des Hausherrn begutachtet. Plüschwesten, mit Gold und Silber bestickt, fünfzig Halsbinden, zwei Dutzend Perücken in einem eigens dafür eingerichteten Schrank, dazu Mäntel in allen Pelzarten, seidene Hemden und Schuhe aus weichem Ziegenleder.

Im Pferdestall, der sich links an das Wohnhaus anschloss, standen vier Kutschpferde und zwei Reitpferde. Der Wagen war in Frankreich gefertigt, mit rotem Plüsch gepolstert und mit Samt ausgelegt.

»Es soll Euch an nichts mangeln«, versicherte Theodor Geisenheimer, während sie sich im Garten ergingen und Thedas Mutter die kühle Brise auf der Bank vor dem Haus genoss. »Ich will Euch halten wie eine Prinzessin. Ihr sollt in Samt und Seide gehen, jeden Tag frische Blumen im Salon haben und Zuckerwerk naschen, so viel ihr vertragt.«

»Getrennte Schlafzimmer?«, fragte Theda und besah den faltigen Hals. Theodor Geisenheimer wirkte deutlich älter als seine sechsunddreißig Lenze. »Nun, mir ist an Nachwuchs gelegen. Meine erste Frau, wisst Ihr, verstarb im Kindbett.«

»Was nun? Getrennte Schlafstuben oder nicht?«

Geisenheimer rieb sich den Hals, als wäre ihm der Kragen zu eng. »Also gut, aber ich lasse einen Vertrag aufsetzen. Zweimal die Woche müsst Ihr Euren ehelichen Pflichten genügen.«

Theda dachte kurz darüber nach, dann stimmte sie zu.

Auf Thedas Hochzeit im Sommer wurde getuschelt, dass

der Verräter auf Nachwuchs hoffen konnte. Unter den Novemberstürmen bauschte sich der Mantel der Schwangeren wie ein Ballon. Und im Winter, als der Raureif die Bleichwiesen bedeckte, traf Theda in der Dämmerung auf ihre Rivalin. Draußen vor dem Tor, dort, wo ein schmaler Pfad in die Bornheimer Heide und zur Kate der Kräuterfrau führte.

»Bitte helft mir!«, bat die Schwangere, die mit blutigem Schoß neben dem Pfad lag. »Bitte, ich wollte zur Kräuterfrau. Plötzlich kam das Blut. Ich habe solche Schmerzen.«

Theda besah die dunklen Flecken auf dem Kleid. Nur kurz betrachtete sie das Gesicht der Leidenden. Dann raffte sie die Röcke und ging davon. Wenige Tage später gab der Verräter den Tod seiner Gattin und des Neugeborenen in den »Frag- und Anzeigungsnachrichten« bekannt.

An diesem Tag nahm Theda sich vor, Theodor eine gute Ehefrau zu sein, ein ehrbares Frauenzimmer, auf dass er niemals merke, wie schlecht und niedrig sie doch war. Theda hatte erkannt, dass eine Vielzahl von Dingen, die man allgemein dem Gefühl zuordnete, eine Sache von Disziplin, Konzentration und Beschlusskraft war.

Sie war eine Frau ohne Liebe. Das war schlimm, aber schlimmer noch wäre es, wenn es jemand bemerkte. Also beschloss sie, sich auf ihren Ehemann zu konzentrieren. Sie würde versuchen, ihn ganz kennenzulernen. Schließlich ließ sich bestimmt auch so eine Nähe herstellen, die man bei einigem gutem Willen für Liebe halten konnte. Gedacht, getan. Ab sofort verbot sie sich jeden Gedanken, jede Erinnerung an den Liebsten. Sah sie ihn auf der Straße, so achtete sie auf die Kleidung und wich dem Blick seiner Augen aus. Schon bald merkte sie, dass seine Schuhe dringend neu besohlt werden mussten. Kaum wieder zu Hause, brachte sie die Schuhe ihres Ehemanns auf Vordermann. Einmal beobachtete sie ihn an einer Garküche beim Verspeisen von fettigen Krapfen. Am nächsten Tag bereits gab sie Hedi Anweisung, Krapfen zu backen. Theodor Geisenheimer freute sich über seine neu besohlten Schuhe, genoss die Krapfen und lobte Theda. »Du bist die Hausfrau, die ich mir immer gewünscht habe«, sagte er, und Theda errötete leicht. Sie betete zu Gott, dass Theodor ihre verborgenen Gedanken und Gefühle niemals erkennen möge.

Nur nachts, wenn alle Aufgaben erledigt waren und auch für die eheliche Fürsorge kein Platz war, versagte Theda. Sie hatte gehört, wie die Küchenmägde über Leidenschaft sprachen. Von Bissen war da die Rede, von Schreien ungezügelter Lust, von Hingabe. Da Theda nicht wusste, wie sich Hingabe anfühlte, versuchte sie ihr Glück mit Schreien und Bissen. Doch es schien, als habe Theodor für solche Formen der Leidenschaft nichts übrig. Zumindest hielt er ihr im Bett den Mund zu, sodass sie ihre Schreie und Bisse für sich behalten musste. Nach einem halben Jahr hatte sie aber auch hier ihren Rhythmus gefunden. Die fünf Minuten nach Löschen des Lichtes, in welchen sich ihr Mann ihres Körpers bediente, dachte Theda über die Aufgaben des morgigen Tages nach und machte Pläne. Schon bald war sie schwanger, und dreizehn Monate nach der Hochzeit gebar sie Jago, drei Jahre später Stefan und noch einmal zwei Jahre danach Friederike.

Ihr Mann war mit ihr zufrieden. Und auch sie hatte keinen Grund, über ihn zu klagen. So verging ihre Jugend, ihr halbes Leben ohne Erschütterungen.

Doch vor gut drei Jahren war alles anders geworden. Theodor, zwanzig Jahre älter als Theda, veränderte sich. Zunächst vergaß er, wo er die Zeitung hingelegt hatte, suchte sein Augenglas, die Tabakspfeife. Er wurde misstrauisch, beschuldigte Theda, die Dinge zu verstecken. Dann vergaß er, Rechnungen zu bezahlen, Schulden einzutreiben, Waren zu bestellen. Theda versuchte, mit ihm darüber zu sprechen. »Weißt du jetzt, wie man ein Geschäft führt?«, herrschte er sie an, stürmte hinunter ins Kontor und richtete dort ein solches Durcheinander an, dass der Prokurist drei Tage zu tun hatte, um den Laden wieder zum Laufen zu bringen. Unmerklich ließ Theodor geschäftlich die Zügel schleifen. Und ebenso unmerklich übernahm Theda seine Aufgaben. Kalis, der Prokurist, kam zu ihr, um über fällige Wechsel und die aktuellen Getreidepreise zu sprechen. Niemand wusste, wo Theodor den Tag verbrachte. Einmal hieß es, er wäre in einem Kaffeehaus in Bornheim gewesen, jemand anderes hatte ihn in einer heimlichen Würfelbude entdeckt, und ein Dritter wusste von einem versteckten Liebchen. Wie auch immer, am Abend kam er nach Hause. Manchmal fehlte ihm der Hut, manchmal das Lorgnon, manchmal hatte er die Handschuhe verloren oder gar die Börse. Dann kam der Tag, als der Stadtknecht ihn brachte. »Es ist doch der Eure, oder?«

Theda betrachtete den Mann, dessen Mantel vor Schmutz starrte. Sie nickte. Von diesem Tag an war ihr klar, dass ihr Mann krank war. Sie kannte den Namen der Krankheit nicht, doch das war auch nicht wichtig. Von nun an hieß es, ein Geheimnis zu bewahren. Theodor wurde bewacht. Sie schloss seine Mäntel und Umhänge, seine

Stiefel und Gürtel weg. Den ganzen Tag ließ sie ihn nur im Morgenrock herumlaufen. Trotzdem gelang ihm zwei Mal die Flucht. Einmal kam er mit blutiger Nase zurück, ein anderes Mal brachte ihn ein stadtbekannter Trunkenbold, der zehn Gulden Auslöse für ihn verlangte. Theda zahlte zwanzig, und der Trunkenbold hielt den Mund.

Von nun an waren die Mägde eingeweiht und sorgten mit dafür, dass Theodor das Haus nicht verließ. Der aber hatte durchaus klare Momente und zeterte gegen Theda an.

Zu ihrem großen Entsetzen sah Theodor plötzlich Dinge, für die er früher blind gewesen war. »Hast du mich je geliebt?«, fragte er. Und obwohl ihm Theda dies versicherte, glaubte er ihr nicht. »Hast du gestöhnt vor Lust, wenn ich auf dir lag?« – »Ja, aber ja, mein Lieber.«

Da nahm er ein Holzscheit und warf es nach ihr. »Geh weg, Metze. Genug, dass du mein Herz in deinen Händen zerrissen, aber dass du zeitlebens die Lust geheuchelt hast, vergebe ich dir nicht.«

Theda überlegte. Woher wusste er das? Hatte sie nicht immer gestöhnt, bis sich die Balken bogen? Hatte sie ihm nicht Kinder geboren? Was wollte er noch?

»Es war mir immer eine Freude, deine Eheliebste zu sein«, erklärte sie und wollte ihm das Bett glatt streichen. Doch er schlug ihre Hand weg, drohte ihr mit der Faust.

»Dein Herz hatte ich nie, deinen Leib hatte ich nie, und ob du eine Seele hast, weiß Gott allein. Betrogen hast du mich in all den Jahren. Betrogen um das, was das Wichtigste ist: Liebe und Lust. Und jetzt geh fort von mir. Wenigstens die letzten Tage meines Lebens will ich ohne dich verbringen.«

Darauf drehte er sich zur Wand und sprach ab dieser Stunde kein Wort mehr mit seiner Frau.

Wenn es sonst nichts weiter ist, dachte Theda zuerst. Mit deinem Schweigen kann ich gut leben. Doch als die Dienstboten zu tuscheln begannen und die Stille im Haus ihr auf die Haut rückte, begann sie ihren Theo zu vermissen. Einmal noch ging sie zu ihm, wollte ihn um Vergebung bitten, doch er hatte sich schon zu weit von allem Irdischen entfernt. Und vor sechs Wochen war cr gestorben. Still, allein und unversöhnt.

Und jetzt saß sie da und hatte niemanden mehr, der ihre Kinder zur Vernunft brachte.

Jago hätte den Vater noch dringend gebraucht. Theo hätte ihm die Gefühligkeit schon ausgetrieben. Wenn er unbedingt schreiben wolle, hätte Theo vermutlich gesagt, so lägen da im Kontor noch etliche Geschäftsbriefe. Und auch Stefans revolutionären Ideen hätte er den Garaus gemacht. »Revolutionär willst du werden?«, hätte er vielleicht gefragt. »Warum *das,* in aller Welt?«

»Weil ich nicht werden will wie du«, hätte Stefan womöglich geantwortet.

»Gut«, hätte Theo genickt. »Das macht nichts. Dann wirst du eben Arzt oder Anwalt.«

Aber Theo war nicht da, und Theda fragte sich, ob sie die erste Hälfte ihres Lebens nicht vergebens verbracht hatte.

Nun, sie hatte alles, was sie brauchte. Es fehlte nichts an Geld oder Gut. Aber ihre Seele. Ihr Herz. Sie fühlte sich im Inneren so leer. Und es gab nichts, das diese Leere füllen konnte.

3

In diesem Kleid sehe ich aus wie ein Kürbis, dachte Friederike. Missmutig wagte sie ein paar Schritte durch den Vorsaal.

»Achtung!«, schrie Hedi. »Pass auf mit dem Reifrock. Beinahe hättest du die Vase zu Boden geschleudert.«

Rasch rückte sie kleine Porzelline auf dem Empfangstisch zurecht. »So, noch einmal. Denk daran, kleine Schritte und den Rock nur wenig schwingen.«

Friederike sah an sich hinab. Einen »Traum in Abricot« hatte der Schneider dieses Ungetüm genannt. Dabei wusste nicht nur er ganz genau, dass die Farbe der Saison Himmelblau war. Alle Debütantinnen aus dem Institut von Madame Dupont würden blaue Kleider tragen. Sie hatte ihre Mutter bestürmt, aber die war eisern geblieben, auch als Friederike weinerlich meinte, sie würde zum Gespött aller werden.

»Die Leute werden sowieso tuscheln«, hatte Theda Geisenheimer gesagt. »Es ist auch wirklich merkwürdig, dass wir so kurz nach dem Tod deines Vaters auf einen Ball gehen. Aber sein Testament ist ja bekannt in der Stadt. Wie er seinen Anwalt dazu bekommen hat, das so aufzusetzen, frage ich mich zwar immer noch, aber er hat es ja nun einmal ausdrücklich bestimmt, dass du, wenn du bei seinem Tod noch nicht verlobt bist, unbedingt auf den Silvesterball gehen wirst mit deinen Brüdern und mir. Und dass seine Kinder keine Trauer tragen sollen. Was er sich dabei nur gedacht hat? Er wollte ein helles Kleid für dich. Das sollst du haben, aber keines in Blau.

Blau, sieh es doch ein, Blau, nein, das geht einfach nicht. Das würde deine Augen noch betonen. Und darunter, du weißt es, sind gleich deine *éphélides*. Du trägst etwas in einem rötlich gelben Pastellton, damit man sie nicht so sieht«, hatte Theda bestimmt und rasch nach einem Stoffmuster gegriffen.

Ferkelfarben, dachte Friederike. Ich trage wahrhaftig ein Kleid in dieser Farbe. Gott schütze mich, wenn mich die Gassenjungen in diesem Ding sehen.

»Brust raus, Rücken gerade, Schultern nach hinten«, dirigierte Hedi, doch Friederike ließ die Schultern hängen.

»Wie soll ich mich darin bewegen, wenn ich mich fühle wie eine Stopfgans im Kanarienkäfig? Das Korsett schnürt mir die Luft ab, die Knopfstiefel drücken an der Hacke, und der Reifrock hält mich wie in einem Gefängnis.«

»Wer schön sein will, muss leiden.« Hedi verschränkte die Arme vor ihrem großen Busen. »Wie es geht, weiß ich auch nicht. Aber deshalb bist du ja die junge Herrin und ich die Köchin. Musst halt üben.«

Friederike raffte das Kleid, tat ein paar Schritte, schwang den Rock, blieb damit am Schrank hängen und kämpfte mit den Tränen. »Ich werde das nie lernen. Ich bin eben kein Frauenzimmer.«

»Aber der Ball, Schätzchen. Freust du dich nicht ein

bisschen darauf?«, fragte Hedi und löste den Reifrock vom Schrank.

»Nein, überhaupt nicht. Kein bisschen. Alle werden wunderbare Kleider in Blau tragen. Sie werden zu jedem Tanz aufgefordert werden und wie Schwäne über das Parkett gleiten. Sie werden lächeln und Komplimente bekommen, und ihre Mütter werden sich blähen vor Stolz. Ich aber werde wie ein Ferkel auf einer Bank hocken, höchstens einmal am Arm meiner Brüder über das Parkett stolpern, und Maman wird rot werden vor Zorn. Ich mag da nicht hin. Aber Papa hat es ja nun einmal so bestimmt.«

Hedi seufzte. »Sie meint es nicht so, deine Mutter. Sie will doch nur dein Bestes.«

»Und woher weiß sie, was für mich das Beste ist, wenn nicht einmal ich das weiß?«

Darauf kannte auch die Köchin keine Antwort. »Nun komm«, sagte sie. »Wir machen dir noch eine Kamillenkompresse für dein Gesicht. Dann siehst du morgen Abend aus wie eine Lilie.«

Friederike schniefte ein wenig, dann folgte sie Hedi in die Küche. Vorher aber schlüpfte sie aus Kleid und Unterkleid, ließ die Stiefel einfach in der Diele stehen und saß schon in ihrem Hemd auf der Küchenbank. Kopfschüttelnd legte Hedi eine Decke um sie.

Stefan riss die Jakobinermütze vom Kopf und warf sie mit Schwung auf den Wirtshaustisch, direkt neben eine Bierlache. *»Allons enfants de la Patrie …«*, sang er.

»Le jour de gloire est arrivé!«, antworteten zwei Handwerksgesellen, die bereits am Tisch saßen. Neben ihnen

hockte ein schmalbrüstiger Junge in einem staubigen Reisemantel.

»Na, wie schaut es aus?«, fragte er in die Runde, gab dem Schankmädchen ein Zeichen, dass sie ihm einen Krug Bier bringe.

»Es hat geklappt!«, erwiderte der Zimmermann. »Heute Morgen ist Etienne endlich eingetroffen. Darf ich vorstellen?« Er deutete auf seinen Nachbarn im Reisemantel. Der Fremde sah auf. Lange Wimpern säumten dunkle Augen in einem bleichen Gesicht. Eine struppige braune Mähne war nachlässig zu einem Pferdeschwanz gebunden.

Stefan begrüßte den Gast. »Erzähl. Berichte von der Revolution.«

Etienne lächelte. »Wir tragen denselben Namen«, sagte er. Sein Deutsch klang mit einem leichten französischen Akzent. »Etienne heißt auf Deutsch Stefan.«

Die beiden jungen Männer sahen sich an, und mit diesem Blick wurde eine Freundschaft geschlossen. »Auf die Revolution«, sagte Stefan.

»Tout pour la révolution«, erwiderte Etienne.

»Erzähl!«, wiederholte Stefan. »Erzähl uns alles. Wie war es in Paris?«

Etienne wischte sich mit dem Ärmel den Bierschaum vom Mund: »Ich bin Student an der Sorbonne. Meine Mutter ist eine Weißnäherin. Sie spart sich das Geld vom Mund ab, damit ich einmal Jurist werden kann. Aber ihr wollt ja nicht meine Geschichte, sondern die große hören. Nun, vor eineinhalb Jahren gab es eine Missernte in ganz Frankreich. Die Brotpreise kletterten ins Unermessliche. Meine Mutter sagte, sie hätte noch niemals so viel für ein Brot ausgeben müssen wie in jenem Sommer. Während die Armen in Stadt und Land hungerten und mehr als ein Drittel ihres Einkommens allein für Brot aufbringen mussten, stopften sich Klerus, Adel und Bourgeoisie weiter die Taschen voll. Zuerst gab es in den Armeleutevierteln Unruhen. Bäckereien wurden gestürmt, die Inhaber zur Herausgabe von Brot gezwungen. Schon bald waren die Armen sich einig. Es musste sich etwas ändern, wenn nötig mit Gewalt.«

Stefan hatte atemlos zugehört. Da deutete Etienne auf ihn. »Du siehst mir aus wie ein Patriziersöhnchen. Weißt du, was das Brot heute kostet? Weißt du, wie viel ihres Lohnes eine Weißnäherin dafür bezahlen muss?«

Stefan schluckte, dann schüttelte er den Kopf. »Nein, das weiß ich nicht. Aber morgen werde ich es wissen.«

»Wie ging es weiter?«, fragte der Zimmermann. »Ich weiß, dass der Dritte Stand, also alle außer Adel und Klerus, mitbestimmen wollte.«

»Ja, das ist richtig. Am 1. Mai rief der König die Generalstände zusammen, um über die notwendigsten Reformen zu sprechen. Doch eine Einigung kam nicht zustande. So erklärten sich die Abgeordneten des dritten Standes zur Nationalversammlung, mit der Begründung, dass sie neunzig Prozent der Bevölkerung repräsentieren.«

»Richtig! Gut gemacht!«, rief der Zimmermann und schlug mit der Faust auf den Tisch.

»Drei Tage später verweigerte die Regierung den Abgeordneten des Dritten Standes den Zutritt zum Sitzungssaal. Diese jedoch ließen sich nicht verdrießen, suchten sich einen anderen Tagungsort und beschlossen, eine Verfassung zu erstellen. Wenige Tage später wurden die Abgeordneten wieder zugelassen, die drei Stände miteinander vereinigt. Das war der erste Sieg der Revolution.«

»Und die Leute? Was bekamen sie davon mit?« Stefan hatte vor Aufmerksamkeit rote Wangen bekommen.

»Nach draußen drang wenig von den politischen Debatten. Die Unruhe wuchs. Überall plünderten arme Leute die Besitzungen der Reichen. Noch immer gab es nur überteuertes Brot, noch immer hungerten die Menschen. Der Staat und seine Diener wurden den Leuten nicht mehr Herr. So stürmte das Volk am 14. Juli 1789 die Bastille. Sieben Gefangene wurden befreit, sämtliche Waffen einkassiert, der König zog sich zurück und erschien drei Tage später mit der Kokarde am Rockaufschlag.«

Der Zimmermann grinste, hob den Jackenkragen und zeigte seine Abzeichen. Stefan und der andere Geselle, der bisher weder seinen Namen genannt noch sonst etwas gesagt hatte, taten es ihm gleich.

»Auf dem Land griffen die Bauern die Besitzungen ihrer Lehnsherren an. Zahlreiche Schlösser und Gutshäuser standen in Brand, auch Kirchen und Klöster. Die Bauern hofften, mit der Brandlegung auch die Niederschriften ihrer Schulden zu vernichten. Viele Adlige flohen ins Ausland. Nach einigem Hin und Her wurde schließlich am 26. August die neue Erklärung der Menschen- und Bürgerrechte verabschiedet. Drei Punkte darin waren besonders wichtig: *Liberté* als Freiheit für den Einzelnen, *égalité* als Gleichheit der Bürger vor dem Gesetz und *fraternité* als Brüderlichkeit unter allen Menschen.«

Etienne nahm einen langen Schluck aus dem Bierkrug.

»Wir haben gesiegt«, sagte er dann schlicht. »In Frankreich wird es über kurz oder lang gerecht, frei und brüderlich zugehen. Es wird keine Herren und keine Diener mehr geben.«

Stefan nickte. Er sah plötzlich nachdenklich aus. Für einen Augenblick hatte er Mühe, Atem zu schöpfen.

»Was ist, Patrizier?«, fragte der Zimmermann. »Bist du dabei, wenn wir auch hier zur Revolution schreiten? Oder hast du plötzlich Angst um deine Privilegien?«

Stefan schüttelte den Kopf. »Unsinn. Ich frage mich nur, wie die Umverteilung vonstatten gehen soll. Kein Reicher wird freiwillig mit den Armen teilen.«

»Oh, das wissen wir. Wir werden sie zwingen. Doch nicht Hals über Kopf. Die Menschen müssen sich erst an die neue Freiheit gewöhnen«, erklärte Etienne. »Warum soll man das Pariser Modell nicht auf Frankfurt übertragen können?«

»Ich weiß nicht«, sagte Stefan. »Die Frankfurter sind nicht unzufrieden. Zwar gibt es immer wieder einige, denen man nichts recht machen kann, doch die Unterstützung wird womöglich fehlen.« – »Lasst es darauf ankommen, Patrizier.« Es war der Mann, der bisher kaum ein Wort gesprochen hatte. Er sah Stefan von unten her an; sein Blick war prüfend, beinahe schon feindselig. »Oder traust du dich nicht, etwas zur Revolution beizutragen?«

Stefan spürte, wie die Blicke der anderen an ihm klebten. Lauernd, irgendwie. Als hätte er etwas verbrochen und müsste nun gestehen. »Warum nicht?«, sagte er. »Was soll ich tun?«

Die beiden Handwerker wechselten einen Blick. Dann sprach der Zimmermann: »Die Patrizier geben in der Gesellschaft zur Alten Limpurg an Silvester ein großes Fest.

Schon seit Tagen fahren die Weinhändler vor dem Haus auf dem Römer vor. Die Tische, hört man, sollen sich biegen unter den Speisen. Bist du auch eingeladen?«

Stefan nickte. »Ich bin nicht so patrizierisch wie ihr denkt. Ich werde nicht hingehen. Es gibt nichts dort, was mich interessiert.«

»Gehst du auch nicht hin, wenn du dort etwas für die Revolution tun kannst?«

»Was sollte ich ausgerechnet dort tun?«

Wieder wechselten der Zimmermann und der Schweigsame einen Blick, während Etienne das Gespräch interessiert verfolgte.

»Du kennst den Brotpreis nicht, Patrizier. Und du hast bestimmt auch keine Ahnung, wie viele Menschen in Frankfurt hungern. Dort, du sagst es selbst, gibt es alles im Überfluss. Ich zum Beispiel habe noch nie Wein aus Bordeaux getrunken.«

Stefan lachte und schüttelte den Kopf. »Willst du, dass ich eine Flasche Bordeauxwein für dich rausschmuggele?«

Der Schweigsame verzog das Gesicht. »Hast du nicht gehört, Patrizier, dass auch hier die Menschen hungern?«

Er sah Stefan prüfend an, dann wandte er sich an den Franzosen und den Zimmermann. »Habt ihr euch das Bürschchen schon mal genau angesehen? Ein Milchbart, ein Kind ist er noch.«

Er schüttelte den Kopf und sagte zu Stefan: »Geh nach Hause zu Muttern. Komm wieder, wenn dir die Eierschalen hinter den Ohren abgefallen sind. Was weißt du schon von der Welt, von den Menschen und ihren Sorgen?«

»Mehr als du glaubst«, begehrte Stefan auf. »Was soll ich

machen? Ich werde beweisen, dass ich kein Grünschnabel, kein verzogenes Patriziersöhnchen bin.«

Er war so empört, dass er das Grinsen des Schweigsamen nicht bemerkte.

»Also gut«, sprach der. »Öffne in der Silvesternacht beim Glockenschlag zehn die Fenster und wirf an Lebensmitteln runter, was du tragen kannst.« – »Ja, aber warum?«

»Wir werden die Armen vor dem Haus der Alten Limpurg versammeln. Dann könnt ihr Pfeffersäcke und Tonnenjunker sehen, wie in Frankfurt gehungert wird.«

Theda war nicht wohl bei dem, was sie vorhatte. Doch sie musste es tun. Allein, dicht im Schutz der Mauern, eilte sie durch die Gassen bis zum Kleinen Hirschgraben, der dicht hinter der Katharinenkirche lag. Gleich am zweiten Haus betätigte sie den Messingklopfer. Die Tür schwang auf, als hätte jemand dahinter gelauert.

»Ihr seid es«, sagte die Magd. »Der Herr wartet schon auf Euch. Er ist in der Bibliothek.« Sie nahm Theda den Mantel ab und geleitete sie ins erste Stockwerk.

Als Theda eintrat, legte Eckehard ein dünnes Büchlein zur Seite. Friedrich Schiller, las Theda. *Die Räuber*.

»Ist es gut?«, fragte sie.

»Es ist hervorragend. Alle Welt spricht davon. Sogar Goethe kam nicht umhin, das Werk zu loben.«

»Hmm.« Theda setzte sich. »Jago wird es wohl kennen.«

Eckehard von Hohenstein wiegte den Kopf. »Das Werk ist schon neun Jahre alt. Wenn es auch erst jetzt die rechte Verbreitung erfährt. Aber du bist sicher nicht zu mir gekommen, um mit mir über *Die Räuber* zu sprechen.«

Theda lächelte. Im Schein der Kandelaberkerzen wirkte ihr Gesicht weich. »Nein, mein Lieber. Das bin ich nicht.«

»Wie kann ich dir helfen? Ist etwas mit dem Kontor?«

Theda schüttelte den Kopf. »Nein, dort ist alles in bester Ordnung. Kalis ist ein tüchtiger Prokurist. Seit Theos Hinfälligkeit hat er das Unternehmen in anderem Stile geführt. Wir vertreiben jetzt auch Spezereien wie Gewürze, Zitrusfrüchte, Mandeln, Feigen und Waren aus den Kolonien. Kaffee, Tee, Schokolade, Tabak, Zucker, Fettwaren, Baumöle und Senf.«

Eckehard nickte und zog an seiner Pfeife. Ein wenig Rauch geriet vor Thedas Nase. Sie wedelte ihn mit der Hand weg. »Dass du in deinem Alter noch zum Schmauchlümmel geworden bist, werde ich wohl nie verstehen.«

Eckehard lächelte. »Es gibt einiges, was du an mir nicht verstehst, Theda.«

Sie errötete bis hinunter zum Hals, dann wechselte sie das Thema. »Wer soll das Unternehmen weiterführen, Eckehard? Meine Kinder sind allesamt unnütz in dieser Hinsicht. Was soll ich tun? Verkaufen am Ende?«

»Das Handelsunternehmen Geisenheimer hat über zweihundertfünfzig Jahre Tradition. Es steht gut da, der Ruf ist erstklassig.«

»Es wäre eine Schande, zu verkaufen, nicht wahr?«

Eckehard nickte, stopfte sich die Pfeife neu und goss Theda vom Rotwein nach. »Du bist eine gute Handelsherrin, Theda. Das hast du in den letzten Jahren bewiesen. Warum soll eine Frau nicht ebenso zur Führung eines Handelshauses geeignet sein wie ein Mann?«

»Du meinst Friederike? Oh nein, Eckehard. Sie ist ... nun ... es fehlt ihr an so vielem.«

»Du meinst, weil sie mit ihren blitzeblauen Kinderaugen, der rosigen Haut und den Sommersprossen aussieht wie die blühende Unschuld?«

»Ja, das auch. Aber, weißt du, Eckehard, sie ist so ... arglos. Naiv einfach. Übers Jahr hätte sie alles verloren.«

»Ich denke anders über deine Tochter, Theda. Aber du kennst sie besser als ich. Was hältst du dann von einer Heirat mit einer Handelsherrin?«

»Du meinst Jago?«

»Warum nicht? Er ist ein hübscher Bengel. Er ist reich. Und begabt. An Verehrerinnen dürfte es nicht mangeln. Suche ihm eine, die das Unternehmen statt seiner führt. Eine mit kaufmännischem Geschick.«

Theda nahm das Glas und starrte hinein. Sie hielt es gegen das Licht und beobachtete, wie der dunkelrote Wein zu funkeln begann. Ihre Nasenflügel bebten in dem Aroma. Genüsslich nahm sie einen Schluck. Dann sagte sie nachdenklich: »Es wimmelt nicht gerade von solchen Frauen in Frankfurt.«

»Er könnte eine heiraten, die ein wenig älter ist als er. Er könnte reifen an ihr.«

»An wen denkst du dabei, Eckehard?«

Er lächelte, sog an seiner Pfeife. »Ich hatte die zweite Tochter des Allbergers im Sinn. Sie ist klug und mutig.«

Theda schüttelte entschieden den Kopf. »Was denkst du dir, Eckehard? Sie ist mindestens fünfundzwanzig Jahre alt, weder hübsch noch vermögend. Eine Sitzengelassene, wenn mich nicht alles täuscht.«

»Ja, sie war verlobt und wurde dann doch nicht geheiratet. Sie ist nicht die Einzige, der dergleichen geschieht.«

Er bemerkte nicht, dass Theda schamrot anlief, und sprach weiter: »Wenn sie Jago heiratet, wird sie sozial aufsteigen. Und alles dafür geben, damit dies so bleibt. Sie ist zur Dankbarkeit verpflichtet. Sie wird sich mehr mühen als jede andere, den Anforderungen gerecht zu werden.«

Theda nickte. Sehr langsam, aber sie nickte. »Lass mich darüber nachdenken«, sagte sie.

»Du hast Zeit. Du bist nicht zum Handeln gezwungen. In der Blüte deiner Jahre stehst du und könntest, wenn du wolltest, das Unternehmen selbst noch für Jahrzehnte führen.« – »Nein, Eckehard, das kann ich nicht. Und ich will es auch nicht.«

Sie brach ab und schwieg. Mit dem Finger fuhr sie das Muster auf dem kleinen Kirschholztisch nach.

»Trägst du dich mit dem Gedanken, dich wieder zu verheiraten?«, fragte Eckehard.

Theda fuhr hoch. »Oh nein. Ganz bestimmt nicht. Ich bin nicht für die Ehe geschaffen, bin allemal glücklich ohne Mann.«

»Sehnst du dich nicht manchmal nach Liebe? Nach Zärtlichkeit?«

Theda schüttelte den Kopf. »Liebe hat ihren Preis. Und für jede Zärtlichkeit muss man bezahlen. Ich bin geizig, das weißt du doch.«

Erst jetzt nahm Theda wahr, dass sich Eckehards Gesicht verdüstert hatte. »Ist etwas mit dir?«

»Nein«, erwiderte der Mann. »Es ist alles so, wie es immer schon war.«

4

Der Silvesterball fand im Haus der Alten Limpurg auf dem Römer statt. Vor die Fenster des großen Saales waren dicke Vorhänge gezogen, um die Blicke des neugierigen Volkes abzuhalten. Auf der Bühne hatte sich eine Kapelle eingefunden, die Stühle waren hinausgeräumt, das Parkett glänzte. Unter den Säulen hatte man bequeme Sessel und Ottomanen aufgestellt, zahlreiche Lüster protzten mit honiggelbem Kerzenlicht, das den Damen schmeichelte.

Langsam füllte sich der Saal. Theda hatte auf einer Ottomane Platz genommen und lauschte dem Gewisper und Getuschel um sie herum. Gerade wurden die Debütantinnen, zu denen auch Friederike gehörte, betrachtet. Und wie Theda es vorausgesagt hatte, das Testament Theodor Geisenheimers, das seine Familie dazu verdonnerte, die Schicklichkeit eines Trauerhauses zu verlassen und auf einen Ball zu gehen, sich gar zu amüsieren, war immer wieder Gesprächsstoff. Aber auch die anderen Debütantinnen kamen nicht ungeschoren davon.

Frau von Stahl war der Meinung, dass die junge Bolongaro unbedingt ein bisschen Bleiche für das Haar brauchte. Die hessisch-hombergische Hofrätin Isadora von Braunwinkel rümpfte die Nase über Oberhofmeisterin von Hassel, deren Kleid nach allgemeinem Geschmack zu tief dekolletiert war. An Leutnant zur Mühlen fehlte der Säbel zur Uniform, und die Halsbinde des Ratsherrn Oldenhauer ließ den letzten Schick vermissen.

»Die Frankfurter verstehen einfach nicht den *›dernier cri‹*, empörte sich Eva von Nösch, Thedas Freundin.

»Nun, es ist jetzt Mode, das *journal général de politique et littérature* zu lesen. Die Frauen von Stand parlieren über Schiller und den Königsberger Kant. Wenn sie erst merken, dass sie vom vielen Reden Lippenfältchen bekommen und vom vielen Denken Stirnrunzeln, werden sie schon wieder zum *Journal des Luxus und der Moden* zurückfinden, *ma chère.*«

Die von Nösch kicherte hinter ihrem Fächer. Dann beugte sie sich zu Theda. »Sieh da, der Herr von Blauwitz. Es heißt, er habe jetzt auch eine Sammlung Höchster Porzellan gekauft. Ob er damit die Damen beeindrucken will? Es heißt, er sei ein *grand chevalier.*«

»Pfff! Für mich ist er eine *canaille*«, mischte sich Madame Dupont, die Leiterin des Französischen Instituts, in die Unterhaltung. Doch Theda hörte nicht mehr richtig hin. »Ist das da die kleine Allberger?«, fragte sie nach links und rechts.

»Ja, die Sitzengelassene. Armes Ding.« Frau von Nösch wedelte mit ihrem Fächer und seufzte.

Theda betrachtete die junge Frau. Ihr Gang war aufrecht und verriet Entschlossenheit. Vielleicht entsprach auch ihr Kleid nicht eben dem *dernier cri,* denn es war nach griechischem Vorbild gearbeitet, doch stand es ihr ausnehmend gut. Das dunkle Haar glänzte, die Haut war rosig, obschon sich erste winzige Fältchen an den Augen zeigten. Als sie lachte, tat sie es hinter ihrem Fächer; und Theda nickte beifällig dazu. Jetzt kam ein junger Mann zu Barbara Allberger, beugte sich vertraulich zu ihr. Theda spürte einen Stich, der sich beinahe wie Eifersucht anfühlte. War die Tochter der Allbergers nicht doch zu alt für Jago? Und ihr Kleid nicht einen Hauch zu gewöhnlich? Womöglich sprach sie nicht einmal Französisch. Sagte man nicht von ihren Eltern, dass sie bei der letzten Belagerung bocksbeinig gewesen wären? Hatte der Alte nicht sogar gesagt, »Franzpack« käme ihm nicht ins Haus? Und ihre Mutter soll sogar alle ihre Kinder selbst gestillt haben!

»Schau mal.« Theda stupste ihre Freundin an. »Die Allberger spricht im gestreckten Galopp mit ihrem Herrn.«

»Und wie sie lacht! Wie eine kleine Ratte, findest du nicht? Aber sag, warum interessierst du dich so für das arme Ding? Hat Jago etwa ein Auge auf sie geworfen?«

Theda schwieg, aber ihre Freundin schien ohnedies keine Antwort erwartet zu haben. »An Jagos Stelle würde ich lieber der Sophie Rohrbach Komplimente machen. Sie ist eine gute Partie, wenn auch nicht von Adel.«

»Ist sie nicht ein wenig zu kapriziös?«, fragte Theda und betrachtete Sophie, die sich in einem lavendelfarbenen Kleid und mit einem diamantbesetzten Haarreif präsentierte.

»Kapriziös, was heißt das schon? Sie weiß sich ins rechte Licht zu rücken. Ansprüche mag sie schon haben, doch womöglich kann man sie sich noch ein wenig zurechtbiegen.«

»Ist sie klug?«

»Klug! Was du für Fragen stellst, Theda. Sie hat eine gute Ausbildung genossen, denke ich. Sie kann Clavichord spielen, ein großes Haus führen und wahrscheinlich spricht sie ganz leidlich Französisch.«

»Aber sie ist verschwenderisch, nicht wahr?«

»Mein Gott, Theda. Sie ist jung, ihr Vater ist reich. Soll sie in einem Leinenkittel herumlaufen? Jago und sie würden ein phantastisches Paar abgeben. Er, der Dichter, und sie als seine Muse.«

Theda schnaubte. »Mein Sohn braucht keine Muse, sondern ein Weib, das etwas vom Geschäft versteht.«

Ihr Blick richtete sich erneut auf die Allbergertochter. Eben packte sie den Weinkelch mit beiden Händen. Theda verzog das Gesicht. Vornehm war die junge Frau gewiss nicht. Andererseits würde sie wohl kaum Ansprüche an Kleider, Schmuck, Kutschen, Porzellan und dergleichen stellen. Aber ein bisschen Grazie sollte schon sein, eine Basis guter Manieren, Gewandtheit im gesellschaftlichen Umgang.

Eine Mitgift konnte man von so einer schwerlich erwarten. Am Ende musste Theda noch die halbe Allberger-Bagage mit durchfüttern. Und Jago verlor dabei noch den Rest an gutem Benehmen. A propos Jago! Wo war er eigentlich?

»Entschuldigt mich«, bat sie die Freundinnen, sah noch einmal nach Friederike, die wie bestellt und nicht abgeholt auf ihrem Stuhl saß und in ihren Schoß blickte. Einsam wirkte sie. Theda seufzte. Ich werde mich nachher um sie kümmern, beschloss sie, verließ den großen Saal und begab sich in den Salon, der als Raucherraum für die Herren eingerichtet war. Dort stand tatsächlich Jago. Ringsum hatten sich die Männer der Gesellschaft in bequemen Fauteuils niedergelassen, die Pfeifen im Mund, Rotweingläser oder Kaffeetässchen in der Hand. Theda sah, wie der junge Bolongaro seinem Nachbarn einen hämischen Blick zuwarf, dann scharrte er mit den Füßen und tat überhaupt alles, um Jagos Einsatz zu verzögern. Der stand vor den anderen, verknitterte ein paar Blätter in seiner Hand. Theda betrachtete ihren Sohn von der Seite, sah die hektischen Flecken, die sich über die Wangen bis hinunter zum Hals zogen. Er tippte immer wieder mit der Spitze des linken Fußes auf den Parkettboden. Am liebsten hätte sie ihm ihre Hand auf die Schulter gelegt, doch sie tat es nicht. Niemand hatte ihn gezwungen, sich hier in den Vordergrund zu drängen. Hätte er sie gefragt, sie hätte ihm abgeraten. Zwar hatte sie noch keines seiner Werke gelesen, doch sie wusste ohnehin, dass ihr Ältester dafür nicht begabt war. »Lass es sein, das Dichten. Du hast keine Anlage dafür«, hatte sie ihm vor Jahresfrist nach Italien geschrieben.

»Woher weißt du das?«, hatte er gefragt, und Theda hatte erwidert: »Weil ich deine Mutter bin.«

Und an diesem Urteil zweifelte sie bis heute nicht. Woher sollte Jago diese, diese, nun ja, künstlerische Ader denn haben? Nein, nicht von den von Eisenbergs und auch nicht von den Geisenheimern. Man konnte über diese Familien sagen, was man wollte, aber sie waren immer anständige Leute gewesen.

Gerade wollte sie ihren Sohn am Ärmel fassen und mit sich ziehen, da begann er zu lesen.

Theda holte Atem.

»Ode an das neue Jahr«, begann Jago. Der alte Schultheiß, der ganz vorn saß, verschränkte die Arme vor der Brust. »Nun mal weiter, Junge!«

Jago sah verwirrt um sich.

»Nun mach schon, wir wollen schließlich alle das Feuerwerk in drei Stunden erleben.«

Theda sah Jago erröten und seufzte. Warum hatte sie ihn nicht rechtzeitig hier rausgezerrt?

»Ode an das neue Jahr«, wiederholte Jago und fuhr fort:

»Von Feengesängen ganz durchströmt,
mit allen Musen zart versöhnt,
so treibe ich durch Zeit und Raum,
als wär's ein schöner Göttertraum.«

An dieser Stelle brach der alte Schultheiß in Gelächter aus. »Junge, trink lieber ein kräftiges Bier, das treibt dir die Flausen aus«, rief er, sah sich Beifall heischend um, und die jungen Patrizier stimmten in sein Gelächter ein. Nur einer, den Theda nicht kannte, machte nicht mit. »Mir hat es gefallen«, sagte er, doch seine Worte gingen im Gelächter unter.

Jago trat von einem Fuß auf den anderen, unschlüssig, ob er weitermachen oder aufgeben sollte.

Theda krümmte sich vor Scham und Schmerz. Wenn er doch nicht so unerträglich gefühlig wäre!

Nein, sie konnte das hier nicht länger ertragen und enteilte. Zur Allbergerin wollte sie. Das Mädchen noch einmal näher in Augenschein nehmen.

* * *

Friederike saß auf ihrem Stuhl, hatte die Unterlippe nach vorn geschoben und wetterte im Stillen gegen ihre Mutter. Ich habe es geahnt, dachte sie. Tatsächlich bin ich die einzige, die aussieht wie ein Ferkel. Wenn's nur der Maman gefällt! Dankbar will ich sein, wenn mich die Dienstboten nachher nicht mit einer Zitrone im Maul auf die Tafel legen. Aber Maman weiß ja alles besser. Jetzt hocke ich hier, wage nicht, den Blick zu heben, um dem Mitleid der anderen zu entgehen. Ich wette, die Tanzkärtchen der restlichen Debütantinnen sind schon voll, während bei mir gerade mal Jago und Stefan stehen. Nun ja, Eckehard von Hohenstein nicht zu vergessen, aber der zählt nicht, da er schon fünfzig Jahre alt ist.

»Friederike! Hier bist du ja!«

Sie schaute auf. Christian, der Nachbarsjunge, stand hinter ihrem Stuhl. »Du … du siehst aus wie … wie …«

»… ein Kürbis, ich weiß«, beendete Friederike den Satz.

»Aber nein. Ganz und gar nicht. Ich wollte sagen, du siehst aus wie eine Tulpe aus Amsterdam im Frühling. Alles an dir leuchtet und strahlt.«

Friederike runzelte ein wenig die Stirn, doch seine Augen waren so klar und arglos, dass sie ihm glaubte.

»Danke«, flüsterte sie.

»Darf ich dich um einen Tanz bitten?«

Friederike dachte an ihr leeres Kärtchen. Was würde Christian denken, wenn er sah, dass bisher keiner mit ihr hatte tanzen wollen?

»Ich weiß gar nicht, wo mein Kärtchen ist.« Sie sah sich um, stand sogar auf, um unter ihren Stuhl zu blicken.

»Du hast es doch in der Hand«, sagte Christian und nahm es ihr ab.

Friederike schluckte, wäre am liebsten doch mit einer Zitrone garniert auf der Tafel gelegen, aber Christian schien sich zu freuen.

»Wie gut, dass du hinter der Säule gesessen hast. Da kannst du mich gleich für die Quadrille, das Menuett und natürlich für den Walzer eintragen. Und die anderen Tänze würde ich am liebsten auch mit dir tanzen, aber ich fürchte, ich bin zu aufdringlich.«

Friederike atmete auf. »Aber nein, ganz und gar nicht. Ich freue mich auf den Walzer mit dir.«

Stefan stand in einem Gang, der vom kleinen Saal, in dem gespeist wurde, in die Küche führte. Dienstboten eilten hin und her, brachten Teller, Gläser, Silberbestecke, Damastservietten. Eine junge Frau verteilte Blumenschmuck auf der Tafel, eine andere putzte ein letztes Mal die silbernen Leuchter, bevor sie diese mit weißen Kerzen bestückte. Aus der Küche drang Lärm. Jemand schrie Befehle: »Sind die Lammkeulen durch? Mit Honig glasiert? Mit Lavendel bestreut?«

Dazwischen Tellergeklapper, Topfscheppern, Gelächter, Flüche und das Knistern des Feuers.

»Kann ich Euch helfen?«, fragte einer der Bediensteten.

Stefan schüttelte den Kopf.

»Warum geht Ihr nicht zum Fest? Hier im Gang könntet Ihr Euch verletzen. Jemand könnte Euch heiße Soße übergießen, Euch anrempeln.«

Stefan nickte. Er hatte verstanden und verließ den Gang.

Doch behielt er den Küchentrakt im Auge. Vom Turm des Bartholomäusdoms schlug es viertel vor zehn. Die ersten Speisen wurden aufgetragen. In einer Viertelstunde würde der Saal voller Menschen sein. Sollte er es jetzt tun? Jetzt, heimlich? Wenn gerade kein Dienstbote da war, einfach ein Fenster öffnen und rauswerfen, was er kriegen konnte?

Nein, dachte er. Nein, die Abmachung lautete anders. Gerade im dicksten Getümmel sollte er nach den Speisen und den Weinkrügen langen und vor aller Augen die Fenster weit öffnen. Die Patrizier sollten ja sehen, wie viele Arme es in der Stadt gab. Er, Stefan, musste außerdem beweisen, dass er ein wirklicher Revolutionär war und kein reicher Revolutionsromantiker, kein verzogenes Patriziersöhnchen.

Ganz tief atmete er ein. Ihm wurde ein wenig übel, wenn er an nachher dachte. Ein Aufschrei würde durch die Gesellschaft gehen. Seine Mutter! Sie würde in Ohnmacht fallen, oder schlimmer noch, sich auf ihn stürzen. Wie stand er dann da? Wie seine Familie?

Aber war es andererseits nicht gerecht, mit den Armen zu teilen? Gerade wurden mehrere Silbertabletts mit gebratenen Täubchen hereingetragen. Ob die Armen jemals so etwas gegessen hatten?

Stefan biss sich auf die Lippe. Und wenn er wartete, bis alles vorbei war, die Gesellschaft sich beim Tanz vergnügte? Sollte er dann die Reste hinauswerfen? Wenn er Glück hatte, bemerkten das nicht einmal die Dienstboten. Und er glaubte auch nicht, dass der Zimmermann, dessen dunkler Freund oder Etienne genau wussten, wann so ein üppiges Mahl zu Ende war. Die Herren würden sich ohnehin bald ins Raucherkabinett zurückziehen, die Damen sich frisch machen. Den Armen war geholfen, den Reichen nicht geschadet. Aber war das Revolution?

Der erste Walzer ihres Lebens. Friederike schwebte über das Parkett. Im Institut von Madame Dupont hatte sie geübt, obwohl Madame keine Anhängerin dieses »Geschübse *très désolant*« war, wie sie es nannte. Friederike kannte alle Schritte, und es machte nichts, dass Christian mehr als einmal auf ihrem Kleid stand, sie in die falsche Richtung zog, bei den Drehungen stolperte. Friederike war glücklich. Wenigstens beinahe. Ihr war heiß, und sie befürchtete, dass ihre Wangen sich röten würden, sie wie eine Wäscherin aussähe. Sie hielt den Blick fest auf den Boden gerichtet.

»Was ist?«, fragte Christian. »Warum siehst du mich nicht an? Eine Dame muss den Herrn beim Tanz anlächeln.«

»Wer sagt das?«, murmelte Friederike, den Blick noch immer fest auf ihren Rocksaum gerichtet.

»Das ist einfach so. Sieh dich um. Alle Frauenzimmer schmelzen in den Armen der Kavaliere dahin.«

Jetzt sah sie auf, lächelte, spürte die Röte in ihren Wangen brennen.

»Schön«, sagte Christian leise. »Du siehst schön aus.«

»Ach, was.« Friederike fühlte, wie sich die Röte verstärkte. »Ich bin nicht schön. Ich habe Sommersprossen, Teufelsschisse.«

»Glückspunkte sind das. Ja, Glückspunkte. Für jeden glücklichen Augenblick kommt ein neuer Punkt dazu.«

Er hob seinen Finger und tippte auf ihren Nasenrücken. »Da ist wieder einer, jetzt gerade bist du glücklich. Deine

Haut ist so rein und weiß, dass das Glück durch sie hindurchschimmert. Hätte ich deine Haut, mein ganzer Körper müsste jetzt mit Glückspunkten übersät sein.«

Er hatte leise gesprochen, geflüstert dicht an ihrem Ohr, sodass sie seinen Atem an ihrem Hals spüren konnte. Sie blickte ihm in die Augen, ob er Schabernack mit ihr trieb, doch seine Augen leuchteten und bestätigten, was sein Mund ausgesprochen hatte.

»Das ist schön«, sagte sie leise. »So etwas hat noch niemand zu mir gesagt.«

Da hob er die Hand, strich mit dem Zeigefinger langsam über ihre Nase, umrundete ihren Mund.

Theda sah es. Sie wedelte empört mit ihrem Fächer, doch Eva von Nösch, ihre Freundin, legte ihr die Hand auf den Arm. »Lass sie gehen. Sie sind jung. Sie sind übermütig. Es ist Silvester.«

»Aber sie gebärdet sich wie eine Küchenmagd unter dem Maibaum«, widersprach Theda.

»Das heißt nur, dass sie fröhlich ist. Lass ihr das Vergnügen. Du bist ohnehin zu streng mit ihr.«

Theda wollte ihrer Freundin gerade widersprechen, als ein Herr neben die Ottomane trat. »Teuerste Frau Geisenheimer«, begann er. »Ich wollte Euch schon lange meine Aufwartung machen, um Euch die Last der Trauer um den Gatten tragen zu helfen. Allein die Geschäfte schickten mich auf Reisen, sodass ich erst heute dazu komme.«

Theda sah auf. Vor ihr stand der Herr von Rössner, erst kürzlich in den Adelsstand erhoben und vom Landgrafen zum hessisch-hombergischen Hofrat ernannt.

»Danke Euch, Rössner«, erwiderte sie knapp und wandte den Blick ab.

»Ich wollte auch mit Euch reden«, sprach Rössner weiter. »Wie Ihr wisst, ist meine soziale Stellung nun gefestigt. Ich hätte einer Frau einiges zu bieten. Für den Titel der Hofrätin würden sich einige die Finger abschmatzen.« Theda wurde es unbehaglich. Schlimm genug, dass sich das Maul zerrissen wurde über Theodors Testament. Sollte nun auch noch ein Heiratsantrag in aller Öffentlichkeit dazukommen?

»Was wollt Ihr damit andeuten? Sprecht klar, damit ich Euch verstehe.«

»Ja, liebe Frau wirkliche kaiserliche Rätin, wir sind ja nun vom selben Stande. Und vom Alter her …«

»Vom Alter her? Mein lieber Freiherr, ich bin letztens zweiundfünfzig Jahre alt geworden. Zweiundfünfzig! Doch sprecht weiter.«

Thedas Worte klangen härter, als sie gemeint waren. Neben sich hörte sie Eva hinter ihrem Fächer leise prusten.

»Nun, um das Kind beim Namen zu nennen: Ich bin Witwer, Ihr seid Witwe. Was liegt da näher, als unsre Einsamkeit gemeinsam zu beenden? Im Übrigen wirkt Ihr bedeutend jünger, wenn ich das so sagen darf. Bedeutend!« Er räusperte sich, und Theda sah auf seiner Stirn winzige Schweißperlen.

»Ich bin nicht einsam«, entgegnete sie. »Und überdies gewiss, dass es in Frankfurt genügend Frauen gibt, die sich – wie sagtet Ihr doch? – die Finger nach Euch abschmatzen würden.« Theda sprach's, hob den Fächer und wedelte so wild damit herum, als wolle sie eine Fliege verscheuchen.

Jetzt ergriff Eva von Nösch das Wort. »Verzeiht, Herr Hofrat, meine Freundin hat den Verlust Ihres geliebten Gatten noch kaum verwunden. Lasst Ihr Zeit. Wenn die schlimmste Trauer überstanden ist, sehen viele Dinge anders aus.«

Der Herr von Rössner verbeugte sich militärisch, dann schlug er die Hacken zusammen und verschwand.

»Was sollte das?«, fauchte Theda, als der Hofrat verschwunden war.

»Was das sollte? Du wirst ja wohl nicht ewig Witwe bleiben wollen. Rössner ist nicht der Schlechteste. Du solltest ihn nicht vergraulen. Und warum hast du dich älter gemacht, als du bist? Das habe ich noch nie erlebt. Alle Frauen, die ich kenne, korrigieren ihr Alter nach unten. Du aber …«

»Ich weißt selbst, dass ich erst zweiundvierzig Jahre alt bin. Und eben deshalb mache ich mich älter. Wer hört schon gern: ›Oh, Gnädigste, da lag ich mit meinen heimlichen Schätzungen doch richtig!‹ Nein, so etwas will ich nicht hören. Ein ›Das hätte ich aber nicht gedacht, Ihr wirkt bedeutend jünger‹ ist besser für meine Seele.«

Eva von Nösch prustete ganz undamenhaft in ihren Fächer, doch dann wurde sie wieder ernst. »Also, seine Manieren sind wirklich nicht die allerbesten. Hier so vor allen Leuten … Männer sind schon seltsam. Aber willst du den Rössner denn so einfach ziehen lassen? Bedenke, eines Tages wirst du wahrhaftig zweiundfünfzig Jahre alt sein.«

Theda schüttelte den Kopf. »Bitte, Eva. Ich werde nicht wieder heiraten. Nie mehr, verstehst du? Ich bin nicht für die Ehe gemacht, nicht für die Liebe. Am wohlsten fühle ich mich, wenn ich allein bin.«

Stefan hatte zu lange überlegt. Schon klang der Gong, die Musik verstummte, Schritte auf der Treppe wurden laut, und gleich darauf war der Saal voller Menschen.

Stefan verließ seinen Platz, stand abseits, beobachtete die Leute. Die Oberforstmeisterin hatte sich ihren Teller so vollgeladen, dass nicht eine Erbse mehr daraufpasste. Sie trug ihn an ihren Busen gepresst, als fürchte sie, jemand könne ihr die Köstlichkeiten entreißen. Eine Magd griff sich beim Abtragen ein liegengelassenes Hühnerbein und hieb die Zähne hinein. Der Zeremonienmeister sah es, verpasste ihr im Gang eine Maulschelle, woraufhin sie heulend verschwand.

Der Frau von Stallburg tropfte Bratensoße vom Kinn, der Juwelenhändler Görschmann stopfte mit beiden Händen Lammkoteletts in sich hinein. Schon kam die Oberforstmeisterin erneut, türmte den Teller wieder überhoch mit Köstlichkeiten voll und lächelte dabei, dass ihr die dicken Bäckchen hin und her schwangen.

»Willst du nichts essen?«

Stefan hatte nicht bemerkt, dass seine Mutter zu ihm getreten war.

»Nein, Maman. Ich habe keinen Appetit.«

»Zier dich nicht, wir haben schließlich dafür bezahlt.«

Stefan sah seine Mutter an. »Und was ist mit den Armen?«

Theda verzog das Gesicht. »Was soll mit denen sein?«

»Sie hungern«, erwiderte Stefan.

Theda Geisenheimer zuckte mit den Achseln. »Das tun sie immer. Nicht nur heute.«

»Aber wir könnten etwas dagegen tun.«

Theda packte ihren Sohn so fest am Oberarm, dass es ihn schmerzte. »Untersteh dich«, zischte sie. »Ich habe keine Ahnung, was du vorhast, aber lass es ganz einfach. Hast du gehört?«

Stefan riss sich los, sandte seiner Mutter einen Blick, der heftiger loderte als die Kerzenflammen. Theda seufzte.

»Macht er dir Kummer?«, fragte Eckehard, der die ganze Zeit in der Nähe gestanden hatte.

»Nicht mehr als sonst auch. Selbst heute hat er seine blöde Revolution im Kopf. Mir wäre lieber, er würde sich betrinken, Tabak rauchen oder einer Magd unter den Rock gehen.«

Eckehard lachte. »Ich werde ein Auge auf ihn haben, wenn es dir recht ist.«

Dann sah er sie an. »Wie gerne würde ich mit dir tanzen, weißt du das? Wenn es sein muss, sogar dieses neumodische Geschiebe, das sie Walzer nennen.«

»Eckehard, ich bin vor sechs Wochen Witwe geworden. Du weißt genau, was die Leute reden würden, beträte ich das Tanzparkett.« – »Ja, ich weiß. Du bist in Trauer. Und mir scheint, du bist es nicht erst seit sechs Wochen, sondern schon seit vielen Jahren.«

Theda hätte gern etwas erwidert, doch ein Aufschrei ließ sie jäh zusammenzucken. Ein Fenster war geöffnet worden; sie sah Stefan in dessen Nähe, sah, wie er nach einer Lammkeule griff und sie aus dem Fenster warf. Von unten auf der Straße war Gejohle zu hören, von oben empörte Aufschreie.

Sofort stieß sie einen Dienstboten beiseite, trat der Oberforstmeisterin auf das Kleid und stand schon bei ihrem Sohn.

»Was treibst du da?«, herrschte sie ihn an und fasste nach seiner Jacke, um ihn festzuhalten.

»Die Armen hungern!«, schrie Stefan zurück, riss sich los, griff sich ein halbes Dutzend von den gebratenen Tauben und schleuderte sie aus dem Fenster.

»Hör auf! Hör sofort auf damit!« Thedas Stimme brach. Jemand drängte sie weg, während sie zusah, wie Stefan schon wieder Fleisch zusammenraffte, sich die Jacke damit beschmutzte und zum Fenster trat, woraufhin unten erneut Gejohle losbrach.

Die Frau von Braunwinkel rief nach ihrem Riechfläschchen, die Diener eilten hin und her, der Baron von Reichenbach griff sich im Tumult eine Cognacflasche, Stefan packte nach den duftenden Broten, Eva von Nösch zog an der anderen Seite der Backwaren und rief dabei: »Stefan, stürz dich nicht ins Unglück.«

Eine Magd eilte ebenfalls zum Fenster, warf wahllos Früchte hinaus, der junge Bolongaro lachte wie nicht gescheit, der frisch gebackene Hofrat von Rössner verzog angewidert den Mund und sandte Theda einen verächtlichen Blick. Goethes Mutter Elisabeth stand in einer Ecke und notierte sich wohl schon in Gedanken, was sie dem Ihren nach Weimar schreiben würde. Und über all dem lag ein Lärm, der Theda in den Ohren schmerzte. Sie stand wie erstarrt, unfähig, ihren Sohn von seinem Tun abzuhalten, unfähig, die Empörung auszuhalten.

Plötzlich sah sie Eckehard von Hohenstein neben Stefan

am Fenster stehen. Theda taute auf und trat näher. Im Saal herrschte mit einem Mal Ruhe.

Sie hörte Eckehard nach draußen rufen: »Und dies, liebe Leute, ist für euch. Auch ihr, die ihr zu den Armen der Stadt gehört, sollt teilhaben an unserem Fest. Gleich wird der Dienstboteneingang geöffnet und an euch alle ein reichliches Mahl verteilt.«

Der Lärm, der Jubel, der vom Römer in das Haus drang, war unbeschreiblich.

»Es leben die Alten Limpurg«, schrien die Armen.

»Es lebe die französische Revolution«, schrie Stefan und schwenkte seine rote Jakobinermütze, die er flugs aus der Rocktasche gezupft hatte. Da aber hatte Theda ihn schon erreicht, packte ihn am Arm und zog ihn mit sich.

»Komm jetzt, du hast genug Ärger gemacht.«

Eckehard lächelte und rieb sich die Hände. »Nein, einen Dienst hat er uns erwiesen. Die Armen werden uns preisen hinfort. Das Gespenst der Revolution ist damit vorerst gebannt.«

Er schlug Stefan auf die Schulter. »Gut gemacht, Junge. Das nächste Mal aber sprichst du bitte vorher mit mir.«

Stefan aber riss sich los, starrte den von Hohenstein mit aufgerissenen Augen an, dann stürzte er davon.

5

In den nächsten Tagen und Wochen war Theda auffällig oft unterwegs. Zum Kränzchen bei der Hofmeisterin, zur Redoute bei den Kreienbrinks, im Städtischen Komödienhaus und sogar einmal beim Lesezirkel im Hause Goethe am Hirschgraben. Bald hatte sich herumgesprochen, dass die Geisenheimerin nach einer Heiratskandidatin für ihren Ältesten Ausschau hielt. Schon pries die Braunwinklerin ihre Adele in den höchsten Tönen an, während Goethes Mutter von den Vorzügen der späten Ehe sprach und Eva von Nösch immer wieder Sophie Rohrbach ins Spiel brachte. Nur die Tochter Allberger blieb unerwähnt. Und genau aus diesem Grunde richtete Theda Geisenheim ihr Augenmerk auf »das arme Mädchen«.

Begegnete sie ihr auf dem Markt, so hielt sie sich ganz in ihrer Nähe, lauschte den Gesprächen. Einmal wurde sie Zeugin, wie die junge Frau einer Käserin den Laib für ein Viertel abschwatzte. Ein anderes Mal sah sie, wie »das arme Mädchen« auf zwei Fingern nach einem Laufburschen pfiff. Theda lächelte. Ihrer Meinung nach war es für eine Frau von Stand unerlässlich, auf zwei Fingern pfeifen zu können. Wie sonst sollte man in einem großen Haus Kontakt mit den Dienstboten halten? Ihnen eine

Glocke um den Hals hängen? Nein, sie pfiff nach Hedi, die ständig irgendwo im Haus unterwegs war. Sie pfiff auch nach der Magd, dem Hausknecht, dem Kutscher. Eine Sophie Rohrbach verfügte sicherlich nicht über diese Fähigkeit. Und Adele von Braunwinkel war eher damit beschäftigt, mit ihren Mausezähnchen die Fingernägel abzuknabbern.

Fast hätte Theda sie auf offener Straße angesprochen, dann wagte sie es aber doch nicht. Alles in allem war dieses »arme Mädchen« nämlich ein Risiko. Zumindest bis Theda mehr über sie wusste.

Stefan hatte gezögert, zum Treffen in das Wirtshaus *Zur Eisernen Hand* zu gehen. Eckehard von Hohenstein hatte alles verdorben. Wenn Stefan an den Silvesterabend zurückdachte, stiegen ihm beinahe Tränen der Empörung in die Augen. Wie er sich blamiert hatte! Er seufzte. Immerhin hatte er seinen Auftrag ausgeführt. Was daraus geworden war, hatte nicht in seiner Macht gestanden.

Schon von draußen hörte er den Lärm aus der Schankstube. Drinnen waren die meisten Bänke von Handwerksgesellen besetzt, die Würfel spielten oder den neuesten Klatsch austauschten. In einer stilleren Ecke fand er die Freunde.

Ohne Gruß ließ er sich neben dem Zimmermann auf die Bank fallen und machte dem Schankmädchen ein Zeichen, dass es ihm Wein bringen solle.

»Wein also trinkst du?«, stellte der Zimmermann fest.

»Ja.«

»Kein Bier wie der Pöbel?«

»Doch, auch Bier. Aber heute steht mir der Sinn nach einem Viertel Roten.«

Der Freund des Zimmermanns hob seinen Bierkrug, als das Mädchen Stefans Becher brachte. »Auf dich, Patriziersohn. Hast dich wacker gehalten. Ich bin übrigens der Georg. Meinen Nachnamen muss ich dir schuldig bleiben. Je weniger du von mir weißt, desto besser.«

»Auf unsere Hoffnung!«

Stefan stieß mit Georg an. »Warum darf ich nichts wissen von dir?«

Georg lächelte schmal. »Eine Revolution wird nicht mit Mondschein erfochten. Deshalb.«

»Dann gibt es also eine Revolution hier in Frankfurt?«

»Du fragst zu viel. Nur eines noch. Dass du Mut hast, hast du gezeigt. Gehörst ab jetzt zu uns.«

»Und wer ist das?«

»Die Frankfurter Jakobiner.«

»Oh!« Stefan trank überrascht einen Schluck Roten. »Danke!« fügte er dann hinzu.

Etienne reichte ihm die Hand, schlug ihm sodann auf die Schulter. Nur der Zimmermann schien nicht ganz einverstanden. »Wie ist das nun? Er hat zwar das Essen aus dem Fenster geworfen, doch jetzt glauben die Armen, es wäre eine Sache der Ganerbschaft Alten Limpurg gewesen. Die Pfeffersäcke haben uns betrogen. Die Armen glauben, von ihnen kämen die Gaben, nicht von den Frankfurter Jakobinern.«

Georg nickte. »Ja, das ist so. Und was lernen wir also daraus?«

Der Zimmermann glotzte blöd.

Etienne aber sprach: »Wir müssen uns zeigen. Wer nicht weiß, dass es uns gibt, weiß auch nicht, was wir tun.«

»So ist es«, bestätigte Georg. »Zeit wird es, dass in Frankfurt ein paar Köpfe rollen. Wir werden die Aufmerksamkeit schon auf uns zu lenken wissen. Doch zuvor müssen wir die Armen auf unsere Seite kriegen. So, wie es in Paris geschehen ist. Auch in Frankreich werden nun die Rufe lauter, den König hinzurichten. Meiner Meinung nach hätte dies schon längst getan werden müssen. Wir hier können die Fehler der Franzosen vermeiden.«

Stefan beugte sich ein wenig nach vorn. »Was soll das heißen?«, fragte er.

»Nichts. Nur, dass eine Revolution ohne Blutvergießen nun mal nicht möglich ist.«

»Aber deshalb muss man doch keine Menschen töten, und schon gar nicht den König wie in Frankreich!« Stefan hatte sich so ereifert, dass der Wein aus seinem Becher auf den Tisch schwappte.

»In Paris rief das Volk: ›Aristokraten an die Laterne‹«, warf Etienne ein. »Und ich sage euch, schon bald bogen sich die Laternen der Stadt.«

Stefan schüttelte angewidert den Kopf. »Nein, nein, das will ich nicht.«

Für einen Augenblick sah er in Gedanken Eckehard von Hohenstein an einer Laterne baumeln, die Zunge aus dem Hals hängend, die Augen nach oben verdreht. Er mochte den Kerl nicht. Und seit Silvester weniger denn je. Trotzdem wollte er ihn nicht hängen sehen. Keinen Aristokraten, aber auch keinen der Armen.

Der Zimmermann lehnte sich weit nach vorn, hielt Stefans Blick gefangen. »Was bist du? Ein Jakobiner oder ein Hosenscheißer? Was willst du? Freiheit, Gleichheit und Gerechtigkeit oder die Herrschaft der Privilegierten?«

»Freiheit und Gleichheit natürlich. Aber ohne Tote.«

»Du willst also den Armen geben, ohne den Reichen zu nehmen, ist es das?«

Stefan wusste nichts zu erwidern. Denn genau diese Frage stellte er sich eben auch: Was will ich eigentlich?

Und außer der Erwiderung »keinesfalls so leben wie meine Eltern« fiel ihm nichts ein.

»Na, was ist, Patriziersöhnchen?« Der Zimmermann ließ nicht locker.

»Gerechte Verteilung. Das will ich.«

Stefan spürte plötzlich Sicherheit. »Du hast mich beim letzten Mal gefragt, was derzeit ein Brot kostet. Nun, es sind sechs Kreuzer für einen Laib. Drei Sack Mehl kosten einunddreißig Gulden, ein Pfund Kaffee sechsunddreißig Kreuzer, ein paar Seidenstrümpfe vier Gulden. Die Magd verdient im Jahr zwanzig Gulden, während ein Torwächter hundertzwanzig Gulden bekommt und die Frankfurter Ratsherren lebenslang ein Gehalt von achtzehnhundert Gulden erhalten und dazu den Titel ›Wirklicher kaiserlicher Rat‹.«

Etienne pfiff durch die Zähne. »Achtzehnhundert Gulden. *Sacrebleu!* Das ist eine ordentliche Summe. Neunzig Mal mehr, als eine Magd verdient. Findest du das gerecht, Patrizier?«

»Nein. Das finde ich nicht. Zumal eine Magd sehr viel mehr für ihre paar Gulden arbeiten muss als ein Ratsherr und Wirklicher kaiserlicher Rat. Mein Vater war einer.

Und obwohl er jetzt tot ist, bekommt meine Mutter weiterhin Geld von der Stadt. Deshalb bin ich für eine Umverteilung. Wer arbeitet, der soll auch essen. Wer nichts tut, bekommt nichts.«

Der Zimmermann grinste und stieß seinen Nachbarn in die Seite. »Gut zu wissen, Patrizier. Dann lass uns gleich hier Nägel mit Köpfen machen. Wie viel Taschengeld bekommst du?«

Stefan hatte auf diese Frage schon gewartet. »Ich muss dich enttäuschen, Zimmermann. Ich bekomme nur zwei Gulden die Woche von meiner Mutter und muss den ganzen Tag ohne Lohn auf dem Gymnasium schuften. Kost und Logis habe ich allerdings frei. Wie viel, sagtest du, verdient ein Zimmermann?«

Jago schlenderte durch die Straßen, als hätte er alle Zeit der Welt und keine drängenden Pflichten. Er wusste, dass seine Mutter ihn im Kontor vermutete, doch er kam mit seiner neuesten Dichtung einfach nicht voran. Die immer gleichen Zeilen schwebten durch sein Hirn, sodass er sich unmöglich auf die Anzahl der Zimtsäcke oder den Weiterverkauf von Baumöl und Schokolade konzentrieren konnte. Was ihm fehlte, war eine Muse. Eine Charlotte Buff oder eine Charlotte von Stein wie bei Goethe, eine Charlotte von Kalb oder Charlotte von Lengefeld wie bei Schiller. Auch er, Jago, brauchte endlich seine Charlotte, sein Musenkind, seine geflügelte Fee.

Seinetwegen musste seine Charlotte keine Adlige sein. Zur Not taten es auch ein Blumenmädchen, eine Perlenstickerin oder eine Weißbäckerin. Und wenn es denn sein musste, dann konnte sie heißen, wie sie wollte. Hauptsache, sie beflügelte seine Verse.

Das Mädchen aus dem Kaffeehaus in der Domgasse fiel ihm wieder ein. Die neue, die erst seit ein paar Tagen dort bediente. Hieß sie nicht Charlotte? Jago kniff die Augen zusammen und rief sich ihr Bild ins Gedächtnis. Die kräftigen Arme, ihr prall gefülltes Mieder, das wilde, braune Haar, der große, rote Mund und ein Becken, so breit wie ihr Lachen.

Nein, sie entsprach nicht unbedingt seinem Bild von einer der neun Musen, trotzdem würde er sie zu seiner Erato machen. Erato. Die Sinnliche, Sehnsuchtweckende mit ihrer Lyra. Die Muse der Liebesdichtung. Es machte nichts, wenn das Kaffeehausmädchen nicht wusste, wer Erato war. Hauptsache, er hatte endlich eine Muse. Sogleich machte er sich auf den Weg. An der nächsten Ecke kaufte er einem Mädchen, das bunte Papierblumen anbot, einen Strauß Veilchen ab.

Friederike fror. Der Februartag hatte noch einmal alle Winterskraft gesammelt und dichte Schneeschauer über die Stadt geschickt. Aber heute schien ausnahmsweise einmal die Sonne. Die Bornheimer Heide sah allerliebst aus. Die Bäume bogen sich unter der Schneelast, und das Gesträuch glitzerte wie Diamanten.

»Ist es nicht schön?«, fragte Friederike und sah zu Christian, der neben ihr herlief.

»Ja, wunderschön. Ebenso schön wie du.«

Friederike spürte die Röte in ihre Wangen steigen. Sie zog ihren Mantel fester um sich, obwohl ihr gerade überhaupt nicht kalt war. »Du sollst so etwas nicht sagen, Christian. Es macht mich verlegen.«

»Wenn es aber doch stimmt.«

Friederike bückte sich, nahm eine Handvoll Schnee und warf damit nach Christian. Doch der wischte sich bloß den Schnee vom Kragen und wiederholte: »Aber wenn es doch stimmt.« Dann stellte er sich Friederike in den Weg. Sie sah, wie die Atemwölkchen vor seinem Mund immer dichter wurden. Christians Gesicht wirkte mit einem Mal so weich, so verletzlich, als ob er noch ein kleiner Junge wäre. Beinahe hätte sie die Hand gehoben, um ihm über die Wange zu streichen. Friederike lachte verlegen und drehte sich weg. Am Himmel zog ein Vogel seine Bahn. »Schau, Christian, ein Eichelhäher. Hörst du seinen Ruf? Dchäää, dchäää. Mein Vater hat mir erzählt, der Eichelhäher wäre der Konstabler des Waldes. Mit seinem Ruf warnt er vor Feinden.«

»Zählst du mich zu deinen Feinden?«, fragte Christian.

»Nein, gewiss nicht. Doch jetzt sollten wir weitergehen, sonst frieren wir hier noch fest.« Friederike schob die Hände in den Muff und schritt kräftig aus.

Eine Weile liefen sie schweigend nebeneinander her. Keiner wagte es, dem anderen ins Gesicht zu sehen. Friederike zitterte und bebte. Ihr war, als müsse sogleich etwas Unerhörtes geschehen. Etwas, das sie ersehnte und zugleich ängstigte. Aber nichts geschah. Sie setzten Schritt vor Schritt. Endlich sprach Christian wieder: »Sag, warst du schon einmal verliebt?«

Friederike schluckte und schüttelte den Kopf.

»Und war schon einmal jemand in dich verliebt?«

»Pfff! Wer sollte sich schon in mich verlieben? Meine Mutter sagt, ich wäre noch ein Kind, hätte die Niedlichkeit einer kleinen Wäscherin. Ansonsten bin ich zu schüchtern und wohl auch zu … zu …«

»Zu was?«

Friederike holte tief Luft. »Zu hässlich. Nun weißt du es. Hässlich bin ich, mit diesen Sommersprossen und dem putzigen Mündchen, das an einen Welpen erinnert. Ich habe keine Grazie, sondern setze die Füße, wie es gerade kommt, und stolpere ohne Anlass. Ich vergesse, den Rücken gerade zu halten, und ständig rutschen mir die Spangen aus den Haaren, fallen mir die Locken ins Gesicht. Und dann werde ich bei jeder Gelegenheit rot oder blass, gerade wie es am Unpassendsten ist. Und unmusikalisch bin ich, und es fehlt mir an Vornehmheit.«

»Wer sagt denn das?« Christian war stehen geblieben und sah Friederike bestürzt an.

»Die Maman. Meine Mutter.«

»Und du glaubst ihr?«

»Natürlich. Wieso nicht? Immerhin ist sie meine Mutter. Wer sonst sollte wissen, wie ich bin, wenn nicht sie?«

»Ich habe keine Ahnung, was deine Mutter in dir sieht. Ich jedenfalls sehe etwas ganz anderes.«

Friederike blieb das Herz stehen. Jetzt, wusste sie, jetzt würde es kommen, das Ersehnte, das Ängstigende, das Aufregende, Geheimnisvolle.

»Ja?«, flüsterte sie.

Wieder trat Christian ganz dicht vor sie, hob die Hand und wischte ihr zart eine Schneeflocke von der Wange. »Ich sehe das schönste Mädchen der Welt vor mir«, flüsterte er. »Keine bewegt sich wie du, keine lacht wie du, keine sieht beim Erröten einer Rose ähnlicher als du.«

Er lächelte weich, da griff sie seine Hand und schmiegte ihr Gesicht hinein. Sie tat es wie ein Kätzchen, voller Unschuld und Arglosigkeit. »Und du?«, fragte sie. »Warst du schon einmal verliebt?«

»Bisher nicht. Aber ich glaube, ich bin gerade dabei, mich zu verlieben.«

»Hast du etwas in Erfahrung bringen können?« Theda warf ihre Handschuhe auf das kleine Tischchen in Eckehard von Hohensteins Bibliothek. Dann ließ sie sich in den Fauteuil sinken und nahm einen Schluck von dem Kaffee, den die Magd gerade gebracht hatte.

Eckehard erhob sich und küsste ihr die Hand. »Ein bisschen was, meine Liebe, aber ich weiß nicht, ob es dir gefallen wird.«

Theda wedelte mit der Hand. Sie hatte sich die Zunge am heißen Kaffee verbrüht. »Nun sag schon, spann mich nicht länger auf die Folter.«

»Nun, um das Allberger Unternehmen stand es vor einem Jahr so schlecht, dass er alle Schreiber außer dem Prokuristen entlassen musste. Allberger hatte in Südfrüchte investiert, hatte eine ganze Ernte noch auf dem Baum gekauft. Als dann ein Zyklon herniederging, ein gewaltiger Sturm, da waren seine Früchte hinweggefegt, und er hatte gewaltige Verluste. Bis heute hat er sich davon nicht erholt, heißt es. Zumindest sind seine Kontorbücher nicht bis auf die letzte Zeile gefüllt.«

»Hmm«, machte Theda. »Das muss nicht schlecht sein.

Aber sprich ruhig weiter. Was hast du über das ›arme Ding‹ herausgefunden?«

»Nicht viel Neues, fürchte ich. Vom Desaster ihrer Verlobung hast du schon gehört, nicht wahr? Die Mitgift war dem Bewerber wohl doch zu gering. Der hatte scheinbar gedacht, mit einer Frankfurter Kaufmannstochter wäre er saniert bis ans Ende seiner Tage. Und dann hat er eine bessere Partie gefunden, und aus war's. Richtig ist auch, dass seither niemand mehr um ihre Hand gebeten hat. Die Schande und der finanzielle Verlust, du verstehst.«

»Natürlich verstehe ich. Es gibt wohl keine, die dem armen Ding ihre verpatzte Verlobung ... ach, was soll es. Was weißt du noch über sie?«

»Sie muss im Kontor die Schreiber ersetzen, die sich Allberger nicht mehr leisten kann. Den ganzen Tag sitzt sie hinter dem Schreibpult. Da ihr Vater oft unterwegs ist, hat sie auch die Aufsicht über die Auflader. Sie kontrolliert die eingehende Ware, versieht die Bankgeschäfte und die Geschäftskorrespondenz. Auch dies sei ein Grund, sagte man mir, dass der Allberger nicht allzu eifrig nach einem Ehemann für sie sucht. Was soll er auch tun ohne das Mädchen? Und dann noch eine Mitgift! Ihr Los wird es wohl sein, ein Leben hinter dem Schreibpult zu führen, bis ihr Bruder das Geschäft übernimmt. Entweder bleibt sie dann, wie es auch in manchen anderen Häusern üblich ist, oder aber sie begibt sich in ein Damenstift.«

»Ich weiß noch eine dritte Möglichkeit«, fiel Theda dem Freiherr von Hohenstein ins Wort. »Sie könnte doch noch einen Bräutigam finden.«

Theda hatte geglaubt, Eckehard würde in Gelächter ausbrechen, doch das tat er nicht. Lediglich ein leises Schmunzeln schlich um seine Mundwinkel.

»Habe ich es doch geahnt«, murmelte er, ehe er Theda direkt in die Augen sah. »Du willst sie mit Jago verheiraten, nicht wahr?«

»Nun, ich gebe zu, ich denke darüber nach. Sie ist nicht besonders reich, wird also keine überzogenen Ansprüche haben wie manch andere der feinen Fräulein. Sie kann arbeiten, kennt sich im Kaufmännischen aus und wird uns bis an ihr Lebensende dankbar sein müssen, dass wir ihr das Leben im Stift erspart haben.«

»Hast du schon mit Jago darüber gesprochen?«

»Ach, wo denkst du hin! Jago sucht nach seiner Muse. Mag er mich auch um Haupteslänge überragen, ein Mann ist er deshalb noch lange nicht. Zum Mann wird man durch große Freude oder großen Schmerz, heißt es. Jago ist von beidem bisher verschont geblieben. Was er für Liebe hält, ist pure Schwärmerei. Er will sich großtun im Kaffeehaus und vor den anderen.«

»Und du glaubst, dass das ›arme Ding‹ ihm große Freude bereiten wird? Oder vielleicht großen Schmerz?«

»Um Gottes willen, nein. Ich habe vor, sie als eigenständige Handelsherrin einzusetzen. Nun, vom Geschäft mag sie einiges verstehen. Allein, es fehlt ihr an feiner Lebensart. Da werde ich noch einiges zu tun haben. Soll Jago sich mit seinen Dichtungen vergnügen, seinen Musen hinterherlaufen. Ich kann ihn ja doch nicht davon abhalten. Aber das Geschäft nimmt nun mal keine Rücksicht auf die Gefühligkeit meines Sohnes. Also muss ich mir anders zu helfen wissen.«

»Klug gedacht, liebe Theda. Aber wie willst du so zu Enkeln kommen?«

»Das lass meine Sorge sein. Jago ist noch jung. Das Glühen in seinen Lenden wird über so manchen Mangel des Mädchens hinwegsehen. Wir müssen sie einfach nur nebeneinander ins Bett legen. Für den Rest sorgt Mutter Natur schon.«

Eckehard von Hohenstein lachte laut auf. Doch sogleich wurde er wieder ernst. »Du warst früher anders, Theda. Nicht so … so praktisch veranlagt. Wenn ich mich recht erinnere, warst du eine rechte Schwärmerin.«

Theda zuckte mit den Achseln. »Das Leben hat mich gelehrt, dass mit Schwärmerei weder ein Blumentopf noch ein gesunder Nachtschlaf zu gewinnen sind.«

»Dann glaubst du auch nicht an die Liebe?«

»Oh, nein. Wer über vierzig Jahre alt ist und noch an die Liebe glaubt, ist ein Narr. Die Liebe ist ein Zeitvertreib für diejenigen, die sich um sonst nichts kümmern müssen.«

»Meinst du das wirklich ernst, Theda?«

»Natürlich! Oder hast du schon einmal gehört, dass in Zeiten großer Kriege, von Hungersnot oder Pestilenz das Hohelied der Liebe gesungen wurde? Meinst du, in den Katen der Vorstädte, wo es ums nackte Überleben geht, werden Minnelieder gesungen und Sträuße von Buschwindröschen verschenkt? Stellst du dir vor, die Bauern draußen auf dem Felde denken sich Gedichte aus, um am Abend die Bäuerin damit zu erfreuen? Geh fort! So steht es vielleicht in den romantischen Büchern. Liebe, ich sage es dir, ist etwas für die, die sich sonst nicht sorgen und kümmern müssen. Eine Zerstreuung in Zeiten der Ruhe und des Friedens.«

Eckehard von Hohenstein schüttelte den Kopf. »Nun kenne ich dich seit so vielen Jahren, meine liebe Theda. Doch heute scheint es mir, als kennte ich dich nicht wirklich.«

»Kann schon sein, Eckehard. Menschen ändern sich. Sie machen Erfahrungen, die sie prägen. Zum Guten und zum Schlechten. So ist das.«

»Nach allem, was du über die Liebe gesagt hast, vermute ich, dass du in diesem Bereich schlechte Erfahrungen gemacht hast.«

»Was ist gut, was ist schlecht? Ich habe eine Ehe geführt wie Tausend andere auch. Mein Mann war ein guter Mann, zumindest solange er noch gesund war.«

»Hast du ihn geliebt, Theda?«

»Warum fragst du das? Was ist überhaupt mit dir los, Eckehard? Wir haben noch nie derart intime Gespräche geführt. Warum willst du das alles wissen?«

»Hast du ihn geliebt, Theda? Beantworte du mir diese Frage, dann werde ich dir antworten.«

»Na schön. Ich weiß nicht, ob ich ihn geliebt habe. Ich habe mich das nie gefragt. Was hätte das auch gebracht? Ich war seine Frau, und was ich für ihn fühlte, hat niemanden interessiert. Nicht einmal mich.«

Jetzt schwieg Theda, sah Eckehard auffordernd an. »Also, was ist los mit dir?«

Eckehard seufzte. »Ich weiß nicht recht. Es ist wohl nicht der passende Augenblick.«

»Nun, jetzt hast du mich erst recht neugierig gemacht.

Sprich, Eckehard. Du sagst selbst, wir kennen uns lange genug.«

Eckehard stand auf, zupfte an seiner Jacke, schloss einen Knopf.

Dann verbeugte er sich vor Theda und sprach in feierlichem Ton: »Ich möchte hiermit um deine Hand anhalten. Willst du mich heiraten, Theda?«

»Was? Was sagst du da? Nein, nein, Eckehard. Das war nur ein Scherz, nicht wahr?«

Theda griff sich an den Hals, als würde ihr die Luft zu eng.

»Eigentlich war es kein Scherz, nur vielleicht der falsche Moment. Aber nun ist es heraus. Sag, willst du mich heiraten?«

»Warum?«

»Was meinst du mit ›warum‹?«

»Warum soll ich dich heiraten?«, fragte Theda erneut.

Eckehard schüttelte verwundert den Kopf. »Liegt das nicht auf der Hand? Weil ich dich glücklich machen will. Das ist es. Ich möchte dich zu meiner Frau machen, zur Freiherrin von Hohenstein, und dich endlich glücklich sehen. Das möchte ich.«

Theda schwieg und sah auf ihre Hände, die sie im Schoß gefaltet hatte.

»Nun, hat es dir die Sprache verschlagen?«, fragte Eckehard vorsichtig und wie im Scherz nach. Noch immer stand er neben Thedas Stuhl und hielt ihre Hand, ließ sie auch nicht los, als sie sich jetzt erhob.

»Eckehard, du bist nicht auf der Welt, um mich glücklich zu machen. Du willst mich heiraten, damit ich dich glücklich mache. Aber das kann ich nicht. Ich schaffe es nicht einmal, mich selbst glücklich zu machen.«

»Verloben soll ich mich? Mit einer mir vollkommen fremden Person? Nein, Maman. Das könnt Ihr nicht von mir verlangen.«

Theda, seit ihrem Besuch bei Eckehard von Hohenstein etwas blass, lehnte sich in ihrem Fauteuil zurück. »Fremd ist sie dir nicht gerade, die Allbergertochter. Wenn mich nicht alles täuscht, so hast du auf dem Silvesterball sogar mit ihr getanzt.«

»Wenn ich mich mit allen verloben wollte, mit denen ich je getanzt habe!«

»Nicht mit allen. Nur mit der Allbergertochter. Wie lautet gleich noch ihr Vorname?«

»Barbara. Aber ich werde mich nicht mit ihr verloben. Ich weigere mich, Maman.«

»Gut, mein Sohn. Dann erwarte ich von dir, dass du ab morgen sofort nach dem Frühstück ins Kontor gehst. Kalis wird dich in alles einweisen. Deine Arbeitszeit geht bis zum Mittag und danach bis zum Vesperläuten. Du bereitest das Unternehmen auf die Messe vor, führst Gespräche und ziehst Erkundungen ein über die wirtschaftliche Lage. Aus Paris, hörte ich, lässt sich im Augenblick nicht viel importieren. Du wirst also zusehen, dass du die Seidenwaren, insbesondere die Seidenstrümpfe woanders her beziehst. Auch die Schokolade nehmen wir nicht mehr aus Paris, dort ist sie zu teuer. Sieh dich in Richtung Zürich oder Brüssel danach um. Außerdem werden einige Wechsel fällig, andere müssen abgelöst werden. Jemand muss überlegen, ob man sich bei größeren Posten mit einem anderen Handelsunternehmen zusammentut. Nun, ab morgen wirst du dich darum kümmern.«

»Maman, bitte, ich bin ein Dichter.«

»Ja, ja, ich weiß. Aber davon kannst du uns nicht ernähren. Jetzt, wo dein Vater tot ist, bist du der Herr im Hause. Du hast Pflichten. Höchste Zeit, dass du daran denkst.«

Jago schwieg eine Weile, dann fragte er: »Und wenn ich mich mit Barbara verlobe? Was dann?«

»Dann hast du recht bald eine hoffentlich tüchtige Ehefrau, die sich um all das bekümmert, was deine Aufgabe wäre. Du könntest in der Zeit in aller Ruhe Verse schmieden.«

Jago sah seine Mutter misstrauisch an. »Ihr meint, Barbara würde an meiner Stelle das Unternehmen führen? Aber sie ist eine Frau.«

»Und ich bin keine? Auf mich verlässt du dich ja auch. Ja, zum Glück ist die Allbergertochter eine Frau. Sie hat Sinn für das Praktische und romantisiert nicht so in der Welt herum wie du. Im Kontor ist sie jedenfalls offensichtlich brauchbarer als du.«

»Und wenn ich sie doch nicht will? Wie kann ich sie denn zur Braut machen, wenn ich sie gar nicht kenne? Auf einmal steht sie meinen künstlerischen Ambitionen im Wege? Am Ende denkt sie darüber noch wie Ihr, Maman.«

»Dann wirst du dich damit einrichten müssen. Entweder du übernimmst Verantwortung, besinnst dich auf deine Pflichten und lässt die Dichterei sein, oder du heiratest eine Frau, die wenigstens deine Pflichten übernimmt.«

Theda sah, wie ein Lächeln über Jagos Gesicht huschte.

»Oh nein, mein Lieber, mach dir keine falschen Hoffnungen. Ich ahne, was du denkst. Gleich wirst du mir versprechen, ab sofort für das Handelshaus Geisenheimer zu sorgen. So wie du es schon hunderte Mal getan hast. Du wirst denken, mich damit beruhigen zu können, und nach kurzer Zeit schon deinen Schlendrian wieder aufnehmen. Du wirst von morgens bis abends im Kaffeehaus sitzen, dich danach in den Komödien und Theatern verlustieren und die Nächte am Ende noch mit Schauspielerinnen verbringen. Das war bisher jedes Mal so, aber diesmal wird es anders sein. Ich habe heute Anweisungen erteilt, dass dir weder Kalis noch sonstwer Bares auszahlt. Dein Geld wirst du im Kontor verdienen müssen. Du wirst bezahlt wie jeder andere auch. Für Kost und Logis werde ich dir sechs Gulden pro Monat berechnen, dein Jahreseinkommen wird hundert Gulden zunächst nicht übersteigen. Du hast also ganze achtundzwanzig Gulden zum Verprassen. Das ist mehr als das Jahresgehalt einer Magd. Nun, mein lieber Jago, was sagst du dazu?«

Jago sagte nichts. Er sah seine Mutter mit aufgerissenen Augen an und schüttelte ein um das andere Mal den Kopf. »Das könnt Ihr nicht machen, Maman.«

»Doch, mein Sohn, das kann ich. Erst gestern habe ich mir von einem Advokaten bestätigen lassen, dass alles seine Richtigkeit hat. Du bist noch nicht volljährig. Und dein Vater hat mir die Vormundschaft für dich übertragen. Es dürfte indes auch ein Leichtes sein, deine Volljährigkeit noch hinauszuzögern. Du weißt, dies ist legitim, wenn gute Gründe vorliegen. Eine angestrebte Dichterkarriere dürfte ausreichen.«

»Aber das ist Erpressung!«, rief Jago aus und zerrte an seinem Halstuch.

»Da hast du wohl recht, mein Sohn. Du kannst dir gleich für später merken, dass die Kindererziehung zu einem großen Teil aus Erpressung besteht. Der Rest dürfte Zwang sein.«

Theda saß bequem in ihrem Sessel, die Füße auf einem Schemel. »Hast du eine Entscheidung getroffen, mein Lieber?«, fragte sie nach einigen Minuten.

Jago hatte sich unterdessen ein wenig gefasst, aber immer noch lief er im blauen Salon auf und ab, die Hände auf dem Rücken ineinander verkrampft. »Das könnt Ihr nicht mit mir machen«, sagte er wieder und wieder, aber Theda antwortete nicht darauf. Sie wusste genau, was sie konnte und was nicht.

6

Der Frühling des Jahres 1792 brachte nicht nur die Blumen zum Blühen. Auch mit Friederike war eine Veränderung vor sich gegangen, die selbst Theda auffiel.

»Was ist mit dem Mädchen los? Sie sieht besser aus als je zuvor. Und dann singt sie den ganzen Tag«, fragte sie Hedi.

»Was wird sein? Der Frühling sitzt ihr im Blut und wird kräftig rumoren.«

»Welcher Kerl steckt dahinter?«

Hedi zuckte die Schultern.

»Na gut. Weißt du was von Stefan? Er kommt mir ebenfalls ganz verändert vor«, fragte Theda weiter.

»Nur dass er stiller ist als sonst und sich immer mal wieder die französischen Zeitungen mit auf den Abort nimmt.«

»Hedi! Wenn du dieses Wort schon in den Mund nehmen musst, dann sage wenigstens stilles Örtchen dazu. Wenigstens sitzt Jago wie stets im Kaffeehaus und macht nicht mehr Ärger als sonst auch.«

Theda lief in der Küche umher, schaute in die Speisekammer, hob die Topfdeckel, fuhr prüfend mit dem Finger über die Regalbretter und zupfte an einem Tannenzapfen herum, der in der Kiste mit dem Brennmaterial neben dem Herd gelegen hatte.

»Was ist, Herrin? Ihr schleicht hier wie die Katze um den heißen Brei.«

»Sag, wie soll ich es anstellen, die Kinder alle an einen Tisch zu kriegen und herauszufinden, was in ihren Köpfen vorgeht? Wir müssen einmal alles *en famille* besprechen. Ich kann doch deshalb kein Fest geben.«

»Ihr könntet mit ihnen reden. So von Mutter zu Tochter und von Mutter zu Sohn.«

»Also wieder jeden einzeln. Und als ob sie mir erzählen würden, was sie bedrückt oder freut, was sie denken oder zu tun gedenken! Sie sind keine Kleinkinder mehr, die man mit einem Stück Zuckerwerk befriedigen kann.«

»Also, dann versucht es doch einmal mit Hausmusik«, schlug Hedi vor. »Das gibt es in den feinen Häusern überall. Musik versöhnt, das ist bekannt. Jago könnte Gedichte vortragen, das wird ihn nachsichtig stimmen. Stefan könnte einen Freund mitbringen, Friederike eine Freundin, und dazu kann die Barbara Allberger eingeladen werden.«

»Hedi, das ist ein guter Einfall. So machen wir das. Am Samstag. Jawohl, am kommenden Samstag.«

»Herrin, da hat meine Schwester Geburtstag. Den fünfzigsten. Vor Wochen schon habe ich's Euch gesagt. Und Ihr habt mir freigegeben.«

Theda seufzte. »Warum müssen die Dienstboten immer dann Geburtstag haben, wenn es gerade am wenigsten passt?«

Hedi lächelte. »Weil es dann die Herrschaften am meisten ärgert. Aber ich kann ein kaltes Buffet« – sie sprach es Buh-Fett aus – »vorbereiten, ganz nach den neuen französischen Sitten. Ist sowieso besser bei Hausmusik, was Kaltes.«

»Mir fällt da ein, wir könnten die Verlobung gleich dranhängen. Jago hat zwar zugestimmt, sich aber bisher geweigert, sich Barbara auch nur zu nähern. Zwei Fliegen, eine Klappe, wie findest du das, Hedi?«

»Im Prinzip nicht schlecht, aber der Geburtstag meiner Schwester ...«

»Ist ja gut. Verschiebe ihn auf den Sonntag, da hast du sowieso frei, und die Reste von der Verlobung kannst du auch mitnehmen. Wenn's dich gnädig stimmt, dann bleib halt noch den Montag bei deiner Schwester.«

Hedi sah missmutig drein, aber sie fügte sich. »Ihr habt recht, Herrin. Zwei Fliegen mit einer Klappe. So machen wir es.«

Nach dieser Ankündigung verfügte sich Theda an ihren Sekretär und schrieb einige Einladungskarten. Mit Allberger hatte sie erst vor ein paar Tagen gesprochen. Er war mehr als bereit gewesen, seine Tochter an einen Geisenheimer zu verheiraten, schien er doch zu glauben, dass eine solche Verbindung seinem Geschäft nur guttun würde. Man hatte sich geeinigt, dass die Verlobung so rasch wie möglich stattfinden sollte, im kleinen Kreise wohlverstanden, weil die Kosten sonst in keinem Verhältnis zum Ereignis standen und die Hochzeit, mit der man ebenfalls nicht lange warten wollte, noch genügend Gulden verschlingen würde. Er wird überrascht sein, dachte Theda, dass ich die Verlobung kurzerhand auf Samstag gelegt habe. Aber ich bin nun einmal eine Frau schneller Entschlüsse. Eckehard von Hohenstein, den muss ich auch noch einladen. Sie spürte ihr Herz pochen. Nun gut. Dann noch Jagos Paten, die Nachbarschaft, namentlich die Altvaters mit ihrem

Christian und der Claudia. Und natürlich Eva von Nösch. Ohne meine Freundin feiere ich nicht, dachte Theda.

Natürlich vergaß Theda nicht, in ihren Einladungen zu erwähnen, dass man Instrumente mitbringen möge zur Verlobung, wegen der geplanten Hausmusik. Noten seien selbstverständlich vorhanden. Auch einige Gedichte würden vorgetragen werden, für die Literaturfreunde. Hoffentlich blamiert mich Jago nicht, dachte Theda. Aber wenn er sich an seinen Teil der Abmachung hält und das Mädchen heiratet, dann muss er wohl eben auch dichten dürfen.

Kaum waren die Billetts verschickt, begab sich Theda in das Musikzimmer, das nur selten genutzt wurde, und prüfte das Clavichord. Ein paar Saiten waren verstimmt, aber das konnte Friederike richten. Dann holte sie aus dem großen Musikschrank eine Flöte hervor und wog sie in der Hand. Ach, wie viele Jahre war es her, dass sie sie zuletzt gespielt hatte? Damals, als Friederike am Clavichord saß, Jago die Violine spielte, Theo ins Horn stieß und der kleine Stefan die Pauke haute. Jetzt erfasste sie eine Sehnsucht nach der alten Zeit, und sie setzte die Flöte an und blies ein E, und dann ein C und ein D und sogar ein F und ein G. Und es ging ganz hervorragend, fast wie von selbst. Theda fühlte sich, als hätte sie eine alte Freundin wiedergetroffen. »Hach!«, seufzte sie, dann wurde sie mutiger, trat vor den großen Spiegel, straffte den Rücken, füllte den Bauch mit Luft und setzte das Instrument an die Lippen. Aber ach, was sie da sah, ließ sie um ein Haar die Verlobungspläne aufgeben. Ihr Kinn, ein wenig nach unten gehalten, wurde zum Doppelkinn, die Lippen waren vorgestülpt, die Wangen aufgeplustert wie bei einem Posaunenengel, dazu aber unengelhaft hängend. Dafür schienen die Falten auf ihrer Stirn mit dem Lineal gezogen. Entsetzt riss sie das Instrument vom Mund. Dann eilte sie zum Clavichord, straffte erneut den Rücken, nahm die Schultern zurück und warf sich im Spiegel mit gerecktem Kinn einen Seitenblick zu. Ja, das war doch gleich etwas ganz anderes! So konnte sie sich sehen lassen. So waren Anmut und Grazie vereint. Sollte doch Friederike die Flöte spielen. Sie wusste ohnehin nicht, was Anmut war. Außerdem war sie jung, also konnte die Flöte sie auch nicht entstellen.

Theda spielte einige Takte auf dem Chlavichord. Als hätte sie ihren Einsatz gehört, stolperte Friederike die Treppe herauf. Theda hörte ein schleifendes Geräusch. Sicher hatte ihre Tochter wieder vergessen, einen der Reifen ihres Rocks ein wenig anzuheben, um so anmutig über den Flur zu schweben, ohne dass der Rocksaum den Boden berührte. Es klopfte. »Komm nur rein, mein Kind«, rief Theda.

Vorsichtig betrat Friederike das Musikzimmer und betrachtete verwundert ihre Mutter am Instrument. »Die Hedi hat gesagt, ich solle gleich zu Euch kommen.«

»Ja, Kind. Da ist ein Billett, das bringst du noch heute zu den Altvaters.«

»Was steht darin, Maman?«

»Wirst du wohl nicht so neugierige Fragen stellen? Aber gut, es ist ja kein Geheimnis. Wir feiern am Samstag die Verlobung deines großen Bruders mit einer kleinen Hausmusik. Du wirst die Flöte spielen.«

Theda hatte sich auf Widerspruch gefasst gemacht, doch der blieb aus. Friederike nickte, ihr Gesicht war glühend rot. Jetzt erst sah Theda auch, dass ihre Tochter mit offenem Mantel dastand, das Haar zerzaust, die Zungenspitze zwischen den Lippen, als wollte sie etwas nachfühlen.

»Wo kommst du eigentlich her?« Theda sah hinaus auf den Flur auf die große Wanduhr. »Es ist nach drei. Du hättest schon vor einer Stunde von Madame Dupont zurück sein müssen. Wo hast du dich herumgetrieben?«

Friederike wurde noch röter, kratzte mit dem Schuh über den Boden und schluckte.

»Hast du mit den Mägden geschwatzt?«

Stumm schüttelte sie den Kopf.

»Was dann?«

»Ich habe Christian getroffen. Vor dem Institut. Wir sind zusammen nach Hause gelaufen. Wahrscheinlich haben wir uns verplaudert.«

»Aha. Mit Christian Altvater also. Worüber habt ihr gesprochen?«

»Über dies und das. Nichts Besonderes.«

Theda runzelte die Stirn. Aber sie fragte nicht weiter. Sie hatte andere Sorgen. Immerhin fand in vier Tagen eine Verlobung in ihrem Haus statt.

»Jetzt gehe also und bestell das Billett«, sagte sie nur, und Friederike huschte hinaus, kaum waren die Worte verklungen.

»Krieg! Es gibt Krieg! Ist das nicht wundervoll!«

Der Zimmermann und Georg schlugen sich auf die Schultern. Stefan befürchtete, sie würden sich sogleich einhaken und um den Tisch tanzen.

»Was ist denn wundervoll an einem Krieg?«

Die beiden ließen sich auf die Bank in der Schänke *Zur Eisernen Hand* plumpsen. »Verstehst du nicht, Patrizier, oder willst du nicht verstehen?«

Etienne hob beschwichtigend die Hand und berichtete die neueste Kunde aus Frankreich. »In Paris herrscht Aufruhr. Die Nationalversammlung ist für den Kampf, will nicht einfach klein beigeben. Brissot, ein Abgeordneter und sehr bekannt in der Stadt, soll ausgerufen haben: ›Unser Volk muss Krieg führen, um die Freiheit auf unerschütterliche Grundlagen zu stellen, es muss Krieg führen, um die Freiheit von den Lastern des Despotismus reinzuwaschen, und es muss schließlich Krieg führen, um aus seinem Schoß jene Männer zu entfernen, die die Freiheit verderben könnten‹.«

»Jawohl, so ist es. Auf der alten Saat können keine neuen Pflanzen gedeihen. Fort mit dem Alten! Aristokraten an die Laterne!« Die Wangen des Zimmermanns glühten vor Begeisterung, doch Etienne unterbrach ihn mit einer Handbewegung.

»Euer Kaiser Leopold II. und der Preußenkönig Friedrich Wilhelm haben Ludwig XVI. ihre militärische Unterstützung zugesichert.«

»Ich dachte, euer König wäre auf der Flucht vor den Revolutionären?«, warf Stefan ein. »So habe ich es im Journal gelesen.«

»Das ist richtig, aber von der Flucht aus kann man kein Land regieren. Des Königs Ziel ist es, die Zustände vor der Revolution wieder herbeizuführen und die Nationalversammlung aufzulösen, und wenn es sein muss eben mit Krieg. Den Nachbarstaaten ist das nur recht. Keiner von ihnen will ebenfalls eine Revolution im Lande haben, aber sonst wollten sie schon immer gern vom französischen Kuchen naschen. Doch die Abgeordneten der Nationalversammlung sind auch nicht dumm. Sie sind dabei, Böhmen und Ungarn den Krieg zu erklären, also den Habsburgern.«

»Krieg. Was soll das bringen?«, fragte Stefan.

»Freiheit«, erwiderte Georg knapp. »Freiheit für alle. Zeit wird es, dass auch wir uns bewaffnen. Die militärischen Handlungen können jederzeit auf das deutsche Reich überschwappen. Besser ist es, vorbereitet zu sein.«

Stefan stand auf.

»Wo willst du hin?«

»Ich bin nicht für einen Krieg. Da kämpfen Männer, die eigentlich nur in Ruhe ihr Feld bestellen und ihre Nachkommen aufziehen wollen, gegen andere Männer, die dasselbe Ziel haben.«

Jetzt war auch Georg aufgestanden, der Stefan um Haupteslänge überragte, und drückte ihn zurück auf die Bank. »Du bist noch jung, Stefan. Verstehst manches vielleicht nicht, denkst noch zu sehr aus Patriziersicht. Aber glaube mir, freiwillig geben die Reichen den Armen nichts. Im Gegenteil. Jahrhundertelang haben sie die Armen ausgebeutet, sind dabei reicher und fetter geworden. Kein Gott hat ihnen dazu die Erlaubnis gegeben. Sie haben sich einfach genommen, was sie wollten. Und jetzt sind eben die Armen einmal dran und nehmen sich, was sie wollen. So ist das mit der Gerechtigkeit. Ihr habt sie euch damals mit Blut genommen, und jetzt holen wir uns mit Blut, was ihr uns weggenommen habt.«

Stefan schwieg dazu, schüttelte den Kopf. Dann sah er auf und fragte: »Wollt ihr keinen Kaiser mehr?«

Die anderen bestätigten dies.

»Aber wer soll das Reich dann regieren? Einer unserer Auflader vielleicht? Oder gar das Schankmädchen da, denn in Frankreich gilt ja bald, dass Männer und Frauen gleich sind. Oder nehmt unsere Magd. Sie kann weder lesen noch schreiben und hat nur die Männer im Kopf. Gespannt bin ich, was sie für Gesetze erlässt, wie sie für Gerechtigkeit sorgt.«

»Du denkst wie ein Patrizier, du sprichst wie ein Patrizier. Wessen Schuld ist es denn, dass die Magd nicht lesen und schreiben kann? Habt Ihr sie auf die Schule geschickt? Habt Ihr sie irgendetwas gelehrt, was sie nicht im Haushalt braucht?

Bildung war und ist ein hohes Gut, mein Lieber. Und Deinesgleichen haben es lange Zeit vor den einfachen Leuten verschlossen gehalten.«

Stefan sah von einem zum anderen. Er fühlte sich angegriffen, schuldig gesprochen, ohne zu wissen, wofür. Natürlich hatten sie der Magd nichts gelehrt. Wozu auch? Sie konnte alles, was sie brauchte. Zum Regieren würde das nicht reichen. War das wirklich die Schuld der Begüterten? Seine Schuld, während der Zimmermann an seinem selbstgewissen Grinsen bald erstickte?

»Ach, lasst mich!«, stieß er zwischen zusammengebissenen Zähnen hervor, warf drei Kreuzer für den Wein auf den Tisch und stürzte hinaus.

»Du musst dich entscheiden, Stefan«, rief der Franzose ihm nach. »Mit uns geht die neue Zeit. Entweder du kommst mit, oder du bleibst am Alten kleben, das es nicht mehr lange geben wird.«

Die Verlobungsgäste waren für drei Uhr nachmittags geladen. Hedi hatte die letzten Tage in der Küche verbracht. Von den Nachbarn hatte Theda sich eine zusätzliche Magd und eine weitere Köchin ausgeliehen, den Hausdiener in einen Rock von Theodor gesteckt und neben die Haustür gestellt.

Theda selbst trug noch immer das schwarze Witwenkleid, doch hatte sie eine goldene Kette angelegt, die mit einem haselnussgroßen roten Rubin prunkte, der wie Blut leuchtete. Auf die Dormeuse hatte sie verzichtet, stattdessen eine gepuderte Perücke angelegt. Ihr Gesicht war ungeschminkt, nur die Wangen hatten ein wenig Rouge aus Paris abbekommen. Friederike stand neben ihr, trug wieder das ferkelfarbene Kleid vom Silvesterabend, doch dieses Mal fühlte sie sich darin nicht wie ein Kürbis, sondern wie eine Tulpe aus Amsterdam. Ihre Sommersprossen waren mit weißem Puder verdeckt, die Augen glitzerten.

»Wo ist Stefan?«, fragte Theda, als die Uhr die dritte Stunde schlug.

Friederike zeigte die Treppe hinauf, und richtig, Stefan kam gerade mit schwarzen Kniebundhosen, einem weißen Hemd und einer samtenen schwarzen Weste darüber herunter. Er sah friedfertig aus, stellte Theda beruhigt fest, nahm sich aber dennoch vor, vom Hausknecht die Verriegelung an der Kutscheneinfahrt prüfen zu lassen, sobald alle Gäste eingetroffen waren. Es fehlte ihr noch, dass sich auch hier die Bettler der Stadt einfanden.

»Wo ist Jago? Er soll sich beeilen, die Gäste kommen. Und es sind in erster Linie *seine* Gäste«, rief Theda. »Stefan, weißt du, wo er steckt?«

Stefan schüttelte den Kopf. »In seinem Zimmer ist er nicht. Ich wollte mir etwas ausborgen von ihm, doch er war nicht da.«

Sofort schickte Theda eine Magd durchs ganze Haus, um den Bräutigam einzufangen. Unterdessen läutete es bereits an der Haustür.

Der Diener im Rock öffnete, und sogleich ergoss sich die Familie Allberger in den Vorsaal. Allberger selbst hatte die Daumen unter die Westenachseln gehakt, jetzt streckte er eine Hand aus und machte Anstalten, Thedas Hand zu küssen. »Gott zum Gruße, Frau Kaiserrätin«, sagte er und lachte meckernd. »Oder soll ich Euch schon beim Vornamen nennen, wo wir doch jetzt bald eine Familie sind?«

Er lachte köstlich über diesen Scherz, während Theda die Brauen hob und die alte Allbergerin ihr entschuldigende Blicke zuwarf und sie wieder und wieder »gnädigste Frau Rätin« nannte.

Barbara aber, die Braut, stand im selben Griechenkleid, welches sie auch in der Silvesternacht getragen hatte, mitten im Vorsaal und bestaunte mit offenem Mund die schön geschnitzten Frankfurter Schränke. Hinter ihr drängte sich ein Weib herein, dessen rote Locken wild unter einem Trachtenhütchen hevorquollen. Ihre lebhaften Augen flitzten wie Mäuse durch die Halle.

Unter dem Arm trug sie ein viereckiges großes Ding, das in grünen Samt geschlagen war.

»Und wer seid Ihr, wenn ich bitten darf?«, fragte Theda

hoheitsvoll und betrachtete angelegentlich die seltsame Kluft der wilden Person. Diese trug nämlich einen derben, blau eingefärbten Rock mit gestickter Kante, eine weiße Bluse, darüber ein besticktes Schnürmieder mit Einsatz, über welchem ein Tuch gebunden war, das mit Enzianblüten versehen war. Und über all das hatte die Weibsperson, denn um eine solche handelte es sich ganz offensichtlich, eine Schürze gebunden, unter der weiße, grob gestrickte Strümpfe hervorlugten, die wiederum in derben Lederschuhen endeten.

»Herzgütl, gnädige Frau.«

»Wie bitte?«

»Da staunt Ihr, was, Kaiserrätin«, mischte sich der Allberger ein. »Das ist unsre Herzgütl. Ja, so heißt sie. Ein schöner Name, nicht wahr, so urdeutsch, obwohl er von den Eidgenossen kommt. Jahaha, da kommt sie her, unsre Herzgütl. Als Barbara geboren war, da lag meine Frau darnieder. Wir mussten eine Amme kommen lassen. Und da kam Herzgütl, direkt aus Appenzell. Und seither ist sie bei uns.«

»Ja, und ich gedenke, sie bei mir zu behalten. Auch wenn ich verheiratet bin«, fügte Barbara hinzu.

»Ah ja«, war alles, was Theda dazu sagen konnte. Woher Herzgütl kam und wo sie hinwollte, beschäftigte sie jetzt weniger. Sie wollte wissen, wo Jago war.

»Hast du ihn gefunden?«, raunte sie Friederike zu, doch die schüttelte den Kopf.

Nachdem alle Mäntel abgelegt und auch die übrigen Gäste eingetroffen waren, führte Theda sie in den blauen Salon. Obwohl die Verlobung nur im kleinsten Kreis stattfinden sollte, hatte sie doch aufgefahren, was das Haus bot. In der Mitte thronte der Tafelaufsatz, daneben Silberkännchen für Sahne und Zucker. Die Tafel selbst war mit Höchster Porzellan gedeckt. Noch bevor Theda den Gästen ihre Plätze zuweisen konnte, hatten sich die Allbergers schon gesetzt. Selbst Herzgütl prangte am Tisch, als gehöre sie dorthin. Einen Augenblick überlegte Theda, ob sie die Appenzellerin in die Küche verweisen solle, doch dann beschloss sie, mit der Erziehung bis nach der Hochzeit zu warten.

Wo aber blieb Jago?

Hedi kam mit den Kaffeekannen, die Magd goss ein, Theda schnitt die Kuchen an, aber von Jago keine Spur. Also bat Theda den Hausknecht, in den Kaffeehäusern der Stadt nachzusehen. »Bring ihn her, koste es, was es wolle. Und falls er betrunken ist, halte seinen Kopf in den nächsten Brunnen. Ach ja, und bürste ihm die Tabakasche vom Rock. Und er soll um Gottes willen seine blöde blaue Wertherkluft ablegen. Den schwarzen Rock soll er tragen, meinetwegen kann er auf eine *cravate* verzichten, das soll ja unter Künstlern üblich sein, aber, Himmel Herrgott, schaffe mir den Kerl herbei. Und zwar hurtig!«

An der Tafel war es unterdessen bisher noch niemandem aufgefallen, dass Jago fehlte. Friederike saß neben Christian. Theda sah wohl, dass sowohl ihre rechte als auch seine linke Hand nicht auf dem Tischtuch lagen, aber sie hatte gerade andere Sorgen. Stefan hatte indes seinen Westenkragen umgeklappt, sodass die Kokarde gut sichtbar war.

»Seid Ihr etwa ein Revolutionär?«, fragte sogleich der Allberger und verzog das Gesicht.

»Nicht, Gustav«, bat seine Frau, doch Allberger, gestärkt mit einem Cognac, war gerade erst in Fahrt gekommen.

Herzgütl ließ sich eine Tasse Schokolade nach der anderen einschenken, wobei sie immer wieder »Märssi vielmol« sagte und mit dem Kopf nickte. Die Barbara betrachtete die Einrichtung, als wolle sie sie schätzen, und die Allberger hatte alle Hände voll zu tun, ihre Lieben im Zaume zu halten. Eckehard von Hohenstein bot dem Allberger eine Zigarre an. So etwas hatte dieser noch nie gesehen und bestaunte sie zunächst ängstlich. »Kommt das da von den Welschen? Von dem Franzosenpack, dem grausligen?« Dann erschrak er sehr, als ihm Qualm aus Munde und Nase quoll, er hustete, verschluckte sich, wurde rot, und sein Rücken musste ausgiebig von der Herzgütl beklopft werden. Doch dann genoss er das neue Rauchzeug.

»Mein Luischen, das schmeckt mir. Da wirkt man doch gleich wie ein Mann von Welt. Geh und kauf mir gleich morgen ein Dutzend.«

Und Luischen Allberger lächelte entschuldigend nach allen Seiten, besonders in Richtung der Eva von Nösch, die mit ihrer ausgefallenen Garderobe einen gehörigen Eindruck machte.

Claudia Altvater, zwei Jahre jünger als Friederike, kicherte und wurde von ihrer Mutter zurechtgewiesen, Stefan setzte hin und wieder an, den Allberger in politische Gespräche zu verwickeln, Friederike und Christian wurden abwechselnd blass und rot, und Theda Geisenheimer wünschte sich nichts sehnlicher, als dass diese grässliche Veranstaltung rasch vorüber wäre. Einige Verwirrung gab es noch, als Theda sich anschickte, die Torte mit Messer und Gabel zu essen, welches ihr die Allbergerin sogleich nachzumachen versuchte. Eva von Nösch konnte ein Lachen dabei nicht unterdrücken, als diese dann auch noch sagte: »Ich habe schon immer gedacht, dass man die Torte einzig mit dem großen Besteck essen solle. Es ist ja gar zu eklig, wenn immer etwas Buttercreme am Finger kleben bleibt.«

Worauf der Allberger einen Finger seiner Frau nahm und daran ein wenig lutschte. Nun verzog sogar der Freiherr von Hohenstein den Mund. Herzgütl verlangte noch einmal nach »Schok-Cholade«, und als alle satt waren, schickte sich der Handelsherr Altvater an, eine Rede auf das junge Paar und insbesondere auf sein Patenkind Jago zu halten. Erst da wurde man gewahr, dass dieser bisher fehlte. Doch schon rappelte es auf der Treppe. Theda sprang auf, machte von Hohenstein ein Zeichen, der sich ebenfalls erhob. So wurde Jago gleich an der Tür in Empfang genommen und neben seine Mutter gesetzt, die ihm erst einmal drei Tassen schwarzen Kaffee aufnötigte, während Altvater seine Rede hielt, und hinterher noch zwei Veilchenpastillen. Dann sprach der Allberger und gab seiner Freude Ausdruck, bald Teil der Familie zu sein. »Denn nicht nur unsere Kinder werden sich miteinander … äh … vermählen, auch zwischen den Unternehmungen der Geisenheimer und der Allberger wird es hoffentlich zu einer Hochzeit kommen.«

Damit war alles gesagt, und man verfügte sich nun ins Musikzimmer.

Dort fand Theda den grünen Kasten wieder. »Was ist

denn das?«, fragte sie und deutete mit spitzem Finger darauf.

»Mein Hackch-brett«, sprach die Herzgütl und nahm den grünen Samt ab.

»Ihr schriebt doch, dass wir Musikinstrumente mitbringen sollten«, verteidigte die Allbergerin die Appenzeller Person. »Barbara ist eine Meisterin auf dem Hackbrett. Alles von unserer Herzgütl gelernt.«

Eva von Nösch, die ihre Violine mitgebracht hatte, überdies aber auch exzellent auf dem Clavichord zu spielen verstand, unterdrückte ein Lachen und fragte höflich: »Wo und wie spielt man denn das Hackbrett?«

»In der Schweiz«, lautete Barbaras Antwort. »Herzgütl hat's von ihrer Mutter gelernt und die von ihrem Vater und der von seiner Großmutter. In Appenzell spielen alle Leute Hackbrett.«

Theda seufzte. »Nun, wir haben hier nur Mozartnoten. Ich glaube nicht, dass in seinen Kompositionen ein Hackbrett verzeichnet ist.« Sie wedelte dabei ein wenig mit der Hand, auf dass Herzgütl ihr Brett wieder in den grünen Samt schlage, doch die tat, als ginge sie die Geste nichts an. Mit freundlichem Gesicht hörte sie zu, und Barbara erwiderte ebenso arglos: »Das ist nicht weiter schlimm. Zuerst machen die Geisenheimer ihre Mozartmusik, und dann kommen wir mit dem Hackbrett.«

Theda sah sich um. Jago saß auf einem Stuhl in der Ecke, den Blick auf den Boden gerichtet. Neben ihm stand Eckehard von Hohenstein und hatte ihm eine Hand auf die Schulter gelegt. So sah es zumindest aus, aber Theda wusste, dass er ihn nur am Umkippen hindern wollte.

»Also, wir beginnen mit Mozart.« Sie setzte sich ans Clavichord, Friederike nahm die Flöte, Eva von Nösch ihre Violine, und Christian klemmte sich ein Cello zwischen die Knie. Die anderen nahmen an der Seite auf gepolsterten Stühlen Platz. Das kleine Konzert fand nicht den rechten Anklang, obwohl es durchaus ordentlich gespielt war, wie Theda fand. Allein, Allbergers Einwürfe störten doch sehr. So beendeten sie die Darbietung vorzeitig, zumal auch Jago immer blasser im Gesicht wurde.

Dann wurde das Hackbrett aufgebaut, und Barbara spielte einige Stücke, die Theda doch sehr volkstümlich ankamen.

Kaum hatte die junge Frau drei Stücke gespielt, schlug Theda in die Hände. »Wunderbar, ganz wunderbar, meine liebe Barbara.«

Eva von Nösch lehnte neben dem Kachelofen an der Wand, stieß sich jetzt ab und fragte: »Nennt man dieses Instrument nicht anderswo Cymbal? Mich deucht, so sagt man auch in Paris dazu. Zumindest in den Vororten.«

»Cymbal«, wiederholte Theda. »Das Wort hat einen vornehmen Klang. Ich denke, liebe Barbara, ab heute wollen wir Cymbal sagen, und ich bin stolz darauf, eine so begabte Schwiegertochter zu bekommen, die ein schwierig zu beherrschendes Instrument zu spielen weiß.«

Mit diesen Worten scheuchte sie die Gäste zurück in den blauen Salon, der inzwischen aufgeräumt worden war. Die Herrschaften platzierten sich, Liköre und edle Brände wurden ausgeschenkt. Wein aus der Champagne, der neuerdings in Mode war und vom Hersteller Moët & Chandon direkt aus Epernay kam, stand in Eiswasser gekühlt bereit, während die passenden Gläser aus der Vitrine geholt wurden.

Dann stellte sich Theda in Positur, klopfte mit dem Fingernagel leicht an ihr Glas. Das Stimmengemurmel verebbte, und die Gesichter wandten sich ihr zu. »Nun, meine lieben Freunde, wir haben uns heute hier versammelt, um die junge Liebe unserer Kinder Jago und Barbara mit einem Verlöbnis zu krönen. Kommt her, kommt her zu mir, ihr beiden.«

Barbara erhob sich und trat mit gestrafften Schultern nach vorn, Jago schwankte nur noch leicht.

Theda legte feierlich die Hände der beiden ineinander und sprach: »Was diese Hände verbindet, soll niemand trennen.« Sie reichte Jago ein samtenes Etui mit einem Ring, den sie selbst einmal von einer alten, schon vergessenen Großtante bekommen hatte. Jago steckte ihn seiner Braut ungeschickt an den Finger, dann gab er ihr einen Kuss. Barbara wurde rot und küsste ihn ungeschickt auf die Wange, dann wurde der Champagner ausgeschenkt, den der Allberger jedoch gleich wieder von sich spuckte. »Da sind ja Wasserläuse drin, mir kribbelt der ganze Wanst.«

Eva von Nösch klärte ihn flüsternd über das Vornehme des Getränkes auf, die Allbergerin hörte zu und trank von nun an mit abgespreiztem kleinen Finger.

Da erhob sich plötzlich Jago, fingerte einen Zettel aus seiner Rocktasche und kündigte ein Gedicht an.

Er hielt den mit Kaffeeflecken verschmutzten Zettel in die Höhe und las, immer wieder zu seiner Verlobten blickend:

»Liebesqual verschmäht mein Herz,
Sanften Jammer, süßen Schmerz;
Nur vom Tücht'gen will ich wissen,
Heißem Äuglein, derben Küssen.
Sei ein armer Hund erfrischt
Von der Lust, mit Pein gemischt!
Mädchen, gib der frischen Brust
Nichts von Pein, und alle Lust.«

Als er geendet hatte, sah er zu seiner Mutter. Diese hob die Brauen, verzog den Mund. »Nun«, sprach sie. »Jago übt sich im Dichten.«

Herzgütl prustete, während Eva von Nösch nur anmutig eine Braue hob.

»Noch eins«, verkündete Jago. Er holte ein abgegriffenes Büchlein aus seiner Rocktasche, auf dessen Einband in Goldlettern der Name Goethe geprägt war, schlug es auf und las:

»Die Wipfel neigen sich zur Erde,
hol ich dich heim an meinen Herde.
Die Vögel singen dir ein Lied,
wie's auf der Welt noch keines gibt.
Die Blumen nickten mit den Köpfen,
bald hast du sie in eignen Töpfen.
Ein Leben wird's, wie's dir gefällt,
du meine Braut, Süßeste der Welt.«

Jetzt klatschten alle laut Beifall, nur Theda warf ihrem Sohn einen verächtlichen Blick zu. »Bleib bei Goethe, mein Junge. Der kann dichten. Dir ist es leider nicht gegeben.«

Eva von Nösch wollte etwas sagen, doch sie kam nicht dazu, denn Jago warf mit aller Kraft das Büchlein mitten auf den Tisch, sodass der Champagner aus den Gläsern spritzte. »So ist es. Was gilt der Prophet im eigenen Haus. Wenn ihr wüsstet, wie lächerlich all das hier ist.«

Mit diesen Worten stürzte er zur Tür hinaus.

Theda sah ihm fassungslos hinterher. Eva aber griff sich das Büchlein und begann zu lachen.

»Was ist?«, fragte Theda, während der Allberger noch einmal vorsichtig von diesem Wasserläusegebräu kostete und Barbara ihre Hand mit dem Ring daran betrachtete.

»Das erste, liebe Theda, war von Goethe. Und das letzte, welches du dem großen Dichter zugeschrieben hast, das war von deinem Jago.«

»So?« Theda langte nach dem Buch, las selbst. »Nun ja, auch Goethe hat schließlich einmal klein angefangen. Ihm nachzudichten, das ist keine Kunst, das kann jeder.«

Sie gab der Magd ein Zeichen, noch einmal die Gläser zu füllen. Nur Friederike sollte nichts mehr bekommen, sie glühte ohnehin schon wieder wie eine Laterne vor einem Freudenhaus.

Da aber sprang Stefan auf, der den ganzen Nachmittag sehr zurückhaltend gewesen war. »Alles Lüge«, schrie er. »Ihr redet von Liebe, aber das ist alles eine Lüge. Jago kennt seine Braut überhaupt nicht, und Barbara kennt Jago ebenso wenig. Ihr verheiratet die beiden bloß, weil es gut fürs Geschäft ist. Geschäft, Geschäft, Geschäft, Geld, Geld, Geld. Was anderes denkt ihr nicht. Was anderes kennt ihr nicht. Aber da draußen …« Er zeigte mit dem Finger auf das Fenster. »Da draußen gibt es Leute, einfache Leute, die von Grund auf ehrlich sind, denen Moral etwas bedeutet und Liebe und Familie und Kinder. Gerechtigkeit wollen sie, aber ihr wisst nicht einmal, was das ist. Oder ist es gerecht, zwei junge Leute in ein Bett zu zwingen, weil die Wechsel der Eltern so schön zueinanderpassen? Gehört zu eurer Freiheit, dass Mann und Frau nicht selbst wählen dürfen, wie, wo und mit wem sie leben?

Habt ihr eigentlich zwischen all eurem Plüsch und Champagner und Mozart und Goethe schon bemerkt, wie unfrei ihr seid?«

Mit diesen Worten zupfte er seine Kokarde von der Weste, warf auch sie auf den Tisch und stürzte gleichfalls zur Tür hinaus.

Der Allberger sah sich verdutzt um, dann brach er in brüllendes Gelächter aus. »Temperament«, so sprach er, »Temperament haben sie ja, Eure Jungens. Da ist mir um die Zukunft bei Gott nicht bange.«

Theda lächelte, sah zu Barbara, die unbeeindruckt schien, und dachte, dass ihre Wahl wohl doch nicht so schlecht gewesen war.

7

Stefan schwieg. Schon seit der Verlobungsfeier. Stumm saß er bei Tisch, antwortete auf Thedas Fragen nur mit einem Nicken oder Kopfschütteln, stand sofort nach dem Essen auf und verschwand wohin auch immer.

Auch für Jago hatte er kein Wort übrig. Einzig mit Friederike sprach er noch, und natürlich mit Hedi.

»Was hat der Junge denn nun schon wieder?«, fragte Theda die Köchin.

»Was soll er haben? Er ist wütend.«

»Und auf wen?«

Hedi zuckte mit den Schultern. »Auf alles und auf nichts und auf sich und auf Euch und auf die ganze Welt und den Mond noch dazu. Er ist jetzt in diesem Alter, in dem er alles schrecklich findet.«

»Hat das wieder was mit seiner Revolution zu tun? Die wird mir allmählich lästig.«

»Kann schon sein. Die Köchin der Altvaters hat einen Bruder, der sitzt manchmal in der *Eisernen Hand*. Dort will er den Jungen mal gesehen haben. In Gesellschaft von Handwerksgesellen.«

Theda runzelte die Stirn. Der Gedanke, ihr Sohn verbrüdere sich mit dem Handwerk, beunruhigte sie.

»Schick ihn zu mir, wenn er kommt. Hörst du, Hedi?«

Die Köchin nickte.

Theda stieg die Treppen hinauf und betrat das erste Mal seit seinem Tod Theodor Geisenheimers Zimmer, das er immer sein »Kabinett« genannt hatte.

Es roch muffig darin und ein bisschen säuerlich. Theda riss beide Fenster auf und sah sich um. In drei Monaten würde die Hochzeit stattfinden. Das Zimmer wurde gebraucht. Barbara könnte es sich zu ihrem Salon einrichten. Die roten Seidentapeten waren zwar einst teuer gewesen, aber wenn die neue Schwiegertochter etwas anderes wollte, so sollte sie in Gottes Namen tun, was sie mochte. Auch mit Möbeln wollte Theda nicht geizen. Einzig die Kleiderfrage musste gut bedacht werden. Schenkte man Barbara zu viele und zu schöne Kleider, so würde sie womöglich eitel werden. Die Kleider, die sie besaß, waren vielleicht für die Arbeit im Kontor geeignet, sicher nicht aber für Besuche im Städtischen Komödienhaus oder gar für einen Tee bei der Goethe-Mutter.

Für Herzgütl würde sich oben schon noch eine Kammer finden. Sie konnte sich, wenn sie wollte, auf dem Speicher zusammensuchen, was sie brauchte.

Den Schreibtisch, groß wie eine Tür und an den Kanten mit Leder versehen, würde sie Jago geben. Mochte er daran seine Verse aufs Papier kritzeln. Stefan sollte das silberne Necessaire haben. Ohnehin wurde es Zeit, ihn zum Studium zu schicken. Die Bilder passten gut in den Treppenaufgang, den Hutständer konnte man einstweilen auf den Dachboden stellen.

Theda trat zu einem Schrank und öffnete ihn. Dort hingen Theodors Kleider. Ein leichter Geruch nach Lavendel schlug ihr entgegen, ein stärkerer nach Tabak und ein wenig auch nach Theodor. Sie nahm die Sachen heraus und warf sie aufs Bett. Röcke, Westen, Kniehosen, Seidenstrümpfe, Hemden aus Seide und feinstem Leinen, Jacken, Hüte, Kappen, Halsbinden, Handschuhe, einen Pelz, Stiefel aus schwarzem, braunen und grauen Leder, Nachtwäsche, dazu Gürtel und Hausröcke. Dann öffnete sie die Schubladen des großen Sekretärs, holte Tabaksdöschen und Lorgnons hervor, Kämme aus Elfenbein, Pfeifen samt silbernen Stopfern, feinste Schreibfedern und silberne Tintenfässer, dazu Siegellack und eine silberne Taschenflasche, die noch zur Hälfte mit Cognac gefüllt war und Theodors Initialen trug. All das türmte sie neben die Kleider auf das Bett. Als sie vor dem Schreibtisch saß und in Theodors Papieren blätterte, alte Briefe las, kam Stefan zu ihr.

Ohne ein Wort stand er in der offenen Tür, sah sie an, und sein Blick zeigte einen Zug von Verachtung.

»Ich habe über deine Worte zu Jagos Verlobung nachgedacht, mein Lieber«, begann Theda das Gespräch. »Nun, ich will der Revolution nicht zu Munde reden, aber einiges von dem, was du gesagt hast, hat mich zum Nachdenken gebracht. Und von dort zum Handeln.«

Sie wandte sich um und deutete auf das voll beladene Bett. »Da, die Sachen deines Vaters. Nimm sie und verteile sie an die Bettler. Nimm auch das Silberzeug. Was du für dich behalten magst, behalte, alles andere gib denen, die es brauchen.«

Einen Augenblick lang stand Stefan mit offenem Mund da. Dann lächelte er, stürzte auf seine Mutter zu und küsste ihr die Hand. »Ich habe gewusst, *chère Maman,* dass Ihr ein großes Herz habt. Auch Ihr könnt niemanden leiden sehen.«

»Na, na!« Theda tätschelte ihrem Sohn die Schulter, lächelte ihn an und dachte dabei, welche Freude es ihr bereiten würde, Theodors Röcke an den Bettlern der Stadt zu sehen. Bedauerlich war nur, dass er nichts mehr davon mitbekam. Er würde im Grab rotieren wie der Quirl, wenn Hedi Pudding rührte, da war sie sicher.

Einen winzigen Augenblick erinnerte sie sich an ein Gefühl mit Namen Scham. Sie würde das Andenken an ihren Mann beschmutzen, aber sie war noch immer so wütend auf ihn, auf sich, auf ihr Leben, das ihr so unsagbar verloren vorkam. Sie konnte nicht anders, als sich auf diese Weise an Theodor Geisenheimer zu rächen. Dabei hatte der ihr, wenn sie es recht bedachte, nie etwas getan. Aber Theda wollte nichts recht bedenken, sie wollte handeln. Sie packte das Kleiderbündel, drückte es ihrem Sohn in die Arme, seufzte, strich sich mit dem Handrücken über die Stirn und wandte sich ihrer nächsten Aufgabe zu.

Seit die Knospen aufgebrochen waren und die Sonne sich wärmend über die Heide gelegt hatte, waren Friederike und Christian beinahe täglich zum Stadttor hinausgewandert. Hier draußen begegnete man allenfalls hin und wieder Frauen aus den Armeleutevierteln, die nach Kräutern oder Pilzen Ausschau hielten.

Die Aufregung des ersten Kusses war verklungen, doch das Kribbeln in Friederikes Bauch, das jedes Mal einsetzte, wenn sie Christian sah, war eher stärker geworden. Sie träumte sich abends in seine Liebe hinein, in ein Leben mit ihm.

Jetzt aber ging sie an seiner Hand und kam sich geschützt und stark vor. Stärker und sicherer als je zuvor. Sie hatte sogar kürzlich vor dem Spiegel gestanden, sich darin betrachtet und gefunden, dass es Hässlichere gab als sie. Christian, hatte sie gedacht, hat mich schön gemacht. Und sie hatte gelächelt dabei.

»Ich muss dir etwas sagen, meine Tulpe.« Christian sah so ernst dabei aus, dass auch Friederikes Lächeln wie weggewischt war.

»Was ist? Ist es etwas Schlimmes?«

Christian nahm Friederikes Gesicht in seine Hände, sah ihr in die Augen. »Ich gehe fort von hier. Nach Leipzig schickt mich der Vater, zum Studium.«

»Was? Du gehst? So weit? Wann? Für wie lange?«

»Schon bald. In einer Woche. Juristerei soll ich studieren. In Leipzig, weil sich in Jena und Marburg die Studenten mit den Revolutionären verbünden. Deshalb Leipzig. Außerdem ist er, der Vater, alle halbe Jahr dort und kann mich kontrollieren.«

»Für wie lange?« Friederike hatte die Augen vor Entsetzen weit aufgerissen. Ihr tat plötzlich alles weh. Sie fühlte sich ganz schwach und musste sich an Christian lehnen, um nicht in die Knie zu sinken.

»Vier Jahre, wenn es gut läuft. Aber ich werde dich besuchen, so oft ich kann.«

Friederikes Augen füllten sich mit Tränen. Sie wollte etwas sagen, doch sie brachte kein Wort heraus. Bleib hier, lass mich nicht allein. Oder nimm mich wenigstens mit, schrie es in ihr. Aber nur ein tiefes Seufzen drang aus ihrer Kehle. Dann warf sie sich an Christians Brust, umschlang ihn mit beiden Armen und hielt ihn so fest, als wolle sie ihn niemals wieder loslassen.

Und Christian hielt sie. Lange standen sie so. Erst als Friederikes Schluchzen verebbte, fragte Christian leise: »Ich möchte etwas mitnehmen von dir. Etwas, das mich immer an dich erinnert. Etwas, das für uns beide einen großen Wert darstellt.«

Friederike sah an sich herab. »Ich habe nichts, nichts, was du dir in die Tasche stecken könntest. Das einzige, was ich dir schenken möchte, dir und keinem anderen, das ist meine Tugend.«

Christian schluckte. »Willst du das wirklich?«

»Ja«, hauchte Friederike. »Das will ich wirklich.«

Und sie streifte ihr wollenes Tuch von den Schultern und öffnete mit ungeschickten Fingern ihr Mieder.

Jago saß im Kaffeehaus. Es war noch früh am Morgen, auf einigen Tischen standen noch die Stühle. Außer ihm war kein einziger Gast da.

Das Schankmädchen hatte ihm wortlos eine Tasse Kaffee mit Sahne hingestellt. Als sie zurück in die Küche wollte, hielt er sie am Arm fest.

»Ich werde bald heiraten, meine Erato.«

»Dann freut Euch doch, Herr. Kein Grund, ein solches Gesicht zu ziehen.«

»Weißt du nicht, warum mir die Trauerweiden derzeit die liebsten Bäume sind? Weißt du es wirklich nicht, meine Erato?«

Das Mädchen senkte den Kopf und ließ sich von Jago auf dessen Schoß ziehen. »Ich kann's mir schon denken, Herr. Eine feine Dame werdet Ihr heiraten, nicht wahr? Eine, die sich zu benehmen weiß und schöne Kleider trägt. Eine, die viel besser zu Euch passt als ein Schankmädchen, das nicht einmal lesen und schreiben kann.«

»Aber du, meine Erato, du bist meine Lust, meine Muse. Du bist das, was ein Dichter braucht. Schau, unser großer Goethe, er lebt mit Christiane Vulpius zusammen, einer Gewöhnlichen. Und sieh, was er schreibt. Ich brauche dich, meine Erato. Du musst mir versprechen, dass du mir treu bist, auch wenn ich verheiratet bin.«

Das Schankmädchen rutschte ein wenig auf Jagos Schoß hin und her. »Was ist, wenn einer mich freien will?«

Jago machte sich steif, schob das Mädchen ein Stück von sich, sodass er ihr ins Gesicht schauen konnte. »Das wirst du nicht tun, meine Erato. Das kannst du nicht. Wenn du nicht mehr bei mir bist, bin ich musenlos, gottlos, freudlos, ja, leblos gar.«

Er betrachtete sie mit Angst und Misstrauen. »Gibt es da einen, der sich für dich interessiert?«

»Schon«, erwiderte das Mädchen leichthin. »Aber wisst Ihr, keiner von denen ist wie Ihr.«

»Dann liebst du mich also, meine Erato?«

Das Mädchen nickte und sprang von seinem Schoß. »Aber wenn der Goethe einmal seine Christiane heiratet, dann müsst auch Ihr mich zur Frau nehmen.«

Jago zog sie erneut zu sich, bedeckte ihren Hals mit Küssen. »Meine Frau, mein Weib, das bist du doch jetzt schon. Du bist die, der ich vor Gott angehöre. Nur die

Menschen muss ich täuschen, aber doch nicht dich und nicht Gott.«

Erato hob den Zeigefinger der rechten Hand und biss auf dem Nagel herum. »Aber der Vater«, sprach sie. »Der Vater hat gesagt, er wird mich davonjagen, wenn ich einen Bastard im Leib habe. Was werdet Ihr dann tun, Herr?«

»Du musst dich nicht sorgen, Erato. Du wirst kein Kind von mir bekommen. Schau, jeden Tag liegen die Frauen bei den Männern. Wenn jedes Mal ein Kind dabei entstünde, so könnte man nicht mehr durch Frankfurts Straßen gehen, weil es überall von Kindern wimmelte. Nein, sorge dich nicht. Ein Mann weiß, wie man ein Unglück verhütet.«

»Aber …«, setzte Erato an, doch Jago verschloss ihren Mund mit Küssen. »Sprich jetzt nicht, mein Kind.«

Er zog sie hoch, führte sie hinter sich her in den Weinkeller, strich ihr mit den Fingern über die Brüste, bedeckte ihren Hals mit Küssen, streichelte ihre Schenkel, hauchte auch einen Kuss auf ihren Schoß. Dann lehnte er sie gegen ein Weinfass, öffnete seinen Hosenlatz und machte seine Muse der Liebesdichtung zu einer Muse der Liebe.

Theda war stolz auf sich. Sie hatte Jago verlobt, Stefan beruhigt und so für Ordnung und Frieden im Hause Geisenheimer gesorgt. Einzig Friederike schien ihr noch verändert. Sie hatte über Nacht alles Täppische verloren, war vom Mädchen zu einem Fräulein gereift. Sogar um ihre Frisur bekümmerte sie sich, sorgte dafür, dass ihre Kleider der Mode entsprachen und interessierte sich auffallend für das Leben einer erwachsenen Frau ihres Standes. Natürlich hatte Theda nicht vergessen, dass Christian Altvater, der

Nachbarssohn, während der Verlobungsfeier unter dem Tischtuch mit Friederike Händchen gehalten hatte. Aber wusste das Kind eigentlich, was es hieß, eine Frau zu sein?

Theda verfügte sich in die Bibliothek und stöberte in den Regalen. Sie suchte nach einem Eheratgeber, etwas Medizinisches vielleicht, mit Verweisen auf die Bibel. Endlich hatte sie ein in rotes Leder gebundenes Büchlein gefunden, dessen goldgeprägte Inschrift fast unlesbar geworden war und bei dem das Titelblatt fehlte. Sie lächelte. Das sah Theodor ähnlich! Sie wollte sich nicht ausmalen, an wie vielen Abenden er heimlich in diesem Büchlein gelesen hatte. Und auch, wie er das Gold aus den Buchstaben gekratzt und das Titelblatt verbrannt hatte, damit niemand merkte, welche Art von Literatur er da in seinen Schränken stehen hatte.

Sie zog also das Büchlein heraus, begab sich in einen Fauteuil und rückte die Öllampe näher zu sich heran. Schnell läutete sie noch der Magd und bat diese, in einer Viertelstunde Friederike und zwei Tassen Schokolade zu bringen, aber nicht früher.

Dann blätterte sie das Büchlein durch, lächelte hin und wieder, schüttelte auch einmal den Kopf, und als die Standuhr im Vorsaal die nächste Viertelstunde schlug, klopfte es an der Tür. Die Magd brachte sowohl die Schokolade als auch Friederike.

»Komm, setz dich, Kind, ich habe mit dir zu reden.« Friederike tat, wie ihr geheißen. Sie trug ein einfaches blaues Tuchkleid, welches vor wenigen Monaten noch wie ein Mädchenkittel gewirkt hätte, heute aber nur ihre Weiblichkeit unterstrich. Mit fest zusammengepressten Knien saß

Friederike da, die Wangen leicht gerötet, die Lippen ein wenig rau, die Hände sittsam im Schoß gefaltet.

Theda schob ihr eine Tasse Schokolade auf dem kleinen Marmortisch hinüber, dann fragte sie unvermittelt: »Wie steht es eigentlich bei dir mit der Liebe?«

Friederike wurde rot, biss sich auf die Unterlippe. »Ich weiß nicht, was Ihr meint, *chère Maman.*«

»Jetzt tu nicht so. Du hast mit Christian Altvater Händchen gehalten, du wirst abwechselnd rot und blass, sobald man seinen Namen nennt, in deinem Zimmer stehen hin und wieder Blumen, die ich nicht gekauft habe. Also.«

»Ja, er gefällt mir«, presste Friederike heraus.

»Aha. Willst du ihn heiraten? Ich meine, irgendwann?«

Friederike biss sich jetzt fest auf die Lippen. »Er geht nach Leipzig zum Studium. Über das Danach haben wir nicht gesprochen.«

»Schön. Sehr schön.« Theda rieb sich in Gedanken die Hände. Wie vieles sich doch von selbst erledigt, dachte sie. Trotzdem ist es an der Zeit, das Mädchen aufzuklären.

»Was weißt du über die Liebe zwischen Mann und Frau?«, fragte sie.

Jetzt sah Friederike auf. »Das Weib muss dem Manne gehorchen, er ist ihr Führer.«

»Naja, das kann man sehen, wie man will. Aber weißt du auch, was nachts in einem Eheschlafzimmer geschieht?«

Friederike sah nun aus, als wäre sie mit Blut übergossen. Stumm schüttelte sie den Kopf und starrte in ihren Schoß.

Plötzlich war auch Theda befangen. »Hat Madame Dupont euch nichts dazu gesagt?«

»Nein, Maman.«

»Hmm, was tun die Lehrerinnen eigentlich heutzutage? Also, im ehelichen Schlafzimmer werden Kinder gemacht.«

»Ja.«

»Und weißt du, wie das geht? Wie sich eine Frau dabei verhalten sollte? Was richtig und was falsch ist?«

Friederike schluckte hörbar, hielt noch immer den hochroten Kopf gesenkt und schüttelte stumm den Kopf.

»Herrgott, Kind, jetzt mach es mir doch nicht so schwer. Stell dich nicht an wie eine Nonne. Jeder macht es, und bevor man es macht, ist es gut, zu wissen, wie man es macht. Himmel noch eins.«

Sie nahm einen Schluck von der heißen Schokolade und leckte den Sahnerand über der Oberlippe weg.

»Also, ich habe hier ein Büchlein, da steht drin, was du wissen musst. Allerdings wäre es wohl schädlich, dir dieses Traktat zur alleinigen Lektüre zu überlassen. Manches würdest du vielleicht nicht verstehen, es würde dich womöglich erschrecken. Also lese ich dir daraus vor, und du sagst mir hinterher, was du nicht verstanden hast.«

»Ja, Maman.«

Theda nahm das Büchlein zur Hand, hielt sich das Lorgnon vor und begann zu lesen. »Also, hier steht: ›Das Weib soll sich bei der Ausübung der ehelichen Pflicht duldend verhalten. Selbstständige Handlungen ihrerseits sind in der Rolle, die ihr die Natur vorgegeben hat, nicht vorgesehen. Der Mann ist der zeugende, also handelnde Teil.‹ Hast du das so weit verstanden?«

Wieder schluckte Friederike, ehe sie mit blasser Stimme »Ja, Maman« sagte.

»Weiter steht da geschrieben: ›Jedoch muss das Weib in einem gewissen Sinne auch teilnehmen, da vollkommene Trägheit vom Mann als Gefühlskälte und mangelnde Liebe ausgelegt wird und ihn verstimmen oder sogar abschrecken könnte.‹ Du hast also deinen Teil beizutragen, wenn es so weit ist, hast du das verstanden, Friederike?«

Jetzt sah das Kind auf, hielt aber die Finger ineinander verklammert im Schoß. »Was tut eine Frau, um nicht gefühlskalt zu wirken?«

Theda blätterte in dem Büchlein ein paar Seiten nach vorn, dann nach hinten, fand aber die passende Stelle nicht. »Naja, ein Weib sollte wohl hin und wieder stöhnen. Manchmal wecken auch erst leichte Schläge auf das Gesäß des Mannes die rechte Lust.«

Friederike riss die Augen auf: »Ich soll Christian verhauen?«

Theda seufzte und verdrehte die Augen. »Natürlich sollst du ihn nicht verhauen, Gott, nein, Kind, nur anspornen, verstehst du? Ein Reiter schlägt sein Pferd auch nicht, er tritt es in die Seite, um es anzuspornen.«

Friederike war verwirrt. Sie schluckte, sah von ihrer Mutter auf das Büchlein und zurück.

»Hast du jetzt verstanden?«, fragte Theda nach und konnte die Ungeduld in ihrer Stimme nicht zügeln.

»Ja. Nein. Ich soll ihn anspornen wie ein Pferd.«

»Na endlich. Ja, aber ohne Peitsche und Sporen.«

Wieder blätterte Theda in ihrem Traktat, dann las sie vor: »›Das Weib soll sich hüten, den Manne künstlich zu reizen und zu erregen.‹«

Sie sah zu Friederike, die mittlerweile völlig verkrampft

im Stuhle saß, und sprach: »Naja, das Kapitel kann ich bei dir wohl weglassen.«

Sie sah ihre Tochter noch einmal prüfend an und fragte dann: »Du bittest doch nicht etwa den jungen Altvater um Küsse?«

Friederike schrak zusammen. »Nein, nein. Wirklich nicht.«

»Dann ist es ja gut. Ansonsten ist es von Wichtigkeit, nach stattgefundener Begattung Ruhe einzuhalten. Der Mann muss sich von den verlorenen Säften erholen, und das Weib muss ruhen, damit sich der männliche Samen festsetzen kann. So, und jetzt noch zur Häufigkeit. Am Anfang einer Ehe drängt der Mann manchmal noch. Auch dem darf das Weib nicht nachgeben. Wir sind evangelisch, wie halten es mit Luther, der gesagt hat:

›Der Woche zwier,
Macht's Jahr einhundert und vier,
Schadet weder dir noch mir.‹
Ist dir das alles eingänglich, mein Kind?«

Friederike nickte.

»Hast du noch Fragen?«

Friederike schüttelte den Kopf.

»Gut, dann trink deine Schokolade. Ich muss nach dem Abendessen sehen.«

8

Der Frühling war dem Frühsommer gewichen. Überall herrschten Leichtigkeit und Übermut. Die ersten Auflader arbeiteten mit freiem Oberkörper, und Theda stand manchmal im Salon hinter dem Vorhang und betrachtete das Muskelspiel der Männer. Die Mägde waren noch immer ganz aufgeregt von den vielen Festen, die sie an ihren freien Tagen feierten, und sogar Hedi sang bei der Arbeit Küchenlieder.

In genau zwei Wochen, am Donnerstag, den 21. Juni 1792, würde die Hochzeit von Jago und Barbara stattfinden.

Theda hatte lange überlegt, ob sie dafür, wie es in ihrem Stande üblich war, das Haus zur Alten Limpurg auf dem Römer mieten sollte, doch dann waren ihr die Allbergers eingefallen, insbesondere Gustav Allberger. Der hatte sich womöglich noch immer nicht an das Läusewasser gewöhnt. Richtete sie aber die Feier im kleinen Kreise aus, zerrissen sich womöglich die Alten Limpurger das Maul und zogen falsche Schlüsse auf den Zustand der Geisenheimerschen Unternehmungen. Das Risiko wollte Theda dann doch nicht eingehen. Also hatte sie das Haus auf dem Römer gebucht und eingeladen, wer immer ihr einfiel. In der Menge, hoffte sie, würden die Allbergers hoffentlich untergehen. Auch die Leipziger Verwandtschaft war von dem Ereignis unterrichtet. Tante Brigitte würde mit ihrem Ehemann schon in einer Woche eintreffen, also drei Tage vor der Hochzeit. Und die Gästezimmer waren noch nicht gerichtet! Für Barbara hatte Theda bei einem Gewandschneider ein Kleid anmessen lassen, dessen Vorlage sie aus dem neuesten *Journal des Luxus und der Moden* hatte.

Barbara war einverstanden gewesen, hatte sich aber wahrhaftig Brüsseler Spitzen dazu gewünscht. Wie die Ausrichtung der Verlobung war auch die Finanzierung der Hochzeit und natürlich das Brautkleid Sache der Eltern. Aber Jago konnte doch nicht eine ärmlich gekleidete Braut nach einem glanzlosen Fest in das Handelshaus Geisenheimer führen. Theda hatte also diskret einen guten Teil der Kosten übernommen. Aber Brüsseler Spitzen? Das ging nun wirklich zu weit. So hatte sie auf die sächsische Ware aus Plauen verwiesen, die ebenfalls gut, aber nur halb so teuer war. Der Wein war im Rheingau bestellt und würde in den nächsten Tagen mit dem Marktschiff von Mainz kommen, ebenso das Schwalbacher Wasser, dem man heilende Kräfte nachsagte. Da die Familie bei der Verlobungsfeier auf eine Gratulationscour verzichtet hatte, musste allerdings nun ein entsprechender Empfang vorbereitet werden. Theda erinnerte sich daran, wie sie als Kind bei der Verlobung des Johann Georg Leerse mit Johanna Elisabeth d'Orville an die dreihundertfünfzig Gäste bei der Cour gesehen hatte, darunter auch zahlreiche fremde Kavaliere verschiedener Hofstaaten. Nun, sie hoffte, die

Hochzeit mit einer Allberger würde nicht ganz so viel Staub aufwirbeln, aber sie wollte gewappnet sein. Vorsichtshalber hatte sie in verschiedenen Herbergen Zimmer reserviert, um die Verwandtschaft unterzubringen. Im Hause selbst würden die Leipziger wohnen, dazu Thedas Großtante Luzie, die über siebzig Jahre alt war und der ein Hotelzimmer nicht zugemutet werden konnte.

Theda eilte vom Haus hinunter ins Kontor, sah dort nach dem Rechten, doch der Prokurist Kalis beruhigte sie. »Es geht alles so, wie es sein muss, Frau Kaiserrätin. Die Spezereien aus Genua sind pünktlich eingetroffen, auch ausreichend Kaffee, Tee und Schokolade, dazu Tabak und erstmals ein paar Kistchen mit Zigarren. Die Briefpost ist bereits auf der Poststation im Roten Haus und geht gleich morgen auf die Reise.«

»Gut, gut«, keuchte Theda, nahm sich nicht einmal die Zeit, die Kontorbücher zu kontrollieren und hastete zurück ins Haus, wo mehrere Wäscherinnen für insgesamt dreißig Gulden die gesamte Wäsche des Hauses wuschen. Hedi stand mit sauberer Schürze auf der Schwelle zur Waschküche, und Theda hörte sie die Küchenmagd belehren. »Früher, da kamen die Wäscherinnen jede Woche. Aber jetzt, wo genügend Leinenzeug und Kleider vorhanden sind, ist es vornehmer, sie nur alle Vierteljahr kommen zu lassen.« Sie drehte sich um und rief in die Waschküche hinein: »Wart ihr schon bei der Goetheschen? Hat sie mehr Weißzeug als wir hier?«

Theda wartete die Antwort nicht ab, sondern rief die Hedi zu sich. »Was macht Stefan? Ich habe ihn lange nicht mehr gesehen.«

Hedi hob die Schultern. »Ich auch nicht, Herrin. Aber wenn er hier ist, hat er prächtige Laune. Man hört, der Franzosenkönig wäre eingeknickt und mache jetzt seine Sache mit der Nationalversammlung.«

»Und Jago?«

»Er tut, was er immer tut. Sitzt im Kaffeehaus, liest Zeitungen, schwätzt mit anderen Männern und spielt manchmal Billard, sagt er. Und sonntags geht er von fünf bis acht Uhr, wie es sich für einen Geisenheimer geziemt, ins Rote Haus. Genau wie die anderen Männer seines Standes.«

Theda nickte. Eigentlich hätte sie damit zufrieden sein müssen, denn im Roten Haus war schon so manches gute Geschäft abgeschlossen worden. Aber sie vermutete, dass Jago sich allein an den Erfrischungen schadlos hielt und ansonsten Tarock, L'Hombre oder ähnliches spielte. Aber darum konnte sie sich jetzt nicht auch noch bekümmern.

An Friederike gingen die Hochzeitsvorbereitungen beinahe unbemerkt vorüber. Sie hatte durchgesetzt, ein neues blaues Kleid nach griechischer Art zu bekommen, das unter der Brust mit einer schmalen silbernen Kordel geschnürt war und in weichen Falten bis auf den Boden fiel. Ansonsten ging sie zum Unterricht in das Institut von Madame Dupont und schrieb danach Briefe an Christian. Briefe voller Sehnsucht. Doch nachdem der erste Satz – »Ich vermisse dich so sehr …« – geschrieben war, wusste sie nicht weiter. Was sollte sie ihm schreiben? Dass Jago heiratete, das wusste er. Sollte sie ihm berichten, was sie im Institut trieb? Welches Kleid die junge Bolongaro sich schneidern ließ? Das würde Christian kaum interessieren. Also saß sie an ihrem Schreibsekretär, umklammerte die Feder und starrte unglücklich auf das Papier.

Manchmal kam ihr der Gedanke, dass Christian vielleicht eine andere in Leipzig kennenlernen könnte. Dann traten ihr Tränen in die Augen, und ihr ganzer Körper begann zu schmerzen. Doch endlich traf ein Schreiben von ihm ein, nur wenige Sätze lang, und schon war sie wieder froh und voller Hoffnung. Er denkt an mich, er liebt mich, sprach sie vor sich hin, und einen Tag später riss sie ein Gänseblümchen ab, zupfte Blatt für Blatt ab nach dem alten Spiel. Er liebt mich, er liebt mich nicht. Er liebt mich, jubelte sie.

Überhaupt sah sie plötzlich in allen Dingen Zeichen. Gelang es ihr am Morgen, über eine Pfütze zu springen, ohne den Saum ihres Kleids zu beschmutzen, so liebte Christian sie. Flog eine Krähe über sie hinweg, begann sie zu zweifeln. Schien die Sonne, lachte ihr das Glück, tropfte Regen, so wollte sie am liebsten weinen. Es gab Tage, an denen sie sich hübsch fand, an anderen wollte sie sich schütteln über ihre Hässlichkeit. Und so schwankte sie zwischen den Dingen, unfähig, einen festen Tritt zu finden.

Stefan hatte ein wenig Angst. Heute würde er zum ersten Mal in seinem Leben Georg Forster treffen. Der große Schriftsteller, der mit James Cook um die ganze Welt gesegelt war! Georg Forster, der die Welt kannte, der in Russland gewesen war und in England, der die arktischen Gewässer, den Atlantik und den Pazifik kannte, der miterlebt hatte, wie die Menschen in Neuseeland, Haiti, Neukaledonien und Polynesien lebten. Der Zimmermann hatte bei der letzten Zusammenkunft mit dreckigem Lachen berichtet, dass Forster mit seiner Frau Therese kein Glück gehabt hatte. Zwar hatten die beiden zusammen drei Kinder, aber unglücklicherweise verliebte Therese Forster sich immer wieder in andere Männer. Forster, so der Zimmermann flüsternd und prustend, solle eine *ménage à trois* vorgeschlagen haben, doch Therese war damit nicht einverstanden gewesen. Stefan wusste nicht, was eine *ménage à trois* bedeutete, und es interessierte ihn auch nicht sonderlich. Sollten die Männer mit ihren Weibern tun, was immer sie wollten. Er hatte andere Sorgen. Sorgen, die er gern mit Weitgereisten geteilt hätte.

Georg Forster, der so vieles über die Welt und die Menschen wusste und über dessen Buch *Ansichten vom Niederrhein, von Brabant, Flandern, Holland, England und Frankreich im April, Mai und Juni 1790* sogar der große Goethes sich lobend geäußert hatte – dieser Mann sprach heute im Saal des Gasthofes *Zum Ritter*. Die Frankfurter munkelten, dass hier auch der Treffpunkt der Freimaurerloge *Zur Einigkeit* war, zu der hohe Persönlichkeiten wie der Baron von Schell, der kursächsische Legationsrat Steinheil, der Bankier Gontard sowie Mitglieder der Familien Schönemann und Leerse gehören sollten. Aber niemand gab zu, Genaueres zu wissen über diese Geheimgesellschaft und die, die sich Freimaurer nannten.

Stefans Hochachtung vor Georg Forster war so groß, dass er fürchtete, kein einziges Wort ihm gegenüber über die Lippen zu bringen. Doch er musste. Jemand musste den Frankfurter Jakobinern, die unterdessen auf über zwei Dutzend Mitglieder angewachsen waren, die Leviten lesen.

Georg Forster musste ihnen sagen, dass es einen Weg zu Freiheit, Gleichheit und Brüderlichkeit ohne Blutvergießen gab. Wer, wenn nicht Georg Forster? Auf ihn setzte der junge Geisenheimer alle Hoffnung. Wenn er ehrlich war, so verfolgte er die Entwicklungen in Frankreich mit wachsender Zuversicht. Der König sprach mit den Vertretern der *commune insurrectionnelle*, dem Rat der Aufständischen. Vielleicht würde doch noch alles gut werden? Aber die Rufe nach Blut wurden auch in Frankfurt immer lauter, und auch die Forderung, die Aristokraten so schnell wie möglich an die nächste Laterne zu knüpfen. Stefan hatte Angst. So sehr, dass er die Brotpreise inzwischen besser kannte als manche Küchenmagd. Die schlechte Ernte des letzten Jahres hatte auch in Frankfurt Auswirkungen gezeigt, aber noch hielten sich die Preise, sodass das Volk nicht murrte oder gar die Läden stürmte. Doch allein der Gedanke, dass jede Magd, jeder Knecht, jeder Bauer auch zum König taugte, hatte die einfachen Leute mutig gemacht. Oder, wie Theda es nannte, vorlaut. Die Magd wird immer frecher, klagte sie häufig, und Stefan wusste, dass sie recht hatte. Das Mädchen stand noch öfter als sonst bei den Aufladern, ließ sich den Hintern klopfen und erledigte ihre Arbeit mürrisch.

Doch jetzt wurde es still im Saal. Rund sechzig Männer hatten sich eingefunden. Nicht nur Handwerker und Sympathisanten der Franzosen, auch Gelehrte sah Stefan. Der alte Senckenberg saß ganz vorn, daneben Leerse, der Gelehrte. Auch ein paar Kaufleute waren gekommen, diejenigen, die großen Anteil an der Entwicklung der Wissenschaften und der Kunst nahmen. Und dann stand Georg

Forster am Rednerpult und sprach. Und wie er sprach! Er berichtete von der letzten Reise, die er mit Humboldt zusammen unternommen hatte. Er sprach vom Leid der armen Leute, vom Kindersterben, von Krankheiten, die aus Hunger entstanden. Und er sprach über die Aufklärung, deren Ergebnis die französische Revolution war. Stefan wusste nicht genau, was sich hinter diesem Begriff verbarg, aber er wollte es verstehen. Gebannt saß er ganz vorn auf der Stuhlkante, betrachtete den großen Forscher und lauschte seinen Worten. Aufklärung, sagte Forster, bedeute nichts anderes als selbstständiges Denken und Handeln. Nicht nach Autoritäten solle man sich richten, sondern das Denken mit den Mitteln der Vernunft und des Verstandes von Vorurteilen, überholten Vorstellungen und Ideologien befreien.

Stefan zückte sein Notizbuch, zog den Bleistift aus der Lederhülle am Einband und schrieb eifrig. Dann sprach Forster über Immanuel Kant. Diesen Namen hatte Stefan schon von Jago gehört. Ein Philosoph aus Königsberg, der den kategorischen Imperativ ersonnen hatte. Auch Forster zitierte ihn gerade: »Handle so, dass die Maxime deines Willens jederzeit zugleich als Prinzip einer allgemeinen Gesetzgebung gelten könne.«

Stefans Stift jagte über das Papier. Als Forster mit seinem Vortrag endlich fertig war, schmerzten ihm die Finger. Er steckte Stift und Notizbuch in die Tasche und drängelte sich nach vorn, wo der Redner schon von anderen umringt wurde. Aufmerksam lauschte er den Fragen, doch diese zielten nur auf die zahlreichen Reisen des Gelehrten. Endlich fiel Forsters Blick auf Stefan. »Hat es dir gefallen, Junge?«, fragte der große Mann.

Stefan nickte eifrig und wagte selbst eine Frage: »Ist Revolution ohne Blutvergießen möglich?«

Plötzlich war es ganz still. Alle Umstehenden blickten auf Stefan. Der Zimmermann, der mit seinen Freunden in der Nähe stand, grinste schief. Georg verschränkte die Hände vor der Brust.

Forster wiegte den Kopf leicht hin und her. »Bisher gab es noch keine gesellschaftliche Veränderung, bei der kein Blut geflossen ist.« Einige der Umstehenden nickten, doch Forster sprach schon weiter. »Und diese Revolution ist bereits eine blutige. Jeder Bauer, der von seinem Grundherrn gepeitscht wurde, jede Mutter, die ihr Kind an eine Seuche oder an den Hunger verloren hat, hat mit Blut bezahlt. Die Armen bluten seit Jahren. Vielleicht wird auch bei der Revolution noch weiteres Blut fließen müssen, aber dann nur mit dem Ziel, ein Blutvergießen ein für alle Mal zu verhindern.«

»Blut also, um Blut zu vermeiden?«, fragte Stefan nach.

»Wenn du so willst, ja. Ungerecht ist das nicht. Sogar unsere Gesetzgebung sagt, dass einem Mörder der Tod zusteht. Wie viele Reiche überall in der Welt sind schuld am Tod der Armen? Am Tod derer, die vor Hunger sterben, die sich in ihren feuchten Hütten Krankheiten holen und daran zugrunde gehen? Hast du darüber schon einmal nachgedacht, Junge?«

Stefan schüttelte den Kopf.

»Wie sollte er auch, er ist doch ein Patrizier!«, rief der Zimmermann dazwischen.

Forster nickte, sah ihn lange an. Stefan schluckte. Dann sagte er: »Ich kann mir nicht vorstellen, dass meine Familie am Tode auch nur eines einzigen Menschen schuld sein soll.«

Forster schob mit einem Arm ein paar Umstehende zur Seite, trat zu Stefan und legte ihm einen Arm um die Schulter. »Ich bin sicher, dass niemand von deiner Familie jemals ein Messer oder eine Waffe gegen einen anderen gezückt hat. Aber wie oft hat dein Vater Weizen zurückgehalten, weil er hoffte, ihn in ein paar Wochen teurer verkaufen zu können? Und wie viele Leute haben sich diesen Weizen dann nicht mehr leisten können und sind womöglich hungers gestorben?«

Stefan schwieg. Er biss sich auf die Unterlippe und scharrte mit dem linken Fuß über den Boden. »Also sind alle Kaufleute Mörder?«, fragte er leise.

»Keine Mörder im Sinne des Gesetzes. Aber möglicherweise mitschuldig am Tod von Alten, Frauen und Kindern.«

Stefan nickte. Er wagte nicht, den Blick zu heben. Schon wurde Forster von ihm weggedrängt und mit Fragen bestürmt. Langsam und mit schlurfenden Schritten verließ Stefan den Saal.

Auch Jago war im Saal des Gasthofes gewesen. Er hatte seinen Bruder aus der Ferne beobachtet, auch dessen Gespräch mit Forster, aber er machte sich keinen Reim darauf. Stefan war für ihn der Kleine, der gerade in einem Entwicklungsstadium der Gehorsamsverweigerung war. Manchmal neidete Jago ihm die Standhaftigkeit, mit der sein Bruder der Mutter gegenübertrat. Er selbst hatte viel zu selten Widerworte gewagt. Zuletzt bei dieser unsäglichen Verlobung. Auch dem Vater war er stets einsichtig begegnet. Was hätte er sonst tun sollen? Er war ein Künstler, ein Dichter, verstand nichts von den banalen Dingen der Welt und wollte davon auch nichts verstehen. Einzig in Ruhe gelassen werden wollte er. Und deshalb, nur deshalb hatte er der Verlobung zugestimmt.

Jagos Blicke durchsuchten den Raum nach Erato. Es hatte ihn nicht viel Mühe gekostet, sie aus dem Kaffeehaus wegzulocken, denn der Besitzer des Gasthofes hatte Erato für heute Abend vom Besitzer des Kaffeehauses als Schankmädchen geliehen. Jago war das nur recht. Er hatte überhaupt das Bedürfnis, alles mit seiner Muse zu teilen. Sie sollte sein Herz kennen, jeden seiner Gedanken, Sehnsüchte, Träume. Auch die Ängste wollte er ihr nicht verschweigen. Aufgehen sollten sie miteinander und ineinander. Er hatte sich nie gefragt, was Erato wollte. Der Gedanke kam ihm einfach nicht. Sie war seine Muse, und er hielt es für ein großes Glück, die Muse eines Dichters zu sein. Also berichtete er ihr alles, vom morgendlichen Stuhlgang bis zum nächtlichen Angstschweiß. Und Erato, die einiges gewohnt war und drei kleine Geschwister hatte, reagierte mütterlich auf seine Wehwehchen. Sie gab ihm Tropfen, kochte ihm Brei mit Möhren, streichelte auch seinen Bauch und lauschte jedem seiner Worte, als wären es Offenbarungen.

»Hast du gehört, was er gesagt hat vom kategorischen Imperativ?«, fragte Jago sie nun, als alle Gäste verabschiedet und die Tische bereits abgewischt waren.

»Hat er davon gesprochen?«, fragte sie zurück.

»Ja. Er sagte, du sollst so leben, dass alles, was du denkst und tust, gleichzeitig auch als Gesetz für alle gelten könne.«

Erato lachte hell auf. Als sie Jagos Gesicht sah, schlug sie sich die Hand vor den Mund. Sie beugte sich zu ihm hinüber, noch immer leise prustend, und flüsterte ihm ins Ohr: »Gilt das auch für das, was wir im Weinkeller treiben?« Dabei fuhr ihre Hand ungeniert seinen Schenkel hinauf.

Jago hielt die Hand fest, sah ihr in die Augen und sagte: »Verstehst du denn nicht, dass diese Dinge von äußerster Wichtigkeit sind? Eine neue Epoche bricht an.«

Da warf Erato mit Schwung ihr Haar über die Schulter. »Ich verstehe nichts von diesen Dingen. Wenn du ein Weib brauchst, welches so gelehrt ist, wie es die Schwester von Goethe war, so musst du dir eine solche suchen.«

Sie machte auf dem Absatz kehrt und wollte in die Küche gehen, doch Jago bekam ihr Kleid zu fassen, zog sie zu sich auf den Schoß, bedeckte ihr Gesicht, ihre Hände, ihren Hals mit Küssen. »Verzeih mir, meine Erato, Süßeste aller Musen. Ich wollte dich nicht verletzen. Du bist die Einzige, bist das Weib an sich. Und nichts anderes wollte ich. Ohne dich kann ich nicht dichten. Mit dir aber strömen mir die Worte direkt aus dem Herzen auf das Papier.«

Seine Muse runzelte die Stirn. »Dann sieh zu«, sagte sie leise, »dass du mich niemals vergessen lässt, dass ich die Einzige bin. Das Weib an sich. Denn das Weib ist rachsüchtig, mein Herzensschöner.«

9

Als Erste der Gäste traf Großtante Luzie im Haus auf der Zeil ein. Sie kam mit einer Kutsche vorgefahren und hatte so viel Gepäck bei sich, dass Theda befürchtete, sie wolle für immer bleiben. Tante Luzie trug ein schwarzes Kleid mit merkwürdigem, altmodischen Spitzenbesatz am Saum, dazu eine Haube, die allzu sehr einer Nachtmütze ähnelte. Alles an ihr, fand Theda, wirkte irgendwie staubig. Das graue Gesicht, das Kleid, die altmodischen Schnürstiefel, der vergilbte Fächer, sogar der Krückstock mit dem silbernen Knauf. Theda hieß den Hausknecht, die Sachen in eines der Gästezimmer zu bringen, dann bat sie die Tante zum Tee. Auch Stefan und Friederike wurden dazugeholt. »Wer ist denn das junge Frolleinchen da?«, schrie Tante Luzie, die eindeutig schwerhörig war. Und Friederike brüllte zurück: »Ich bin Friederike, bald sechzehn Jahre alt.«

»Und du, Bübchen?« Das Bübchen Stefan nannte seinen Namen, stand dabei artig auf und verbeugte sich. Tante Luzie aber streckte ihm ihre knotige, von blauen Adern durchzogene Hand zum Kusse hin. Als sich Stefan jedoch setzte, ohne die Hand zu küssen, verzog Tante Luzie den Mund. Nörgelnd wandte sie sich an Theda: »Deine Kinder, meine Liebe, sind schlecht erzogen. Aber so ist sie, die

Jugend von heute. Keine Moral, kein christlicher Glaube, keine Ehrfurcht vor dem Alter. Du wirst noch sehen, wohin die Zügellosigkeit deiner Erziehung führt. Im Alter wirst du allein sein, keiner wird sich um dich bekümmern, niemand dir die Rinde vom Brot schneiden.«

Theda verdrehte leicht die Augen, dann tätschelte sie ihrer Tante die Hand. »Tante Luzie, sieh einmal, du hast keine Kinder und bist auch nicht allein.«

»Ach, wen habe ich denn noch! Ganz allein in dem großen Haus, dazu Mägde mit frechem Maul, die mich bestehlen, sobald ich mein Lorgnon weglege, die sich heimlich mit Männern vergnügen, ohne Moral und Sitte. Und gebetet wird nur noch an Weihnachten und Ostern.«

»Du könntest dich in ein Damenstift begeben«, schlug Theda vor, aber Tante Luzie fuchtelte mit ihrer Krücke über dem Porzellan. »Ein Stift, weißt du, was du da sagst? Nur alte Frauen, die sich gegenseitig nicht das Schwarze unterm Fingernagel gönnen! Oh, ich weiß, wovon ich rede. Frau von Bethge hat in ein solches Stift gehen müssen, ihre Schwiegertochter hat es so verfügt. Und was ist? Sie lebt nach der Uhr! Frühstück gegen acht Uhr am Morgen! Die Frau ist ihr ganzes Leben lang um sechs Uhr aufgestanden und hat eine halbe Stunde hernach gefrühstückt. Und jetzt, im Alter, muss sie warten, bis die Uhr acht schlägt. Das Personal dort wühlt in ihren Kleidern, behandelt sie, als wäre sie ein Kleinkind und droht mit dem Finger. Nein, meine Liebe. Ein Stift kommt für mich nicht infrage. Auf gar keinen Fall!« Sie nahm einen Schluck Tee, betrachtete Theda von der Seite und sagte mit beinahe schon weinerlicher Stimme: »Wenn es bei mir einmal so weit ist, dann gehe ich lieber ins Wasser als in ein Stift. Ja, wenn es noch wie früher wäre, als die Verwandtschaft zur Stelle war, aber heutzutage ...« Sie seufzte.

Theda strich ihr beiläufig über die Hand, goss ihr Tee nach und legte noch zwei Mürbeplätzchen auf den Teller.

Stefan beugte sich zu Friederike und flüsterte: »Meinst du, Luzie ist die Abkürzung von Luzifer?«

Sofort begann Friederike zu kichern und zu prusten. Auch Theda musste sich ein Lächeln verkneifen. Sie sandte Stefan einen strafenden Blick.

Tante Luzie war zum Glück wahrhaftig schwerhörig, aber Theda konnte sich noch gut daran erinnern, als sie es noch nicht gewesen war. Schon immer hatte die Tante das Talent gehabt, nur die Dinge zu hören, die ihr in den Kram passten. Für den Rest hatte sie so taub getan, wie sie es jetzt tatsächlich war.

»Geh, Kind«, krähte sie und streckte ihren gekrümmten Zeigefinger nach Friederike aus. »Geh und hole mir meine graue Tasche. Ich habe euch etwas mitgebracht, obwohl ihr es wahrlich nicht verdient habt.«

Friederike, das Kichern noch im Gesicht, biss sich auf die Lippe, knickste artig und kam gleich darauf mit der genannten Tasche zurück.

Die Tante wühlte darin und brachte schließlich zwei zerdrückte und nicht mehr ganz saubere Schachteln zum Vorschein, reichte eine Stefan, die andere Friederike.

»Macht auf, macht auf, Kinder!«, forderte sie und fuhr mit dem Krückstock durch die Luft.

Friederike schluckte, öffnete dann mit spitzen Fingern die Schachtel und brachte einen Schokoladenturm zum

Vorschein, den die Zeit mit einem Grauschleier überzogen hatte.

»Du darfst ausnahmsweise gleich jetzt davon probieren«, erwies sich die Tante als großzügig, aber Theda, welche die Miene ihrer Tochter deutete, eilte ihr zu Hilfe. »Lass sie, Tante Luzie, wir haben heute spät zu Mittag gegessen, wahrscheinlich hat sie noch gar keinen Appetit.«

»Ach, was!« Tante Luzie ließ nicht locker. »Schokolade kann man immer essen. Es heißt sogar, sie wäre gut bei Verdauungsproblemen. Harter Stuhl, du weißt schon, mein liebes Kind.«

Friederike nickte, dann schloss sie die Augen, biss tapfer in den grauen Turm, hob den Kopf, doch dann überkam sie ein Würgen, und sie rannte, die Hand fest vor den Mund gepresst, hinaus.

Tante Luzie schüttelte darüber den Kopf. »Du hältst sie wohl recht kurz, deine Kinder, was? Kennen sie Schokolade etwa nicht? Nun ja, man kann ja verstehen, dass es dem Mädchen schlecht wird, wenn sie zum ersten Mal in etwas Schwarzes beißen soll.«

»Wie sieht sie denn aus, deine Verlobte?«, wollte Erato wissen. Jago hatte sie mit vielen Küssen dazu gebracht, ihn zu duzen. Gerade hatte er ihr sein neuestes Gedicht vorgelesen und sonnte sich noch immer in den, wie er fand, gelungenen Versen:

»Die Trauben hängen schwarz am Stocke,
Der Tod hat sie gestreift.
Ich geh dahin in dünnem Rocke,
zum Manne nun gereift.«

»Ja, ja. Schön hast du das gedichtet. Aber nun sag, wie sieht deine Verlobte aus?«

»Wie soll sie schon aussehen? Wie ein Weib, ein ganz gewöhnliches. Sie ist groß, man könnte sie stattlich nennen.«

»Ist sie schön? Beschreibe sie mir.«

Jago zuckte mit den Achseln. »Ich weiß nicht, ob sie das ist. Sie hat wohl schöne Haut, und das braune Haar fällt ihr lockig über die Schultern.«

»Ist sie schöner als ich?« Eratos Stimme war leiser geworden, ihr Atem kitzelte an seinem Hals.

Jago schüttelte den Kopf. Erato hielt ihm die Augen zu. »Welche Farbe haben meine Augen? Sag es, Jago, sag es.«

Der junge Mann überlegte. Goethes Charlotte hatte braune Augen. Aber Erato war nicht Goethes Charlotte.

»Nicht braun, oder? Sie blinken wie die Sterne am Himmel in einer Vollmondnacht. Besonders wenn wir im Weinkeller sind.« Er erhielt einen Schlag auf die Schulter, öffnete die Augen und sah Eratos Schmollmund.

»Ich habe grüne Augen«, sagte sie.

Jago blickte dorthin. Tatsächlich, ihre Augen waren grün. Aber sie waren nicht waldwipfelgrün, sondern hatten eher das schlammige Grün des Mains an sich. Ja, schlammig, undurchschaubar, schmutzig irgendwie.

Er sah weg.

»Du hast die schönsten Augen, die ich je gesehen habe. Ich war geblendet von ihrem Glanz, deshalb, meine Erato, konnte ich die Farbe nicht bestimmen.«

Er hörte sich lügen, fühlte sich unbehaglich, doch Erato machte ihn zum Dichter. Das stand über allem.

»Du wirst sie heiraten, nicht wahr?«

Jago nickte. »Ich will dichten. Mit ihr als Frau kann ich das.«

»Ich dachte, ich wäre deine Muse.«

»Ja, meine Erato, das bist du auch. Du gibst mir die Gefühle ein, die mein Herz füllen und aus mir strömen. Du machst mich zum Dichter. Aber Barbara lässt mich dichten, ohne dass ich mich um das Kontor kümmern muss.«

»Du wirst also Ja sagen vor dem Altar?«

Jago nickte.

»Und ich, was bekomme ich als Entschädigung?«

Jago verstand nicht gleich. Doch als er ihr Gesicht sah, fragte er: »Womit kann ich dir beweisen, dass du die Einzige bist?«

»Eine Kette will ich. Eine Kette von Gold mit einem Stein. Oder besser noch mit einem goldenen Kreuz, in dem ein Stein ist. Ich kann sie immer tragen, alle werden sie sehen können. Und du, Jago, wirst immer in der Nähe meines Herzens sein.« Jago nickte, ohne zu wissen, woher er die Kette oder das Geld für diese Kette nehmen sollte.

»Und während du vor dem Altar stehst und dein Ja zu Barbara sagst, sollst du dich zu mir umdrehen und das Ja zu mir sagen. Hörst du, Jago?«

Er lachte, tippte ihr mit dem Finger auf die Nasenspitze. »Was bist du doch für ein Kindskopf, meine Erato. Ich kann mich doch nicht nach dir umdrehen, wenn ich meiner Braut das Jawort gebe.«

Er lachte wieder, schüttelte den Kopf, drückte ihr einen Kuss auf die Wange. Doch Erato machte sich steif. »Ich will das aber, hörst du. Wenn du mich schon nicht vor den Leuten zur Frau nimmst, sondern immer nur heimlich im

Weinkeller, so sollst du wenigstens das Ja vor aller Ohren zu mir sagen.«

Wieder lachte Jago, presste sie an sich. »Du bist so süß, meine Erato. Meine kleine widerspenstige Göttin, ja, das bist du.«

Erato hatte sich losgemacht und stand nun neben ihm. Ihre Miene war finster. »Ich meine es ernst, Jago. Entweder, du sagst zu mir in der Kirche vor allen das Ja, oder ich werde denen zeigen, dass ich in Wirklichkeit deine Frau bin.«

Stefan stand im Kontor, nahm ein Tintenfass in die Hand, betrachtete die Karten an der Wand und schlich an den Regalen entlang.

»Was willst du, Stefan? Du schleichst hier herum, als drückte dich etwas.« Der Prokurist Kalis hatte die Feder zur Seite gelegt. Er war ein Mann Mitte der Vierzig und schon über zwanzig Jahre im Handelshaus tätig. Soviel Stefan wusste, hatte er weder Frau noch Kinder, sondern nur eine Schwester, von der es hieß, sie wäre nicht ganz richtig im Kopf, aber friedlich. Mit dieser Schwester teilte er sich ein kleines Haus ein paar Straßen weiter in Richtung Allerheiligentor. Ansonsten wusste die Familie nichts über den Mann, der ihre Unternehmungen am Laufen hielt. Noch nicht einmal seinen Vornamen kenne ich, dachte Stefan.

»Hast du Fragen, Junge?« Kalis rieb sich die müden Augen und sah ihn dann aufmerksam an.

Stefan nickte. »Sagt, Kalis, hat Vater manchmal Getreide zurückgehalten?«

»Natürlich«, erwiderte Kalis. »Er wäre ein schlechter Handelsherr, hätte er es nicht getan.«

»Und dann konnten sich die Armen das Getreide nicht mehr leisten, und am Ende verhungerten ihnen die Kinder?«

Kalis blickte auf sein Pult, rückte die Dose mit Löschsand zurecht. Zögernd erwiderte er: »So einfach ist das nicht, Stefan. Den armen Leuten werden mit solchen Sprüchen die Köpfe verdreht. Die Kaufherren sind schuld, heißt es allemal, doch das entspricht nicht der Wahrheit. Das, was wir hier tun, kann jede gute Hausfrau. Wir kaufen in guten Zeiten und verkaufen in schlechten. Die meisten, die jetzt die Mäuler aufreißen, haben nicht vorgesorgt, als es ihnen gut ging. Sie haben ihr Geld verplempert, haben sich putzen und schmücken wollen wie die Reichen, und jetzt, da die Zeiten anders sind, fehlt es ihnen am Nötigsten. Wohlgemerkt, Stefan, ich spreche nicht von den Ärmsten der Armen, die nichts zum Zurücklegen haben. Aber für alle anderen gilt, spare in der Zeit, so hast du in der Not. Es sind nie die Ärmsten, die nach Veränderungen schreien, es sind die Neidischen.«

Stefan schwieg. War der Zimmermann neidisch und wollte deshalb die Aristokraten an die Laterne hängen? Und Georg? Beide hatten Arbeit, ein Dach über dem Kopf und immer genug zu essen. Dem Zimmermann traute er durchaus zu, dass der sich ein Leben als Aristokrat gut vorstellen konnte.

»Dann sind wir also nicht schuld, wenn Kinder hungers sterben?«

Kalis schüttelte den Kopf. »Wann steigen die Preise für Getreide und Brot?« – »Wenn die Ernten schlecht waren oder wenn Krieg herrscht.«

»Machen wir Kaufleute das Wetter? Stiften wir Kriege an?«

Stefan schüttelte den Kopf.

»Siehst du, mein Junge. Wie sollen wir da Schuld tragen am Hunger der Armen?«

Stefan stand stumm, nickte aber.

»Im Gegenteil, Junge. Was meinst du, wie viele Steuern wir jedes Jahr an die Stadt Frankfurt zahlen? Unmäßig viele, jawohl. Und was meinst du, mit welchen Geldern den Ärmsten der Armen geholfen wird? Mit unseren Steuern. So ist das.«

Auf Stefans Gesicht trat ein Lächeln, doch sogleich verschwand es wieder. »Am besten aber wäre es, niemand müsste hungern«, sagte er und verließ das Kontor.

Brigitte Geisenheimer besaß ein gewisses Vermögen, sich und andere aufzuregen, und galt deshalb als feinsinnig. Ihr Mann Albert, den sie um einen halben Kopf überragte, nannte sie liebevoll *»Ma Petite«*, und Brigitte ließ sich diese Anrede gern gefallen. Die Leipziger Verwandtschaft war mit großem Pomp in das Haus an der Zeil eingefallen. Gleichwohl hatte Brigittes Herzlichkeit von Anfang an dafür gesorgt, dass sich jeder in ihrer Nähe wohlfühlte. Besonders Friederike war angetan von der Leipzigerin, die so ganz anders war als die Mutter. Allerdings zählte Tante Brigitte auch zwölf Lenze weniger. Sie war noch nicht ganz zur Tür herein, als sie Friederike erblickte und ausrief: »Nein, seht nur, sie hat ein Gesicht wie eine Madonna! Ich werde dich malen müssen, Schätzchen.«

Dann hatte sie gelacht und Theda gefragt, wo sie ihre

Staffelei und die Farbkästen aufstellen könne. Dabei schwang ihr Rock so gefährlich, dass Hedi sogleich die Muranovase vom Tischchen im Vorsaal nahm.

Friederike hatte auf Brigitte geschaut, als wäre sie ein Wunder. Die Tante trug ein Reisekostüm aus grünem Musselin, das mit kleinen Blumen bestickt war und eine Knopfleiste hatte, die bis zur Taille reichte und ebenfalls mit Stickblumen verziert war. Darüber trug sie ein schlichtes Fichu aus Seide, welches ihr Dekolleté eher betonte als verhüllte. Ein hoher Hut mit breitem Rand saß auf ihrem Kopf, garniert mit einem grünen Seidenband und Rosetten. Von ihm reichte ein Schleier bis auf die Schultern und verbarg das Gesicht vor Wetterunbillen auf der Reise.

Um den Hals trug Tante Brigitte vielerlei Geschmeide, welches sich sehr orientalisch ausnahm, und an den Handgelenken klimperten rechts und links zahlreiche Reifen.

»Ich habe euch die beiden Zimmer im zweiten Stock herrichten lassen, gleich neben der Bibliothek. Sie werden euch hoffentlich gefallen«, teilte Theda ihren Leipziger Verwandten mit und bahnte sich einen Weg zwischen all den Taschen und Kisten und Kästen, die den ganzen Vorsaal verstellten.

»Oh, da habe ich gar keinen Zweifel, meine Liebe«, erwiderte Brigitte und wandte sich an Friederike. »Willst du mir beim Auspacken helfen?« – »Aber das kann doch die Magd erledigen«, warf Theda ein, doch Friederike fiel ihr ins Wort. »Nein, nein, ich helfe gern.«

Gemeinsam stiegen sie die Treppen hinauf, während Brigittes Mann Albert sich in den Salon begab, um dort mit Tante Luzie einen Portwein zu trinken.

»Gehören alle diese Sachen euch?«, fragte Friederike beeindruckt, als der Hausknecht rund ein Dutzend Gepäckstücke samt Hutschachteln in das Zimmer gebracht hatte.

»Aber natürlich, Kind, was denkst du denn? Immerhin bleiben wir doch ein paar Tage. Und zur Hochzeit möchte ich auf gar keinen Fall als graue Maus dastehen.«

Friederike nickte, noch immer beeindruckt. Sie konnte sich die Tante beim besten Willen nicht als graue Maus vorstellen.

»Hier, nimm mal das Kleid und häng es in den Schrank. Aber lass die Türen offen, damit die Sachen auslüften können.«

Schon hielt Friederike ein prächtiges Seidenkleid in den Händen. Andächtig ließ sie ihre Finger über den Stoff gleiten.

»Gefällt es dir?«, fragte Brigitte und warf Hut und Schleier auf das Bett. Darunter kam ihre Frisur zum Vorschein. Das Haar war über Polster frisiert, an den Seiten ringelten sich zarte braune Löckchen bis fast auf die Schultern.

»Es ist wunderschön«, erwiderte Friederike und meinte damit sowohl Brigitte als auch das Kleid.

»Möchtest du es anprobieren? Es spannt mir ein bisschen über dem Busen. Wahrscheinlich würde ich damit in der Reichsstadt schon als unschicklich gelten.« Sie lachte auf, machte dann eine wegwerfende Handbewegung.

»Probier es ruhig an, meine Liebe. Wenn es dir gefällt, nun, so würde ich mich freuen, es dir zu schenken. Es ist ein Crêpe-de-Chine-Kleid.« Ihr Leipziger Dialekt machte daraus ein Gräbbdeschiehnegleed, und Friedrike rätselte, wovon die Rede war.

»Wirklich? Ein Kleid? Für mich?« Friederike konnte ihr Glück kaum fassen, doch dann sprang sie so schnell aus ihrem Hausgewand, als gelte es, einen Wettbewerb zu gewinnen.

Sie stieg in das Kleid aus sternsilberzartem Stoff, dessen weiter Ausschnitt mit silberner Spitze gesäumt war. Die ellenbogenlangen Ärmel schmiegten sich eng an ihre Arme, die breite Taillenschärpe aus dunkelgrauer, glänzender Seide wurde durch eine weiße Stoffrose betont.

»Dreh dich mal!«

Brigitte hatte einen Finger an ihr Kinn gelegt.

»Und?«, wollte Friederike wissen.

»Du siehst hinreißend aus, meine Kleine!«

Brigitte nahm sie in den Arm, drückte ihr einen Kuss auf die Wange und schwenkte sie im Kreis herum. »Das Kleid ist wie für dich gemacht. Du musst es beim nächsten passenden Anlass unbedingt tragen. Aber jetzt zieh es wieder aus, es ist ein wenig verknittert, die Magd soll es aufbügeln. Und sag ruhig du zu mir. So alt und würdig bin ich nämlich nicht.«

Brigitte sah Friederike zu, als sie sich auszog. Dem Mädchen war das peinlich, sie drehte sich, doch Brigitte betrachtete sie ungeniert. »Sag, du hast ziemlich volle Brüste für dein Alter. Ist das die gute Frankfurter Luft?«

Friederike wurde rot und schüttelte den Kopf. »Bis vor ein paar Wochen war ich auch noch flacher. Erst jetzt ist mir ein Busen gewachsen.«

»Ach, ja?«, erwiderte Brigitte und besah Friederikes Leib. »Hast du schon einen Freund? Bist du versprochen?«

Friederike schüttelte zunächst wieder den Kopf, dann nickte sie. »Da ist Christian, unser Nachbar. Er ist zum

Studium nach Leipzig gegangen. Wir wollen heiraten, wenn er wiederkommt, aber das haben wir niemandem erzählt. Wir lieben uns, weißt du?«

Barbara nickte. »Schreibst du ihm?«

»Ja, jeden Tag. Im nächsten Monat hat er Geburtstag, und ich überlege schon jetzt, was ich ihm schenken könnte.«

»Oh, da kann ich leicht Abhilfe schaffen. Wenn du mir für ein Porträt sitzt, so kann ich rasch ein kleines Bildchen für deinen Liebsten malen und es sogar noch mit nach Leipzig nehmen.«

»Das würdest du tun?« Friederike sprang auf und umarmte ihre Tante.

»Natürlich würde ich das, aber du musst mir dafür alles über eure Liebe erzählen.«

»Warum das?« Friederike zog die Stirn kraus.

»Ach, weißt du, Kind. Wenn man so lebt wie ich, dann kennt man die Liebe nur noch aus Erinnerungen.«

»Aber du und Albert? Ihr seid doch verheiratet.«

»Oh, ja, natürlich sind wir das. Eheleute, und anständige dazu. Kind, aber die wahre Liebe, das ist zugleich die wahre Leidenschaft, und die ist in der Ehe nun mal völlig fehl am Platze. Albert und ich, wir mögen uns. Ich habe einen Mann gesucht, der sich an meiner Stelle um den Verlag und die Zeitung kümmert, damit ich in Ruhe malen kann. Und Albert hat eine Frau gesucht, die ihm eine Aufgabe gibt. Nun sind wir beide glücklich. *C'est la vie, ma chère.*«

10

Theda war aufgeregter als der Bräutigam. Sie stürzte durch das Haus, schaute nach Friederike, die das neue Kleid von Barbara trug, jagte sofort weiter, um Stefan Beine zu machen, von dort zu Tante Luzie, die ihren Krückstock nicht fand, und von Tante Luzie zu Jago, der an seinem Schreibtisch saß, die Finger voll Tintenkleckse.

»Willst du dich nicht endlich anziehen?«, wetterte sie, doch Jago schien sie überhaupt nicht zu hören. Sie trat zu ihm, rüttelte an seiner Schulter, sodass er erschrak, das Tintenfass umstieß und die Tinte sich auf sein Blatt ergoss.

Sofort sprang er auf, riss das Blatt hoch, bespritzte Gesicht, Hals und Hemd und schrie dabei, als wollte man ihm ans Leder: »Mein Vers, mein wunderbarer Vers, du hast alles kaputt gemacht …«

Theda blieb ungerührt. »Du heiratest heute, und nichts ist wichtiger. Dichten kannst du morgen wieder.«

Sie riss ihm das Blatt aus der Hand, legte es auf den Fenstersims zum Trocknen und wies wortlos auf die Hochzeitskleider, die auf Jagos Bett lagen.

Ihr Sohn stand immer noch mitten im Zimmer und starrte verzweifelt vor sich hin. Endlich riss Theda der Geduldsfaden. »Du bist in drei Minuten angezogen, mein Freund, sonst mache ich dir Beine.«

Zwei Stunden später zog das Brautpaar gemessenen Schrittes in die Nikolaikirche ein. Eigentlich hatte Theda die Zeremonie im Bartholomäusdom abhalten wollen, doch der war gerade mal wieder katholisch und überdies geschlossen, weil es galt, ein Großereignis vorzubereiten. Kaiser Leopold II. war gestorben, und die Reichsstadt stand kurz vor einer neuen Kaiserkrönung.

Gustav Allberger hatte darauf bestanden, die Trauung auf dem Römer abzuhalten, denn das hielt er für vornehm. Allerdings war die Nikolaikirche, eine ehemalige Garnisons- und Waisenhauskirche, alles andere als vornehm. Doch der Brautvater kam, wie es Sitte war, für die Kosten der Trauung auf – zumindest offiziell. Und also hatte sein Wort Gewicht, auch wenn das Haus Geisenheimer längst stillschweigend zwei Drittel der Kosten übernommen hatte, da man um den Zustand der Allbergerschen Finanzen wusste.

Als Theda nun auf den feierlich geschmückten Altar blickte, kam ihr die Wahl gar nicht mehr so »gewöhnlich« vor. Sie saß ganz vorn, neben sich Stefan und Friederike, daneben die Leipziger Verwandten und am Ende der Reihe Tante Luzie. Hinter Theda hatte Eckehard von Hohenstein Platz genommen. An ihn hatte sie gedacht, als sie den Ausschnitt ihres Kleides, das selbstverständlich immer noch in Trauerfarben gehalten war, vergrößert und mit silbernem Samt eingefasst hatte. Schräg hinter ihr saß Hedi, die Köchin, die um nichts in der Welt nach hinten zu den anderen Dienstboten wollte. Schließlich war sie dabei gewesen, als Jago zur Welt gekommen war. Und hatte sie nicht des Nachts abwechselnd mit Theda bei ihm gewacht, als er zahnte? Ihn getröstet, wenn er hingefallen war? Und nun, da er heiratete, sollte sie fernab sitzen? Nein, gerade heute wollte sie ihm so nahe sein wie im Alltag.

Jetzt öffnete sich die Tür, die Orgel schickte bachsches Brausen durch das Kirchenschiff, und Gustav Allberger, der in seinem Festanzug aussah wie ein Theaterdirektor, führte seine Tochter zum Altar.

Die Gäste beobachteten den Einzug der Braut, seufzten entzückt über das weiße Kleid, das Spitzengeriesel und den bestickten Schleier, die Allbergerin schnaubte die ersten Tränen ins Schnupftuch, und sogar Jago hatte sich nach einem diskreten Hinweis von Brigittes Mann, seinem Trauzeugen, umgedreht und starrte seiner Braut entgegen. Nur Theda hatte keinen Blick für die Szene. Bei der Anprobe des Hochzeitskleides hatte sie befunden, dass Barbara darin ausschaute wie ein Engel kurz vor dem Sündenfall. Das hatte ihr genügt. Und Gustav Allberger wollte sie nicht öfter als unbedingt notwendig anschauen. Lieber erinnerte sie sich in diesem Augenblick an ihre eigene Hochzeit. An den Wunsch, im letzten Augenblick möge die Tür aufspringen, der noch immer geliebte Verräter hereinstürzen und sie entführen. Damals war die Tür geschlossen geblieben. Doch heute öffnete sie sich mit einem leisen Knarren. Theda fuhr herum und sah ein einfach gekleidetes Mädchen hereinschlüpfen, das sich sogleich in der hintersten Bank verkroch. Thedas Blick war so schnell wieder nach vorn gejagt, dass sie sehr wohl bemerkt hatte, wie Jago zusammengezuckt war.

Herr im Himmel, bloß keinen Skandal heute! Sie sandte ein Stoßgebet nach oben. Die Braut stand neben dem Bräutigam, der Pfarrer begann mit seiner Ansprache, und Theda lugte wieder nach der Fremden in der letzten Bank. Jetzt kam das Ehegelöbnis.

»Willst du, Jungfer Barbara Elisabeth Ingeborg Allberger, den hier anwesenden Jago Theodor Bertram Geisenheimer zu deinem Manne nehmen, ihn lieben in guten wie in schlechten Tagen, bis dass der Tod euch scheidet, so antworte mit ›Ja‹.«

Barbara räusperte sich. Hinter ihr klang das heftige Schluchzen der alten Allbergerin, die ihre Tränen nicht mehr halten konnte. Endlich sprach die Braut mit fester Stimme den Satz, der wie eingeübt klang. »Ja, das will ich.«

Vater Allberger begann zu klatschen, hörte aber sofort wieder auf damit, als ihm seine Ehefrau mit der Handtasche einen Hieb in die Seite versetzte.

Der Pfarrer sah irritiert drein, fuhr aber fort: »Willst du, Jago Theodor Bertram Geisenheimer, die hier anwesende Jungfer Barbara Elisabeth Ingeborg Allberger zu deinem Weibe nehmen, sie lieben in guten wie in schlechten Tagen, bis dass der Tod euch scheidet?«

Jago schluckte, fuhr sich mit zwei Fingern in den Kragen, als würde ihm die Luft zu eng. Er sah zu Barbara, die keinen Blick von ihm ließ, hob leicht die linke Augenbraue, als wolle er sich entschuldigen. Dann wandte er sich um, und Theda sah genau, wie er den Blick auf die Fremde in der letzten Bank heftete. »Ja, ich will dich zum Weibe nehmen vor Gott und den Menschen.«

Gemurmel entstand in der Kirche, Allberger war sogar

aufgesprungen, doch der Pfarrer schaffte mit einer Handbewegung Ruhe. Einen Augenblick erstarrte die ganze Gesellschaft, doch schon setzte wieder Getuschel und Gewisper ein. Jedermann drehte sich nach dem Mädchen in der hintersten Bank um, das hochmütig und trotzig zugleich dreinschaute. Selbst Barbara hatte ihren Schleier gelüftet, um besser sehen zu können. Erst mit mehrfachem Räuspern gelang es dem Pfarrer, wieder für Ruhe und Sammlung zu sorgen.

»Jago Theodor Bertram Geisenheimer, bitte wiederholt das Gelöbnis und setzt den Namen Eurer Braut ein«, verlangte er.

Jago tat verwundert, doch dann versprach er Blick in Blick mit Barbara, sie zu lieben bis an ihr Ende.

Er steckte ihr einen Ring an den Finger, dann hob er den Schleier und küsste sie sanft auf die Wange.

Theda und so manch anderer in der Kirche atmete auf. Ein letztes Mal wandte sie sich nach hinten um, doch die Fremde war bereits verschwunden.

»Ich glaube, meine Liebe, eine Hochzeitsfeier ist nur dazu erdacht, die Braut über die Schmerzen der Hochzeitsnacht hinwegzutrösten«, sagte, ja vielmehr brüllte Tante Luzie ihrer Nachbarin Brigitte ins Ohr. »Das arme Kind muss sich fühlen wie ein Schwein kurz vor dem Schlachten.«

Brigitte brach in schallendes Gelächter aus. »Tante Luzie, so schlimm ist die Hochzeitsnacht nun auch wieder nicht. Es soll sogar Frauen geben, denen das, was dort geschieht, Freude bereitet.«

Tante Luzie winkte ab. »Mit diesen losen Weibern hat

unsereins nichts gemein. Eine anständige Frau lässt den Akt wie einen leidigen Schnupfen über sich ergehen.«

Friederike, die neben Brigitte saß, legte der Tante eine Hand auf den Arm. »Ist das so?«, fragte sie leise.

»Ach, was, Kind.«

Das Gespräch wurde von einem Lohndiener unterbrochen, der den ersten Gang des Hochzeitsmenüs servierte, eine kräftige Rinderbrühe. Danach folgten:

Spargel mit Himbeervinaigrette,
Schaumsuppe vom Muskatkürbis,
Flusskrebse mit feinem Gemüse im Kräutersud,
Zander mit karamellisierten Lauchzwiebeln,
Schlutzkrapfen mit Spinat und Pinienkernen,
Tranchen vom Wildfasan mit Rahmkarotten,
Boeuf de Hohenlohe mit Rotwein-Schalotten,
Buttermilchsorbet

und zum Schluss Hohenloher Ziegenkäse im Bierteig mit eingelegten Birnen.

Gerade war der vierte Gang aufgetragen worden, als Friederike blass wurde. Sie sprang auf, hielt sich beide Hände vor den Mund und stürzte zur Tür. Brigitte sah ihr nach, dann legte sie die Serviette neben den Teller und folgte ihrer Nichte durch den Hinterausgang in ein kleines Gärtchen.

Sie hielt Friederike das Haar, tupfte ihr mit einem Tuch das Gesicht, reichte ihr ein Glas Wasser und Veilchenpastillen.

»Geht es wieder?«, fragte sie.

Friederike nickte. »Wahrscheinlich habe ich zu viel gegessen«, sagte sie kläglich.

»Musst du oft erbrechen? Seit ich hier bin, ist dies nun das dritte Mal.«

»Vielleicht habe ich mir den Bauch verkühlt.«

»Hmm, du hast doch einen Freund, nicht wahr, Christian hieß er doch?«

»Ja. Wie kommst du jetzt darauf?«

»Hast du schon bei ihm gelegen?«

Friederike wurde über und über rot. Sie senkte den Blick, sah auf den Boden und schüttelte den Kopf.

Brigitte griff ihr unters Kinn und zwang Friederike, sie anzusehen. »Hast du bei ihm gelegen, Kind? Hast du mit ihm geschlafen?«

In Friederikes Augen standen die Tränen. »Ein Mal nur. Ein einziges Mal.«

»Und dein Monatsblut? Ist es ausgeblieben?«

Friederike zuckte mit den Achseln. »Ich weiß nicht. Mal blute ich, mal nicht. Mal dauert es sechs Wochen, mal nur drei.«

»Wann hast du das letzte Mal geblutet?

Friederike furchte die Stirn. »Es ist fünf Wochen her, meine ich. Oder sechs. Ich habe nicht darauf geachtet.«

Brigitte nickte. »Hast du mal daran gedacht, dass du vielleicht gesegneten Leibes sein könntest?«

Friederike riss vor Entsetzen die Augen auf. »Aber nein, natürlich nicht. Christian und ich, wir haben nur ein einziges Mal … nein, ausgeschlossen, ich bin nicht schwanger.«

Brigitte seufzte, streichelte dem Mädchen über das Haar. »Weißt du, manchmal passiert es schon, dass eine junge Frau gleich beim ersten Mal schwanger wird. Du musst auf deinen Körper achten. Auf jede Veränderung, besonders die der Brüste. Ansonsten hoffe ich, du hast dir wirklich nur den Magen verdorben. Es wäre schrecklich für dich, jetzt ein Kind zu bekommen.«

Friederike schluchzte auf, schlang ihre Arme um Barbaras Taille und flüsterte: »Es war doch nur ein einziges Mal, nur ein einziges Mal, mehr nicht.«

Inzwischen war die Stimmung an der Hochzeitstafel reichlich aufgelockert. Die Kapelle hatte man erst für den Abend bestellt, sodass jetzt nach dem Mittagessen die Gratulationscour beginnen konnte. Theda hatte das Hochzeitspaar in den kleinen Salon geleitet, wo sie Glückwünsche und Geschenke entgegennehmen sollten. Auch gab es ein Gästebuch, in das sich jeder einzutragen hatte.

Die Herren hatten die Tafel verlassen und sich in den Rauchsalon begeben, während die Damen sich aufteilten. Ein Teil wollte einen kurzen Verdauungsspaziergang auf dem Graben unternehmen, ein anderer Teil zog sich auf die gepolsterten Ottomanen im Damensalon zurück.

Pünktlich zum Kaffee war die Gesellschaft wieder im großen Salon versammelt. Barbara erschien mit vor Aufregung hochroten Wangen und flüsterte ihrer Mutter zu, welche Geschenke sie schon in Empfang genommen hatte: »Stell dir vor, der Direktor des Städtischen Kommödienhauses hat uns Freibillette für ein ganzes Jahr geschenkt! Und von den Leerses haben wir eine Porzellanfigurine aus Meißen bekommen, von den Bolongaros Seife aus Marseille und von Senckenberg ein Buch über die Natur. Ganz in rotes Saffianleder gebunden.«

Die Allbergerin dachte eher praktisch. »War auch Weißzeug dabei? Bestickte Kissen, Decken aus Pelz, Tischwäsche?« Barbara nickte mit glänzenden Augen.

Nach dem Kaffee wurden wieder Likör und Cognac gereicht. Die Herren verzichteten darauf, sich im Rauchsalon zu separieren, Aschenbecher wurden verteilt, Pfeifen entzündet, Zigarren herumgereicht und dann kam die Rede auf die Politik.

Allberger erinnerte daran, dass die Kaiserwahl kurz bevorstand. Am 1. März war Leopold II. gestorben, und es stand bereits fest, dass sein Sohn Franz II. ihm auf den Thron des Kaisers des Heiligen Römischen Reichs Deutscher Nation folgen würde.

»Und der Franz«, schrie Allberger, »ist ein wahrer Teufelskerl. Nach Kriegslärm dürstet es ihn, nach Schlachtengetümmel und Blutgeruch. Er wird das Franzosenpack hinwegfegen.«

Eckehard von Hohenstein paffte dicke Rauchwolken zur Decke. »Bei Koblenz steht ein Heer von rund zwanzigtausend Franzosen. Das sind zwar nicht viele, aber sie sind beseelt von der Idee ihrer Revolution. Allein ihr Siegeswille wird sie tragen, wohin sie wollen. Die Österreicher und die Preußen hingegen wissen gar nicht, wofür sie kämpfen. Sie bekommen einfach nur ihren Sold, und es ist ihnen gleichgültig, für wen sie wo wann und warum sterben. Ich würde in diesem Fall meine Wette auf die Franzosen setzen.«

»Pah!«, widersprach Allberger. »Die Franzosen! Hört mir auf mit denen! Männer und Frauen die gleichen Rechte. Unfug ist das! Aber ich werde mich an den verrückten Ideen der Franzmänner schadlos halten.«

Er fuchtelte mit seiner Zigarre umher, wies damit auf

von Hohenstein. »Mein Geschäft wird dabei gesunden, das sage ich Euch heute schon. Krieg bringt den Kaufleuten Gewinn. Das war schon immer so, das wird so bleiben. Und ich bin ein guter Kaufmann, Ihr werdet sehen.«

Stefan beugte sich ein wenig nach vorn. »Wie wollt Ihr das anstellen, Onkel Allberger? Wollt Ihr Getreide zurückhalten?«

Gustav Allberger warf einen schrägen Blick auf den Jungen. »Misch du dich nicht ein, wenn Erwachsene reden. Hier werden Dinge besprochen, von denen du nichts verstehst. Aber gut, wenn du es unbedingt wissen willst, Holz kaufe ich ein. Die Krieger brauchen Achsen für ihre Wagen und anderes Zeug. Kanonen kaufe ich, wenn ich sie kriegen kann. Und Schießpulver, dazu Gewehre und auch sonst alles, was zum Krieg nötig ist. Ich habe schon mehrere Optionen auf Eisenerz aus Sachsen und auf Kupfer aus dem Mansfeldischen.«

»Dann habt Ihr Mitschuld am Tode der Kämpfenden«, warf Stefan ein.

»Ach, Unsinn. Ich lege meine Hand ja nicht an den Abzug. Von mir aus können sie mit den Gewehren auf Kohlrüben schießen. Mir ist nur wichtig, dass ich meinen Reibach mache und die Kommunenbrüder mit ihrer Freiheit und Gleichheit aus Deutschland verschwinden.«

»Dann seid Ihr nicht für Freiheit und Gleichheit?«, fragte Stefan.

Allberger warf seine Zigarre in den Aschenbecher. »Freiheit und Gleichheit für Nichtsnutze, ha! Das hättet ihr wohl gern. Die Armen sind arm, weil sie dumm und faul sind. Wären sie klug, wären sie nicht arm. Auch das war schon immer so. Schaut euch die Dienstboten an.« Er wies mit dem Zeigefinger auf einen jungen Mann, der an der Wand lehnte und verstohlen gähnte.

»So was hätte es zu meiner Zeit nicht gegeben. Dumm und faul, das ist es. Jeder ist seines Glückes eigener Schmied. Es gibt genügend Beispiele in dieser Stadt, die belegen, dass einer, der wirklich will, es auch schaffen kann.«

Eva von Nösch, die am heutigen Tag noch nicht besonders viel gesagt hatte, warf nun ein: »Freiheit und Gleichheit, ist das nicht ein Widerspruch? Wenn ich mir nun die Freiheit nehmen will, ungleich zu sein. Was dann?«

Darauf wusste niemand eine Antwort. Auch und gerade Stefan nicht, und so war man froh, dass in diesem Moment das Abendessen aufgetragen wurde. Danach spielte die Kapelle, und Theda, die unbedingt beweisen wollte, dass diese Hochzeit aus Liebe geschlossen worden war, brachte nun allerlei Hochzeitsbräuche ins Spiel. Zuerst wurde die Braut entführt. Theda, die wusste, dass Jago kaum dazu zu bewegen sein würde, Barbara zu suchen, hatte die Braut kurzerhand in Jagos Stammkaffeehaus gesetzt. Ihr war klar, dass sobald man Jago die Hochzeitsgesellschaft verlassen hieße, er stehenden Fußes genau dorthin gehen würde.

Barbara wurde also mit Stefans und Brigittes Hilfe ins Kaffeehaus entführt. Hier fühlte sie sich sichtlich unwohl. Aller Augen waren auf sie gerichtet, musterten das weiße Kleid. Münder tuschelten, verzogen sich nach oben und nach unten, immer wieder schwappte Gelächter zu ihr herüber. Barbara war noch nie in einem Kaffeehaus gewesen und hoffte nur, dass sie bald abgeholt werden würde.

Die Bedienung, ein vorlautes Mädchen mit wippendem Busen, betrachtete sie ausgiebig von oben bis unten.

»Was wollt Ihr trinken?«

Barbara zuckte mit den Achseln. »Eine Schokolade vielleicht?«

»Das müsst Ihr nicht mich fragen!«

»Gut, dann nehme ich eine Schokolade mit Sahnehäubchen obenauf.«

Das Schankmädchen nickte, hantierte dann mit einem Topf über der Herdstelle. Sie blies sich die Haare aus der Stirn, wandte sich um und fragte vorwitzig:

»Seid Ihr die Braut vom Geisenheimer?«

Barbara reckte das Kinn, betrachtete ihrerseits die junge Frau und erwiderte dann hochmütig: »Ich weiß nicht, was es dich angeht, aber ja, das bin ich.«

Das Mädchen lachte, warf den Kopf dabei in den Nacken und sagte: »Jago hat Euch genau so beschrieben.«

»So. Und was hat er noch über mich erzählt?«

Stefan, der Barbara begleitete, wollte sie ablenken, doch die Braut blieb hartnäckig. »Also, Dirne, sprich geschwind!«

Das Mädchen lachte. »Ich werd's mir doch hier nicht mit den Gästen verderben, und Euch schon gar nicht den schönen Tag. Geschwärmt hat er von Euch, so war es.« Sie lachte wieder und auf eine Art, die ihre Worte Lügen zollte. Doch kaum hatte Barbara sich von der Frechheit dieser Person erholt, kam Jago auch schon. Er war ehrlich überrascht, seine junge Gattin im Kaffeehaus zu sehen. Noch überraschter aber war er von Erato, die sich ihm an den Hals hängte, sein Gesicht mit Küssen bedeckte und zu Barbara gewandt sagte: »Das ist so Sitte bei uns. Jeder, der heiratet, muss das Schankmädchen küssen.«

»Nun«, erwiderte Barbara und fächelte sich mit der Hand den Tabakrauch aus dem Gesicht. »So hoffe ich, dass Ihr noch viele Jahre ein Schankmädchen bleibt und am Ende Eurer Tage sagen könnt, Ihr habt ganz Frankfurt geküsst.« Sie musterte das Mädchen noch einmal und hatte den Eindruck, sie schon vorher irgendwo gesehen zu haben, aber sie kam nicht drauf, wo.

Unterdessen hatte sich Brigitte mit den Damen in den kleinen Salon zurückgezogen und nutzte die Zeit, ein paar Skizzen von Friederike anzufertigen. Die anderen Damen sahen dabei zu, besonders Eva von Nösch war an den Zeichnungen und vor allem an Brigittes Leben interessiert.

»Wie kam es, dass Ihr zur Malerin wurdet?«, fragte sie.

»Ach, das ist eine lange Geschichte. Meine Urgroßmutter besaß in Leipzig eine Zeitung, später wurde diese von meinem Vater fortgeführt, während meine Mutter im Kindbett starb. Ich bin der Kinderfrau immer fortgelaufen und habe gezeichnet. Die Kinderfrau zeterte so lange, bis mein Vater mir Unterricht erteilen ließ. Mein Zeichenlehrer war ein uralter Mann, ein Kupferstecher, der mich immerzu nach Vorlagen zeichnen ließ. Ich glaube, ich habe alle Köpfe der Antike abgemalt.« Sie lachte.

»Und dann? Wie ging es weiter?«

»Ich habe keine Geschwister. Also wusste ich, dass ich eines Tages die Werkstatt erben würde. Jedoch verspürte ich nicht die geringste Lust, ins Zeitungsgewerbe einzusteigen. Also heiratete ich einen Mann, den ich mochte und der schon sehr lange bei unserer Zeitung angestellt war. Einen Mann, der das Unternehmen sehr gut ohne mich weiterführen konnte. Ich selbst suchte mir neue Lehrer, lernte immer mehr, und nun male ich eben. Manchmal verkaufe ich ein Bild, manchmal nicht. So ist das.«

Eva von Nösch seufzte. »Ich wünschte, ich hätte auch so einen Lebenstraum. Manchmal schreibe ich heimlich, aber im Grunde weiß ich gar nicht, ob ich das kann.«

Brigitte zuckte mit den Achseln. »Wer bestimmt, wer etwas kann und wer nicht? Auf so etwas lasse ich mich gar nicht erst ein. So lange mir das Malen Spaß macht, so lange male ich. Ganz gleich, ob anderen meine Bilder gefallen oder nicht.«

Sie beugte sich zu Eva von Nösch hinüber. »Ich weiß, im Grunde ist es ungebührlich für eine Frau, so zu leben wie ich es tue. Wir sind nun einmal dafür geboren, den Männern zu dienen, Kinder, Küche und Kirche sind unser Revier. Aber ich kann das nicht. Ich bin ein eigener Mensch und möchte ein eigenes Leben haben. Nur ein bisschen etwas Eigenes. Nur ein paar Bilder. Versteht Ihr?«

»Oh, nur zu gut«, versetzte Eva. »Wer von uns sehnt sich nicht danach, etwas ganz für sich zu haben? Einen Sinn oder so etwas Ähnliches. Viele benutzen ihre Kinder dafür, mir aber scheint das, was Ihr tut, richtiger.«

Jetzt strich sich Friederike übers Kleid. »Hast du deshalb keine Kinder? Weil dir das Malen wichtiger ist als alles andere?«

»Wer sagt das?«, fragte Brigitte.

Friederike schluckte. »Tante Luzie hat das gesagt.«

»Na, die muss es ja wissen. Aber es ist nicht so. Wir wünschen uns durchaus Kinder. Aber wir können keine bekommen, obwohl Gott weiß, wie gern wir welche hätten.«

Mit diesen Worten klappte sie das Skizzenbuch zu und verbarg den Bleistift in einer Hülle. »Ich glaube, die Braut ist zurück, die Kapelle spielt weiter. Ich habe noch gar nicht mit meinem Mann getanzt.«

Sie erhob sich, und die anderen folgten ihr zurück in den großen Saal, den sie erst um Schlag Mitternacht wieder verließen.

Eine halbe Stunde später saß Jago auf seinem Bett, das er von nun an mit Barbara teilen sollte. Er schaute hinüber auf den Schreibtisch und suchte in seinem Kopf nach einem Wort, welches die Liebe benannte, ohne die vier verschiedenen Buchstaben zu verwenden.

Auf der anderen Seite des Bettes wusste er Barbara, die sich langsam ihrer Kleidung entledigte, jedes Stück ordentlich faltete und sorgsam auf einen Stuhl legte.

Als sie schließlich im Nachtkleid war, legte sie sich zu Bett, zog die Decke hoch bis ans Kinn und wartete.

Jago aber beachtete sie gar nicht. Er murmelte leise Worte vor sich hin, schüttelte den Kopf, als wolle er die Worte ausstreichen, ging sogar einmal zu seinem Schreibtisch, notierte mit der Feder etwas auf einem Blatt Papier, hielt dann die Hände auf dem Rücken verschränkt, begab sich ans Fenster und begann erneut mit seiner Murmelei.

Nach einer Weile wurde Barbara müde. »Jago«, rief sie leise. »Willst du nicht zu Bett kommen?«

Jago fuhr herum, als hätte er die Stimme eines Geistes gehört. Verdutzt starrte er sie an, doch dann lächelte er.

»Einen Augenblick noch, meine Liebe, ich muss nur noch etwas notieren.«

Er winkte ihr geistesabwesend zu, dann setzte er sich an seinen Schreibtisch, tunkte die Feder ins Fass und ließ sie sogleich über das Papier kratzen.

Barbara sah ihm eine Weile dabei zu, dann schlief sie ein.

»Wir müssen von zehn Gulden, die wir erarbeitet haben, fast sieben an den Grundherrn zahlen, während er Steuerfreiheit genießt. Wenn wir unsere Waren in die Stadt zum Markt bringen wollen, so müssen wir Wege- und Brückenzölle bezahlen. Am Ende sind unsere Waren so teuer, dass niemand sie mehr kaufen kann. Wir bleiben darauf sitzen, während die Waren, die aus Klöstern kommen, von Steuern befreit sind und die Mönche allzeit gute Geschäfte machen.

Wir haben im letzten Jahr hundertundzwölf Tage an den landgräflichen Straßen gebaut und für den Grundherrn siebenundachtzig Tage auf dessen Feldern geschuftet. So blieb uns keine Zeit, unsere Äcker zu bestellen. Im Sommer mussten wir jede Nacht den Schlossteich mit unseren Ruten schlagen, damit die Frösche nicht lärmten und den Herrschaften den Schlaf raubten.«

Der Zimmermann ließ das Schreiben sinken und sah über den Schankhaustisch in die Gesichter der anderen Jakobiner. »Ich habe einen Bauern gebeten, mir mit eigenen Worten sein Leben zu schildern. Alles habe ich aufgeschrieben und vom Pastor beglaubigen lassen, um es euch heute vorzulesen.«

Die *Eiserne Hand* platzte aus allen Nähten. Der Wirt hatte sogar den großen Saal öffnen müssen, um all diejenigen, die sich heimlich Jakobiner nannten, unterzubringen. Da saßen fremde Gesellen neben einheimischen, Tagelöhner neben Lehrlingen, Gehilfen neben Gesindeleuten.

Einer schlug mit der Faust auf den Tisch. »Und jedes Wort davon ist richtig und ehrlich, so wahr mir Gott helfe. Mein Schwager ist auch ein Bauer, und mich jammert es ein jedes Mal, wenn ich von seiner Not höre.«

»Den Tagelöhnern in Frankfurt geht es auch nicht besser. Ihre Löhne sind so gering, dass sie sich kaum selbst ernähren können, geschweige denn Frau und Kinder«, warf ein anderer ein.

»Und du, Stefan, was sagst du dazu?« Es war Georg, der fragte.

Stefan zuckte mit den Schultern. »Die Bauern und die Armen brechen wahrhaftig unter ihrer Last. So hört man, so liest man es neuerdings. Und ich sehe die Ungerechtigkeit. Aber ich muss doch fragen, was der Bauer an den übrigen hundertsechsundsechzig Tagen macht, die ihm vom Jahr noch bleiben.«

Sofort erhob sich Gemurmel. Wütendes Gezische schwappte zu Stefan.

»Halt«, rief er. »Versteht mich nicht falsch. Ich will den Bauern nichts Böses. Aber auf die Fragen, die ich stelle, werden auch andere kommen. Was werdet ihr ihnen erwidern?«

Einen Augenblick herrschte Stille, dann erhob Georg das Wort. »Nun, von den hundertsechsundsechzig Tagen sind allein zweiundfünfzig Sonntage. Da darf nicht gearbeitet werden, sonst versündigt man sich. Dann rechne die Feiertage ab, Ostern, Pfingsten, Weihnachten, Himmelfahrt, Fronleichnam, Allerseelen, Allerheiligen und wie sie sonst heißen mögen. Schon sind wieder rund dreißig Tage vorbei. Jetzt haben die Bauern nur noch siebzig Tage. Das sind zehn Wochen. Gut, elfzweidrittel, die Sonntage hatten wir schon abgezogen. Sag selbst, kann man in elfzweidrittel Wochen so viel arbeiten, dass es für die ganze Familie und übers ganze Jahr reicht?«

Stefan schüttelte den Kopf. »Ich weiß ja, wie schwer die Leute zu tragen haben. Ich will den Bauern nichts Übles. Nur Klarheit brauche ich. Verstehen muss ich, wie alles zusammenhängt. Wer nicht versteht, weiß nicht, wofür er kämpft. Wer nicht kämpft, kann nicht siegen.« Er senkte den Blick und fügte hinzu: »So jedenfalls soll einst der große Wallenstein gesagt haben.«

»Wer?«, blaffte der Zimmermann. »Wallenstein? Wer soll das sein? Heißt Euer Hauslehrer so, ja?«

Georg unterbrach ihn. »Gleichgültig, wer oder was Wallenstein war. Der Junge hat recht. Doch wir sollten uns nicht zu lange bei solchen Dingen aufhalten. Ihr wisst, worum es heute Abend wirklich geht.«

Einige nickten, andere schüttelten den Kopf.

Also sprach Georg: »Wir werden morgen vor Tau und Tag die Stadttore besetzen und die Büttel zwingen, den Bauern vor der Zeit zu öffnen. Und Brücken- und Wegezoll dürfen sie auch nicht kassieren. Sodann geleiten wir die Bauern zum Markt und verhindern, dass die Marktaufseher die Marktgebühren einstreichen. Die Bauern können sich die schönsten Plätze für ihre Stände wählen und die

Preise unter sich so aushandeln, dass gegen jeden Gerechtigkeit herrscht. Wenn dann später die Mönche mit ihren Karren aus den Klöstern nahen, werden sich die Marktdiener in Bezug auf die Gebühren an denen schadlos halten.«

Einige lachten, andere klatschten Beifall, einer rief sogar *»Vivat!«* und warf seine Mütze in die Luft. Nur Stefan blieb nachdenklich. Ohne es zu wollen, dachte er an den Brückenturm und an die vier Stäbe, auf denen im Jahre 1616, wie sein Vater ihm einst berichtet hatte, die Schädel vierer Rebellen aufgespießt worden waren, und bis heute konnte man den letzten der aufgespießten Köpfe dort sehen. Vincent Fettmilch, so der Vater einst, hieß der, zu dem der Schädel vor Zeiten gehört hatte. Ein Lebkuchenbäcker sei der gewesen, ein Aufrührer, der sich gegen das Stadtregiment gestellt und die Judengasse geplündert haben soll. Der Kopf am Brückenturm war mittlerweile schwarz, nur noch einzelne Zähne waren sichtbar, an manchen Stellen schimmerte unter dem strohigen Haar der Knochen durch. Fettmilch war damals zu Recht getötet worden, hatte der Vater Stefan erklärt. Vor allem weil er sich gegen die Juden gewandt hatte und ihnen ans Leder wollte. Die Revolution dagegen wollte Gleichheit und Freiheit für alle. Warum also bereitete ihm der Plan solches Unbehagen?

»Hast du wieder etwas dagegen, Patrizier?«, höhnte der Zimmermann.

»Nein, gar nicht. Ganz und gar nicht«, beeilte sich Stefan zu sagen. »Nur eine Frage habe ich noch: Müssen die Bauern das nächste Mal nicht wieder dafür bluten?«

Georg legte ihm eine Hand auf die Schulter. »Wir haben auch das bedacht. Aber eine Revolution funktioniert nicht so, wie du denkst. Es wird so sein, dass bis zum nächsten Mal die Torwächter mit unserer Hilfe erkannt haben, dass auch sie ausgebeutet werden und in Unfreiheit und Ungleichheit leben. Sie werden sich uns anschließen und den Bauern freiwillig die Tore öffnen. Sie werden brüderlich zu ihren Brüdern sein.« Den letzten Satz sprach er triumphierend aus, und die Menge jubelte erneut. Aber Stefan blieb skeptisch. Georg wandte sich erneut zu ihm. »Deine Zweifel werden rasch schwinden. So ist sie nun mal, die Revolution. Sie pflanzt sich fort. Von Viertel zu Viertel, von Straße zu Straße, von Haus zu Haus. So war es in Paris. Warum sollte es in Frankfurt anders sein?«

Ja, dachte Stefan. Warum sollte es in Frankfurt nicht sein wie in Frankreich? Wenn jeder so viel zweifeln würde, hätte es noch nie eine Revolution gegeben. Also klatschte auch er in die Hände, riss sich die Mütze vom Kopf und schrie: »*Vivat!*«

Als Friederike am Morgen erwachte und aus dem Fenster sah, begann sie zu weinen und wusste nicht warum. Dicke Wolkenbäuche lagen auf den Dächern der Stadt und schickten Regen aus. Feinen Regen, der wie ein seidener Vorhang vom Himmel glitt und sich in die Kleidung der Leute setzte bis auf die Haut. Weicher Regen, der sanft und zärtlich die Kälte mit sich brachte, ganz leise, dass die Menschen sie erst spürten, wenn sie schon bis auf die Knochen durchgedrungen war.

Friederike sah es und brach in Tränen aus. Dann wusch sie sich das Gesicht, vermischte die Tränen mit dem Waschwasser, zog sich an und benetzte noch ihren Kittel mit dunklen Flecken. Sie zog die Nase hoch, rieb mit den Fäusten die Augen. Doch nichts konnte ihren eigenen Regen zum Versiegen bringen. Also ging sie hinunter zum Frühstück in die Küche, ließ sich von Hedi warme Milch mit Honig bringen, brockte weißes Brot hinein und ließ die Tränen laufen.

»Kind, was ist mit dir?«

Friederike sah kläglich hoch und zuckte mit den Achseln. »Findest du nicht, dass die Welt eine traurige ist?«, fragte sie kläglich.

Hedi zog Friederikes Kopf an ihren Busen und strich ihr übers Haar. »Ja, mein Kind, meine kleine Fritzi, manchmal ist das so.«

»Uhund waharum?«, schluchzte das Kind.

»Tja, ich glaube, das ist ein Zeichen dafür, dass man erwachsen wird. Als Kind scheint die Sonne jeden Tag. Das ist zwar schön, aber immer gleich. Wenn man groß wird, scheint die Sonne mal heller, mal dunkler. Heute, mein Schatz, scheint sie dir dunkler.«

»Oder gar nicht.«

»Doch, ganz bestimmt. Du wirst sehen, in kurzer Zeit wirst du wieder fröhlich sein. Denk jetzt einfach nicht an das Schlechte, denk daran, dass du gerade jetzt wieder ein bisschen erwachsener wirst.«

Friederike wagte ein wässriges Lächeln, dann aß sie ihr Brot und ging zurück auf ihr Zimmer.

In wenigen Tagen würde die Kaiserkrönung stattfinden. Ganz Frankfurt stand Kopf, und das Institut von Madame Dupont blieb geschlossen, bis sich die Stadt wieder in ihre übliche Lage zurückfand.

Wieder stand Friederike am Fenster und weinte mit dem Regen um die Wette. Dann ließ sie ihren Blick durch das Zimmer schweifen. Plötzlich kam Bewegung in sie. Mit langen Schritten stürzte sie zu ihrem Puppenbett, zerrte die Lina und die Lena daraus hervor, riss sie an den Armen, dass die Puppendecken nur so flogen. Linas Kleidchen riss vom Saum bis zu den Armen, Lena verlor ein Büschel Haare, doch Friederike bemerkte es nicht. Beinahe hasserfüllt schleuderte sie die Puppen umher, stieß damit gegen die Wand, dann gegen die Tür, stürmte die Treppe hinab, sodass die armen Puppenbeine gegen jede Stufe schlugen. Erst im Garten hielt Friederike inne. Sie schnaufte, ließ die Puppen mitten auf den aufgeweichten Boden fallen, dass es nur so spritzte und die kleinen Zöpfe vor Schlamm starrten. Dann holte sie eine Schaufel, stieß die Puppen mit den Füßen bis zum Kirschbaum und begann darunter zu graben. Sie arbeitete wie von Sinnen, bis ihr der Schweiß in Bächen herabrann. Ihr Rücken war nass davon und vom Regen, doch Friederike spürte es nicht. Immer wieder stach sie den Spaten in die Erde, brachte ihn wieder heraus, häufte einen Erdhügel an und hob nach und nach ein Viereck aus, das an ein kleines Grab erinnerte. Endlich, der Regen war inzwischen stärker geworden, war kein feinsilbriger Vorhang mehr, sondern rauer, harter Tropfenschlag, hielt sie inne. Sie wischte sich mit der Hand über die Stirn, lehnte den Spaten an den Baum. Dann hockte sie sich neben ihre Puppen und begann zu schluchzen. Leise, ganz tief aus ihrem Inneren stieg eine Qual nach oben, die sich im Hals zu einem schmerzhaften Schrei ansammelte und schließlich zwischen den zusammengepressten Lippen lautstark hervorbrach. Ihr ganzer Körper wurde von unsichtbarer Hand geschüttelt, die Schultern bebten, sogar die Knie zitterten so sehr, dass sie sich zu Boden sinken lassen musste. Friederike griff nach Lena, nahm sie in den Arm, wiegte sie wie einen Säugling, bedeckte ihr Puppengesicht mit hundert Küssen. Zart zupfte sie die Erde aus dem Puppenhaar, ließ ihre Tränen in die starren Puppenaugen tropfen, nahm dann die Lina, küsste auch sie, zupfte wieder Erde aus dem Haar und weinte dabei, wie noch niemals jemand unter diesem Kirschbaum geweint hatte.

Irgendwann war sie erschöpft. So erschöpft, dass sie sich am liebsten in das gegrabene Bett gelegt und mit warmer, duftender, schwerer Erde zugedeckt hätte. Doch sie legte die Lena und die Lina hinein, legte sie so, dass sie aneinandergeschmiegt waren, Wange an Wange, Bauch an Bauch. Sie beugte sich darüber, küsste eine jede noch einmal auf die Stirn, dann schaufelte sie Erde darüber, bis alles verborgen war, und stampfte zum Schluss noch mit den Füßen darauf. Sie weinte und weinte, immer leiser und leiser. Als sie sich vor Erschöpfung kaum noch auf den Beinen halten konnte, schleppte sie sich ins Haus. Sie bemerkte nicht, dass Barbara sie seit einer ganzen Weile schon beobachtet hatte.

11

Schon seit Tagen war die Stadt in Aufruhr. Den Anfang der Feierlichkeiten machte Frankfurts höchster Kanzleischreiber. Er ritt hoch zu Ross durch die großen Straßen, begleitet von vier berittenen Trompetern der Stadtpfeifer. An allen Straßenecken und auf allen Plätzen verlas er eine ellenlange Verordnung, die die Bürger über die bevorstehenden Festlichkeiten informierte.

Theda stand mit Hedi auf dem Bürgersteig zwischen Fahrgasse und Zeil, hörte sich den Vortrag mit gelangweilter Miene an und konnte sich ein Lächeln nicht verkneifen, als der Kanzleischreiber sich herabließ, die Bürger zu angemessenem Betragen anzuhalten. »Ein jeder«, schrie er mit gewichtiger Stimme und strengem Gesicht, »der bei einer Unart gegen die Gäste der Stadt angetroffen wird, kommt sogleich ins Verlies und muss dort seiner gerechten Strafe harren. Des Weiteren ist es verboten, die Fremden anzustarren, lästerliche Bemerkungen über ihre Kleidung und ihr Gehabe zu tun, auszuspucken oder Händel anzuzetteln. Die Bettler, Krüppel und von Krankheit Entstellten werden für die Zeit der Krönungsfeierlichkeiten der Stadt verwiesen. Allen anderen Personen mit einem Makel ist es streng untersagt, vor die Augen der Hoheiten zu treten. Das Gesinde soll ordentlich gekleidet sein, die Brunnen dürfen nur zum Wasserholen angelaufen werden …«

Der Kanzleischreiber hatte noch einiges mehr vorzubringen, aber Theda hatte wirklich keine Lust, sich von einem belehren zu lassen, der sich vor Aufregung den Rotz am Ärmel abwischte, statt, wie es sich gehörte, ordentlich ins Taschentuch zu schnäuzen.

Sie eilte nach Hause, trieb Hedi mit voran, die zu gern noch geblieben wäre. »Herrin, nicht so schnell, ich habe noch nie eine Kaiserkrönung von Anfang bin Ende mitgemacht.«

Theda blieb stehen. »Erzähl mir keinen Unfug, Hedi. Du lebst schon immer in Frankfurt, bist jetzt an die sechzig Jahre alt. Mindestens drei Kaiserkrönungen hättest du sehen können.«

»Ja, Herrin. Aber einmal konnte ich nicht weg, weil Ihr da ein Säugling wart und ständig meine Brust wolltet. Und das andere Mal lag ich krank danieder. Ich bin Frankfurterin und habe das Recht, einmal in meinem Leben alles von Anfang an mitzubekommen.«

Theda seufzte.

»Also gut. Aber nimm Friederike mit. Sie hat die letzte Krönung verschlafen, sie war noch zu klein. Auch sie sollte wissen, wie unser Kaiser gewählt wird.«

Hedi nickte eifrig und sandte dann dem Kanzleischreiber einen seufzenden Blick zu. Theda verstand. »Du kommst jetzt mit, nimmst dir Friederike, und dann macht ihr, was ihr machen müsst. Auf dem Heimweg besorgst du uns ein Essen aus einer Garküche, aber sieh zu, dass das Fleisch frisch und das Öl nicht ranzig ist.«

»Tausend Dank, Herrin. Ich wusste, Ihr würdet mir diese Freude gönnen.«

»Ob es eine Freude ist, bleibt abzuwarten.«

Eine Stunde später kamen Friederike und Hedi gerade rechtzeitig zum Römer, um die Ankunft des Reichsquartiermeisters zu erleben. Er war abgesandt vom Erbmarschall, um die Herbergszimmer und die eigens angemieteten Wohnräume für die Gesandten zu inspizieren. Danach folgte die Zuweisung der Gäste nach Stand und Herkommen. Das Handelshaus der Geisenheimer auf der Zeil lag in dem Quartier, in dem von alters her die kurpfälzischen Abgesandten Raum zugewiesen bekamen, und so erfuhr Hedi, dass der Graf von Frankenthal und Dürkheim mit einem Gefolge von sechs Leuten bei ihnen Quartier beziehen würde. Sogleich eilte sie nach Hause, um Theda davon zu unterrichten und die ersten Vorbereitungen zu treffen. Friederike aber hatte im Getümmel Madame Dupont getroffen. Ihr schloss sie sich an, um die prunkvoll geschmückten Räume im Römer zu betrachten.

Während der nächsten Tage trafen nach und nach die Gesandten ein. In der Stadt herrschte ein Gewimmel, noch schlimmer als an den Messetagen. Die Fremden eilten durch die Gassen, statteten Besuch bei anderen Gesandten ab und erhielten Gegenbesuche. Dazwischen drängten sich Gaukler aus allen Nachbarländern, spuckten Feuer, lasen aus der Hand, zeigten akrobatische Tänze und führten kleine Theaterstücke auf. Eine jede Schänke schien ihre Geschäfte nach draußen verlegt zu haben, denn überall standen Tische, an denen Bier, Wein und Limonaden angeboten wurden. Die Kaffeehäuser platzten aus allen Nähten, und zwischendrin erschallten immer wieder die Trompeten der Stadtpfeifer und meldeten die Ankunft weiterer Gesandter. Auf dem Römer hingen die Wappen und Fahnen der Gäste von den Balkonen herunter, dass man an manchen Stellen den Himmel kaum mehr sehen konnte.

Das Getümmel nahm seinen Höhepunkt, als die Kurfürsten eintrafen, als da waren:

Die drei geistlichen Fürstbischöfe,
der Erzbischof von Mainz,
der Erzbischof von Köln und
der Erzbischof von Trier
sowie die weltlichen Fürsten,
der Pfalzgraf bei Rhein,
der Herzog von Sachsen,
der Markgraf von Brandenburg,
der König von Böhmen,
der Herzog von Bayern und
der Herzog von Braunschweig-Lüneburg aus Hannover.

Ihr Einzug war so pompös und prächtig, dass die Bürger Mund und Augen weit aufsperrten. Kanonendonner übertoste den Lärm der Leute, Pulverrauch überdeckte die Duftwasser. Hier waren wirkliche Fürsten zu sehen, und das Volk glotzte beeindruckt.

Barbara, die sich den Festzug auch nicht hatte entgehen lassen wollen und heute mitgekommen war, stieß Friederike leicht in die Seite. »Mach den Mund zu«, raunte sie. »Die da sind zwar Kurfürsten, aber sie machen beim Kacken auch bloß die Beine krumm.« Friederike zuckte zusammen, lächelte und tat, wie die Schwägerin ihr geheißen.

»Diese Kurfürsten«, erklärte die Köchin sogleich, »sind deshalb Kurfürsten, weil sie den Kaiser wählen.«

Friederike nickte gelangweilt. »Ich weiß, Hedi, so etwas lerne ich doch im Institut. Schon seit Wochen sprechen wir dort über nichts anderes mehr. Der höchste Kurfürst unter ihnen ist der Erzbischof von Mainz.«

Hedi nickte zufrieden, aber sie hielt ihre Blicke nicht auf die hochrangigen politischen Persönlichkeiten gerichtet, sondern verweilte bei den Kleidern der mitreisenden Frauen.

Hin und wieder stahl sich Friederike kurz aus der Masse der Glotzer davon und hielt sich an einer Hauswand fest, weil ihr schwindelig war.

Gerade erschien der Erzbischof von Mainz, als Erzkanzler der zweithöchste Mann des Heiligen Römischen Reiches Deutscher Nation, angetan mit einem schwarzen, spitzenbesetzten Talar. Er wurde, wie schon sein Vorgänger, vom Fürsten Esterhazy begleitet, der mit einem modischen spanischen Mantelkleid und Federn am Hut angetan war.

Am nächsten Tage herrschte wieder große Bewegung in der Stadt. Es schien, als wäre alles Volk unterwegs. Visiten und Gegenvisiten wurden unternommen, doch für Friederike, Hedi und Barbara war die Ablegung des Sicherheitseides das größere Spektakel, da die meisten Abgesandten sich ohnehin nur per Kutsche durch die Stadt bewegten und man so nichts von ihnen sah.

Auf dem Römer aber hatten sich zur Eidablegung der Rat, das Militär der Stadt und die Bürgerschaft einzufinden. Letztere jedoch keineswegs nur vertreten durch ihre Abgesandten, sondern ein jeder von ihnen höchstselbst. So auch Theda, die für ihre noch nicht volljährigen Söhne diese Pflicht übernahm. Die Frankfurter hatten sich herausgeputzt, um den Fremden nur ja in nichts nachzustehen. Sie trugen ihre Sonntagskleider, und so mancher hatte sich dem Gespött preisgegeben, weil er zu viel des Guten getan hatte. Da stand die Kaufmannswitwe Holzenbach mit einem Regenschirm in der prallen Sonne, dort hatte ein Schuhmacher sich zur Feier des Tages rote Schnallenschuhe angetan, hier wollte einer das Fehlen einer Perücke überdecken, indem er sich Mehl aufs Haar gestäubt hatte, und dort trug eine Handwerkerin ein Kleid, welches ganz offensichtlich aus einem Brokatvorhang genäht war.

Die Eidableistung des Magistrats und der Stabsoffiziere fand im Römersaale statt, während die Bürgerschaft nach Stand und Grad auf dem Römerplatz Aufstellung nahm.

Theda hatte ihren Platz ganz vorn, fast schon in der ersten Reihe. Vor ihr stand nur die Goethe, die auch noch ohne Adel war, und der Gelehrte Leerse, dem ebenfalls der Titel fehlte. Theda grüßte ordentlich nach links und rechts und beobachtete dabei ganz genau, welcher Bürger wo rangierte. Als sie den Allberger fast drei Wagenlängen hinter sich sah, winkte sie ihm mit hochzufriedenem Lächeln zu. Im Grunde, dachte sie, ist die ganze Eidablegerei absurd. Wer wird schon öffentlich das Gegenteil bezeugen, dass er eben nicht zum Kaiser hält? Aber es ist schön, dass endlich wieder einmal die Stellung deutlich wird, die die Geisenheimer in der Stadt haben. Und das auch ohne männliches Oberhaupt.

* * *

Am Vorabend des Wahltages ritten bewaffnete Stadtknechte durch die Straßen und Gassen Frankfurts und trieben jeden Fremden aus der Stadt, der nichts mit den Feierlichkeiten zu tun hatte. Die Stadttore wurden fest verriegelt, die Juden in ihre Gasse hinter dem Dominikanerkloster eingesperrt und das Siechenhaus auf dem Gutleuthof geschlossen.

Die Gesandten, die bisher in Kutschen unterwegs gewesen waren und von deren Pracht Hedi, Friederike und Barbara höchstens mal einen kleinen Schimmer durch das Kutschenfenster erhaschen hatten können, bewegten sich heute am Wahltag auf prächtigen Rössern über den Römer. Da blitzten goldbesetzte Tressen, da trugen die Fürsten trotz der sommerlichen Wärme Mäntel, die mit Hermelin besetzt waren, da glitzerten Ringe mit kostbaren Steinen. Alles fuhr, ritt und ging in Galakleidung, sodass Friederike schon bald übel wurde vom Anblick all des Goldes und Geschmeides.

Sie drängte sich zum Rand der Menge, lehnte sich an eine Hauswand und schnappte nach Luft. Barbara war ihr nachgegangen.

»Was hast du?«, fragte sie.

»Ich weiß auch nicht«, erwiderte Friederike. »All die Menschen, das Gewoge und Gedränge, die Enge und der Lärm machen mich ganz verdrießlich bis in den Magen hinein. Mir ist, als würde ich erbrechen müssen.«

Barbara hielt dem Mädchen ein Riechfläschchen unter die Nase. »Nun, wird dir wohler?«

Friederike nickte. Sie kauften bei einem Wasserhändler einen Becher, und als der endlich zur Neige ging, war der

Festzug schon fast vorüber. Die Kurfürsten hatten sich ins Allerheiligste zurückgezogen, um den Kaiser zu wählen.

Das Volk strömte auseinander, ein jeder dachte plötzlich wieder an sein Tagewerk.

Theda war unterdessen zu Eckehard von Hohenstein gegangen. Sie musste die Zeit, in der das Haus beinahe leer stand und sie unbeobachtet war, nutzen. Doch bevor sie aufbrach, setzte sie ihre schönste Dormeuse auf, benetzte Hals und Ohrläppchen mit einem Rosenduftwasser aus Paris, richtete ihr Kleid, das mit seinem schwarzen Rock und dem grauen, hochgeschlossenen Mieder immer noch als Halbtrauer gelten durfte, und erst als sie mit ihrem Aussehen zufrieden war, machte sie sich auf den Weg.

Eckehard von Hohenstein hatte schon auf sie gewartet. Sie hatten sich seit dem missglückten Heiratsantrag nicht mehr gesprochen, denn auf Jagos Hochzeit war dazu keine Gelegenheit gewesen.

Eckehard öffnete ihr selbst und nahm ihr das leichte Sommertuch von den Schultern. »Du duftest gut«, bemerkte er, reichte ihr die Hand und führte sie in den Salon, der mit kostbaren Möbeln ausgestattet war und dessen Wände von edlen Hölzern bedeckt waren. Aquarelle im chinesischen Stil hingen in Silberrahmen, auf den zahlreichen kleinen Tischchen standen silberne Kandelaber.

»Kaffee, Tee oder Schokolade? Was hättest du gern?«

»Ich nehme eine Schokolade. Danke.«

Theda seufzte leise. Ihr Herz schlug rasch und drängend gegen ihre Rippenbögen. Wie oft hatte sie sich seither gefragt, ob sie richtig gehandelt hatte. Eckehard von Hohenstein war ein Mann, den man nicht einfach so vor den Kopf stieß. Er war einer der bedeutendsten Patrizier der Stadt, hatte Einfluss, Geld und genoss überall hohes Ansehen. Theda wusste, dass es mehr als ein Dutzend Witwen in Frankfurt gab, die sich nach ihm verzehrten. Auf Knien würden sie gekrochen kommen, wäre das die Bedingung für eine Hochzeit gewesen.

Innerlich schüttelte Theda erneut den Kopf. Sie konnte ihn doch nicht heiraten, damit ihn keine andere bekam! Aber was war, wenn er plötzlich doch eine andere Frau ihr vorzog? Was würde aus ihren beschaulichen Kaffeestunden werden?

»Woran denkst du gerade, mein Liebe?« Eckehard von Hohenstein saß ihr gegenüber in einem Fauteuil mit goldlackierten Beinen und grünem Polster.

Theda lächelte. »Ach, nichts. Es ist so viel los in der Stadt, ich habe wohl an die Krönung gedacht.«

»Und hast du auch noch einmal über meinen Antrag nachgedacht, Theda?«

Sie winkte ab, lachte verlegen, zupfte an ihrer Dormeuse, trank einen Schluck von der Schokolade und nahm schließlich ein Stück Biskuit.

»Theda, ich habe dich etwas gefragt.«

So plötzlich, wie ein Sommergewitter aufzieht, verdunkelte sich auch Thedas Gesicht. Sie beugte sich ein wenig nach vorn und senkte den Blick, doch sie konnte nicht verhindern, dass zwei Tränen auf ihr graues Oberteil fielen und dort dunkle Flecken hinterließen.

»Aber Theda, was ist denn?«

Eckehard von Hohenstein sprang aus seinem Sessel, eilte

zu Theda, fiel vor ihr auf die Knie und sah ihr ins Gesicht. »Du weinst, meine Liebe. Warum? Ich tue alles, um deine Tränen zu stillen.«

Theda schnaufte. »Dann sprich mir nicht mehr von Hochzeit.«

»Kommt dir der Gedanke daran so unerträglich vor?«

Jetzt brach Theda in eine wahre Tränensturzflut aus. Eckehard von Hohenstein barg ihren Kopf an seiner Brust, strich ihr über Rücken und Schultern und flüsterte beruhigend: »Psch, ruhig, ruhig. Ganz ruhig.«

Endlich beruhigte sich Theda. Sie löste sich von Eckehards Schulter, sah ihm mit verquollenen Augen ins Gesicht und flüsterte: »Ich kann dich nicht lieben. Und darum kann ich nicht deine Frau werden.«

Eckehard von Hohenstein wich ein wenig zurück. »Warum kannst du mich nicht lieben, Theda? Findest du mich abstoßend?«

»Aber nein, ganz und gar nicht. Aber lieben, Eckehard, das habe ich nie gelernt. Ich weiß nicht, wie das geht.«

Sie schluckte, biss sich errötend wie eine junge Magd auf die Lippen. Eckehard nahm ihr Gesicht in beide Hände und wollte seine trockenen, harten Lippen auf ihren weichen, warmen Mund pressen, aber Theda hielt ihn von sich, steckte sich schnell zwei Veilchenpastillen in den Mund und ließ sich erst dann küssen.

Als Barbara mit Hedi und Friederike nach Hause kam, war Jago nicht da. Nicht im Haus, nicht im Kontor, nicht im Lager. »Wisst Ihr, wo mein Mann steckt?«, fragte sie den Prokuristen Kalis.

Der schüttelte den Kopf. »Das wüsste ich auch gern. Jemand muss die Bücher nachrechnen. Bald steht die Messe vor der Tür. Woher soll ich sonst wissen, welche Wechsel fällig werden?«

»Gebt her!«

Barbara setzte sich an den großen Kontortisch und begann sogleich damit, die Kontorbücher zu kontrollieren. Sie fand hier einen winzigen Fehler, da eine ungenaue Warenbezeichnung, dort ein unleserliches Wort.

Nach vier Stunden brannten ihre Augen. Sie legte die Feder zur Seite, schloss das Tintenfass und streute Löschsand über die letzte Seite des Buches. »Es ist alles in bester Ordnung. Schaut selbst.«

Kalis stand auf und betrachtete die Arbeit der jungen Frau. »Ihr seid geübt, nicht wahr?«

Barbara nickte. »Seit Jahren habe ich meinem Vater die Bücher geführt. Auch Bestellungen habe ich ausgesendet, eben alles, was in einem Handelsunternehmen zu tun ist.«

Kalis lächelte. »Das freut mich zu hören. Seit Tagen gibt mir niemand mehr irgendwelche Anweisungen. Die Herrin kommt zwar pünktlich, doch sie ist viel zu beschäftigt, um das Handelshaus zu führen. Und Jago, nun ja, Ihr wisst selbst, wie er ist. Könnt Ihr mir also sagen, was in den nächsten Tagen zu erledigen ist?«

Barbara dachte einen Augenblick nach. »Das französische Heer marschiert auf Mainz zu. Haltet Ihr es für möglich, dass sie auch Frankfurt belagern werden?«

Der Prokurist nickte. »Natürlich, Herrin. Hier in der Stadt liegt das meiste Kapital des Landes. Alle Handelswege führen über Frankfurt. Blöd wären die Franzosen, ließen sie die Stadt links liegen. Und das sind sie wohl nicht.«

»Also müssen wir Vorräte für die Belagerung anlegen. Wir brauchen Weizen, Wein, Geräuchertes, dazu Holz und jede Menge Leinenzeug. Spezereien sind ebenfalls wichtig. Die Franzosen sind verwöhnt. Am besten wäre es, wir würden die Lager vollständig auffüllen.«

Der Prokurist wiegte den Kopf hin und her. »Wenn die Besatzer plündern, können wir viel verlieren«, gab er zu bedenken.

Barbara schüttelte den Kopf. »Dieses Haus wird von einer Witwe geführt. Niemand wird sich an sie heranwagen. Außerdem werden es sich die Franzosen nicht mit den Honoratioren der Stadt verargen. Sie brauchen uns, Kalis, glaubt mir.«

Der ältere Mann lächelte. »Ihr könntet recht haben, junge Herrin. Bei der letzten Besetzung haben die Franzosen sich auch nicht am Eigentum der Kaufleute vergriffen.«

»Und wenn wir gleich zu Beginn der Belagerung Quartier für hohe Offiziere anbieten, dann kann uns schon gar nichts mehr geschehen.«

Barbara blickte den Prokuristen Kalis mit Verschwörermiene an. Der lächelte zurück und zuckte mit den Achseln. »Natürlich, in den sechziger Jahren, bei der letzten Besetzung, ging es auch denen am besten, die mit den Franzosen fraternisiert haben. Warum soll es dieses Mal anders sein?«

Sein letztes Wort war noch nicht verklungen, da erschütterte Kanonendonner die Stadt.

»Was war das?« Barbara schrak hoch, lief zum Fenster.

»Die Wahl ist beendet. Jetzt wird der neue Kaiser ausgerufen«, erwiderte Kalis, als hätte er diese Veranstaltung bis zum Überdruss oft erlebt.

Schon hörte man draußen auf der Zeil die ersten Hufschläge der reitenden Boten. Barbara stürzte hinaus, Kalis hinterher. Die Stadtpfeifer ritten voran, dahinter der Kanzleirat, der laut ausrief, dass man Franz II. zum neuen Kaiser gewählt habe. Des Weiteren wurde verkündet, dass dieser sich bereits im Schloss des Grafen Schönborn zu Heusenstamm befand.

Kaum waren die Ausrufer weg, begannen alle Kirchen der Stadt gleichzeitig zu läuten. Überall fanden Gottesdienste und Hochämter statt. Die Leute eilten in alle Richtungen davon. Die Reformierten machten sich auf den Weg nach Bockenheim zu ihrer Kirche, die wenigen Katholiken strömten nach der Liebfrauenkirche, da der Dom für die Vorbereitung der Krönung immer noch geschlossen war. Die Evangelischen, die auf der Zeil wohnten, begaben sich gemessenen Schrittes nach St. Katharinen.

Schon erschienen Theda, Hedi und Friederike in der Haustür. Theda hielt eine rote Bibel unter dem Arm.

»Schwiegertochter, kommst du nicht mit?«

Barbara überlegte nur kurz, dann schüttelte sie den Kopf. »Wie mag das ausschauen, wenn ich an einem solchen Tage allein, ohne meinen Mann in der Kirche erschiene? Da bleib ich lieber ganz weg und lass die von St. Katharinen denken, ich wäre mit Jago bei St. Nikolai und andersherum.« Theda lächelte und nickte zustimmend, dann wandte sie sich an Kalis. »Übermorgen, gleich nach der Krönung, komme ich zu Euch, und dann bereden wir, was getan werden muss in Lager und Kontor.«

Kalis winkte ab. »Das hat keine Eile, Herrin. Ich habe einstweilen Aufgaben genug.«

»Wie das? Hat sich Jago besonnen und ist seiner Arbeit nachgegangen?«

»Nein, Herrin. Die junge Frau hat sich zu mir begeben.«

»Ach so?« Theda schickte Barbara einen prüfenden Blick. Die tat, als wäre sie ganz und gar damit beschäftigt, die Spatzen auf den Dächern zu betrachten. Trotzdem trat Theda näher an Kalis heran. »Und wie macht sie sich?«

»Sie denkt mit, hat einen Kaufmannskopf und einen Dukatenblick. Besser als Jago, verzeiht, Herrin, aber besser als Jago ist sie auf jeden Fall.«

Kalis verbeugte sich nach diesen Worten und suchte das Weite. Theda wünschte Barbara noch einen schönen Abend und begab sich hochzufrieden in die Kirche.

Barbara saß auf der obersten Treppenstufe, die Haustür fest im Blick. Seit der neue Kaiser ausgerufen worden war, waren Stunden vergangen. Sie trug nur ein dünnes Nachthemd und um die Schultern ein leichtes Tuch. Die Sommernacht war lau, aber nicht warm, und sie saß schon so lange hier, dass die Nachtkühle ihr bereits unters Kleid gekrochen war. Das Haus lag ruhig. Theda hatte sich vor einer halben Stunde zu Bett begeben, nicht ohne Barbara für ihre heutige Arbeit im Kontor zu belohnen.

»Du bist ganz die Schwiegertochter, die ich mir gewünscht habe«, sagte sie. »Im Kontor, höre ich, wärst du von Nutzen. Nun, wie ist es? Wollen wir uns die Arbeit nicht aufteilen? Ich bleibe weiterhin für alle Belange im Hause zuständig, während du dich um das Kontor kümmerst? Natürlich ist Jago der Besitzer des Unternehmens, doch du weißt ja, wie er ist.«

Theda hatte Barbara freundlich angesehen und sie sogar ein wenig in die Wange gekniffen. Aber Barbara hatte sich von Thedas Freundlichkeit nicht einlullen lassen.

»Ihr wollt, Schwiegermaman, dass ich arbeite wie ein Prokurist, aber nicht dafür bezahlt werde. *C'est vrai, n'est-ce pas?*«

»Mon dieu, ma chère, was denkst du denn? Natürlich wirst du dafür bezahlt, aber anders als Kalis, die Schreiber, Lehrjungen, Auflader und all die anderen. Du wirst einmal Jagos Kind gebären, und dieses wird alles erben.«

»Nun, *chère Maman*, das tut es auch, wenn ich nichts im Kontor tue.«

Theda seufzte. »Was verlangst du also?«

»Denselben Lohn wie Kalis.«

»Aber Kalis ist erfahrener als du.« – »Das stimmt, aber ich kenne mich besser im Bankwesen aus.«

Die beiden Frauen stritten noch ein Weilchen hin und her, dann stimmte Theda Barbaras Forderungen zu. »Gut, ich werde dann an jedem Monatsletzten dein Gehalt an deinen Mann übergeben, wie sich das gehört.«

»Ihr werdet *mir* das Geld geben, *chère Maman*. Nicht ihm. Ihr wisst selbst, er würde es nur ins Kaffeehaus tragen oder seine Reimereien davon drucken lassen.«

»Du hast recht, meine Liebe. In Anbetracht dessen werde ich dir das Gehalt auszahlen lassen, aber ich möchte nicht, dass sich gleich morgen die ganze Stadt das Maul darüber zerreißt.«

»Das, *chère Maman*, wäre auch in meinem Interesse.«

Theda hatte ihre Schwiegertochter eine ganze Weile prüfend angesehen. Schließlich lächelte sie. »Ich weiß nicht, Barbara, ob ich dich bewundern soll oder dich fürchten. Du bist mir in vielem so ähnlich.«

Dann wandte sie sich ab und ging auf ihr Zimmer.

Auch Stefan, Friederike und die Dienstboten schliefen längst. Von der Straße hörte Barbara den Nachtwächter, der die Laternen kontrollierte.

Mittlerweile fror sie erbärmlich. Also erhob sie sich, ging hinunter in die Küche, um sich eine heiße Mandelmilch zu machen. Die Milch kochte gerade, als Jago nach Hause kam.

»Ich muss mit dir reden«, erklärte ihm Barbara im Vorsaal. »Komm mit mir in die Küche.«

»Jetzt? Es ist spät, ich bin müde. Schlafen möchte ich, sonst nichts.«

Da beugte sich Barbara dicht zu ihm und fauchte: »Schlafen, ja, das möchte ich auch. Und zwar schon seit Stunden. Weißt du, was ich stattdessen gemacht habe? Im Kontor habe ich gearbeitet. Deine Aufgaben erledigt. Und du? Wo warst du den ganzen Tag?«

Jago zog ein verständnisloses Gesicht. »Ich war dort, wo ganz Frankfurt war. Heute fand nämlich die Kaiserwahl statt, meine Liebe.«

»Das weiß ich«, fauchte Barbara weiter. »Und in welcher Kirche warst du zum Gottesdienst, während ich hier auf dich gewartet habe?«

»Nun, ich hatte noch einiges zu erledigen. Am Sonntag werden wir in die Kirche gehen.«

Jago wollte sich abwenden, doch Barbara knickte auf der

Küchenbank zusammen und brach in Tränen aus, die Hände fest um ihren Milchbecher geklammert.

»Was ist?« Jago setzte sich zu ihr und strich ihr sanft über den Rücken.

Barbara sah nach einer Weile auf. »Was suchst du auf der Welt, das du hier nicht findest?«, fragte sie, und zum ersten Mal sprach Enttäuschung über diese Ehe, über Jago aus ihren Worten.

»Das Leben suche ich. In Verse will ich es packen. Du weißt, dass ich ein Dichter bin, nicht gemacht fürs Geschäft.«

»Suchst du das Leben in deinen Versen, oder findest du es darin?«

Jago zuckte mit den Achseln. »Weder noch, meine Liebe.«

»Was dann?«

»Ich schreibe nur, sonst nichts.«

»Warum schreiben, Jago? Warum liegt dein Glück in den Versen?«

»Weil Ideen und Geist die Welt regieren. Und die Vernunft.«

Barbara seufzte auf. »Ich dachte, die Liebe wäre es.«

Jago machte ein beleidigtes Gesicht. »Jedenfalls ist es nicht das Geld, nicht das Kontor, nicht ein Stammplatz im Haus der Alten Limpurg.«

Dann stand er auf und ließ Barbara mit ihrer langsam erkaltenden Milch allein.

12

Die Kaiserkrönung war bewusst auf den 14. Juli 1792 gelegt worden. Vor genau drei Jahren hatte er in ganz Europa für Aufsehen gesorgt, der Sturm auf die Bastille. Sollte der Funke etwa auch auf andere Länder überspringen, die von Gott gewollte Ordnung durcheinandergebracht werden? Nicht im Heiligen Römischen Reich Deutscher Nation, waren sich seine Fürsten einig. Und schon gar nicht in Frankfurt, der freien Reichsstadt, in der heute der Kaiser gekrönt wurde.

In der Nacht hatte ein heftiges Gewitter die Straßen und Häuser vom Staub befreit. Heute Morgen glänzte das Pflaster, die roten Schindeln der Dächer leuchteten im goldenen Sonnenlicht. Aus allen Häusern, noch aus der letzten Kate, durch alle Straßen und Gassen, von allen Toren zogen die Menschen in ihren besten Kleidern zum Römer.

Schon Stunden vor der eigentlichen Kaiserkrönung, die im Bartholomäusdom stattfand, wimmelte der Römerplatz von Menschen. Da standen Handwerker neben Wäscherinnen, Gesellen neben ihren Meistern, Mägde neben Nonnen, Krämerinnen hatten sich neben Geldwechsler gestellt.

Die feinen Leute aber hatten sich vorab schon in den Häusern rund um den Römer Plätze an den Fenstern gemietet, um auch ja nichts von den Feierlichkeiten zu versäumen. Theda bezog mit ihrer Familie ein großes Fenster im Hause der Alten Limpurg. Friederike wirkte blass, doch auch ihre Augen glänzten. »Ich möchte so gern die sächsischen Gesandten sehen«, verkündete sie.

»Warum ausgerechnet die Sachsen? Man sagt von ihnen, sie wären laut und plump«, erkundigte sich Barbara.

»Ach was! Neidisches Geschwätz, nichts weiter. Unser Goethe hat in Leipzig studiert. Und hat er nicht über die Stadt gesagt ›Leipzig ist ein Kleinparis und bildet seine Leute‹?«

»Goethe. Naja. Wenn der's nicht weiß, wer sonst!« Barbaras Stimme klang verächtlich.

Herzgütl und Hedi, die in der zweiten Reihe standen und Henkelkörbe mit kaltem Braten und Wein in ihrer Obhut hatten, mischten sich ein. »Ich denk-che«, sprach Herzgütl, »du solltest nicht auf alle Dichter eine Wut haben.«

Hedi setzte nach. »Goethe, der ist hier fast ein Gott. Kind, mach dich nicht unglücklich.«

Barbara aber warf den Kopf in den Nacken und versicherte lautstark: »Mit den Dichtern habe ich es nicht. Ich kann keinen Nutzen in ihrem Tun finden. Und was ist ein Dichter für ein Mann, der sich nicht um Weib und Wohl seines Hauses kümmert.«

Jago wand sich, als er das hörte. Er machte Anstalten, sich zu verdrücken, doch Theda hielt ihn fest. »Solange wir hier in der Öffentlichkeit stehen, bleibst du da. Hast du mich verstanden?«

Also nickte er und zog sich ebenfalls in die zweite Reihe zurück.

Von draußen gaben die Leute weiter, was ihnen von den anderen, die näher an der Brücke standen, zugerufen wurde. »Jetzt hat der Kaiser den Stadtschlüssel erhalten. Noch vor dem Tor. Noch auf der Brücke.«

Ein Brausen näherte sich, wie von Hunderten, Tausenden aufgeregter Bienen. Schon warfen die ersten Handwerker ihre Mützen in die Luft und riefen *»Vivat!«*. Langsam näherte sich die Spitze des Zuges durch das Gedränge. Den Anfang machte der Stallmeister zu Frankfurt auf einem edlen Ross, das eine Wappendecke trug. Der weiße Adler auf dem roten Grund wirkte dabei sehr majestätisch. So erklärte zumindest die Hedi der Herzgütl die Angelegenheit und führte sich dabei auf, als wäre sie selbst ein unverzichtbarer Bestandteil der Kaiserkrönung.

Worauf die Herzgütl versetzte: »Ihr seid arg stolz auf euren Souverän, odrrrr? Aber wir in der Schwiz haben dergleichen viel mehr als ihr.« Da verstummte Hedi. Lieber drängte sie sich dichter ans Fenster und erklärte Friederike, die sehr gut selbst schauen konnte, was vor ihren Augen geschah: »Sieh, Kind, jetzt kommen die Offiziere der Stadt und unsere Pauker und Trompeter. Und dahinter, das sind die Gesandten des Rates. Würde dein Herr Vater noch leben, er wäre gewiss unter ihnen. Und dahinter, das ist das Gefolge des Reichserbmarschalls.«

Und so ging es weiter, bis endlich nach den weltlichen Kurfürsten der Erzbischof von Mainz fürstlichen Einzug hielt. Zuerst kamen zehn kaiserliche Läufer, gefolgt von vier Dutzend Lakaien und einem Dutzend Heiducken. Dann erschien der zweithöchste Mann des Staats höchstselbst. Er fuhr in einem prächtigen Staatswagen vor. Allerhand Malerei, Schnitzwerk und Vergoldung rings um die Karosse blendeten die Zuschauer. Bevor endlich der Magistrat der Stadt mit fünfzehn zweispännigen Kutschen den Zug beschloss, bestaunte das Volk den neuen Kaiser, Erzherzog Franz Joseph Karl von Habsburg-Lothringen und Toskana, der König von Ungarn und Böhmen, Herrscher der österreichischen Erblande. Doch schon bald war aller Glanz, alle Fürstenpracht im Bartholomäusdom verschwunden. Zwar wusste Hedi das Weitere auch nur aus Erzählungen, das hinderte sie aber nicht daran, der Herzgütl haarklein zu berichten, was sich nun hinter dem mächtigen Kirchenportal zutrug. »Jetzt bringt man die Reichsinsignien in den Dom. Sonst werden sie in Nürnberg und Aachen aufbewahrt, aber heute werden sie ja gebraucht. Die Reichsinsignien, also, das heißt natürlich Zepter und Reichsapfel. Die Krone muss für jeden neuen Kaiser extra angefertigt werden. Auch die wird nun zum Dom gebracht. Die Herren Reichserbtürhüter nehmen sie in Empfang und legen sie auf den Altar. Dann folgt der Reichsschwur, in dem der neue Kaiser verspricht, seine Pflichten gewissenhaft zu erfüllen. Na, und dann geht es weiter. Nach der Krönung werden noch einige zu Rittern geschlagen, beispielsweise die Gesandten aus Aachen und Nürnberg, die die Reichskleinodien hergebracht haben.«

Herzgütl machte große Augen. »Das dauert aber gewiss lang, odrrrrr?«, fragte sie, und Hedi nickte.

»Oh ja, das wird dauern, meine Liebe. Stundenlang. Seht Ihr den Brunnen da drüben? Nachher, wenn sich der Kaiser auf dem Balkon zeigt, wird aus dem Brunnen roter und weißer Wein fließen. Und der Berg von Hafersäcken, der gehört zur Krönung wie die Bretterküche dahinter. Seht Ihr den prächtigen Ochsen, wie er über dem Feuer schmort? Das erste Stück gebührt dem Kaiser, der Rest wird ans Volk verteilt. Aber, wie schon gesagt, das kann noch Stunden dauern. Wie gut, dass wir die Tafel für unsere Herrschaft schon vorbereitet haben.«

Die beiden Frauen wandten sich um. Theda und der Rest der Familie hatten sich bereits zu Tisch begeben. Nun wurde zur Feier des Tages die beste Flasche Wein geöffnet, und man stieß auf den Kaiser an.

Die Sonne war schon über ihren Zenit geschritten, als sich der Kaiser samt Gefolge endlich vom Dom zum Römer begab, angetan mit seinem Hausornat von roter Seide, reich bestickt mit Perlen und Edelsteinen. Er trug die Krone auf dem Kopf und in den Händen Reichsapfel und Zepter. Als ein Vivatgeschrei aus Hunderten von Kehlen anbrach, eilten die Geisenheimer zum Fenster, um die Hoheit auf dem Römerbalkon zu bestaunen.

Am Fuße der Römertreppe schwang sich jetzt der Erbmarschall auf sein edles Ross. In der Hand ein silbernes Gefäß, ritt er zum Haferhaufen, füllte das Gefäß und brachte es dem Kaiser dar.

»Das ist«, erklärte die Hedi der Herzgütl, »dass niemand hungern soll im ganzen Reich.«

Nun schwang sich der Erbkämmerer in den Sattel, ritt mit einer Silberkanne zum Brunnen, öffnete die Fässer, und schon floss der Wein in Strömen. Der Kämmerer füllte die Kanne und überbrachte sie dem neuen Herrscher.

»Das ist«, sagte die Hedi zu Herzgütl, »dass niemand dürsten muss im Reich.«

Als Drittes preschte der Erbtruchsess los, um ein Stück von dem gebratenen Ochsen zu holen.

Doch als die Reihe an den Erbschenken kam, gab es kein Halten mehr in der Masse. Sobald der Schenk nach dem Beutel neben seinem Sattel griff, wogte die Masse wie im Sturm hin und her. Hunderte Hände wurden in die Luft geworfen, Kappen vom Kopf gerissen und umgedreht. Schon griff der Mann in den Beutel und ließ gleich darauf einen klingenden Regen an Gold- und Silbermünzen auf die Menschen niederprasseln. Ein Geschiebe begann, wie es die Herzgütl wohl noch nie gesehen hatte. Sie wippte mit beiden Füßen und sah sehnsüchtig nach der Tür.

»Na, wäret Ihr jetzt lieber dort unten beim Volk?«, wollte die Hedi wissen.

»Scho«, antwortete die Herzgütl. »Einen Goldduk-chaten könnt ich auch brauchen, odrrr?«

Die Geisenheimer sahen noch eine Weile dem Treiben zu, dann verabschiedete sich als Erster Jago, der von dringenden Geschäften sprach. Ihm folgte Stefan, der seine Aufgaben für das Gymnasium als Grund vorschob, und zum Schluss folgten Barbara, Friederike und Theda mit den Dienstboten.

Zu Hause warf Theda die Dormeuse auf den Tisch ihres Salons, fuhr sich durch das kurze, graue Haar, schlüpfte aus den Schuhen und ließ sich seufzend auf eine Ottomane sinken. »Was für ein Glück, dass dieser Jahrmarkt nun ein Ende hat.« Barbara nickte, setzte sich in einen Sessel und fächelte sich mit ihrem Fächer Kühlung zu.

»Auch ich bin froh, endlich wieder zum Alltag zurückzukehren«, sagte sie. »Wie man hört, ziehen die Franzosen noch immer gegen Mainz.«

Theda richtete sich auf. »Das habe ich auch gehört, doch was hat das mit unserem Alltag zu tun?«

Barbara schürzte die Lippen. »Ich habe mit Kalis verabredet, dass wir uns vorsichtshalber auf eine Belagerung einrichten.«

Theda nickte und betrachtete ihre Schwiegertochter wieder über die Maßen prüfend, dann fragte sie: »Wo ist Jago?«

Barbara zuckte mit den Achseln. »Im Kaffeehaus, denke ich. Er sagte, er wolle sich dort mit einem Verleger treffen. Mercurius, das war wohl der Name. Der plane nämlich, Jagos Verse zu drucken und als Büchlein in Umlauf zu bringen.«

»Was?« Theda stand senkrecht. »Er will ein Buch machen aus seinen gereimten Windhosen?«

Barbara kicherte, doch Theda rief sie auf der Stelle zur Ordnung. »Weißt du nicht, was das bedeutet?«

Barbara schüttelte den Kopf.

»Zum Narren macht er sich. Das wäre mir im Grunde gleichgültig, aber er macht auch uns damit zu Narren. Stell dir vor, hier wird ein Kunde vorstellig, vielleicht ein Händler aus dem Sächsischen oder ein Bankier, der weiß, welch grauseligen Verse Jago sich zusammenreimt. Grinsen werden sie, jawohl. Uns scheinheilig fragen, was denn die Kunst macht, und sich vor Lachen nicht zu halten wissen. Am Ende zitieren sie noch die Narrheiten, die Jago so aus der Feder fließen. Nein, das muss verhindert werden. Unbedingt. Und du, Barbara, wirst mir dabei helfen.«

Barbara zog die Füße neben sich. »Aber *chère Maman*,

habt Ihr schon einmal daran gedacht, dass Jago vielleicht wirklich ein Dichter sein könnte?« – »Was meinst du damit?« Theda zog die Augenbrauen zusammen.

»Ich meine damit, dass er vielleicht doch eine Gabe dafür hat. So wie Goethe auch und all die anderen.«

»Und wo soll er die herhaben, *ma chère?*«

Barbara zuckte mit den Achseln. »Ich weiß es nicht. Womöglich gibt es in Eurer Familie jemanden, der sich im Dichten ausgezeichnet hat.«

»Unfug!« Thedas Gesicht war so verschlossen wie die Banktüren nach Feierabend. »Niemand von uns hat sich jemals mit so unnützen Dingen befasst. Die Geisenheimer nicht und die von Eisenbergs schon gar nicht. Er kann es also von niemandem haben.«

»Hmm«, machte Barbara. »Goethes Vater war ebenfalls kein Dichter. Seine Großmutter, heißt es, hatte sogar eine Schankwirtschaft. Der andere, der von der Textorschen Seite war ja bekanntermaßen Schultheiß. Also hatte auch Goethe keine Vorbilder, und ein Dichter ist er doch geworden.«

Theda schüttelte energisch den Kopf. »Jago ist kein Dichter. Ich weiß das. Schließlich bin ich seine Mutter. Er ist ein Traumtänzer, im schlimmsten Falle sogar ein Faulpelz oder Snob, der sich vor ehrlicher Arbeit scheut, ein Flaneur meinetwegen, aber ein Dichter? Nein, ein Dichter ist er nicht.«

Sie sprach die Worte so bestimmt aus, dass Barbara nur noch nicken konnte. »Gut, wie Ihr meint. Mir ist es gleichgültig. Mag er schreiben, bis die Feder glüht. Ich für meinen Teil habe Beschäftigung genug.«

* * *

So wie der Sommer langsam verblich, verblich auch die Frische in Friederikes Gesicht. Blass strich sie umher, mit schweren Schritten und leeren Augen.

Barbara konnte es nicht länger mit ansehen: »Friederike, Kind, was ist nur mit dir? Bist du wirklich nicht schwanger?«

»Lass mich«, erwiderte Friederike. »Ich weiß nicht, was und wie ich bin, und ich will es auch gar nicht wissen.« Ihre Augen füllten sich mit Tränen.

»Er hat dir lange nicht geschrieben, nicht wahr? Dein Christian in Leipzig.«

Da brach Friederike in Schluchzen aus, riss sich los und lief davon.

Barbara sah ihr nach, seufzte, dann begab sie sich zu Theda in den Salon. »Ich vermute, die Kleine bekommt ein Kind«, sagte sie und machte sich darauf gefasst, Theda in Bestürzung zu sehen. Die aber blieb ganz ruhig, legte das Buch zur Seite und erwiderte: »Ich weiß. Oder zumindest habe ich es seit Wochen schon geahnt.«

»Und, Maman, was wollt Ihr tun? Habt Ihr schon mit ihr gesprochen?«

Theda schüttelte den Kopf. »Sie hat sich in Verlegenheit gebracht, und es ist an ihr, sich mir zu offenbaren. Geholfen werden kann nur dem, der darum bittet.«

»Wie ich Euch kenne, habt Ihr schon an Fritzis Zukunft gedacht, nicht wahr?«

»Natürlich. Sobald etwas zu sehen ist, und das wird wohl schon sehr bald sein, muss Friederike Frankfurt verlassen. Zu einer Engelmacherin kommt sie mir nicht. Sie ist zu zart im Gemüt, sie würde womöglich noch daran zerbrechen. Außerdem sind viele der Engelmacherinnen ausgemachte Pfuscherinnen. Sie wird also gehen und irgendwo das Kind zur Welt bringen. Danach müssen wir Pflegeeltern suchen. Dem Kind soll es an nichts mangeln, doch die Zukunft meiner Tochter lasse ich mir durch eine unüberlegte Jugendsünde nicht kaputt machen. Ich habe noch einiges mit ihr vor.«

»Und wohin gedenkt Ihr sie zu schicken?«

Theda hob den Kopf und sah zur Tür. Dann sprach sie lauter als zuvor. »Ich werde Friederike zu Tante Luzie nach Bingen schicken. Dort wird sie bleiben, bis das Kind zur Welt gebracht ist. Den Leuten sagen wir, sie gehe nach Bingen, um ihre Tante zu pflegen.«

»Maman, meint Ihr wirklich, dass Luzie gut für Friederike ist?« Barbara wollte ihren Ohren nicht trauen.

»Es geht doch nicht darum, wer oder was gut für das Kind ist. Daran hätte sie früher denken sollen. Jetzt geht es nur noch darum, Schande von unserem Haus abzuhalten. Jago sorgt zur Genüge dafür, dass die Leute reden. Friederikes Ruf aber wird nicht beschmutzt.«

Damit stand Theda auf und ging zum Fenster. Für Barbara ein Zeichen, den Salon zu verlassen.

Sie begab sich ins Musikzimmer, wie immer, wenn sie nachdenklich war. Dort holte sie das Hackbrett hervor und begann mit den Ruten auf die Saiten zu schlagen. Kaum waren die ersten Töne erklungen, erschien auch Herzgütl. Sie nahm sich ihr eigenes Hackbrett, und die beiden Frauen spielten Appenzeller Lieder, bis die Dämmerung kam.

* * *

Friederike war bis ins Mark erschrocken. Sie wissen alles, dachte sie. Alles wissen sie, nur nicht, dass Christian mich verraten hat. Er schreibt nicht mehr. Woher soll ich die Kraft nehmen, das Kind zu bekommen, wenn er nicht mehr da ist? Und wie kann ich das Kind weggeben? Nein, das bringe ich nicht übers Herz. Es gehört Christian und mir. Und zu Tante Luzie soll ich? Allein bei dem Gedanken an die Tante liefen Friederike kalte Schauer über den Rücken. Schon ihre Mutter hatte zeitlebens wenig Verständnis für Friederike gehabt, aber von Tante Luzie erwartete sie nichts außer Vorwürfen und Vorhaltungen.

Aber warum schreibt Christian mir nicht mehr? Hat er mich vergessen? Über den vielen Studien einfach vergessen? Friederike grübelte. Ach, ich weiß, dass er sich freuen würde über das Kind. Unser Kind. Vielleicht nicht sofort, vielleicht nicht von ganzem Herzen. Schließlich ist es üblich, erst zu heiraten und dann Kinder zu bekommen. Und womöglich hat sein Vater andere Pläne mit ihm. Aber immerhin bin ich doch eine gute Partie. Es ist nicht ungewöhnlich, dass Mädchen in meinem Alter vor den Altar treten. Und Christian ist immerhin schon neunzehn Jahre alt.

Ich muss zu ihm, dachte Friederike. Ich muss ihm sagen, dass ich ihn liebe. Und dass wir ein Kind erwarten. Zu Christian muss ich, keinen Tag länger kann ich damit warten.

Hastig begann sie, einige Sachen zusammenzupacken. Dabei liefen ihr Tränen über das Gesicht, und sie fühlte sich so einsam wie noch nie in ihrem jungen Leben.

* * *

Unterdessen beaufsichtigte Theda die Verladearbeiten auf dem Hof. Die Messe war gerade zu Ende gegangen, und Barbara, Kalis und sie hatten beschlossen, der Leipziger Handelskolonne drei Wagen mit Spezereien mitzugeben, die ein dortiger Kaufmann bestellt hatte.

Die Auflader brachten Sack um Sack und verstauten die wertvolle Ware vorsichtig auf den Wagen. Ein Schreiber stand neben der Lagerhalle, wog jedes Teil nach und notierte die Ergebnisse im Kontorbuch. Als Theda sicher war, dass alles ordnungsgemäß vonstatten ging, betrat sie das Kontor.

»Kalis, wer ist unser zuverlässigster Handelsdiener?«, fragte sie.

Der Prokurist überlegte nicht lange. »Der Ronald. Er ist zwar noch jung, aber er ist sehr zuverlässig und denkt mit. Wofür braucht Ihr ihn?«

Theda verzog den Mund. »Ich möchte, dass er die Waren nach Leipzig begleitet.«

Kalis zog die Augenbrauen hoch. »Aber das haben wir noch nie gemacht. Unsere Wagen sind Bestandteil der großen Handelskolonne. Sie wird von Berittenen bewacht. Einen zusätzlichen Schutz brauchen wir nicht.«

»Dieses Mal doch«, bestimmte Theda. »Schickt ihn zu mir, ich muss mit ihm sprechen.«

Kalis schüttelte den Kopf, aber dann holte er den Jungen. Theda trat mit ihm auf den Hof hinaus und sprach auf ihn ein. Kalis spitzte die Ohren, doch so sehr er sich auch anstrengte, es gelang ihm nicht, etwas zu erlauschen.

Endlich begab sich Theda wieder an ihren Schreibtisch. Sie seufzte tief und machte sich dann daran, brieflich die Zukunft ihrer Tochter wieder auf die rechte Bahn zu bringen.

»Du hast versprochen, mir eine Kette zu bringen.«

Erato zog einen Schmollmund.

»Ich bin noch nicht dazu gekommen, mein Lieb. Die Messe, du weißt, ich bin ein Kaufmann.«

»Ein Dichter bist du.«

»Gut, aber zur Messe eben auch Kaufmann.«

»Und wann bekomme ich endlich die Kette?«

»Es dauert nicht mehr lange, meine Erato. Sobald ich wieder Zeit habe.«

Das Mädchen sprang von seinem Schoß. »Nein!«, sagte sie wütend. »Nicht irgendwann, nicht wenn du irgendwann wieder Zeit findest. *Jetzt* will ich die Kette. Du bist sie mir schuldig.«

Jago verzog das Gesicht. »Schuldig? Wieso?«

»Weil du mich nicht geheiratet hast, deshalb.«

Eratos Stimme war immer lauter geworden. Die ersten Gäste des Kaffeehauses wandten sich bereits um. Jetzt betrat auch noch der Verleger Mercurius die Gaststube.

»Still, Erato. Ich bitte dich. Gleich morgen werde ich für dich nach einer Kette schauen, aber nun halt den Mund.«

Das Mädchen beugte sich über ihn und flüsterte ihm ins Ohr: »Gut, bis morgen. Wenn nicht, erfahren alle hier, was du mir versprochen hast und wem deine Verse gelten.«

Jago erschrak. Er sah Erato bestürzt an, doch ihre Augen waren unergründlich wie der Schlamm im Main.

Mittlerweile war der Verleger an Jagos Tisch getreten. »Ihr gestattet?«

Jago sprang eifrig auf, half dem Älteren aus dem Mantel, rückte ihm den Stuhl zurecht.

Sie sprachen über dies und das und die neueste Ausgabe des literarischen Merkur. Auch ein Streit an der Jenaer Universität zu Kants Schriften und am Rande auch über Goethe, der gemeinsam mit dem Weimarer Herzog bei Valmy stehen sollte, wurde erörtert. Schließlich lächelte Mercurius und lehnte sich zurück.

»Und, Verehrtester, wie steht es mit Euren Versen?«, wollte er wissen.

Jago aber hörte ihn nicht. Er sah zu Erato, die lachend an einem anderen Tisch stand, den Kopf nach hinten geworfen. Er sah, wie sie einem jungen Kaufmann, der gutes Geld und einen schlechten Ruf hatte, durch das Haar strich. Eifersucht flammte durch seinen Leib, durch seinen Kopf.

»Geisenheimer?«

Wie von fern hörte er Mercurius' Stimme, halb übertönt vom Knistern seines inneren Feuers.

»Geisenheimer?«

»Ja. Entschuldigt, ich war gerade in Gedanken.«

»Wie ist es nun mit Euren Versen? Habt Ihr sie fertig?«

»Noch nicht ganz, aber bald. Sehr bald. Ich brauche noch das eine oder andere Gedicht, um die Sache abzurunden, versteht Ihr?«

»Ehrlich gesagt, nein, Geisenheimer. Ihr habt mich gebeten, bekniet geradezu, Eure Verse zu drucken. Ihr wisst, dass ich nicht begeistert war. Gedichte in Zeiten des Krieges! So etwas verkauft sich nicht. Aber gut, ich wollte Euch eine Chance geben. Nun lasst Ihr mich hängen, vertröstet mich ein ums andere Mal.«

Jago griff über den Kaffeehaustisch, umklammerte Mercurius' Handgelenk. »Noch zwei oder drei Verse, mehr nicht. In einer Woche habt Ihr sie auf dem Tisch. Ich verspreche es Euch.«

Mercurius stand auf, klemmte sich den Hut unter den Arm. »Ich verlasse mich auf Euer Wort, mein Lieber. Eine Woche, keinen Tag länger. Lasst den Pegasus fliegen, rate ich Euch.«

Jago schluckte und nickte. Ratlos sah er zu, wie der Verleger mit geradem Rücken und steifen Schritten das Kaffeehaus verließ. Dann irrten seine Blicke weiter durch den Raum. Aber Jago fand seine Erato nicht, hörte nur ihr Lachen und stellte fest, dass der Kaufmann nicht mehr an seinem Platz saß. Da stand er auf und ging, die Kette zu besorgen.

»Wenn ich dich doch nur verstehen würde, Theda. Wenn du mir doch nur erklären könntest, wie du fühlst.«

Eckehard von Hohenstein hatte den Kaffee auf seinem Belvederchen, einem kleinen Dachgarten, servieren lassen.

Theda zog die feinen Seidenhandschuhe aus. Finger für Finger. Dann reckte sie das Gesicht in die Sonne, schloss die Augen. »Müssen wir darüber reden, Eckehard?«

Der Mann seufzte. »Nein, natürlich nicht, meine Liebe. Verzeih, ich wollte dich nicht in Verlegenheit bringen. Aber es ist einfach so, dass ich dich gern verstehen würde.« Er machte eine Pause, ließ seinen Blick über das Belvederchen schweifen, fragte dann: »War er ein guter Liebhaber?«

»Bitte?« Theda fuhr hoch, kniff leicht die Augen zusammen. »Wovon sprichst du?«

»Von Theodor, deinem Mann. War er dir ein guter Liebhaber?«

Theda schluckte. »Eckehard, bitte. Ich denke nicht, dass ich das mit dir besprechen möchte.«

»Antworte mir!« Das war ein Befehl, keine Bitte mehr.

Theda räusperte sich, senkte den Blick in ihren Schoß, zupfte an den Handschuhen herum. »Nun, wir haben immerhin drei Kinder.« Theda sah hoch, begegnete Eckehards Blick, der auf etwas zu warten schien.

»Nein, er war kein guter Liebhaber. Oder vielleicht doch. Vielleicht bin ich ja die, die zur Liebe nicht taugt.«

»Hat es dir nie Spaß gemacht mit ihm?«

Theda schüttelte den Kopf und ließ ihn sinken.

Obwohl sie Eckehards Gesicht nicht sah, brannte sein Blick auf ihrer Haut. Jetzt nahm er ihre Hand.

»Es gibt keine Frau, die für die Liebe nicht gemacht ist. Und eine Frau wie du schon gar nicht. Theodor, er war mein Freund. Und ich hatte ihn herzlich gern. Gut, über seine Qualitäten als Liebhaber weiß ich nichts, aber ich kannte ihn. Ist es möglich, dass er dich nicht berührt hat, nicht dein Herz, nicht deine Seele? Hat er dir jemals gesagt, wie schön du bist?«

»Hör auf, Eckehard, rede nicht so mit mir. Ich … ich mag das nicht«, erwiderte Theda, doch ihre Stimme klang, als käme sie aus tiefsten Wassern.

Eckehard stand auf, trat zu ihr, nahm ihr Gesicht in seine beiden Hände, streichelte ihre Haut mit seinen Blicken und legte seine Lippen federleicht auf ihren Mund.

* * *

Friederike war gottfroh, dass ihre Mutter nicht zu Hause war. Hedi zu täuschen gelang ihr immer leicht. Ihre Mutter war da anders. Die sieht einfach alles, dachte Friederike. Ich muss fertig sein, bevor sie zurückkommt. Eilig lief sie zwischen Truhe, Schrank und Kommode hin und her. Weg, ich muss weg. So schnell es geht. Maman will mich zu Tante Luzifer geben, ich habe es doch genau gehört, sie hat es Barbara erzählt. Aber da will ich nicht hin. Da gehöre ich nicht hin. Ich gehöre zu Christian. Nach Leipzig muss ich. So schnell es geht.

Friederike nahm einen pelzgefütterten Umhang aus der Truhe. Sie lächelte. Was hatte Christian noch zu ihr gesagt, als sie bei einem ihrer Spaziergänge im Winter diesen Mantel getragen hatte? »Liebste«, hatte er gesagt, »du bist wie ein kleines Tier. So weich und so schmiegsam wie ein kostbarer Pelzbesatz.«

Ach, Christian! Friederike seufzte, ließ sich auf dem Bett nieder und schloss für einen Augenblick die Augen. Christian. Sie sah sich in einer winzigen Studentenkammer sitzen, auf dem Schreibtisch ein einziges Öllicht nur. Neben ihr stand eine Wiege, darin schlief ruhig das Kind. Und Christian kam herein, das Haar voll Wind, den Kopf voll Wissen. Sie würden arm sein, bitterarm, aber glücklich. Friederike stand auf, packte den Umhang zurück in die Truhe. Was brauche ich Pelz, dachte sie, wenn ich doch die Liebe zum Wärmen habe!

Sie nahm einen großen Tuchsack, den sie aus dem Vorratslager entwendet hatte, und stopfte wahllos ein paar Kleider hinein. Dann band sie den Sack zu und setzte sich auf das Bett. Zum ersten Mal legte sie sich die Hand auf den Bauch und fühlte nach ihrem Kind. Sie spürte etwas, das an ein sanftes Kribbeln erinnerte. Als ob ein Schmetterling in ihrem Leib die zarten Flügel spreizt. Friederike lachte auf, dann lauschte sie in ihr Inneres, bis die Dämmerung das Licht verschluckt hatte.

»Erato, du musst dich mit mir treffen.«

Jago hielt eine silberne Kette mit einem Kreuz vor sie hin, doch Erato stieß seine Hand fort.

»Gold«, sagte sie. »Du hattest mir eine goldene Kette versprochen. Mit einem Stein, einem Rubin. Und was hast du da in der Hand? Ein billiges Stück Silber. Eine Kette, die ein guter Freier seiner Kebse mal eben so an einem Allerweltsfreitag mitbringt.«

»Du wolltest sofort eine Kette, meine Erato. Aber eine, die so ist, wie du sie haben willst, die muss erst angefertigt werden. Von einem Goldschmied. Das dauert nun einmal. Nimm diese, bis die andere fertig ist.«

»Nein!« Erato stemmte die Fäuste in die Hüften und stampfte mit dem Fuß auf. »Ich habe lange genug gewartet. Du hast mich hingehalten. Bring mir die goldene Kette, dann sehen wir weiter. Bis dahin kenne ich dich nicht.«

»Das kannst du nicht tun, Erato. Ich brauche dich, um meine Gedichte zu schreiben. Du bist meine Muse. Ich liebe dich.«

»Ich liebe dich auch, Jago. Trotzdem muss ich sehen, wo ich bleibe. Letztendlich ist alles, was wir tun, Geschäft. Auch die Liebe. Bring die Kette, und alles wird gut.«

Sie warf mit einer raschen Kopfbewegung ihr Haar nach hinten, dann wandte sie sich ab und eilte davon.

Theda stand am Fenster und sah auf den Hof hinab. Der Mond war nichts als eine schmale Sichel und geizte mit seinem Licht.

Wie Burgmauern wirkten die Wagen, die am nächsten Morgen nach Leipzig gehen sollten. Der Handelsdiener, den Theda ausgesucht hatte, lag bereits schlafend auf einem Kutschbock, eine leichte Decke über sich gebreitet.

Eben zog eine ausgefranste Wolke am Mond vorüber. Es wurde noch dunkler, doch Theda erkannte die schmale Gestalt, die über den Hof schlich, einen schweren Sack über der Schulter.

Theda hatte dem Handelsdiener Roland aufgetragen, die Plane des ersten Wagens ein wenig offen zu lassen. Auch hatte sie dafür gesorgt, dass Decken im Inneren zu finden waren. Decken und ein Kissen. Der Handelsdiener hatte Proviant für zwei bekommen. Als Theda sah, wie die schmale Gestalt den ersten Wagen erklomm, den Sack hinaufzog und die Plane hinter sich herunterzog, lächelte sie erleichtert.

In der Stille klang das Klopfen an ihrer Kammertür überlaut. Theda zuckte zusammen. Nur schwer konnte sie sich vom Fenster lösen, gebot aber dann doch Einlass.

Barbara kam herein. Sie trug das Haar offen über dem weißen Nachtgewand. Ihre Augen waren leicht geschwollen, die Nase gerötet, die Lippen zerbissen.

»Was ist, Kind?«, fragte Theda, setzte sich in einen winzigen Sessel mit goldenen Füßen und bot ihrer Schwiegertochter Platz an.

Barbara schnäuzte sich. »Es kann so nicht weitergehen«, klagte sie. »Jago beträgt sich, als wäre er überhaupt nicht verheiratet. Er steht am Morgen auf, geht sogleich ins Kaffeehaus oder trifft sich anderswo mit Gleichgesinnten. An den Wochenenden unternimmt er Ausflüge nach der Gerbermühle, als gäbe es mich nicht. Es ist nicht nur so, dass er das Kontor meidet wie der Teufel das Weihwasser, er meidet auch die gemeinsame Schlafkammer. Sein Arbeitszimmer aber ist für mich verschlossen. Ich würde die Musen vertreiben, hat er mir neulich vorgeworfen. Was bin ich für Euch, Maman? Doch nur ein besserer Schreiberling, dem Ihr Lohn zahlt, der dafür aber auch Tag und Nacht zur Verfügung steht. Das kann ich nicht länger erdulden. Ich habe geheiratet, um eine gute Ehefrau zu sein in meinem Stand und kein schlecht bezahlter Schreiber. Das, was ich hier tue, würde meiner armen Mutter das Haar ergrauen lassen, wüsste sie es. Und mein Vater erst!«

»Pscht, pscht, nicht alles auf einmal, meine Liebe.« Theda legte beschwichtigend eine Hand auf den Arm ihrer Schwiegertochter. Da brach Barbara in Tränen aus. Sie schluchzte wie ein Kind, und Theda erkannte, dass Barbara sich um alle Hoffnungen, Sehnsüchte und Träume betrogen fühlte.

»Es ist Jago, der dich zum Weinen bringt, nicht wahr?«, fragte sie behutsam. »Er ist nicht so, wie ein Ehemann sein sollte, oder? Und er denkt nicht daran, dich zu schwängern?«

Barbara nickte. »Und als ob das nicht schon schlimm genug wäre, befürchte ich zudem, dass er eine Geliebte hat.«

Theda lehnte sich zurück. »Das muss nichts Schlechtes sein, mein Kind. Du solltest, falls es stimmt, was du sagst, in der Geliebten nicht die Konkurrentin sehen, sondern eher eine Freundin, die dir viele Dinge abnimmt.«

»Aber er nennt sie seine Muse!«

Theda zuckte mit den Schultern. »Und das stört dich? Möchtest du dir wirklich jeden Tag seine Verse anhören müssen? Möchtest du ihn dafür bewundern müssen und ihm versichern, Goethe hätte es nicht besser gekonnt? Oh, ich stelle mir das todlangweilig vor. Immer im Sessel sitzen, sich nicht rühren dürfen während des ganzen Vortrags und dann auch noch Beifall klatschen müssen. Und wozu? Was hättest du davon? Ein neues Kleid vielleicht? Einen neuen Hut oder wenigstens ein Stück Schokolade? Nein, mein Kind, nichts von alledem. Du würdest deine Zeit vertrödeln, dich langweilen bis zum Überdruss. Da lob dir doch die Geliebte. Sie nimmt dir all das ab. Und dafür nennt er sie seine Muse. Ich könnte mir bei Gott Besseres vorstellen.«

Um Barbaras Mund spielte ein leichtes Lächeln. »Ihr habt recht, *chère Maman*. Wie recht Ihr doch habt! Auch ich kann gut ohne Jagos Reimereien leben. Aber dass ich nicht die wichtigste Frau in seinem Leben bin, ja, dass ich für ihn als Frau gar nicht existiere, das kann ich nicht länger erdulden.«

Theda betrachtete ihre Schwiegertochter aus zusammengekniffenen Augen. Dann nickte sie. »Ich weiß, was du meinst, mein Kind. Er hat geheiratet, er hat Pflichten. Ich werde dafür Sorge tragen, dass er sie künftig erfüllt.«

13

Die Sonne brannte vom Himmel, als wolle sie sich bei Mensch und Tier für den verregneten Mai entschuldigen. Die Luft war warm, aber nicht heiß, ein lauer Wind trieb gerade so viel Frische unter die Röcke der Frauen, dass ihnen zum Lachen zumute war.

Hedi, den Henkelkorb über dem Arm, lief neben Theda her und zog ein grimmiges Gesicht.

»Jetzt schau nicht so. Ich weiß, es gefällt dir nicht, dass ich die Trauerkleidung abgelegt habe, bevor das erste Jahr herum ist. Aber das Wetter ist zu schön. Trauer trägt man übrigens im Herzen und nicht auf der Haut.«

»Da habt Ihr recht, Herrin, aber was sollen die Leute denken?«

Theda blieb stehen, zupfte ein wenig an ihrer Dormeuse, unter der ihr sehr heiß war. »Schwitzen die Leute oder schwitze ich?«, fragte sie.

Als Hedi nicht antwortete, erwiderte sie: »Na also.«

Auf dem Markt herrschte das übliche Gedränge. Die beiden Frauen begaben sich zuerst zu den Fleischbänken am Liebfrauenberg. Hedi wollte Rindszunge in Meerrettichsoße kochen, denn im Garten gab es zurzeit sehr viele von den würzigen Knollen.

Während Hedi mit dem Schlachter feilschte, sah sich Theda um. Normalerweise hasste sie es, sich unter die Marktweiber, Krämerinnen und Mägde zu mischen.

Sie war nicht sonderlich dünkelhaft, doch die derbe Sprache des Marktes stieß sie ab. Zudem hatte sie eine sehr empfindliche Nase, die schlechte Gerüche nur allzu gut im Gedächtnis behielt. Also trat sie ein wenig zur Seite und betrachtete den Trubel. Ein kleiner Hund fiel ihr auf. Es war keiner von diesen räudigen Straßenkötern, die sich um tote Ratten oder sonstige Unappetitlichkeiten kümmerten, sondern ein Dackel mit dichtem, roten Fell, das in der Sonne wie Gold glänzte. Das war doch ein Jagdhund, speziell gezüchtet, um Füchsen und Dachsen in deren Bau nachzuhetzen. Wie mochte der nur in die Stadt gekommen sein? Ob sich wohl noch jemand um ihn kümmerte? Das Fell sah jedenfalls danach aus.

Mit einem leisen Lächeln beobachtete sie den Hund, der sich behutsam von hinten den Schlachtabfällen näherte, immer dann, wenn der Mann hinter der Fleischbank gerade mit einer Kundin sprach. Dann stahl das Tier, was es packen konnte, verschlang es in ungezügelter Gier und begab sich erneut zu den Abfällen. Doch dann wandte sich der Schlachter um, sah das Tier und drohte mit dem Knüppel. Mit einem waidwunden Blick sah der Hund ihn an. Seufzend ließ der Schlachter den Knüppel sinken und reichte dem Dackel stattdessen einen Wurstzipfel. Theda brach in Gelächter aus. Der Hund wandte sich zu ihr um, kam mit vorsichtigen Schritten heran, dann setzte er sich neben sie, als würde er dorthin gehören und nirgendwo sonst.

»Wo ist denn der Jäger, dem du dienst? Na?«, fragte Theda, bückte sich und strich dem Tier über den Kopf.

Der Hund jaulte ein wenig, sah sie ebenso erbarmungswürdig an wie den Schlachter und ließ sich weiter streicheln.

»Was habt Ihr denn da, Herrin?«, fragte Hedi, wies auf den Dackel, der es sich nunmehr zwischen Thedas Füßen bequem gemacht hatte.

»Einen Hund, Hedi. Und einen eigensinnigen dazu. Einer, der weiß, was er will. Schau nur, wie schön er ist.«

Hedi brummte unwillig. »Einen Köter im Haus, das können wir gar nicht gebrauchen. Hunde machen Dreck, sie stinken und klauen alles, was nicht niet- und nagelfest ist.«

Theda nickte. »Stimmt. Und sicher gehört er sowieso zu jemandem hier irgendwo auf dem Markt.« Sie stieg über den Dackel und ging mit Hedi davon. Noch keine zehn Schritte weit waren sie gekommen, da lief der Dackel bereits wieder neben Theda, als täte er das schon seit Jahren.

»Hedi, ich glaube, an den Köter wirst du dich gewöhnen müssen. Er hat sich wohl in den Kopf gesetzt, mit uns zu kommen.«

»Seit wann sucht sich der Hund das Herrchen aus?«

Theda lachte. »Ich glaube, das ist es, was mir an ihm besonders gefällt.« Sie bückte sich erneut, streichelte das Tier, das seinen Kopf gegen ihre Hand presste, während Hedi ihm die Hinterpfoten hob und nach seinem Geschlecht schaute. »Wenigstens ist es ein Dackelmädchen«, schnaubte sie, schon halb versöhnt, »die stinken wenigstens nicht ganz so sehr.«

»Ja? Dann werde ich sie Tilly nennen«, sagte Theda und lächelte.

»Warum wollt Ihr Euch als Hauslehrer verdingen?« Frau von Bösdorff sah Stefan gerade in die Augen. »Ihr seid noch sehr jung, kommt aus einem der besten Häuser Frankfurts. Es scheint nicht, als hättet Ihr es nötig.«

Stefan saß der Frau, die nur wenige Jahre älter als er, aber schon zweifache Mutter war, gegenüber. »Nun, Ihr wisst, dass mein Vater vor einem dreiviertel Jahr verstarb. Meine Mutter möchte nicht, dass ich auf die Universität nach Jena oder gar nach Mainz gehe. Hier in Frankfurt soll ich bleiben und mein Auskommen suchen. Mich aber zieht es fort, mein Wissensdurst ist in Frankfurt nicht zu stillen. Dafür das Geld.«

Frau von Bösdorff nickte, während Stefan den Blick senkte. Er hasste Lügen, fühlte sich durch sie beschmutzt. Es gab Menschen, das wusste er wohl, denen machte das Lügen Vergnügen. Ihm aber nicht. Er wollte ehrlich sein. Rein wollte er sein. Rein und tugendhaft wie die Jungfrau Maria. Alles, was man reinen Herzens tat, musste gelingen. Daran glaubte er fest. Und deshalb wog diese Lüge umso schwerer, denn er brauchte das Geld für die Revolution. Jeder der Jakobiner hatte schon etwas beigesteuert. Nur er nicht. Seinen Bruder konnte er nicht um ein Darlehen angehen, seine Mutter schon gar nicht. Also musste er sich eine Arbeit suchen.

»Ich gehe davon aus, dass Ihr jeden Nachmittag drei Stunden hier im Hause seid, um die Kinder zu unterrichten, nicht wahr?«

»Ganz wie Ihr wünscht, Madame. Ich spreche natürlich Französisch, beherrsche auch das Lateinische und das Italienische. Meine Mathematikkenntnisse sind sehr gut, Ihr könnt dies alles meinen Zeugnissen entnehmen.«

Stefan reichte Frau von Bösdorff eine Mappe.

»Nein, danke, ich kenne Eure Familie, das reicht. Meine Kinder sind noch klein, gerade fünf und sieben Jahre alt. Sie sollen ein wenig das Rechnen lernen, ein bisschen Schreiben und Lesen. Vor allem aber kommt es mir darauf an, dass sie die rechte Gesinnung haben. Versteht Ihr, was ich meine?«

»Nicht ganz, gnädige Frau.«

»Nun, ich möchte, dass meine Kinder stolz sind auf das, was ihr Vater und ihre Vorväter geschaffen haben. Sie sollen sich ihres Standes und ihres Besitzes nicht schämen müssen. Mit Anstand und Würde sollen sie den Menschen begegnen und auf Hochmut verzichten. Versteht Ihr nun?«

»Mir scheint, Madame, Ihr seid keine Freundin der Revolution?«

»Oh nein, das bin ich nicht. Da habt Ihr ganz recht! Nicht einmal mein Parfum lasse ich noch aus Paris kommen. Mir widerstrebt diese Gleichmacherei, die dort gewollt wird. Es hat so etwas … etwas Alttestamentarisches, findet Ihr nicht?«

Stefan schüttelte den Kopf. »Was meint Ihr damit?«

»Nun, dieser Tanz ums Goldene Kalb am Fuße des Berges Sinai. Das meine ich. Der Tanz, während die Gebote schon in Stein gemeißelt waren.«

»Ah, ich weiß, was Ihr meint, Madame. Ihr denkt, dass schon die Bibel sagt, ein jeder gehört an seinen von Gott bestimmten Platz. Und mit dem Tanz ums Goldene Kalb meint Ihr wohl die Armen, die ihren Anteil am Reichtum der Reichen fordern, nicht wahr?«

Frau von Bösdorff lächelte. Durch die Vorhänge, die den Salon verdunkelten, stahl sich ein Sonnenstrahl und legte sich ihr aufs Haar.

Stefan erstarrte. Wie gebannt sah er auf den Heiligenschein über dem zarten Antlitz der Frau, sah ihre Lippen wie mit Goldpuder überstäubt, den leisen Glanz ihrer Haut. Er musste schlucken, so überirdisch schön schien sie ihm. Fast hatte er Furcht, sie mit seinem Blick zum Verlöschen zu bringen. Oder würde sie sich vor seinen Augen in einen Engel verwandeln, den er nicht halten konnte? Er wagte kaum zu atmen.

»Geisenheimer? Geht es Euch gut?«

Wie von fern hörte er ihre Stimme. Er räusperte sich. »Ja, gewiss, ein kleiner Augenblick des Unwohlseins. Schon vorüber.«

Sie legte den Kopf leicht schräg und lächelte. Dabei glitt ihre Zungenspitze wie unabsichtlich über ihre Lippen, verstärkte deren Glanz.

»Ich wünsche, Hofmeister, dass Ihr heute zum Nachtessen bleibt, um Eure Zöglinge kennenzulernen.«

Jetzt spitzte sie ihr Mündchen, lachte wie ein Mädchen, zog ihn an der Hand nach oben.

»Habt Ihr den Gong nicht gehört? Das Essen steht bereit.«

Stefan folgte ihr gehorsam wie ein Kind, betrat das Esszimmer und beugte sich unter den Blicken.

Ein dicker Mann saß bereits am Tisch und hob den massigen Kopf, der auf einem Stiernacken saß. Er schnalzte mit den dicken, nassen Lippen, die Stefan an fette Ringelwürmer erinnerten. »Der neue Hofmeister. Willkommen in meinem Hause. Am besten setzt Ihr Euch gleich zu Euren Zöglingen. Doch vorher« – er wandte sich an die Kinder – »sagt dem Hofmeister Guten Tag.«

Die Kinder, ein Mädchen von fünf Jahren und ein Bub von sieben, erhoben sich und traten zu ihm. *»Bonjour, Monsieur«,* flüsterte die Kleine und knickste.

»Bonjour, Monsieur«, sprach der Kleine und verbeugte sich.

Stefan wusste nicht, wie lange es noch dauerte, was gesprochen wurde, was geschah, bis er sich endlich dem Herrn von Bösdorff gegenüberfand. Er sah, wie dessen dicke Finger nach den glasierten Möhrchen fassten, wie diese zwischen den nassen Lippen verschwanden.

Und daneben sie, deren Finger spinnwebenzart nach dem Besteck griffen, es zierlich zum Munde führten, so als würde sie die Speisen küssen, bevor sie sie aß.

Später ging Stefan in die *Eiserne Hand.* Beinahe jeden Abend war er jetzt dort, denn die Ereignisse überstürzten sich.

»Von hier und heute geht eine neue Epoche der Weltgeschichte aus, und ihr könnt sagen, ihr seid dabei gewesen.« Diese Worte hatte Goethe gesprochen, berichtete einer, der in Valmy gewesen war.

Der Dichter war als Begleiter des Herzogs von Weimar gleich zu Beginn des Koalitionskrieges in die Schlacht gezogen. Am Abend des 20. September 1792 ging die Kanonade von Valmy zu Ende, und Goethe ergötzte die gelehrte Welt mit diesem Satz.

Die Männer in der *Eisernen Hand* spürten den Hauch der neuen Epoche auf eine andere Art als der Dichterfürst. Die gegen Frankreich verbündeten Truppen hatten den Rückzug antreten müssen. Die Franzosen hatten Speyer und Worms erobert und befanden sich nun auf dem Weg nach Mainz.

»Brüder«, rief Georg aus, sprang auf einen Stuhl und schwang seine Jakobinermütze. »Brüder, bald ist es so weit. Wenn sie Mainz genommen haben, werden die Franzosen nach Frankfurt kommen. Dann werden auch wir hier endlich eine Revolution nach dem Vorbild der *commune insurrectionelle* haben.«

Jubel erschall, jemand stimmte die Marseillaise an. Georg aber bat um Ruhe.

»Brüder, wir dürfen uns nicht zu früh freuen. Die Revolution hat viele Gegner. Wir Frankfurter Jakobiner müssen gut vorbereitet sein. Es gibt noch viel zu tun, bis die Franzosen endlich kommen.«

Der Jubel verstummte. Dafür wurden an den Tischen Gespräche laut.

»Was hast du vor?«, fragte Stefan.

»Noch nichts Konkretes, aber es steht fest, dass einiges getan werden muss«, erwiderte Georg vage.

Sein Freund, der Zimmermann, stützte beide Ellbogen auf den Tisch und beugte sich zu Stefan. »Hast du deine Revolutionsgulden inzwischen in die Kasse gebracht?«

Stefan schüttelte den Kopf. »Nein, ich habe erst heute eine Stelle als Hofmeister angetreten. Zum Ende des Monats werde ich mein Salär bekommen und es sogleich einzahlen.«

Der Zimmermann schnaubte verächtlich, warf einige Kreuzer auf den Tisch und rief nach dem Schankmädchen. »Bring uns Wein, eine ganze Kanne voll. Und dazu Wasser. Wir haben hier ein Kind am Tisch, das noch nicht einmal über ein paar Kreuzer verfügt und daher Wasser trinken muss, während wir Wein haben.«

»Lass das!«, sagte Georg scharf. »Er kann nichts dafür, dass er kein Geld hat. Er kann uns auf andere Weise bei den Vorbereitungen dienlich sein.«

»Pah! Das will ich sehen. Meinst du vielleicht die paar Brote und Würste zu Silvester? Das war doch nicht einmal ein Tropfen auf den heißen Stein.«

»Halt die Klappe.« Georg hatte die Fäuste auf dem Tisch geballt. »Es gibt weiß Gott Wichtigeres als deine Zanksucht.«

Der Zimmermann maulte noch ein wenig, dann nahm er seinen Krug, stand auf und setzte sich zwei Tische weiter.

»Was für Vorbereitungen meinst du?«, fragte Stefan, als Georg sich wieder beruhigt hatte.

Der sah ihn mit zusammengekniffenen Augen an, dann fragte er: »Kennst du den Ratsherrn, der für die Stadtwache zuständig ist?«

»Du meinst den Ratsherrn Hans Heynold?«

»Ja. Kennst du ihn?«

»Oh ja, er ist mein Oheim.«

»Wie steht er zu den Franzosen?«

Stefan lachte. »Er hasst sie.«

»Kann man ihn überreden, die Tore offen zu lassen für die Franzosen?«

Stefan zog die Augenbrauen hoch. »Natürlich nicht. Warum sollte er auch? Die Franzosen werden von verschiedenen Seiten kommen. Sie werden nicht darauf warten, dass man ihnen Einlass gebietet, sie werden sich Einlass zu verschaffen wissen. Dann werden sie dem Rat ihre Forderungen übergeben. Kann der Rat sie erfüllen, so ist es möglich, dass die Bürger ungeschoren bleiben. Bleiben die Forderungen nach Lebensmitteln, Holz, Wein, Geld und was weiß ich noch unerfüllt, so wird es Plünderungen geben.«

Georg zog die Nase hoch. »Woher soll ausgerechnet ein junger Bursche wie du so etwas wissen?«

Stefan hob die Schultern. »Ihr denkt, die Bürger und Patrizier sind zu blöd, zu merken, was im Land vor sich geht? Da täuscht ihr euch sehr. Sie haben überall ihre Niederlassungen und erfahren sofort, was im Land und bei den Nachbarn vor sich geht. Die Kaufleute haben längst Vorbereitungen für eine Belagerung getroffen. Dumm wären sie, täten sie es nicht. Und die Armen, die können froh sein, dass die Kaufleute vordenken, sonst hätten sie in ein paar Wochen nichts mehr zu fressen.«

Stefan stieß die Luft aus und sah zu Georg. Dessen Kinn war hart und kantig geworden, seine Kiefer mahlten.

Bin ich zu weit gegangen?, fragte sich Stefan bang, doch schon wandte sich Georg ihm wieder zu.

»Was schlägst du vor, das wir tun sollen?«

Es war das erste Mal, dass der Ältere den Jüngeren um Rat bat, und fast fühlte sich Stefan geschmeichelt.

»Es kommt darauf an, was wir eigentlich wollen.«

»Liegt das nicht klar auf der Hand? Freiheit, Gleichheit und Brüderlichkeit.«

»Das sind nur Worte. Was wollt ihr tun, um diesen Worten Bedeutung zu geben? Wie willst du Freiheit und Gleichheit und Brüderlichkeit herstellen?«

Georg schwieg. Der Zimmermann war unterdessen an den Tisch zurückgekehrt. »Ja«, sagte er und kaute auf einem Stück Tabak herum. »Der Kleine hat recht. Wie willst du das eigentlich anstellen?«

»Wie schon? Wie in Paris natürlich. Etienne hat uns gesagt, wie es geht. Etienne wird uns hier helfen. Der Rat wird entmachtet, dafür eine Bürgerversammlung in Amt und Würden gesetzt. Ein neues Stadtoberhaupt wird gewählt aus den Reihen der Bürgerversammlung, und alsbald werden Gesetze erlassen, die uns allen dienen.«

»Meinst du, der Rat lässt sich so einfach abwählen?«, fragte der Zimmermann.

»Natürlich nicht. Wir werden wohl Gewalt anwenden müssen.«

Der Zimmermann nickte. »Das werden wir. Aber ich schlage vor, dass wir die Stadtoberen nicht überraschen. Wir müssen sie schon vorher in Unordnung bringen. Wir müssen ihre Geschlossenheit stören.«

»Und wie willst du das anstellen?«, fragte Georg und nahm sich noch vom Wein.

»Die Pariser haben Fehler gemacht. Gottlob haben sie das, und so müssen wir sie nicht wiederholen. Ich schlage vor, sobald Mainz gefallen ist, den Hauptmann der Stadtwache zu exekutieren.«

»Du willst töten ohne Grund?« Stefan riss die Augen auf.

Der Zimmermann lachte. »Nicht allein. Du wirst mir dabei helfen. Dich kennt er, dir vertraut er. Du wirst ihn zu mir locken.«

Aufgeregt lief Theda in ihrer Schlafkammer hin und her. Seit zwei Tagen war Friederike nun schon von zu Hause fort, aber noch immer war keine Nachricht von dem Handelsdiener eingetroffen. Allmählich begann sie sich zu fragen, ob ihr Plan wirklich so vollkommen gewesen war, wie er den Anschein gehabt hatte. Ich wusste doch, dass sie nach Leipzig zu ihrem Christian wollte. Nichts und niemand hätte sie davon abbringen können. Und ich musste nur dafür sorgen, dass sie sicher hinkommt. Sonst hätte ich doch nie im Leben so getan, als wollte ich meine eigene Tochter zu Tante Luzie schicken, Tante Luzifer, diesem alten Drachen. Ich hatte doch gewusst, dass Friederike gerade den Flur entlangkam, ich kenne doch die Schritte meiner Tochter. Und genau deshalb habe ich es an jenem Tag gesagt, bevor der Transport abging nach Sachsen, damit ihr noch Zeit blieb, ihre Sachen zu packen. Und es hat ja auch geklappt. Die Kleine ist gehörig erschrocken und hat sich noch in derselben Nacht auf den Wagen geschlichen. Habe ich es nicht gesehen, mit eigenen Augen? Der Wagen ist gut durchs Friedberger Tor gekommen und auf der Landstraße verschwunden. Doch seither nichts. Kein Brief, kein Billett, keine Zeile. Nichts.

Theda seufzte schwer. Und mit wem könnte ich darüber sprechen? Hedi weint sich in der Küche die Augen aus vor Kummer, Herzgütl erzählt von verschwundenen Kindern aus ihrer Appenzeller Heimat, Jago ist wie immer in seinen

Reimereien versunken, und Stefan läuft seit Tagen umher wie ein Kranker. Nur Barbara hat einen kühlen Kopf bewahrt. Ohne dass ich sie daran habe hindern können, ist sie durch die ganze Stadt gelaufen und hat in Madame Duponts Institut nachgehorcht. Da wusste niemand, wo Friederike wohl stecken könnte. Und es ahnt auch weiterhin niemand, wie es um sie steht. Das hat sie mir alles berichtet und sich wohl gewundert, wie ruhig ich geblieben bin. Sie hat richtig geweint um ihre Fritzi, und auch, weil sie keine einzige Freundin gefunden hat, der sich meine Tochter anvertraut hatte.

Hätte ich ihr sagen sollen, was ich weiß? Dann wäre sie wohl nicht auch noch zu den Jahrmarktsgauklern hin, die natürlich ebenso wenig wussten. Selbst an der Postkutschenstation am Darmstädter Hof hat sie sich erkundigt, ob man Friederike einen Platz in einer Kutsche nach Leipzig verkauft hatte. Da hat sie es schließlich aufgegeben, nach Fritzi zu suchen.

Es tut mir von Herzen leid, sie so traurig zu sehen. Aber ich kann sie nicht trösten. Ich darf es nicht. Mein Geheimnis um Friederike muss bei mir bleiben. Sie würde es auch kaum verstehen, wie meine Mutterliebe geartet ist. Aber wenn der Handelsdiener nicht bald schreibt, dann weine ich mit ihr.

Einen Tag später war es endlich so weit. Rolands Brief traf ein. Hastig öffnete Theda das Siegel. Der junge Angestellte schrieb, sie hätten nunmehr den Fuß der Wartburg erreicht, die Straßen seien gut befahrbar, nur zwischen Wächtershausen und Fulda habe sie ein Achsbruch aufgehalten. Friederike, schrieb er, wäre gut um sich zu haben, jedoch wohl in bedrückter Stimmung und von einer gewissen Ängstlichkeit.

»Ihr habt gewusst, dass sie auf dem Weg nach Leipzig ist, nicht wahr, Maman?«, fragte Barbara empört.

Theda nickte. »Ja, meine Liebe, ich habe sogar mehr oder weniger dafür gesorgt, dass sie nach Leipzig geht und dass ihre Reise so bequem wie nur möglich ist. Brigitte, meine Leipziger Verwandte, du kennst sie von der Hochzeit, wird sie abholen, sobald die Kutsche eingetroffen ist.«

»Sie will zu Christian.«

»Ja, das denke ich auch. Aber Christian kann sie nicht gebrauchen. Er muss seine Studien zu Ende bringen, wenn er eine Familie ernähren will. Friederike wird bei Brigitte bleiben. In ein paar Jahren werden die beiden verheiratet und gut beleumundet hierher zurückkehren.«

»So denkt Ihr Euch das?« Barbara blickte zweifelnd.

»Was spricht dagegen?«

»Die beiden sind jung. Sie können noch gar nicht wissen, was sie wollen. Wäre es nicht besser, man gäbe das Kind in gute Hände und ließe der Natur der Liebe ihren Lauf?«

»Pffft!« Theda lachte auf. Tilly saß neben ihr und bellte. »Keine von uns hat aus Liebe geheiratet. Warum sollten wir bei Friederike auf das Unmögliche hoffen?«

Barbara schüttelte den Kopf. Sie hatte die Unterlippe zwischen ihre Zähne gezogen und kaute darauf herum. »Weil es möglich ist, *chère Maman*. Wir leben in einer anderen Zeit. Liebe ist möglich. Ja, Liebe ist beinahe schon eine Pflicht. Zumindest aber ein Geschenk Gottes, das niemand verschwenden darf.« Noch während sie sprach, traten Tränen in ihre Augen. Sie wandte sich um und stürzte zur Tür hinaus.

»Kind!«, rief Theda ihr hinterher. »Kind, so warte doch!« Aber Barbara war schon im Haus verschwunden. Theda nahm den Dackel auf den Arm, küsste ihn auf die zarte Stelle über dem Auge, fuhr mit den Lippen über seinen Kopf und flüsterte: »Alle reden plötzlich von der Liebe, mein kleines Hundeherz. Und ich weiß noch immer nicht, was das eigentlich ist. Warum nur?«

Wenig später machte sich Theda auf, angetan mit einem neuen Kleid, welches nur noch Reste von Schwarz zeigte. Tilly sprang auf ihren kurzen Beinen neben ihr her.

Bei Altvaters musste sie ein wenig länger warten, als ihr schicklich erschien.

Als der Handelsherr endlich erschien, vermisste Theda ein einladendes Lächeln. Stattdessen bat er sie in sein Arbeitszimmer und nicht in den offiziellen Salon. Hier bot er ihr einen Platz an. Eine kleine Weile hantierte er noch mit Papieren, holte eine Lade hervor, bevor er sich endlich seinem Gast zuwandte. »Frau Nachbarin, wie kann ich Euch helfen?«

Theda streckte die Hand aus, sodass sie das Hündchen neben sich berühren konnte. »Wie kommt Ihr darauf, dass ich Hilfe brauche?«, fragte sie.

Altvater lehnte sich zurück, stieß ein kurzes Lachen aus, das wie ein Bellen klang und seine feisten Wangen wabbeln ließ. »Ach, kommt, Frau Rätin, wir kennen uns lange genug. Die ganze Stadt spricht über den Niedergang Eures Hauses. Also, wie viel wollt Ihr leihen?«

Theda setzte sich sehr aufrecht hin. »Ich weiß nichts vom Niedergang meines Hauses. Ihr müsst mich verwechseln.«

»Habt Ihr nicht einen Sohn Jago, der sich den ganzen Tag im Kaffeehaus aufhält, anstatt sich ums Geschäft zu kümmern?«

Theda warf den Kopf nach hinten. »Was wisst Ihr schon! Um mein Geschäft sorgt Euch nicht, es läuft besser denn je. Und um Euern Patensohn Jago braucht Ihr Euch nicht zu bekümmern, es geht ihm ausgezeichnet.«

Altvater lachte jetzt so laut, dass der ganze Schreibtisch erzitterte. »Ihr seid so naiv wie ein Säugling, liebe Rätin. Die Alten Limpurg erwägen bereits, Euch die Mitgliedschaft zu entziehen.«

Jetzt reichte es Theda. »Woher wisst Ihr, wie es um mein Unternehmen steht?«

»Von den anderen Kaufleuten. Woher sonst? Es heißt nicht nur, dass Ihr einen Kaufmann aus Genua, der Euch die teuersten Spezereien anbot, erst gestern wieder weggeschickt habt, nein, das habe ich mit eigenen Augen angesehen.«

Theda überlegte kurz. Barbara hatte ihr gestern von einem Genueser Kaufmann erzählt, doch im Augenblick konnte sie sich nicht auf ihre Worte besinnen. Außerdem war sie nicht deshalb hier.

»Man hört überdies, Ihr habt gerade genug Geld, um Holz zu kaufen. Holz ist derzeit so billig, dass es unsereinem nachgeschmissen wird. Die letzten beiden Sommer waren trocken, dann der Sturm im Herbst. Holz ist derzeit günstiger zu haben als die Luft zum Atmen. Ist es das, was Ihr Euch gerade noch leisten könnt?«

Wieder brach Altvater in sein bellendes Gelächter aus, doch dann hielt er an sich. »Also, wie viel braucht Ihr? Doch ich sage Euch gleich, ich nehme denselben Zinsfuß wie die Juden im Wollgraben.«

»Ich bin nicht gekommen, um Geld zu leihen. Dies, mein Lieber, werdet Ihr niemals erleben. Ich bin gekommen, weil Euer Sohn meine Tochter geschwängert hat. Wir müssen die Modalitäten der Hochzeit klären.«

»Wie? Was sagt Ihr da?«

»Ihr habt schon recht gehört. Euer Christian hat meine Friederike geschwängert, bevor er nach Leipzig auf die Universität ging. Ich denke, das Kind kommt im Winter. Nun, ich selbst hätte mir wohl einen anderen Schwiegersohn gewünscht, doch wurde mir gesagt, dass wir nunmehr in einem Zeitalter leben, in dem die Liebe mehr gilt als die Geschäfte.«

Der Kaufmann schüttelte den Kopf, hievte sich aus seinem Stuhl und trat zum Fenster.

Derweil kramte Theda in ihrer Tasche. »Hier, dies ist die Aufstellung der Mitgift. Mein Mann hat sie zu seinen Zeiten noch festgelegt. Über die Barschaft wird noch zu reden sein.«

Altvater wandte sich mit Schwung um. »Nein, Rätin. Mein Sohn wird Eure Tochter nicht heiraten.«

»Oh, warum das?«

»Seht, ich habe Euch immer gut leiden können, aber ich bin einer von der alten Sorte. Von der Liebe kann man nicht leben. Seit dem Tode Eures Mannes geht es mit den Geschäften bergab. Es gibt keinen Ansprechpartner im Kontor, Eure Finanzlage ist wenig transparent, bei den wichtigen Zusammenkünften der Kaufmannschaft fehlt Eure Familie. Wir leben in unruhigen Zeiten, da hat niemand etwas zu verschenken.«

»Heißt das, meine Tochter ist Euch für Euren Sohn nicht gut genug?«

»Ich hätte es anders ausgedrückt, aber wenn Ihr so wollt, dann habt Ihr recht.«

»Aber sie bekommt ein Kind von ihm!«

Altvater stützte sich mit beiden Händen auf dem Schreibtisch auf und fragte lauernd: »Woher wisst Ihr das, Geisenheimerin? Habt Ihr die Funzel gehalten?«

Auch Theda erhob sich nun. Langsam tat sie es, mit sparsamen Bewegungen und einer Beherrschung, die sie in langen Jahren einstudiert hatte, bis sie zu ihrer zweiten Natur geworden war. Kopf an Kopf standen sie sich gegenüber, so nahe, dass Theda jede Pore auf den feisten Wangen des Nachbarn erkennen konnte.

»Was wollt Ihr damit sagen?«, fragte sie, und ihre Stimme schnurrte vor Freundlichkeit.

»Nun, Nachbarin, wir wissen, wie die Jugend ist heutzutage. Keine Moral, keine Sitten.«

»Wollt Ihr damit sagen, dass meine Tochter eine Hure ist?« Noch immer klang Thedas Stimme ausgesprochen freundlich, doch der kleine Hund hatte längst den Schwanz zwischen die Beine geklemmt.

»Seien wir ehrlich, Rätin, was wissen wir schon von unseren Kindern? Ihr bringt mich hier in eine Situation, in eine Verpflichtung sozusagen, der ich nicht nachkommen kann. Ihr wisst, wie das Leben so spielt. Ich habe Pläne mit Christian, Pläne, bei denen Eure Familie keine Rolle spielt.

Früher, als der Eure noch gelebt hat, als jede Woche ein Sack voller Gulden bei Euch abgeladen wurde, da war nie von Heirat zwischen unseren Kindern die Rede. Und nun, da es Euch schlecht geht, kommt Ihr zu mir mit einer Verpflichtung, die ich nicht überprüfen kann. Ich bin kein Unmensch. Kommt zu mir, wenn das Kind geboren ist. Ich werde mich nicht knauserig zeigen, schließlich sind wir Nachbarn.«

Theda nickte. Auch dies tat sie ganz langsam. Dann sagte sie leise und noch immer mit dieser katzenhaften Freundlichkeit: »Ich verstehe, was Ihr gesagt habt, Nachbar. Ich habe auch vernommen, dass Ihr nicht für die Taten Eures Sohnes aufkommen wollt. Nun, ich hoffe, Eure Zukunft wird so rosig sein wie Euer Arsch.«

Sie sah, wie er beim letzten Wort zusammenzuckte, nach Luft rang und zu einer Erwiderung ansetzte, doch Theda Geisenheimer, geborene von Eisenberg, war schon zur Tür hinaus.

»Oh, sie ist wunderschön, Jago. Schöner noch, als ich sie mir vorgestellt habe!«

Erato jauchzte und schnappte sich die Kette aus Jagos offenem Handteller mit der Geschwindigkeit einer Elster. Schon lag das Schmuckstück um ihren Hals.

»Kleidet es mich?«

»Ja, du bist wunderschön, und die Kette ist es auch.« Leiser fügte er hinzu: »Nur Gott weiß, wie ich Barbara beibringen werde, dass ihre Kette nun einen anderen Hals ziert.« Von dem wenigen Geld, das er von seiner Mutter bekam, konnte er sich mit Mühe und Not seine Literaturzeitschriften und die täglichen Kaffeehausbesuche leisten. Eine Goldkette war nicht drin, jedenfalls nicht so schnell. Aber Erato drängelte, und er brauchte sie, um die letzten Verse für Mercurius zu schreiben.

Erato schmiegte sich an seine Brust, bedeckte seinen Hals mit Küssen. »Wollen wir in den Weinkeller gehen?«, fragte sie und zog schon an Jagos Hand. »Ich möchte mich bei dir für das Geschenk bedanken. Auf meine Art, mein Lieber«, flüsterte sie, und Jago folgte ihr, als wäre sein Fuß an ihre Ferse genäht.

Als er nach Anbruch der Nacht nach Hause kam, war sein Kopf voller Lyrik. Alles in ihm drängte nach seinem Schreibtisch, nach der Feder, nach dem Papier.

»Die Musen tanzen der Liebe einen Reigen,
die Hymnen ein Orchester aus Harfen und Geigen.
Die Liebste ein Engel im gold'nen Gewand,
und ich, vor Glück, an des Abgrunds Rand.«

Er blieb mitten auf der Treppe stehen, breitete die Arme aus, als wolle er fliegen.

»Du, meine Erato, du Muse der Lust,
was mich erfreut, du hast es gewusst,
mein Kind der Liebe, vor Wonne so blind,
...«

»Ich weiß auch etwas, mein Lieber, aber das hat nicht viel mit Muse zu tun!«

Jago schrak zusammen. Seine Arme fielen herab wie gebrochene Flügel. Starr sah er zu seiner Mutter auf, die oben an der Treppe stand, mit einem zutiefst getroffenen Blick.

»Komm hoch, Jago, ich habe mir dir zu reden. Und damit wir uns gleich richtig verstehen: Wir werden *reden*. In ganzen Sätzen und ohne Reime am Ende.«

Theda schlang ihren Umhang fester um sich, wandte sich ab, und Jago blieb nichts anderes, als ihr zu folgen.

In ihrem Schlafzimmer setzte er sich auf die Bettkante, während Theda vor ihrem Frisiertisch Platz nahm. »Ich mache es kurz, ich bin müde.«

Jago nickte. »Es ist auch schon spät.«

»Ich rede nicht von der Uhrzeit, mein Junge, ich bin deiner müde.«

»Was werft Ihr mir vor, Maman?«

»Oh, alles Mögliche. Zunächst werfe ich dir vor, deine ehelichen Pflichten nicht zu erfüllen.«

»Verzeiht, aber das geht Euch nichts an.«

»Oh, doch, mein Lieber. Deine Frau hat sich bei mir beschwert. Du wirst ab sofort nachts bei ihr liegen. Hast du das verstanden?«

»Nein, das ist unmöglich. Ich komme manchmal spät nach Hause, ich würde sie aufwecken.«

Theda beugte sich nach vorn und entdeckte einen verräterischen Fleck an seinem Hals.

Sie biss sich auf die Unterlippe, dann lenkte sie ein. »In Ordnung, wenn du allzu spät kommst, so schlafe, wo immer du willst. Ich aber verlange, dass du wenigstens drei Mal in der Woche bei ihr liegst. Das bist du ihr schuldig.«

»Und wenn nicht?«

»Dann werde ich sie dazu überreden, die Scheidung zu verlangen. Was das für dich bedeutet, kannst du dir denken.«

»Die Leute werden reden, sie werden glauben, ich hätte lahme Lenden.«

»Genau. Und ein Dichter mit lahmen Lenden ist wie ein Pferd ohne Beine. Also?«

»Ja, Maman. Ich werde tun, was Ihr verlangt.«

»Gut, dann komme ich zum zweiten Teil. Du wirst ab sofort jeden Tag ein paar Stunden im Kontor verbringen. Sagen wir, von zehn Uhr am Vormittag bis zur Mittagsstunde.«

»Warum das? Ich denke, Barbara erfüllt meine Aufgaben.«

»Das tut sie, mein Junge, und zwar besser, als du und ich es je könnten.« Unvermittelt brach Theda in ein kurzes Gelächter aus. »Es ist ihr sogar gelungen, die gesamte Frankfurter Kaufmannschaft an der Nase herumzuführen.«

»Und wozu braucht Ihr mich dann?«

»Es geht um einen Ansprechpartner. Das muss ein Mann sein. Erklären muss ich dir das nicht, das weißt du. Schnitze meinetwegen Verse, während du im Kontor bist, oder mach sonst, was dir beliebt. Ich verlange lediglich, dass du da bist, wenn ein Kunde kommt. Hast du mich verstanden?«

Jago schüttelte den Kopf. »Nein, das habe ich nicht. Ich bin einundzwanzig Jahre alt, Mutter, und kann allein entscheiden.«

»Hmm«, machte Theda, das Gesicht nach wie vor gleichmütig. »Du magst so alt sein, wie du willst, ich aber bin deine Mutter. Und wenn du mir wie früher nahe sein willst, so tust du, was ich dir sage.«

Jetzt brach Jago in Gelächter aus.

»Ja, ich werde tun, was Ihr verlangt. Aber nicht etwa Euretwegen. Ich sehe ein, dass das Geschäft auch mich ernährt und ich deshalb meinen Teil beitragen muss. Zwei Stunden pro Tag, allein an einem Pult, das lässt sich einrichten.«

Er stand auf, sah auf seine Mutter hinunter und sprach: »Erwartet jedoch nicht, Maman, dass ich Euch meine Liebe gebe oder auch nur ein wenig von dem, das Ihr Nähe nennt.«

Plötzlich sah Theda betroffen aus.

»Was hast du gegen mich? Du bist mein Sohn, ich habe dich geboren. Schon in der Heiligen Schrift steht, man solle Vater und Mutter ehren.«

»Ja«, erwiderte Jago. »Habt Ihr Euch jemals gefragt, warum? Ich habe Euch geliebt, als ich ein Kind war, ich liebe Euch, seit ich ein Mann bin. Aber ewig wird diese Liebe nicht mehr dauern. Und wisst Ihr, weshalb?«

»Sag es mir, mein Sohn.«

Plötzlich klang Thedas Stimme klein und blass. Im Licht der Kerzen wirkte sie schmal und zerbrechlich, wie sie in dem großen, breiten Fauteuil saß.

»Ich liebe Euch, weil ich Zeugen für mein Dasein brauche. Wer kann mir von mir berichten aus den ersten Jahren, wenn nicht Ihr? Ich habe keine Erinnerung, bin angewiesen auf die Euren. Ich sehe mich mit Euren Augen. Würde ich mich von Euch wenden, so fehlte mir ein Stück meiner selbst, so fehlten mir die ersten Jahre.«

»Was wirst du machen, wenn nach deinem Vater auch ich einmal sterbe? Dann ist niemand mehr da, der von deiner frühen Kindheit Zeugnis ablegen kann.«

Jago zuckte mit den Achseln.

»Das macht nichts. Bis dahin habe ich Eure Geschichten so in mich aufgenommen, dass ich nicht mehr unterscheiden kann zwischen dem, was Ihr mir berichtet habt, und dem, woran ich mich erinnere. Und vielleicht habe ich an Eurem Sterbetag selbst einen Sohn, für den ich Zeugschaft ablegen muss.«

14

Am 19. Oktober 1792 eroberte die französische Armee unter Custine, dem verdienten General der Revolution, Mainz. In Frankfurt machten Nachrichten die Runde, die tollkühnen Franzosen hätten versucht, die Generäle der preußischen Armee zu entführen. Allerdings wusste niemand zu sagen, ob ihnen dies auch gelungen war.

Eine Menge Leute, unter ihnen der Großteil der Frankfurter Jakobiner, hatte sich unten am Mainufer versammelt, dort, wo normalerweise das Marktschiff von Mainz anlegte. Doch der Frachtkahn blieb aus. Dafür machten Gerüchte die Runde, verbreiteten sich schneller als Nebel in der ganzen Stadt. Die Franzosen, so sagte man, hatten Belagerungsgräben geschaufelt, rings um die ganze Stadt. So mancher Frankfurter sah bei diesen Nachrichten zu den eigenen Schutzwällen, die in den vielen Jahren des Friedens doch ein wenig vernachlässigt worden waren. Die Damen der feinen Gesellschaft pflegten sich dort zu ergehen, begleitet von ihren Zofen und Schoßhündchen. Würden die Frankfurter Wälle einer Belagerung widerstehen? Und wie stand es um die Gräben? Von Mainz hörte man, die Franzosen hätten sie so weit verbreitert, dass zwei Kutschen einander begegnen konnten, ohne sich zu berühren. Und von Ferne schon hätten sie ihre Kanonen in Stellung gebracht und alles, was sich bewegte, mit Ricochet-Kugeln beschossen, selbst über den Rhein hinweg. Einige berichteten sogar von einem Heuschiff, das nach trojanischer Art mit verborgenen Kriegern gefüllt war. Zwar wusste im Grunde niemand etwas Genaues, doch die meisten verspürten Angst. Schon eilten die ersten nach Hause, um die Fenster mit Brettern zu schützen und dicke Bohlen vor die Haustür zu nageln. Die Wäsche verschwand von der Bleiche, das Vieh musste im Stall bleiben und kam einstweilen nicht mehr auf die Weiden. Und überall hörte man die sorgenden Fragen: Was soll werden, wenn sie kommen? Werden sie plündern, brandschatzen, vergewaltigen?

Nur die Jakobiner waren frohen Mutes. »Endlich«, flüsterten sie einander zu, wenn sie sich auf den Straßen und Plätzen, in den Gassen oder am Brunnen trafen, »endlich ist es so weit. Endlich kommt die neue Zeit, unsere Zeit.«

Nur Stefan war innerlich wie zerrissen. Einerseits wünschte er die Revolution nicht weniger als seine Freunde herbei. Andererseits konnte er einfach nicht glauben, dass Freiheit, Gleichheit und Brüderlichkeit nur mit Waffengewalt zu erreichen waren. Er hatte Angst. Davor, dass die Franzosen kamen. Und davor, dass sie nicht kamen.

Die meiste Angst aber bereitete ihm der Gedanke, den Oheim an seine Freunde auszuliefern. Seit dem Abend in der *Eisernen Hand* überlegte er, wie er sich dem entziehen konnte, aber ihm fiel nichts ein. Wie sehnte er sich plötzlich nach einem Vater oder wenigstens einem großen Bruder, mit dem er alles besprechen konnte. Doch der Vater war tot und sein Bruder alles andere als brüderlich.

Langsam ging Stefan durch die Straßen und betrachtete die vertraute Umgebung, als sähe er sie zum letzten Mal. Er begriff, dass er nicht länger in dieser Stadt bleiben konnte, wenn er nicht schuld sein wollte am Tod seines Oheims. Er musste weg. Nur so blieb er frei von Verrat jeglicher Art. Aber wo sollte er hin?

Tief in Gedanken versunken erreichte er schließlich das Haus der Bösdorffs. Noch im Vorsaal kam ihm der kleine Arno entgegen. »Sieh, Stefan, was ich von Papa bekommen habe. Sieh nur, sieh.« Er nahm Stefan bei der Hand und zog ihn ins Spielzimmer.

»Schau, Stefan, ist das nicht toll?«

Stefan hockte sich neben den Knaben. »Was ist das?«, fragte er.

»Weißt du das nicht? Es ist eine Guillotine. Mit einer solchen hat man dem König von Frankreich den Garaus gemacht. Schau, so funktioniert sie.«

Das Kind nahm einen Rettich, legte ihn in ein Holzgestell, dann löste es einen Mechanismus, und eine messerscharfe Stahlschneide sauste hinab und zerteilte den Rettich mit einem Schlag.

Stefan starrte auf das gefährliche Spielzeug. Statt des Rettichs schien ihm der Kopf seines Oheims dort zu liegen. Er musste schlucken, Übelkeit stieg in ihm auf, und er wandte sich ab.

»Na, Hauslehrer?« Der Herr von Bösdorff war hinzugetreten, hatte einen dicken Finger an seine feuchte Unterlippe gelegt und betrachtete Stefan prüfend. »Seid Ihr zu feinsinnig für ein solches Spielzeug?«

Stefan zuckte mit den Achseln. »Ich habe nichts übrig

für Gewalt. Nicht einmal gegenüber Rettichen. Das ist alles.«

»Und wenn es gegen das Eure ginge? Gegen Euren Leib, Euer Lieb, Leben oder auch nur um Euren Besitz? Was würdet Ihr dann tun?«

Stefan zuckte mit keiner Wimper. »Ich würde verteidigen, was ich liebe und besitze. Mit dem Degen, mit der Waffe, wenn es sein muss mit bloßen Fäusten.«

»Das rechte Wort für einen Mann, Hofmeister. Die Franzosen rücken näher. Bald schon werden sie vor den Toren Frankfurts stehen, und nur der Herr im Himmel weiß, was dann mit dieser Stadt geschieht.«

Stefan nickte. Ihm war plötzlich unwohl. Schon in wenigen Tagen würde sein Schicksal eine Wendung nehmen. Er würde entweder seinen Oheim verraten oder seine Freunde und Überzeugungen. Er musste schlucken und verspürte wieder die Sehnsucht nach seinem Vater. Zugleich wusste er, dass er so niemals gefühlt hatte, als Theodor Geisenheimer noch lebte.

»Was ist, Hauslehrer? Ihr wirkt auf einmal so bedrückt. Seid Ihr doch einer, der mit dem Franzosenpack gemeinsame Sache macht?«

»Ich habe gerade an meinen Vater denken müssen«, erwiderte Stefan, ohne auf von Bösdorffs Frage einzugehen. »Er ist vor noch nicht einmal einem Jahr verstorben.«

»Hm, gut, tut mir leid für Euch. Dennoch. Ich habe beschlossen, meine Frau und die Kinder aufs Land zu schicken. Und Ihr, Hofmeister, werdet Sie begleiten.«

Stefans Mund verzog sich in die Breite. »Wegfahren? Eure Gattin und die Kinder begleiten? Als Schutz?«

Von Bösdorff nickte. »Was hattet Ihr denn gedacht? Dass ich Euch eine Sommerfrische gönnen will?«

»Zu Diensten, Herr. Sobald Ihr befehlt, werde ich bereit sein.«

»Brigitte, oh, *ma chère tante* Brigitte!« Friederike stürzte aus dem Wagen und ihrer Tante in die Arme.

»Na, endlich, mein kleiner Schatz. Ich erwarte deine Ankunft schon seit Tagen. Doch nun komm, du musst dich ausruhen.«

Brigitte nahm Friederike beim Arm, geleitete sie vom Ladeplatz zu einer Kutsche, gab Anweisungen wegen des Gepäcks und brachte die Schwangere in ihr Haus.

»Hier wirst du bleiben, mein Herz. Hier wirst du das Kind bekommen, hier werden wir sehen, wie es dann weitergeht.« Friederike, der die Strapazen der Reise an den dunklen Augenringen abzulesen waren, ließ sich erschöpft auf das Bett sinken, strich sich eine verklebte Haarsträhne aus der Stirn. »Zu Christian. Ich möchte zu Christian. Wegen ihm bin ich hier. Woher wusstest du überhaupt, dass ich komme?«

Brigitte setzte sich neben sie, tätschelte ihr die Hand. »Christian, mein Herz, hat keine Zeit für dich. Er muss seine Studien zu Ende führen. Wovon soll er sonst eine Familie ernähren?«

Friederike nickte. Sie war so müde, so unglücklich, so erschöpft, dass sie zu allem Ja und Amen gesagt hätte. Sie merkte nicht einmal, dass Brigitte ihr eine Antwort schuldig geblieben war. Sie wollte nur noch schlafen, ausruhen von der Reise und der Angst.

Brigitte legte einen Arm um sie. »Die Köchin macht Wasser heiß. Du kannst gleich ein Bad nehmen. Lass uns derweil darüber reden, wie es gehen soll mit dir und dem Kind.«

»Was meinst du?«, fragte Friederike. Ihr Kopf lehnte an Brigittes Schulter. Sie fühlte sich von mütterlicher Liebe umfangen, vom Wohlgeruch eines teuren Parfüms, von Ruhe und Behaglichkeit.

Brigitte zog sie an sich, gab ihr einen Kuss auf die Stirn, wiegte das Mädchen, als wäre es noch ein Kind.

»Schau«, sagte sie. »Du bist noch so jung. Ein Kind kann dir in jeder Weise schaden. Dein Ruf wird ruiniert sein, bevor du überhaupt einen hast. Es ist nicht einmal sicher, dass Christian dich heiraten wird mit dem Kind. Ehrlich gesagt, ich weiß gar nicht, ob er sich noch in der Stadt aufhält. Viele Studenten sind nach Straßburg oder Basel gezogen, um den Franzosen ein wenig näher zu sein. Und wie gesagt, meine Kleine. Ein Kind, das würde dich ruinieren.«

Friederike, die nichts wünschte, als ewig hier so mit Brigitte zu sitzen, im Warmen, Duftenden, brummte unwillig, sagte aber nichts.

»Ich dagegen«, sprach Brigitte weiter, »bin im richtigen Alter, habe den richtigen Stand, einen langjährigen Ehemann, aber kein Kind, keinen Erben. Weißt du, was mit der Zeitung und der Druckerei werden wird, wenn sich kein Erbe einfindet? Nun, die Kinder meiner Schwägerin, gierige, dumme, kleine Rotznasen, werden erben, was deine Ahnen und ich geschaffen haben. Findest du das gerecht?«

Friederike bewegte den Kopf ein wenig. Sie hätte Brigitte in allem zugestimmt, nur um nicht aufstehen zu müssen.

»Du hast ein Kind zu viel, ich habe eines zu wenig. Deshalb mache ich dir einen Vorschlag. Ich werde ab sofort Röcke anziehen, die meinen Leib betonen, als ob ich guter Hoffnung wäre. Du dagegen siehst zu, dass dein Leib so schlank wirkt, wie es nur geht. Nach der Geburt übergibst du mir dein Kind, welches ich als das meine ausgeben werde. Selbst vor der Kirche. Auf dem Taufschein wird mein Name als Muttername stehen und als Vatername nicht der von Christian, sondern der meines Mannes. Dafür erhältst du deine Unschuld und einen guten Ruf zurück, hast alle Möglichkeiten, dein Leben nach deinen Vorstellungen zu gestalten. Was sagst du dazu?«

Friederike, so geborgen an Brigittes Brust, nickte. Doch plötzlich fuhr sie auf, setzte sich kerzengerade hin und runzelte die Stirn. »Ich kann doch mein Kind nicht hergeben. Nicht das Kind von Christian und von mir. Es ist doch nicht in Sünde entstanden. Es ist eine Frucht der Liebe!«

Brigitte seufzte ein wenig. »Frucht hin, Frucht her. Hast du einmal an das Schicksal deiner Liebesfrucht gedacht? Wie es wohl sein wird für das Kleine, als Bastard aufzuwachsen, wenn Christian dich nicht heiratet? Hast du das bedacht?« Friederike schluckte. Tränen stiegen ihr in die Augen. »Aber …«, stammelte sie, »aber …«

Brigitte legte ihr erneut den Arm um die Schultern und zog sie zu sich heran. »Schlaf dich erst einmal aus. Danach werden wir Erkundigungen über Christian einziehen.«

»Ja«, flüsterte Friederike. »Und wenn ich ihn gefunden habe, werde ich ihn nach seiner Meinung fragen. Wenn er auch findet, dass es besser ist, wenn er will, dass unser Kind deins sein soll, dann soll es so sein.«

15

Der Morgen des 22. Oktober 1792 war ein kühler Tag. Zum ersten Mal nach dem Sommer lag Raureif auf dem Gras und den Gassen. Zum ersten Mal stand der Atem vor den Mündern der Bauern wie kleine weiße Wolken. Der Himmel hing dicht und schwerbäuchig über der Stadt, bereit, beim geringsten Anlass aufzuplatzen und Frankfurt unter einem Sturzbach zu begraben. Über den Main zogen feine Nebelschleier.

Es war noch früh am Tag. Nur wenige Bauern zogen ihre mit Kohl und Äpfeln beladenen Karren durch die Gassen zum Markt. Doch plötzlich begann die Stadt aus dem Schlaf zu schrecken wie aus einem Alb. Berittene stürmten durch die Gassen, an unzählige Türen wurde gehämmert, Männer traten mit wirren Haaren und ungeputzten Stiefeln auf die Gasse, noch mit der Hand nach einer Waffe tastend. Bettler flüchteten in den Schutz von Kirchen und Klöstern, Mütter zerrten ihre weinenden Kinder im Geschwindschritt durch die Gassen. Andere verriegelten Tür und Tor, scheuchten sogar die Hühner nach drinnen. Niemand wusste, was eigentlich los war, bis endlich der Stadtknecht durch die Straßen ritt und Auskunft erteilte. »Die Franzosen stehen vor dem Bockenheimer Tor! Oberst

Houchard begehrt Einlass, und der Rat der Stadt hat ihm diesen gewährt.«

Niemand wusste nun Genaueres, doch jeder hatte Angst, um sich, seine Familie, seinen Besitz, die Stadt. An den Straßenecken versammelten sich die Männer. Handwerker führten Hammer oder Beil mit, die Kaufleute eilten in ihre Kontore, von dort hinunter zum Hafen und wieder zurück. In den Kaffeehäusern drängten sich die Menschen, saßen eng beieinander, doch die meisten schwiegen. Kutschen mit verdunkelten Fenstern rumpelten vorüber. »Da«, sagte einer. »Schon wieder verlässt eine Familie die Stadt.«

»Sie machen es recht«, sagte ein anderer. »Ich würde es ebenso halten, hätte ich eine Familie.«

Theda war mit ihrem Dackel auf dem Weg zum Römer. Sie wusste nicht genau, was sie dort wollte, doch im Kontor hatte sie es genauso wenig ausgehalten wie im Haus. Vielleicht wusste man in der Alten Limpurg, wie es mit der Stadt weiterging. Barbara hatte versprochen, im Kontor zu bleiben. Sie war eine hervorragende Kauffrau. Eine bessere, als sie selbst es je würde sein können. Auch Stefan oder gar Jago würden ihr niemals das Wasser reichen können. Sie konnte frei ihre Entscheidungen treffen, wurde gebraucht, anerkannt und von den Geschäftspartnern hoch geschätzt. Aber das genügte ihr nicht. Theda verstand ihre Schwiegertochter nicht.

Statt zufrieden zu sein, sehnte sich Barbara plötzlich nach dem Leben einer verheirateten Patrizierin. Theda wusste nichts, das noch langweiliger war, aber ihre Schwiegertochter begehrte von Woche zu Woche mehr auf. Sie braucht ein Kind, dachte Theda. War es ein Fehler, Friederikes Flucht nach Leipzig nicht unterbunden zu haben? Doch nun war es zu spät. Wenn sich Jago nicht bald ein wenig am Riemen reißt, werde ich am Ende noch Ordnung schaffen und mich um seine Geliebte kümmern müssen. Denn dass er eine hat, ist so klar wie Kloßbrühe. Barbara hätte längst schwanger sein müssen, dachte Theda. Wenn alles mit rechten Dingen zuginge, würde unser Jago doch kaum aus dem Bett herausfinden, und seine Reimereien hätten längst aufgehört, sich mit irgendwelchen diffusen Sehnsüchten zu befassen. Aber hier gehe ich und mache mir Sorgen um Jagos Verse. Dabei stehen die Franzosen vor Frankfurt. Jetzt gilt es, wach zu sein und aus dieser Lage das Beste zu machen.

So in Gedanken war sie, dass sie gar nicht bemerkte, wie neben ihr eine Kutsche mit verhängten Fenstern hielt.

»Theda«, rief eine Stimme.

Sie blickte auf und blieb stehen. Sofort setzte sich der Dackel zu ihren Füßen.

»Eva. Wo willst du hin?«

Eva von Nösch wirkte blass, unter ihren Augen lagen dunkle Schatten. »Die Franzosen kommen. Ich werde die Stadt verlassen. Nach Norden werde ich fahren, an die See. Das Klima dort taugt sowieso besser für meine Gesundheit. Komm doch mit. Was willst du noch hier? Es wird Krieg geben. Lass uns ein paar schöne Wochen oder länger am Meer verbringen.«

»Danke, Eva. Aber ich kann nicht weg. Das Unternehmen, die Kinder … du weißt ja, dass ich die ganze Verantwortung trage.«

Hinter der Kutsche wurde geflucht. Zwei Bauern mit ihren Karren und ein Weinhändler wollten weiter.

»Überleg es dir, meine Liebe. Du kannst jederzeit nachkommen. Ich würde mich freuen.«

Theda nickte, trat an die Kutsche, strich ihrer Freundin über die Wange. »Erhol dich gut, meine Liebe. Und komm gesund wieder.«

Im Saal der Alten Limpurg, in dem Frauen nur in außergewöhnlichen Situationen erwünscht waren, herrschte helle Aufregung. Zwischen dem Haus und dem Römer eilten Dienstboten hin und her, um die Anwesenden mit den neuesten Nachrichten zu versorgen. »Gibt es Neuigkeiten?«, erkundigte sich Theda bei Eckehard von Hohenstein, der sie am Arm zu einer bequemen Ottomane führte und erst einmal dafür sorgte, dass sie eine Tasse heiße Schokolade und ein paar Stücke Biskuit erhielt. »Oberst Houchard hat von den Deputierten des Frankfurter Rates verlangt, dass man ihm Lebensmittel und vor allem Holz zur Verfügung stelle. Des Weiteren wünsche er freien Durchzug durch die Stadt, um sich mit der von Süden kommenden zweiten Abteilung unter Führung des Maréchal de Camp Victor Neuwinger am Affentor zu vereinigen.«

»Und?«, fragte Theda. »Was sagt der Rat?«

Von Hohenstein seufzte. »Sie berufen sich auf Frankfurts Neutralität und haben die Brücke am Affentor hochgezogen, um Neuwinger daran zu hindern, dem Rat ein Schreiben von Custine, der Mainz genommen hat, zu überreichen.«

Theda nickte und überlegte. »Was, sagtest du, verlangen die Franzosen?« – »Lebensmittel und Holz.«

»Hmm«, erwiderte Theda, lächelte plötzlich und stand auf. »Meinst du, heute wird noch viel geschehen?«

Von Hohenstein schüttelte den Kopf. »Man wird Neuwinger nicht ewig wie einen Bettler vor dem Tor stehen lassen können. Einige Ratsherren werden zu ihm hinaus gesandt. Bald wird es hier wohl zu einem Schauspiel kommen, aber ich versichere dir, meine liebe Theda, dass Frankfurt seine Neutralität um jeden Preis erhalten wird. Es gibt nichts, was wir zu befürchten hätten.«

Die Kutsche raste Marburg entgegen. Stefan starrte durch das Fenster auf die vorüberfliegende Landschaft und fragte sich, was seine Jakobinerbrüder wohl gerade taten. Gestern, als sie Frankfurt verlassen hatten, waren ihnen einige Franzosen entgegengekommen, und Stefan vermutete, dass heute mehrere Abteilungen vor den Toren angekommen waren. Würde Georg wirklich tun, was er vorhatte? Würde er, wenn die Stadtwachen die Tore nicht freiwillig auftaten, sie mit Gewalt dazu zwingen? War sein Oheim in Gefahr? Oh, wie sehr wünschte er, Frankfurt nicht verlassen zu haben! Er hoffte mit ganzem Herzen, sich nicht der Feigheit bezichtigen zu müssen. Aber er wusste, dass er genau das war. Ein Feigling. Geflohen war er, davongemacht hatte er sich, weil er zu feige war, sich zu bekennen. Er wollte die Revolution, aber nicht um jeden Preis, nicht um den Preis des Lebens seines Oheims. Nicht um den Preis von Blut und Schmerzen. Bin ich zu weich?, fragte er sich. Zu feinsinnig? Bin ich ein Schwächling, so wie mein Bruder? Fechten kann ich doch, schon als Kind habe ich es gelernt. Und ich kann mit Pistolen schießen, reiten, ja selbst mit Musketen umgehen.

Ich kann alles, was ein Mann können muss, wenn es gilt.

Auch an Mut fehlt es mir nicht. Und doch habe ich mich davongemacht. Einfach so. Weil ich nicht glauben kann, nein, weil ich nicht glauben will, dass Gewalt irgend etwas ändert.

Neben ihm stritten die Kinder. Arno zog seine Schwester Elisabeth am Zopf. Prompt begann die zu greinen und musste von Annemie, der Kinderfrau, zur Ordnung gerufen werden.

Lisette von Bösdorff lehnte in einer Ecke des Wagens und stöhnte leise vor sich. »Ich habe so schreckliches Kopfweh!«

Sie war sehr bleich, ihre Lippen blutleer, die Augen dunkel umschattet. »Jeder Stein stößt mir bis ins Hirn«, jammerte sie. Annemie reichte ihrer Herrin ein Riechfläschchen, doch schon beim nächsten Schlag klagte die junge Herrin erneut.

Stefan beschloss, in Allendorf, einem winzigen Flecken hinter Marburg, Station zu machen, obwohl es noch mitten am Tage war. Er befahl dem Kutscher, zu halten, und mietete sie alle in einer Herberge ein, in der sie die einzigen Gäste wären.

Während Annemie sich um die Kinder kümmerte, brachte Stefan Lisettes Gepäck in ihr Zimmer.

Dort angekommen, ließ sich die junge Frau auf das Bett fallen und bat um Kühlung für ihre Stirn. Sofort eilte Stefan, das Gewünschte zu beschaffen.

Behutsam legte er Lisette den nassen Lappen auf die Stirn.

»Öffnet mein Mieder ein wenig«, bat die junge Frau.

Stefan schluckte. Seine Kehle wurde plötzlich trocken.

Er wollte ablehnen, wollte nach Annemie rufen, doch die Worte blieben ungesagt auf seiner Zunge kleben. Mit zitternden Fingern zupfte er an dem Mieder herum, wagte kaum zu fühlen, spürte aber doch die zarte Form ihres Busens wie eine Feuerschale unter seiner Hand. Endlich hatte er das Mieder geöffnet, Lisette atmete befreit auf.

»Kann ich Euch noch etwas bringen?«, stammelte Stefan. »Euch etwas tun? Etwas Gutes tun, meine ich?«

Ich muss mich anhören wie ein Idiot, dachte er. Aber was sollte er nur sagen? Was für Worte gibt es angesichts solch rührender Hilflosigkeit und solcher Lippen?

»Wärt Ihr, könnt Ihr …?«

»Ja?« Stefan sprang eilfertig herbei.

»Ach, lasst. Es war nur so ein Einfall. So eine Erinnerung an meine Kindheit.«

»Was immer Euch guttut, lasst es mich wissen.«

»Ach, eine Kinderei. Meine Mutter … früher, wenn ich unter Kopfweh litt … Sie legte mir ihre Hand auf die Stirn, strich darüber, und mir war stets, als striche sie mir die Schmerzen aus der Stirn.«

»Ich … ich soll … Eure Stirn …«

»Nein … nein, lasst nur. Das war nur so ein Einfall …, ach … lasst nur.«

Behutsam setzte sich Stefan auf die Bettkante. Einen Augenblick betrachtete er die weiße, hohe Stirn, unter der er ein paar dünne, blaue Adern pulsieren sah. Diese Stirn, dachte er, sie ist so kindlich, so rein, so zerbrechlich und kostbar. Wie könnte ich wagen, sie mit meinen tapsigen Händen zu berühren? Aber wenn es ihr denn Linderung verschafft? Ganz langsam und so zart er es vermochte, legte er seine Fingerspitzen auf ihre Stirn, strich behutsam hin und her. »Ist das recht so?«, fragte er bang.

»Ja, gut. Ein bisschen kräftiger vielleicht. Der Schmerz ist hartnäckig. Ihr müsst ihn hinausstreichen.«

Und Stefan tat es. Er strich über die Stirn, dann glitten seine Fingerkuppen ganz absichtslos weiter, über die Wangen, fuhren die Umrisse ihrer Lippen nach. Und als Lisette leise forderte: »Küss mich!«, da tat er es, als ob nichts sonst möglich wäre.

Theda hielt es nicht lange daheim. Wie so oft hatte sie Barbara vergebens gefragt, wo Jago steckte. Nun eilten die beiden Frauen wieder zum Römer.

Unterwegs fragte sie ihre Schwiegertochter: »Du hast jede Menge Holz eingekauft, nicht wahr?«

Barbara nickte.

»Nun, die Franzosen fordern von der Stadt Holz.«

»Ich dachte es mir. Es wäre aber besser für uns, noch eine Weile mit den Vorräten hinter dem Berg zu halten. Wir müssen erst warten, bis die Preise steigen, dann können wir mit kleinen Mengen auf den Markt treten.«

»Gut. Sehr gut. Hast du auch Lebensmittel eingekauft?«

»Ich habe sehr viele Fässer mit Sauerkraut, dazu eingesalzenen Fisch und geräucherte Würste. Nur Dinge, die sich lange halten. Nichts für den Augenblick.«

»Also alles Dinge, die durchziehende Truppen gut gebrauchen können?«

»Nein. Das ist nicht für durchziehende Truppen, die nichts zahlen können und sowieso nicht zahlen wollen. Das ist für die Bürger, die ihre Vorräte weggegeben haben und nun merken, dass sie mehr Gulden als Brot im Haus haben.«

Theda hätte gern etwas Anerkennendes zu Barbara gesagt, aber deren Miene zeigte deutlich, dass dies alles nicht das war, was sie sich eigentlich wünschte. So begnügte sich Theda damit, den Dackel auf den Arm zu nehmen. Doch auch der war unzufrieden. Sein wildes Gestrampel sollte wohl anzeigen, dass er kein Säugling war, sondern ein Hund, der sein Frauchen beschützen wollte.

Im Haus zur Alten Limpurg herrschte ähnliches Gedränge wie am Vormittag. Auch dieses Mal entdeckte Theda Eckehard von Hohenstein. »Was hat sich bisher ereignet?«, fragte sie. »Was weiß man Neues von den Franzosen?«

»Die deputierten Ratsherren sind vor dem Tor. Die besten Weine aus dem städtischen Keller haben sie mitgenommen. Jetzt, heißt es, trinken sie mit den französischen Revolutionären auf ›Freiheit und Gleichheit‹.«

Theda lachte. »Und? Wie wird es weitergehen?«

»Oh, es ist schon weitergegangen. Ein paar Handwerker haben versucht, die Tore von innen zu öffnen und so den Franzosen Einlass zu gewähren. Doch ehe diese den Freundschaftsakt bemerkt haben, hat die Wache die Burschen verhaftet und ins Verlies gesperrt. Von dort grölen sie nun ihre Marseillaise aus dem Fenster.«

Kurz dachte Theda an Stefan. Wie froh war sie, dass er weit weg war! Dabei hatte sie noch gewettert, als er ihr von dieser Hofmeisteranstellung erzählte, hatte gedroht und geweint. Und nun bin ich glücklich, dass er weg ist und nicht mit seinen Jakobinerfreunden im Verlies sitzt und Revolutionslieder aus dem Fenster grölt.

Unterdessen waren die Alten Limpurger an die Fenster getreten. Von draußen drang Lärm herein.

»Was ist los?«, fragte Theda. Eckehard von Hohenstein war so hochgewachsen, dass es ihm ein Leichtes war, über die Köpfe der anderen hinweg nach draußen zu sehen. »Neuwinger kommt. Auf einem Schimmel reitet er und schreit alle hundert Schritte *›Vive la liberté‹*. Ein Spielmannszug begleitet ihn.« – »Und die Frankfurter? Was tun sie? Werfen sie mit faulen Eiern oder mit Blumen? Begrüßen sie gar die Revolution? Die Armen, eilen sie den Franzosen entgegen und begrüßen ihre Brüder?«

Von Hohenstein lachte. »Du bist zu romantisch, Theda. Nichts von alledem geschieht. Die Frankfurter stehen am Straßenrand und betrachten den seltsamen Zug. Aber nur die, die gerade nichts anderes zu tun haben. Manche rufen den Franzosen etwas zu, und die Franzosen antworten. Neuwinger und seine Soldaten kommen aus Lothringen und dem Elsass. Sie sprechen Deutsch. Und wenn wir Glück haben, so ist dies wirklich nur ein Durchzug der Truppen.«

Barbara saß stumm in dem Getümmel. Als Theda sie fragte, ob all das sie nicht interessiere, schüttelte sie nur den Kopf. Es stimmte sogar, das Getümmel da draußen interessierte sie nicht im Geringsten. Und die Holzvorräte interessierten sie auch nicht und schon gar nicht die kommenden Geschäfte.

Ihre Gedanken drehten sich um Jago. Jago, der gestern Nacht nach Hause gekommen war und sich, wie seine Mutter es von ihm verlangte, neben sie gelegt hatte.

Und Barbara hatte schlaflos gelegen, hatte darauf gewartet, von ihm berührt zu werden, begehrt, geliebt. Er war ihr so nahe gewesen, dass sie seinen Atem gespürt hatte, die Wärme seiner Haut, den Geruch seines Haares. Und er war so weit weg gewesen von ihr, dass nichts, kein Wort, keine Geste, ihn zu ihr gebracht hätte. Sie war dagelegen, ohne sich zu rühren, starr vor Sehnsucht. Sie hatte gewartet, bis sein Atem gleichmäßig klang, hatte den ihren unterdrückt, ihr Haar zur Seite gelegt, um ihn nicht zu stören mit ihrem Duft, ihrem Atem, ihrem Sein.

Und als er endlich eingeschlafen war, hatte sie leise seinen Namen gerufen. Im Traum, hatte sie geglaubt, wäre er womöglich leichter zu erreichen für sie als im Leben. Im Traum, hatte sie gedacht, waren vielleicht alle Frauen gleich und somit auch sie begehrenswert. Sie hatte ihn gerufen, hatte mit ihren Lippen seinen Atem aufgefangen, doch Jago war nicht erwacht. Einmal hatte sie sogar die Hand erhoben, war mit den Fingerspitzen über seine Wangen geglitten. Dann hatte er geknurrt, hatte nach ihren Fingern geschlagen, als wären es Spinnenbeine, hatte sich weggedreht von ihr. Und sie hatte dagelegen und geweint.

Und auch jetzt war ihr nach Tränen zumute. Was nützt es, dachte sie, eine gescheite Kauffrau zu sein und doch als Weib verschmäht zu werden? Was nützt es, für fleißig und sauber, für klug und tugendsam zu gelten, wenn ich als Weib versage? Für wen soll ich mich denn am Morgen waschen, für wen die Zähne reinigen, das Haar duftig bürsten? Für wen gefällige Kleider tragen und bunte Bänder? Für wen soll ich essen und trinken und für wen in aller Welt soll ich atmen, soll ich leben?

»Kind, was ist mit dir?« Theda hatte sich neben sie gesetzt und ihre Hand auf Barbaras Arm gelegt. »Du siehst schlecht aus. Fühlst du dich nicht gut?«

Barbara schüttelte den Kopf.

»Oh, nun, vielleicht hast du allen Grund zur Freude, gerade weil es dir so übel ergeht?«

»Nein, *chère Maman*. Ich bin nicht schwanger. Und wenn es so weitergeht, werde ich es auch niemals sein.«

»Liegt er nicht bei dir, wie ich es ihm befohlen habe?«

»Doch, das tut er. Er liegt neben mir. Bleibt in seiner Hälfte des Bettes, als wäre die meine verseucht.«

»Kein Kuss, kein gar nichts?« – »Noch weniger als das.«

»Ist … ist die Ehe denn wenigstens vollzogen?« Theda hatte einen Schrecken bekommen bei dem Gedanken.

Barbara nickte. »Ja, vollzogen, das ist sie. Mittlerweile. Rauf und rein und raus und runter.«

Barbaras Augen quollen über vor Tränen.

»Rauf und rein und raus und runter?« Theda seufzte. »So ein Schuft. Ich werde mich darum kümmern, mein Kind.«

Aber Barbara schüttelte den Kopf. »Was wollt Ihr Euch kümmern, Maman? Liebe kann man nicht erzwingen. Jago sieht mich nicht, er nimmt mich nicht wahr. Wahrscheinlich hat er sich noch nicht einmal meinen Namen gemerkt.«

Plötzlich unterbrach ein lauter Ruf das Gespräch der beiden Frauen. Ein Bote war zu den Alten Limpurgern gekommen. »Post aus Mainz«, rief er. »General Custine hat ein Schreiben an den Rat gesandt. Er legt der Stadt eine Strafe von zwei Millionen Gulden auf, weil sie emigrierte französische Edelleute unterstützt hat. Entweder Frankfurt zahlt, oder es fällt in Schutt und Asche!«

16

Friederike fror in ihrem dünnen Umhang. Der Oktoberwind blies durch die Gassen, bog dürre Bäume bis auf den Boden, riss an Blättern, Zweigen und an den Hauben der ehrbaren Frauen. Braunes Laub wirbelte ihr um die Füße, verfing sich im Saum ihres Kleides.

Sie war schon in zwei Bursen gewesen. Dort in den Studentenunterkünften hatte sie nach Christian gefragt. Doch niemand schien etwas von einem Studenten der Rechte zu wissen, der aus Frankfurt stammte. Sie war auch schon an der Universität gewesen, doch als sie all die Studiosi sah, die Professoren in ihren schwarzen Gewändern und mit ihren wichtigen Gesichtern, da hatte sie es nicht gewagt, auch nur einen von ihnen anzusprechen.

Jetzt war sie auf dem Weg zum *Grünen Jäger*. Die Wirtin einer Burse hatte sie auf den Gedanken gebracht. »Nicht hier solltet Ihr suchen, kleines Fräulein. Das schickt sich nicht für Euch und auch nicht für den Herrn Studiosus. Geht zu den Mittagstischen, zum Beispiel in den *Grünen Jäger*. Dort trefft Ihr die Studenten. Womöglich ist sogar der Eure dabei.« Dabei sah sie Friederike derart mitleidig an, dass das Mädchen schamrot wurde.

»Warum rennt Ihr ihm hinterher? Ihr seid hübsch, seid

womöglich reich, wie man an Euren Kleidern sieht. Lasst ihn gehen, Ihr könntet jeden haben.«

Die Worte schnitten Friederike ins Herz. Sie nickte und machte sich auf. Langsam ging sie durch die Fleischergasse, die Hainstraße hinunter in Richtung Brühl, wo der *Grüne Jäger* lag.

Wo war ihr Christian? Warum kannte ihn niemand hier? War er vielleicht nie in Leipzig gewesen? Seine Briefe waren von hier gekommen, hatten das Leipziger Siegel getragen. Aber sie hatte schon lange keinen Brief mehr von ihm bekommen. Wo steckte er nur?

Friederike blieb stehen, griff sich mit einer Hand ans Herz. Man hörte so viel von Händel unter den Studenten, von wilden Fechtduellen um der Ehre willen. Ob Christian tot war? Erschlagen irgendwo oder erschossen, getötet im Duell?

Nein, dachte sie, nein, das kann nicht sein. Nicht mein Christian. Seinem Vater hätten sie doch sicher Nachricht geschickt, wenn es so gewesen wäre. Und dann wäre das Wehklagen seiner Mutter ganz sicher bis ins Nachbarhaus zu hören gewesen.

Nein, er kann nicht tot sein. In Frankfurt hat niemand etwas gewusst. Und hier in Leipzig, spätestens hier hätte ich sicher davon erfahren. Ein Duell auf den Tod, über so etwas spricht man doch. Brigitte hätte mir das bestimmt nicht verschwiegen.

Hastig durchquerte sie die Hainstraße, bog nach rechts in den Brühl ein. Nur noch wenige Schritte, und schon stand sie vor dem *Grünen Jäger*. Von drinnen klang lautes Geschrei, Gelächter, Spottverse. Sollte sie dort hinein? Sich zum Gespött machen? Ja. Ja, dachte sie. Ich muss. Ich muss erfahren, was mit Christian geschehen ist.

Zaghaft öffnete sie die Tür und betrat den lärmenden Raum. Doch sofort verstummte das Geschrei. Friederike fühlte sich von Dutzenden Augenpaaren gemustert. Sie spürte die Blicke über ihr Haar gleiten, ihren Busen, ihren Leib.

Sie schluckte, nahm all ihren Mut zusammen. »Kennt einer der Herren den Christian Altvater aus Frankfurt, Student der Jurisprudenz?«

Niemand antwortete. Die jungen Männer starrten sie an, einige sahen peinlich berührt zur Seite, doch niemand sagte ein Wort.

Friederike trat zum ersten Tisch, berührte einen an der Schulter. »Kennt Ihr ihn? Christian Altvater?«

Der Student schüttelte stumm den Kopf, ohne Friederike anzuschauen. Sie trat zum nächsten. »Und Ihr? Habt Ihr von ihm gehört?«

Auch dieser schüttelte nur stumm den Kopf, sah verlegen zur anderen Seite.

»Weiß denn keiner von Euch etwas über Christian Altvater? Er ist groß und schlank. Er hat ein Muttermal links über der Oberlippe. Anwalt wollte er werden und dann zurückkehren nach Frankfurt.«

Der Wirt trat auf Friederike zu. »Geht nach Hause, Mädchen. Ihr seht doch, hier findet Ihr ihn nicht. Geht nach Hause, schlaft Euch aus und vergesst ihn dann.«

»Aber warum? Wo ist er denn?«

Friederike begann zu weinen. Der Wirt hatte den Arm um ihre Schulter gelegt und schob sie behutsam zur Tür.

»Weint nicht um ihn, er hat es nicht verdient. Kein Mann verdient die Tränen einer Frau.«

Dann schloss er die Tür hinter ihr.

Am 25. Oktober 1792 erließ Custine, General der Republikanischen Armeen, aus seinem Hauptquartier in Mainz einen Aufruf an die »Räte des Volkes« in Frankfurt:

»Nicht das Volk eurer Stadt beleidigte die Nation der Franken durch die Aufnahme unserer Ausgewanderten. Nicht das Volk eurer Stadt entzog der Republik ihre Gelder, um sie in die Kisten der Prinzen zu werfen. Nicht das Volk eurer Stadt brachte von ihnen verfertigte Assignaten in Umlauf, die diese Nationalmünze herabwürdigen … Der Mann, der von seinem Überflusse prasst, wirft die öffentlichen Lasten auf die Armen … Volks-Magistrat! Leiht mir eure Kanonen und euren Kriegsvorrat, damit ich die Mittel zur Verteidigung der höchstwichtigen Eroberung, so die Franken-Republik machte, verstärke … Gebt mir eure vierundzwanzig Pfündner mit ihrem Gerät … unter der Bedingung erlass' ich euch fünfhunderttausend Gulden an eurer Brandschatzung … Ich verlange aber, dass diese Verringerung bloß zugunsten der ärmeren Zünfte gereiche …«

Schon nach wenigen Stunden hatten die Bürger Frankfurts dreihunderttausend Gulden zusammengebracht und sie dem Rat übergeben. Der Rat antwortete im Namen der Frankfurter Bürger in einem gedruckten offenen Brief, dass sie mit ihrer Obrigkeit, die alle Lasten mit ihnen trage, zufrieden seien und ebenso mit den Reichen, die eifrig bemüht wären, das Elend der Armen zu lindern:

»Indem Sie, Herr General, sich als einen Verteidiger der Freiheit, als einen Beschützer der öffentlichen Wohlfahrt darstellen, so würden Sie Ihren eigenen Grundsätzen zuwiderhandeln, wenn Sie uns nicht von aller Contribution abstünden, die wir so wenig als unsere reichen Mitbürger verschuldet haben und welche unsern bis daher glücklichen Staat zugrund richten muss.«

»Was hat das alles zu bedeuten?«, fragte Theda Eckehard von Hohenstein.

»Wenn wir Pech haben«, antwortete der, »kommen enorm hohe Abgaben auf uns zu. Die Franzosen sind schon lange unterwegs. Ihre Männer sind erschöpft. Sie brauchen Nahrung und etwas, das sie ihren Frauen nach Hause schicken können, neue Waffen, neue Wagen, Decken, Medikamente und Verbandszeug.«

»Sieht so ihre Freiheit und Gleichheit und Brüderlichkeit aus, dass sie uns alles nehmen? Dass ich nicht lache! Sind Franzosen freier und gleicher als unsereiner?«

Theda erregte sich so, dass die Tasse mit dem heißen Kaffee in ihrer Hand zitterte. Ein Gefühl von Angst beschlich sie, eine Vorahnung. Als würde das Glück, das sie nie gekannt hatte, sich endgültig von den Geisenheimern abwenden. Jago, dachte sie. Stefan, Friederike. Sie dachte an ihre Kinder, wie man an Tote dachte, und erschrak bis ins Mark, als sie es bemerkte.

»Ich möchte niemals mehr zurück. Niemals.« Lisette schmiegte sich an Stefan, nur kurz, damit Annemie und die anderen Bediensteten nichts bemerkten. Sie waren nach der Nacht in der Herberge auf dem Hofgut eines Geschäftsfreundes des Herrn von Bösdorff angekommen. Hier, eine halbe Stunde hinter Allendorf, konnten sie in Ruhe den Durchzug der Franzosen abwarten. Sie bewohnten ein Gutshaus mit Freitreppe und Möbeln im französischen Stil, die Vorratskammern waren voll von frischem Lammfleisch aus der Gegend, von Gemüsen jeder Art, guter Butter und noch besserem Käse. An das Haus schloss sich ein verwilderter Garten an, durch dessen mit Blumen übersprenkelte Wiesen sich ein Bächlein schlängelte. Weiden beugten sich darüber, und Pappeln wisperten im Wind.

»Es ist so schön hier, schöner als im Paradies.« Lisette lag in Stefans Schoß unter einem Apfelbaum, an dessen Stamm er lehnte. Es war ein ungewöhnlich warmer Oktobertag, über den Wiesen stiegen durchsichtige Nebelschwaden auf, es duftete noch ein wenig nach Sommer. Ein letztes Mal bäumte sich der Lebenswille der Natur auf gegen das Gesetz von Werden und Vergehen.

»Ja, es ist schöner als das Paradies. Du bist schöner als das Paradies, schöner als Eva, verlockender als der Apfel.«

Lisette lachte auf. »Woher willst du das wissen? Kennst du viele Frauen?« Stefan schüttelte ernsthaft den Kopf. »Nein, natürlich nicht. Du bist die Erste, bist die Letzte, die Einzige, die ich liebe.«

»Ach, du mein Zarter, du mein Schöner.« Lisette zog seinen Kopf zu sich herunter, küsste ihn. Stefan fuhr mit der Hand in ihr Mieder, strich über ihre Brüste, riss mit der anderen Hand an ihrem Rock, drängte sich darunter.

»Nicht«, flüsterte Lisette. »Nicht hier draußen, mein Herz. Es könnte uns jemand sehen. Die Kinder, die Dienstboten. Wir müssen aufpassen.«

Sie erhob sich und zog Stefan an der Hand hoch. Wie wilde Kinder rannten sie durch den verwunschenen Garten in das einsame Gutshaus. Sie eilten kichernd und flüsternd die Treppen hinauf, kümmerten sich nicht um knarrende Dielen, gedachten nicht der Einsamkeit anderer Menschen, hatten nur ihr kleines Glück vor Augen, ihre gierige Lust, ihre egoistischen Triebe. Einmal stolperte Lisette, und Stefan wandte sich nach ihr um. Sein Blick fiel dabei auf die Tür zu Annemies Zimmer, und ihm war, als sähe sie ihn durch den Türspalt an. Doch als er zum zweiten Mal hinschaute, war die Tür zu. Nur ganz kurz dachte Stefan an den gestrigen Abend. Er hatte auf dem Bett gelegen und im Scheine einer Öllampe gelesen. Die Schriften von Georg Forster waren es, die ihn gefangen hielten. Plötzlich hatte er ein Geräusch vor seiner Kammer gehört. In der Annahme, Lisette wäre es, war er aufgestanden, hatte die Tür mit Leidenschaft und blanker Brust aufgerissen, das Haar im Nacken zu einem losen, wilden Zopf gebunden, die Augen glühend vor Lust und Liebe. Aber nicht Lisette hatte vor ihm gestanden, sondern Annemie. Die blasse, bleiche Annemie mit den dürren Armen und den Brüsten, die selbst unter Kleid und Mieder wie dünne Tüten wirkten. Tüten aus grauem, schlechten Papier, in das der Krämer die Erbsen füllte. Spitze Tüten, bestimmt zum Gebrauch, nicht zum Genuss.

»Was willst du?«, hatte er sie angefahren und die Enttäuschung nur schlecht verbergen können. »Was willst du hier?«

Und Annemie war zurückgewichen, hatte den Blick gesenkt, den Saum ihres Kleides in der Hand geknüllt und schließlich geraunt: »Ich kann nicht schlafen.«

»Dann gehe hinunter in die Küche und mache dir Milch warm. Heiße Milch mit Honig, das hilft.«

Da sah die Annemie auf. »Ich dachte, du könntest mir vielleicht helfen.«

»Ich? Wieso denn ich?«

Annemie hatte mit den Schultern gezuckt. »Du bist allein, ich bin allein. Wir könnten uns gegenseitig helfen, uns zur Seite stehen.«

Stefan hatte die Stirn in Falten gelegt. »Was soll das heißen?«

»Es ist Krieg. Niemand weiß, ob und wann nicht auch wir zwischen die Fronten geraten. Wir sollten leben, so lange wir es noch können.«

Annemie hatte bei diesen Worten nach ihrem Mieder gegriffen und Stefan in die Augen geblickt. Stefan war zurückgeschreckt vor diesem Blick, der so bedürftig war wie der einer Bettlerin. »Geh!«, hatte er nur gesagt. »Geh weg, Annemie. Geh fort.«

Und sie war gegangen. Doch jetzt, auf der Treppe, spürte er ihren hasserfüllten Blick in seinem Nacken.

»Komm schnell«, flüsterte er Lisette zu, zog sie mit sich die Treppe hinauf, weg von Annemie und ihrer gierigen Bedürftigkeit, die so klebrig und ekelerregend war.

Kaum war die Tür hinter Lisette und Stefan geschlossen, griffen sie nacheinander, zerwühlten sich gegenseitig das Haar, streichelten sich, als könnten sie unter die Haut gelangen, drängten sich gegeneinander, umeinander, gerieten ineinander und schrien ihre Wollust hinaus.

Mit geschlossenen Augen füllte Stefan Lisettes Inneres, mit geschlossenen Augen ließ er sich von ihr das Herz und die Seele füllen. Mit geschlossenen Augen spürte er auf einmal einen fremden Geruch, ein fremdes Sein neben sich. Er öffnete die Lider, starrte direkt in Annemies Gesicht. Verzerrt war es, von Hass und Wut entstellt.

Schnell schloss Stefan die Augen, und als er sie erneut aufschlug, war niemand im Zimmer als Lisette und er.

Friederike eilte nicht mehr durch die Stadt, sie schleppte sich nur noch dahin. Sie hatte überall nach Christian gefragt. In allen Bursen war sie gewesen, hatte unzählige mitleidige Blicke gesammelt. Sie war an den Mittagstischen verlacht und aus den Wohnheimen der Landsmannschaften hinauskomplimentiert worden. Einmal hatte einer ihr hinterhergerufen, dass ihm der, den sie suche, in der Seele leid täte, so sehr würde sie ihn zum Gespött aller machen. »Wenn er dich nicht längst vergessen hat, Dirne, so sollte er es jetzt tun!«, hatte der gekräht. Friederike wusste nicht, was sie mehr kränkte, das Wort Dirne oder die Tatsache, dass jemand wünschte, Christian hätte sie vergessen.

Als sie nach Hause kam, schüttelte Brigitte den Kopf. »Kind, wie siehst du aus! Was sollen die Leute nur denken? Du läufst herum wie eine Bettlerin. Dein Haar ist ganz verfilzt, dein Kleid schmutzig und am Saum zerrissen. Und dein Gesicht erst! Blass und bleich, als zehre eine schlimme Krankheit an dir. Die Augen ohne Glanz, das Haar stumpf, die Lippen grau.«

»Ich finde ihn nicht!«, jammerte Friederike noch, dann brach sie in den Armen ihrer Tante zusammen, weinte sich Herz und Seele aus dem Leib, erbebte vor Kummer, zitterte vor Leid, wurde geschüttelt von Verzweiflung.

Brigitte hielt sie fest, wiegte sie, strich ihr über den Rücken, summte leise Kinderworte. Es dauerte, bis Friederike sich wieder beruhigt hatte. Doch nur die Tränen waren vorübergehend versiegt, ihre Traurigkeit und die Verzweiflung blieben. »Er hat mich vergessen, nicht wahr, du denkst das doch auch? Wo ist er nur, und warum hat er mir nicht geschrieben, wo er hingegangen ist?«

Brigitte antwortete nicht darauf, sondern wiegte sie einfach weiter in ihren Armen, bis Friederike endlich vor Kummer und Erschöpfung eingeschlafen war. Dann bettete sie das Mädchen auf einer Ottomane, schob ihr ein Kissen unter den Kopf und eine Decke über die Beine. Erst als sie sicher war, dass Friederike fest schlief, nahm sie einen Brief vom Kaminsims, brach das Siegel und las. Dann schürte sie die Glut, warf den Brief hinein und verließ den Salon.

Es dauerte eine ganze Stunde, bis Friederike aus ihrem Kummerschlaf erwacht war. Sie fühlte sich weder erfrischt noch gestärkt, sondern schwer und düster. Mühsam rappelte sie sich hoch. Dabei fiel ihr Blick auf den Kamin, in dessen Asche noch einzelne Glutpunkte leuchteten. Friederike stand auf und nahm den Schürhaken. Sie stutzte. Lag dort nicht ein verkohltes Blatt Papier? Müßig angelte sie danach, erstarrte dann. Das war doch Christians Schrift, und da, da stand »Liebe Friederike«!

Seit drei Tagen nun wussten die Frankfurter die Franzosen in ihrer Stadt. Seit drei Tagen rumpelten ununterbrochen Wagen und Fuhrwerke zu deren Hauptquartier im Roten Haus. Gestern war General Custine aus Mainz eingetroffen; und die Ratsherren der Reichsstadt hatten sich beeilt, Silberzeug und die besten Weine herbeizuschaffen. Doch Custine wollte mehr. Er bestand auf den zwei Millionen Gulden Brandschatzung, die er der Stadt auferlegt hatte. Doch bisher war erst knapp eine halbe Million zusammengekommen. Die Ratsherren hatten die Hände erhoben und gebarmt. Sie hatten auf die leeren Schatzkammern verwiesen, die Reste des Ratsschatzes, ein paar Pokale, silberne Trinkbecher und Ähnliches herbeigebracht, doch weder Custine noch Neuwinger hatten sich besänftigen lassen.

»Wenn Ihr nicht wollt, so müsst Ihr bluten«, hatte Custine gesagt und sich vom Kämmerer eine Liste der reichsten Frankfurter geben lassen.

»Lasst mich! Was soll das? Nein, das könnt Ihr mit mir nicht machen! Ich bin kein Kaufmann, ich bin Dichter, ein Freund der Revolution!« Jago schrie, als vier Männer das Kontor betraten, ihn bei den Armen und Beinen packten und sich anschickten, ihn von dannen zu schleppen.

»Barbara, so tu doch etwas, Kalis, nimm die Pistole!«, schrie Jago, aber Barbara stand wie festgeleimt hinter dem Pult und sah mit aufgerissenen Augen zu ihrem Mann, während Kalis aufgeregt mit den Armen schlenkerte und mit dem Kopf ruckartige Bewegungen machte, die nichts und niemandem nutzten. Im Nu hatten die Franzosen Jago auf einen Wagen geworfen. Einer hatte sich auf seinen Rücken gesetzt, der andere auf seine Beine, dann war der Wangen in höchster Eile vom Hof gefahren.

Fast zur gleichen Zeit war Theda aus dem Haus gestürzt. »Was ist hier los? Was war das für ein Geschrei?«

Kalis, der zum Tor gelaufen war, kam zurück. Sein Gesicht war hochrot, und er rang schwer nach Atem. »Die Franzosen, Frau Rätin, sie haben Jago.«

»Jago? Was wollen sie denn mit dem?« Theda runzelte die Stirn. »Und wohin haben sie ihn gebracht? Kann mir gottverflucht endlich einmal jemand sagen, was hier los ist?«

Kalis lehnte schwer atmend an der Wand. »Die Franzosen haben Jago aus dem Kontor gezerrt, auf einen Wagen geladen und sind davongefahren. Es sah aus, als hätten sie ihn als Geisel genommen.«

»Als Geisel? Jago?« Theda schüttelte erneut den Kopf. »Niemand auf der ganzen Welt eignet sich weniger zur Geisel als Jago.«

Doch plötzlich hatte sie es eilig. Sie rannte ins Kontor, riss an Barbaras Schulter. »Dein Mann wurde als Geisel genommen. Los, komm mit mir. Wir müssen herausfinden, wo er ist, was sie mit ihm vorhaben.«

Barbara aber schüttelte den Kopf mit einer so abgrundtiefen Müdigkeit, dass Theda von ihr abließ.

Schon stürmte sie über den Hof, stürzte, gefolgt von ihrem Hündchen, die Zeil entlang.

»Wo sind sie hin?«, schrie sie eine Magd an, die mit zwei leeren Eimern auf dem Weg zu einem Brunnen war.

»Was? Wer?«, fragte die Magd und glotzte töricht.

»Aus dem Weg!«, schrie Theda, stieß das Mädchen so heftig zur Seite, dass ihm die Eimer aus der Hand fielen, und rannte weiter. Ein Mönch in der schwarzen Kutte der Antoniter wies mit der Hand nach rechts, in die Fahrgasse hinein. »Dort entlang sind sie, wenn Ihr die Franzosen meint.«

Theda raffte ihre Röcke, sprang über Pfützen. Der Wind riss an ihrer Dormeuse, sodass sie schief auf ihrem Kopfe hing, Schlamm spritzte bis in Kniehöhe, ihre dünnen Hausschuhe waren im Nu von Nässe durchdrängt, der Wind drang durch die Kleiderstoffe und kühlte ihre Haut, denn in der Eile hatte Theda weder Mantel noch Umhang mitgenommen. Ihre Seiten schmerzten, der Atem entwich pfeifend ihrem Mund, doch sie hetzte weiter, den roten Dackel dicht hinter sich.

Sie wusste jetzt, wohin man ihren Sohn gebracht hatte. Zum Roten Haus, dem Hauptquartier der Franzosen. Kurz bevor sie dort ankam, wurde sie von einer Kutsche überholt. Vor die Fenster waren Vorhänge gezogen, doch Theda konnte erkennen, dass der junge Rohrbach darin saß. Der Sohn des reichen Kaufmanns wirkte nicht, als wäre er aus freien Stücken mitgefahren.

Schon war Theda bei den Wachen angelangt. In fehlerhaftem Französisch forderte sie die Herausgabe ihres Sohnes. »Im Namen der Freiheit, der Gleichheit und der Brüderlichkeit« verlangte sie es, doch niemand erhörte sie. Sie musste sehr lange zetern und schreien, bis man sie endlich zu einem Mann brachte, der einen hohen Rang zu bekleiden schien und einigermaßen gut Deutsch sprach.

»Ihr Sohn, Madame, ist unsere Geisel. Wir haben fünf reiche Kaufleute geholt, dazu zwei Juden. Dies alles geschah auf Befehl des General Custine. Ihr selbst habt Euch dies zuzuschreiben. Nutzt Eure Macht, nutzt Euren Einfluss und erwirkt, dass wir bekommen, was wir verlangten. Zwei Millionen Gulden. Dann sind die Kaufleute frei und auch die Juden.«

Theda schluckte. Ihre Kinder waren weiß Gott nicht so geraten, wie sie sich das gewünscht hatte, aber es waren ihre Kinder. Jago war ein Versager, aber ein Versager, den sie geboren hatte. Ihr Versager.

»Mein Sohn ist Dichter, Monsieur, er ist kein Kaufmann. Nehmt mich. Ich verstehe mehr von solchen Dingen als er. Und ich bin stärker.«

Der Mann runzelte die Stirn, dann schlug er Theda leicht auf die Schulter. »Ihr gefallt mir, Madame, Ihr habt das rechte Zeug zu einer Revolutionärin, Ihr könnt kämpfen. Bringt mir noch heute fünfzigtausend Gulden, so sollt Ihr Euern Sohn wiederhaben.«

Theda schluckte. »Und wenn nicht?«

»Nun, dieses Angebot ist ein wahrer Freundschaftspreis. Ihr werdet es selbst nachrechnen können. Falls Ihr diesen geringen Preis nicht aufbringen könnt und auch die Stadt sich weigert, die geforderten zwei Millionen Gulden zu bezahlen, so werden die Geiseln sterben.«

Der Mann sah Theda an, doch diese schrie nicht auf und bekam auch keinen Weinkrampf.

»Verzeiht mir, Madame, es ist Krieg, und im Krieg herrschen nicht die Gesetze der Höflichkeit vor. Seht zu, dass Ihr die Fünfzigtausend so schnell wie möglich zusammenkriegt, dann ist Euer Sohn frei.«

Theda nickte, wollte gerade gehen, doch dann überlegte sie es sich anders: »Ich will ihn sehen. Ich will meinen Sohn sehen.«

Der Franzose schüttelte den Kopf. »Ich habe Anweisungen, niemanden hier einzulassen.«

Theda runzelte die Stirn. »Ihr wollt fünfzigtausend Gulden von mir. Das ist viel Geld, sehr, sehr viel Geld. Ich muss wissen, ob es sich verlohnt, diese Summe zu zahlen. Geht es meinem Sohn gut?«

Der Franzose sah sie unsicher an, wandte sich an einen anderen, sprach mit ihm in so schnellem Französisch, dass Theda nicht ein Zehntel davon verstand. Schließlich winkte er ihr mit der Hand. »Kommt mit. Aber kein Wort!«

Theda folgte ihm. Sie gingen in den Keller des Roten Hauses, und Theda war überrascht, dass die Luft dort unten weder feucht noch modrig war. Es herrschte eine Kühle, wie sie in einem Weinkeller angebracht war. Die Dunkelheit wurde von einzelnen Öllampen durchbrochen, hier und da standen altmodische Kohlebecken im Gang. Theda war überzeugt, dass Jago hier unten im Keller gefangen gehalten wurde. Umso erstaunter war sie, als sie die Kellertreppe auf der anderen Seite wieder hinaufstiegen und sie sich kurz darauf vor einer kleinen Kammer wiederfand.

»Hier ist Euer Sohn. Sprecht mit ihm. Ihr habt fünf Minuten.« Der Franzose schob einen Riegel zur Seite, und Theda trat ein.

»Mutter!« Jago, der auf einer Pritsche gelegen hatte, sprang auf. Obwohl er erst seit kurzer Zeit gefangen war, wirkte er, als wäre er seit Monaten hier. Seine Haut war grau, das Haar stumpf, die Augen entzündet. Seine Bewegungen wirkten mühsam und angestrengt.

»Wie geht es dir?« Theda wich zurück vor dem säuerlichen Geruch, der von ihm ausging. Es war der saure Geruch der Angst.

»Schlecht. Holt mich hier heraus, Maman, ich bitte Euch.«

Theda setzte sich auf einen wackeligen Holzhocker, der in einer Ecke stand. »Das wird nicht gehen, mein Sohn. Die Franzosen verlangen Lösegeld.«

»Dann zahlen wir es, Maman. So schnell, wie es nur geht. Ich halte es hier nicht aus, ich bin ein Dichter, ein Mann der Freiheit, der verkümmert, wenn er gefangen ist.«

»Wir könnten die Summe bezahlen, das wäre möglich. Doch sie würde ein großes Loch in unser Vermögen reißen, ein sehr großes sogar. Wie willst du dieses Loch stopfen, wenn du hier raus bist?«

»Ich?« Jago sah seine Mutter verständnislos an.

»Ja, du.«

»Aber wieso ich? Ich bin Dichter.«

»Wenn du ein Dichter bist, dann verdiene das Geld mit deinen Reimen.«

Jago sah seine Mutter entgeistert an, und Theda hielt seinem Blick stand. Dann ließ er sich auf seine Pritsche sinken, verbarg den Kopf in den Händen.

»Wie könnt Ihr so hart sein, Maman? Habt Ihr kein Herz im Leibe? Liebt Ihr mich denn gar nicht? Ich bin doch Euer Fleisch und Blut.«

»Mein Fleisch und Blut? Bisher hast du davon nie geredet, immer nur davon, dass du etwas anderes seist als ein Kaufmann. Ein Dichter wolltest du sein und hast dich nicht um dein eigen Fleisch und Blut geschert. Nun gut. Dein eigen Fleisch und Blut, das sind Kaufleute. Eine Hand wäscht die andere. Wenn deine Familie etwas für dich tun soll, dann müssen wir wissen, was du für uns tun kannst. Alle deine Aufgaben und Pflichten, die du den Geisenheimern, deinem eigenen Fleisch und Blut, schuldig bist, hast du nicht erfüllt. Du hast weder für einen Erben gesorgt, noch hast du dich in Geschäftsdingen nützlich gemacht. Du lebst vom Geld deiner Vorväter, ohne Anstalten zu machen, es zu vermehren oder wenigstens zu bewahren. Warum also soll die Familie zahlen für etwas, das keinen Nutzen bringt?«

Jago erwiderte nichts. Seine Schultern bebten, und Theda meinte, er werde vom Schluchzen geschüttelt. Für einen winzigen Augenblick empfand sie ihrem Sohn gegenüber Widerwillen. Sie räusperte sich. »Also?«

»Was meinst du?«

»Was wirst du tun, um der Familie den finanziellen Verlust zu ersetzen?«

Jago verzog sein Gesicht. Weinerlich, dachte Theda, das ist er. Und zum ersten Mal in ihrem Leben fragte sie sich, ob ihr Sohn aus Neigung Dichter sein wollte oder womöglich aus Schwäche. Ist Jago ein Feigling? Ein Nichtsnutz, ein Hasenfuß, ein untauglicher Schwächling?

»Ich könnte versuchen, meine Gedichte zu verkaufen.«

»Nun, wir haben mitbekommen, dass du bisher dafür zahlen musstest, deine Reime gedruckt zu sehen.«

Jetzt blickte Jago auf, breitete die Arme auseinander. »Was wollt Ihr, Maman? Was soll ich tun? Ein Kaufmann werden, obwohl wir beide wissen, dass Barbara für immer die Geschicktere sein wird?«

Theda winkte ab. »Nein, ein Kaufmann wirst du wohl nie werden.«

»Was dann?«

»Barbara. Wenn du deine Aufgaben nicht erfüllen kannst, so musst du die, die es für dich tut, hüten wie deinen Augapfel. Hast du nie bemerkt, wie unglücklich sie ist?«

»Barbara?«

»Ja, Herrgott noch eins. Barbara, deine Frau, die weinend neben dir liegt in der Nacht, weil du sie nicht bemerkst. Das Weib in ihr nicht bemerkst. Sie auch als Person nicht bemerkst.«

Jago sah erneut so verständnislos und treuherzig wie Thedas Dackel drein. »Was soll ich denn tun?«

»Lieben sollst du sie.«

»Das kann ich nicht. Liebe lässt sich nicht erzwingen.«

»Gut. Dann tu wenigstens so, als würdest du sie lieben. Tue, als würdest du sie begehren, mache ihr das Leben als Weib so schön wie möglich.

Kauf ihr Geschenke, bring ihr Blumen, schreib Verse für sie. Tu alles, damit sie dem Geschäft guttut. So kannst du deinen Teil beitragen.«

Jago starrte seine Mutter an. »Ich bin ein Dichter, kein Knecht. Manchmal wird mir Angst vor Euch, Maman.«

Theda zog die Augenbrauen hoch. »Sei nicht sentimental. Ich sage nur, was ist und was gebraucht wird.«

Sie stand auf, strich den Rock glatt. »Ich gehe dann, Jago. Pass gut auf dich auf.«

»Nein, geht nicht, Maman. Bitte, sagt Barbara, dass ich sie liebe. Sagt ihr, wie sehr ich sie vermisse. Sagt ihr auch, dass ich ein Kind, einen Erben von ihr will.«

Theda sah ihrem Sohn ins Gesicht und nickte. Und was für ein Schwächling du bist, dachte sie. All deine schönen Worte über Liebe und Dichtertum können mich nicht täuschen. Nicht mehr.

17

Friederike wartete. Draußen war es schon lange dunkel, und allmählich wurde es still im Haus. Ihre Kammer lag neben den Kammern der Dienstmädchen, doch sie war groß und gemütlich eingerichtet. Unter ihr befand sich das Schlafzimmer Brigittes, daneben ihr Salon. Es dauerte, bis von unten ein leises Schnarchen drang. Dann schlich sie auf bloßen Sohlen aus ihrer Kammer, den Gang entlang, die Treppe hinab in Brigittes Salon. Sie betete, dass die Glut im Kamin sich nicht neu entzündet hatte. Doch sie hatte Glück. Noch immer ragte ein Fetzen des rußgeschwärzten Papiers aus der Asche. Friederike stocherte vorsichtig mit dem Schürhaken, angelte nach dem Papier, nahm es vorsichtig auf, als wäre es zerbrechlicher als kostbarstes Porzellan. Sie blies die Ascheflocken fort, dann trat sie ans Fenster und las im Mondschein die Überreste des Schreibens.

»Liebe Friederike,
… … schon so lange …
weiß nicht mehr … … …
… … … … keine Antwort
mich nicht mehr liebst … …
… Naumburg … Gericht …«

Friederike erstarrte. Wie kam Brigitte an dieses Schreiben? Und bedeuteten die Wortfetzen nicht, dass Christian ihr gar schon mehrere Briefe geschrieben hatte, die sie alle nicht bekommen hatte? Wo waren die? Wer hintertrieb ihre Liebe? Und wo war Christian jetzt?

Sie ließ das geschwärzte Blatt fallen, wühlte mit dem Schürhaken die Asche durch und durch, aber sie fand kein weiteres Papier, keinen Hinweis darauf, wo Christian sich befand, was mit ihm geschehen war. Endlich gab sie die Suche auf, ging wieder zum Fenster und sah in die mondhelle Nacht hinaus. Sie spürte die Kälte an ihren Füßen nicht, hatte nur beide Hände auf ihren Leib getan und fühlte sich so elend, so mutterseelenallein und gottverlassen, dass sie nicht einmal mehr weinen konnte. Ihr Leben, begriff sie, war zu Ende. Sie war verloren, war eine, die ihre Tugend weggeschenkt hatte, die nichts mehr wert war, nichts mehr galt in der Welt. Einen Bastard würde sie zur Welt bringen, und kein Mensch würde wissen, dass dieses Kind ein Kind der Liebe gewesen war. Ein Versprechen. Jetzt stand sie da, das Versprechen im Bauch, ohne Mann, ohne Zukunft. »Christian«, flüsterte sie in die Nacht. »Christian, ich brauche dich so sehr.« Sie sah hinauf zum Mond, als wisse der eine Antwort. Dann ließ sie die Tränen still über ihre Wangen laufen, hob den rußgeschwärzten Papierbogen wieder auf und barg ihn dann wie einen Säugling an ihrer Brust.

Am Morgen nach dem Frühstück bat sie Brigitte um ein Gespräch. »Du kannst mein Kind haben, wenn du es noch willst. Es muss einen Taufschein mit deinem Mutternamen bekommen und dem Vaternamen deines Mannes. Es muss gesorgt sein für mein Kind, sein ganzes Leben lang, und du musst mir versprechen, dass du es liebst, als wäre es dein eigenes.«

»Annemie, hast du gut geschlafen?« Stefan saß dem Kindermädchen beim Frühstück gegenüber. Lisette lag noch zu Bett, die Kinder spielten draußen auf der Wiese und wurden von einer Amme aus dem nahen Dorf überwacht.

Annemie antwortete nicht. Sie löffelte stumm ihr Ei, würdigte Stefan keines Blickes.

»Was ist los?«, fragte er betont munter.

Diesmal schickte sie ihm einen Blick, der vor Verachtung nur so troff.

»Du hast uns also gesehen gestern Nacht, nicht wahr? Du hast durch den Türspalt gesehen?«

»Schämen solltest du dich, hörst du, schämen bis ins Mark hinein.«

»Warum, Annemie? Weil wir uns lieben!«

»Pah, du glaubst, sie liebt dich. Da kann ich nur lachen. Sie spielt mit dir. Sie will Abwechslung. Du kennst doch ihren Gatten. Möchtest du mit ihm das Bett teilen? Nein, gewiss nicht. Also nimmt sie sich von dir, was sie braucht. Liebe ist das nicht. Sie wird dich vergessen, sobald du aus ihrem Blick bist.«

»Wie kannst du so reden? Woher willst du das wissen?«

»Weil sie keine ist, die liebt. Sie ist eine, die Luxus braucht und Dienstboten und Gold und Geschmeide. Sie liebt Feste und Redouten, sie liebt das Geld ihres Mannes, sie liebt es, geliebt zu werden. Das alles liebt sie, aber dich? Dich liebt sie nicht. Dich nicht.«

Stefan lächelte sanft, strich Annemie mit der Hand leicht über den Arm. »Du musst nicht so bitter und gramselig sein, Annemie«, bat er leise. »Die Liebe ist eine Himmelsmacht. Gönne sie uns doch, ich bitte dich.«

Da sprang Annemie auf und stieß dabei die Milchkanne um, sodass alles überfloss. Stefan sah, dass ihr Tränen in die Augen traten. Sie warf ihre Serviette auf den Tisch, stampfte mit dem Fuß auf und schrie. »Du begreifst nichts, gar nichts begreifst du. Ich liebe dich, verstehst du, ich, nicht sie.«

Dann rannte sie weinend hinaus.

Stefan aber blieb sitzen, sah ihr nach, lauschte, bis ihre Schritte verklungen waren. Dann begann er zu lächeln, breiter und immer breiter. Er nahm einen Löffel, betrachtete sich darin, dann lächelte er wieder. Ich bin, dachte er, vielleicht nicht der beste Revolutionär, den es gibt, aber ich bin einer, den die Frauen lieben. Sie lieben mich, weil ich gut und abenteuerlich zugleich bin.

Mit keinem Gedanken kam er auf den Einfall, er könnte eitel sein. Stefan hielt es für das Normalste der Welt, dass er von den Frauen geliebt wurde. Nicht aufgrund seiner Schönheit oder seiner Leistungen, sondern einfach nur, weil er ein Mann war.

Theda war stolz auf sich. Das war sie nicht oft. Meistens traute sie ihren eigenen Entscheidungen nicht. Sie hatte nie gelernt, mit Gefühlen umzugehen, wusste nicht, ob Gefühle gut oder schlecht waren. Sie hatte als Kind erfahren, dass Frauen dumm sind, weil sie nach ihren Gefühlen gehen, und Männer klug, weil sie den Verstand bevorzugen. Sie wollte klug sein. Deshalb misstraute sie Gefühlen.

Im Augenblick glaubte sie, sehr klug gehandelt zu haben. Es war ihr hoffentlich gelungen, Jago endlich dazu zu bringen, sich um seine Frau und das Kontor zu kümmern. Zwei Fliegen mit einer Klappe. Aber ein gewisses Unbehagen blieb.

Als sie auf der Zeil angelangt war, ging sie sofort ins Kontor. Dort saß Barbara mit verlorenem Blick, während der Hof mit Holzspänen übersät war.

»Was war hier los?«, fragte Theda.

Barbara zuckte mit den Achseln. »Die Franzosen waren da. Neuwinger persönlich hat sich herbemüht. Fünf Kaufleute und zwei Juden haben sie als Geiseln genommen, damit die Stadt die zwei Millionen für die Brandschatzung herausrückt. Sie haben mich gefragt, ob ich möchte, dass es meinem Mann gut geht.«

Barbara brach in Tränen aus.

»Und?«, fragte Theda. »Was hast du geantwortet?«

»Was glaubt Ihr, was ich geantwortet habe? Dass er niemals mein Mann war, dass er mich nie wahrgenommen hat, dass ich wütend bin auf ihn, mich betrogen fühle, verraten, benutzt?«

Theda war schockiert. Sie hatte nicht gewusst, dass die Verzweiflung ihrer Schwiegertochter so tief ging. Ja, sie war tatsächlich in dem Glauben gewesen, Barbara wäre froh über die Heirat, glücklich und dankbar über den sozialen Aufstieg.

Jetzt sah sie, dass dies alles der jungen Frau nicht halb so viel bedeutete, wie sie gedacht hatte. Jetzt sah sie, dass die junge Frau nichts anderes wollte, als sie selbst in deren Alter gewollt hatte.

Sie trat zu ihr, strich ihr ungeschickt über den Rücken. »Was ist weiter geschehen?«

»Ich habe die Vorratsräume und Keller aufgeschlossen, die Scheunen und Remisen. Sie haben alles Holz mitgenommen, den Weinkeller geleert, alle Waren auf Fuhrwerke geladen. Wir haben nichts mehr.«

Theda nickte, holte tief Luft und sagte leise: »Und ich habe ihnen noch fünfzigtausend Gulden versprochen. Ich tat es, weil ich dachte, wir holen die Summe mit unseren Vorräten leicht wieder herein. Jetzt aber sieht es so aus, als hätten wir tatsächlich nichts mehr.«

Barbara sah auf. Sie wischte sich mit beiden Fäusten die Tränen aus den Augen und wirkte plötzlich beinahe fröhlich. »Ja«, sagte sie. »Jetzt haben wir nichts mehr. Jetzt können wir noch einmal von vorn beginnen.«

Den ganzen Tag rann der Regen in breiten Streifen über die Fensterscheiben. Die Blätter hingen schwer vor Nässe, die Wolken trieben träge und mit aufgeblähten Bäuchen über den Himmel. Obwohl es bereits Mittag war, brannten noch immer die Öllichter in dem kleinen Salon des Allendorfschen Gutshofes. Ein Fenster war geöffnet, davor bauschten sich die Vorhänge, manchmal hörte man den Wind im Kamin heulen.

»Der Tag ist so grau wie der Tod«, sagte Lisette und zog sich ihr Umschlagtuch enger um die Schultern.

»Soll ich noch ein paar Scheite in den Kamin werfen?« Stefan sprang auf, griff nach dem Holz.

Lisette schüttelte den Kopf. »Mir ist kalt, aber die Kälte kommt von innen.«

»Kalte Haut, heißes Herz.« Die Worte waren wie Gewehrkugeln abgeschossen worden, und Lisette zuckte zusammen.

»Annemie, was soll das?« Stefans Stimme war so scharf geworden, dass Arno, der mit einem Holzbaukasten spielte, aufsah. Elisabeth, die gerade ihr Püppchen kämmte, verzog den Mund, als ob sie weinen wollte.

Annemie zuckte mit den Achseln. »Wer sich nichts hat zuschulden kommen lassen, der muss sich nicht sorgen.«

Lisette begann zu weinen, stand auf und ging mit wehendem Kleid aus dem Salon.

Stefan warf einen vernichtenden Blick auf Annemie und eilte ebenfalls hinaus.

Er fand Lisette unter einem Baum, das dünne Kleid nass vom Regen, Tropfen auch im Haar.

»Komm, lass uns wieder hineingehen. Du holst dir den Tod hier draußen.«

Lisette sah ihn an mit waidwundem Blick. »Vielleicht wäre es das Beste. Der Tod ist nicht das Schlimmste, das einem geschehen kann. Er hat etwas Tröstliches, findest du nicht?«

Stefan trat zu ihr, nahm ihr Gesicht in beide Hände. »Liebes, wie kannst du nur so etwas sagen? Jeder Tag ist ein Geschenk Gottes. Ich liebe dich, liebe dich, liebe dich. Es bricht mir das Herz, dich so zu hören.«

Jetzt rannen Tränen über Lisettes Gesicht. »Ich liebe dich auch so sehr, dass ich mir nicht vorstellen kann, auch nur einen Tag ohne dich zu sein. Ich liebe dich, dass mir die Luft wegbleibt, wenn ich daran denke. Ich liebe dich, dass mir das Herz wehtut. Ich kann dich mit jeder Faser meines Leibes spüren.«

»Aber warum willst du dann sterben?«

»Weil ich nur mit dir leben kann. Ich hätte mir niemals vorstellen können, dass ich den Krieg herbeisehnen würde, dass ich mir wünschte, das Schlachten und Bluten und Hauen und Stechen und Sterben würde niemals aufhören. Wenn die Franzosen abziehen, werden wir zurück müssen nach Frankfurt. Und dann? Was wird dann aus uns, Stefan?«

Stefan seufzte und schwieg. Er sah Lisette von der Seite an, die schmale Gestalt, die zerbrechlichen Schultern. Für einen Augenblick wünschte er sich zurück in die Zeit, bevor er sie geliebt hatte. Ich bin doch erst neunzehn, dachte er. Sie ist eine Frau mit Ansprüchen, mit Kindern, von hohem Stand. Wie soll ich ihr etwas bieten? Wovon soll ich sie ernähren? Sie muss bei ihrem Mann bleiben. Wenigstens vorerst noch. Wenigstens bis ich eine Lösung gefunden habe.

Er legte einen Arm um ihre Schulter. »Komm ins Haus, Liebes, komm. Alles wird sich finden. Und noch dauert er ja, der Krieg.«

Seit zwei Wochen war Friederike nicht mehr auf der Straße gewesen. Seit zwei Wochen hatte sie mit niemandem gesprochen außer mit Brigitte. Und selbst die war beinahe den ganzen Tag in ihrem Atelier. Wenn sie ausging, so immer mit Kissen unter ihren Röcken und begleitet von einer Frau, die als Heilkundige galt.

Friederike lag die meiste Zeit auf einem Sofa, naschte

Zuckerwerk und Pralinen, trank Schokolade und blätterte in Modejournalen und Büchern. Doch nichts, was sie las, interessierte sie. Nichts, was sie aß und trank, schmeckte ihr. Sie lag, fühlte das Kind schwer in ihrem Leib. Manchmal dachte sie an Christian, doch die meiste Zeit über dachte sie gar nichts. Manchmal spürte sie, wie das Kind in ihrem Leib sich bewegte, aber die meiste Zeit über fühlte sie nichts. Sie lag, die Arme unter dem Kopf verschränkt, und betrachtete die Kastendecke mit ihren eingelegten Intarsien. Stundenlang konnte sie so nach oben starren. Manchmal fragte sie sich, ob sich der Tod so anfühlte. Sie war wunschlos, glücklos, leidlos. Ob das wohl das Paradies war? Um eine Antwort zu finden, hätte Friederike nachdenken müssen, doch das war ihr zu beschwerlich. Auf einem kleinen Tischlein neben ihr lag ein Brief von ihrer Mutter. Vor Tagen schon war er eingetroffen, aber Friederike hatte sich nicht dazu überwinden können, das Siegel zu brechen und zu lesen. Ihr Kleid war verschwitzt, ihr Haar roch nicht mehr gut, aber auch das interessierte sie nicht im Geringsten. Sie tat nur, was Brigitte ausdrücklich und nachdrücklich von ihr verlangte, sonst tat sie nichts.

Einmal war die Hebamme gekommen, hatte Friederikes Leib abgetastet und ihr in die Augen gesehen. Danach war sie in den Flur getreten, wo Brigitte wartete. Obwohl die Frau wisperte, hatte Friederike sie doch sehr gut verstanden. »Das Mädchen gefällt mir nicht«, hatte die Hebamme gesagt. »Es scheint, als hätte sie die Schwermut. Das ist nicht gut für das Kind. Ein Kind sollte mit einem Lachen gemacht werden und mit Fröhlichkeit getragen.«

»Was kann ich tun?«, hatte Brigitte gefragt.

»Ihr müsst sie aufheitern. Unbedingt. Sonst wird das Kind am Ende ein Miesepeter.«

Brigitte hatte alles versucht, und Friederike hatte die Bemühungen genossen. Sie hatte dem Feuerschlucker ein wenig zugelächelt, als er unter ihrem Fenster Kunststücke machte. Sie hatte die Anschaffung des Clavichords mit einem Nicken gewürdigt und hatte sogar einmal ein paar Tasten angeschlagen. Sie roch an den Blumen, die Brigitte ihr brachte, kostete von den Süßigkeiten, aber sie blieb so teilnahmslos wie zuvor. Nur manchmal in der Nacht, wenn alles schlief, stand sie mit nackten Füßen am offenen Fenster, bis ihre Glieder steif vor Kälte waren, ihre Haut blau und ihr die Zähne so laut aufeinanderklapperten, dass sie ihren Herzschlag übertönten. »Christian«, flüsterte sie dann. »Christian, ich leide. Das musst du doch fühlen. Spürst du nicht, wie ich nach dir rufe? Mein Gott, Christian, warum hörst du mich denn nicht?«

Zwei Tage schon war Jago wieder zu Hause. Theda ließ ihn nicht aus den Augen. Er war verändert, das hatte sie sofort bemerkt, doch sie wusste nicht, was diese Veränderung bewirkt hatte. Er war sogleich vom Roten Haus aus ins Kaffeehaus gegangen, und Theda hatte ihn gelassen, obwohl er ihrer Meinung nach lieber ein wenig Zeit mit Barbara hätte verbringen sollen. Dann war er zurückgekehrt, hatte sich auffallend um seine Frau bemüht. Er hatte zu Thedas größter Verwunderung sogar am Abend vor dem Kamin angeboten, Barbaras Haar zu kämmen. Theda war davon so überrascht worden, dass sie aufstand und sich in ihr Zimmer begab. Noch nie hatte ein Mann angeboten, ihr Haar zu bürsten. Allein die Vorstellung kam ihr so intim vor, dass es sie beinahe schüttelte. Der Beischlaf musste sein, das war klar, irgendwoher mussten die Kinder ja kommen. Aber allen anderen Intimitäten stand Theda sehr misstrauisch gegenüber. Und Haare bürsten, nein, das erschien ihr unanständig nahe, so nahe, dass ihr davor graute. Dann lag sie im Bett, hörte Barbara leise lachen und fragte sich plötzlich, wie es wohl wäre, wenn Eckehard ihr das Haar bürsten würde. Sie setzte sich sogar im Bett auf, strich mit der flachen Hand über ihr weiches Haar, dessen für sie selbst so bequeme Kürze sie vor den Blicken der Welt unter der Dormeuse zu verstecken pflegte. Sie war überrascht, wie flauschig es sich anfühlte. Wie ein junges Küken, dachte sie. Nachdenklich strich sie dem Dackel über den Kopf. Der seufzte nur im Schlaf und kuschelte sich wieder an sie. Nein, dachte sie, nein, Tilly, dein Fell glänzt zwar wie rote Seide, aber so weich wie meine grauen Locken ist es nicht. Überrascht empfand sie plötzlich Zärtlichkeit für sich selbst. So unvertraut war ihr dieses Gefühl, dass sie nicht wusste, wie sie damit umgehen sollte. Vor lauter Verlegenheit bedeckte sie schließlich das Dackelköpfchen mit Küssen, bis Tilly aufwachte und sie mit verwirrten Augen angähnte.

Am nächsten Morgen kam der Prokurist Kalis aufgeregt in Thedas Arbeitszimmer und bat um eine Unterredung. Der Rat der Stadt hatte aufgrund der Belagerung durch die Franzosen eine Steuer erhoben. »Unsere Konten sind leer«, klagte er. »Ich habe die Bücher immer in Ordnung gehalten, Eure Schwiegertochter kann es bestätigen. Doch jetzt ist unser Unternehmen durch die Umstände in ernsthafte

Schwierigkeiten geraten. Zum Jahresende werden zahlreiche Wechsel fällig. Die Lager sind leer, wir können keine Vorräte kaufen. Auch Waren für die nächste Messe fehlen uns. Was sollen wir tun, Frau Rätin?«

Theda griff nach dem aktuellen Kontorbuch. »Übertreibt Ihr nicht, Kalis? So schlecht kann es uns doch gar nicht gehen!«

»Oh, doch, Rätin. Das gesamte Lager ist von den Franzosen geräumt worden; darin waren Waren im Wert von beinahe hunderttausend Gulden. Dazu kommen die fünfzigtausend, die für Jagos Freilassung zu zahlen waren. An Barschaft ist nichts mehr da. Das restliche Vermögen setzt sich aus Immobilien zusammen. Einzig die kleine Mitgift Eurer Schwiegertochter und das Erbe Eures Sohnes, welches Euer Mann ihm als Erbvorschuss zum einundzwanzigsten Geburtstag überlassen hat, ist noch da.«

Theda nickte. »Ah, ja, dieses Erbe. Daran hatte ich gar nicht mehr gedacht. Sagt, Kalis, weiß Jago davon?«

»Nein, er weiß nichts. Genauso wenig, wie Stefan von seinem Geld weiß, und auch Friederikes Mitgift ist noch immer ein Geheimnis. Die Gelder sind sicher angelegt auf der Metzler-Bank. Ihr selbst gabt nach dem Tod Eures Mannes die Anweisung, Euren Kindern nichts über diese Summen zu sagen, um ihrem Leichtsinn nicht Vorschub zu leisten. Dann geriet das irgendwie in Vergessenheit. Jedenfalls weiß Jago nichts von den zwanzigtausend Gulden.«

»Wunderbar. Dann werden wir sie uns ausleihen. Eines Tages, wenn es dem Handelshaus besser geht, kann Jago sie womöglich bekommen, doch immerhin haben wir fünfzigtausend Gulden für ihn ausgegeben. Stefans Geld bleibt unangetastet.«

Kalis nickte. »Stefans Geld wird von seinem Paten verwaltet. Es ist zu seinem Studium bestimmt. Aber Jagos Erbe ist bei einer Bank angelegt. Nur Jago hat seit seiner Volljährigkeit die Vollmacht, das Geld zu bewegen.«

»Was soll das heißen, Kalis?«

Der Prokurist seufzte. »Das heißt, dass nur Jago das Geld abheben und in das Unternehmen investieren kann. Dieses Geld, und das Geld seiner Ehefrau, gerade mal fünftausend Gulden.«

Das schlechte Wetter war geblieben. Seit Tagen nieselte es, die Erde lag nass und schwer, die Blätter klebten auf dem Pflaster, überall standen Pfützen. Im Salon des Allendorfer Herrenhauses herrschte gedrückte Stimmung. Die Kinder spielten leise auf dem Fußboden, warfen hin und wieder besorgte Blicke zu den Erwachsenen.

Lisette hatte sich in einen Sessel in der Ecke zurückgezogen und blätterte ungeduldig in einer Zeitschrift, mitunter so heftig, dass die Blätter rissen. Von Zeit zu Zeit stieß sie geräuschvoll den Atem aus und sah zur Decke, nur um kurz darauf erneut an den Seiten der Zeitschrift zu reißen.

Annemie saß am Tisch und nähte Puppenkleider. Auf ihrem Gesicht lag die ganze Zeit das besserwisserische Lächeln der Selbstgerechten. Stefan stand am Fenster und sah in den Regen hinaus.

Er dachte an seine Freunde in Frankfurt, an seine Familie. Er hatte Angst. Zum ersten Mal kam ihm hier zu Bewusstsein, dass seine Freunde und seine Familie im Grunde

Feinde waren. Die Freunde wollten die Familie am liebsten an Laternen sehen, die Familie die Freunde ebenfalls. Hoffentlich, dachte er, geht alles gut. Und er wusste nicht genau, was und wen er damit meinte.

»Ich halte das nicht mehr aus, ich kann es einfach nicht mehr ertragen!« Lisettes Ausbruch kam nicht überraschend.

Stefan wandte sich um, die Hände noch immer in den Taschen. »Was meint Ihr, Madame?« Obwohl ein jeder wusste, wie es um Stefan und Lisette bestellt war, hielten sie vor den anderen die Fassade aufrecht.

»Ich kann ihr scheinheiliges Gesicht nicht mehr sehen, ihren Vorwurf in jedem Blick. Ihren Neid, ihren quittengelben.« Mit der Hand wies sie auf Annemie.

Die Kinderfrau ließ die Näharbeit sinken, schaute empört auf. »Entlasst mich, wenn Ihr mich nicht mehr ertragen könnt!« Ihr Ton war schnippisch.

Stefan trat zu ihr, legte ihr seine Hand auf die Schulter, doch sie schüttelte sie ab.

Lisette wirkte auf einmal blass und müde und alt. »Ich kann Euch nicht entlassen, das wisst Ihr so gut wie ich. Annemie von Pritzwald, Tochter des Freiherrn und preußischen Geheimrates von Pritzwald, entlässt man nicht so einfach. Im Gegenteil, man tut ihr Gutes, wo man nur kann, auf dass sie den guten Ruf des Hauses mehre.«

Annemie lächelte sehr fein, dann stach sie mit der Nadel durch den Stoff.

»Ich fühle mich wie eine Gefangene im eigenen Haus«, erklärte Lisette matt. »Wie eine Hure, wie Abschaum. So als wäre alles, was ich je zu haben glaubte, auch an Moral und Tugend, plötzlich abgerissen von mir wie eine Fastnachtsmaske. So als wäre darunter das Gesicht einer läufigen Hündin zum Vorschein gekommen.«

Annemie zuckte leicht mit den Schultern. »Vielleicht ist es ja so. Man hört sehr oft, dass der Stallgeruch an einem haften bleibt, was immer man dagegen unternimmt.«

Lisette richtete sich kerzengerade auf. Selbst Stefan wusste, dass Annemie auf Lisettes Herkunft anspielte. Ihre Mutter war eine Grafentochter aus dem Rheinland gewesen. Der Vater allerdings soll weniger vornehmer Herkunft gewesen sein, sodass man ihn lieber gleich für tot erklärt hatte.

»Nur weil ich vielleicht in einem Stall geboren bin«, erwiderte Lisette kalt, »bin ich noch lange kein Pferd.«

Sie schickte sich an, den Raum zu verlassen, doch im selben Augenblick klopfte der Hausdiener. »Eine Depesche Eures Gatten, Madame!«

Lisette brach das Siegel, faltete das Papier auseinander und las. Stefan sah, wie ihre Lippen farblos wurden, das Blut aus ihrem Gesicht wich und sie taumelte.

»Was ist?«, fragte er und eilte zu ihr, stützte sie, legte den Arm fürsorglich um ihre Schulter und zog sie leicht an sich. Doch Lisette machte sich los, ließ sich schwer in ein Polster sinken und reichte Stefan wortlos den Brief.

»Er schreibt, Ihr sollt auf der Stelle nach Hause kommen«, sagte Stefan. »Er schreibt, er wüsste alles und würde nicht länger die Unzucht in seiner Familie dulden. Nach Hause. Nach Frankfurt. Alle. Und zwar sofort.«

Prüfend sah Stefan zu Annemie. »Habt Ihr ihm geschrieben?«

Das Kindermädchen wurde rot und wich seinem Blick aus.

Lisette stand auf und eilte weinend aus dem Raum, während Stefan so nah an Annemie herantrat, dass er ihren Atem spüren konnte.

»Du warst es, nicht wahr? Gib es zu, gib es wenigstens zu.«

Annemie warf den Kopf zurück. »Ja, ich war das. Und ich hatte dich gewarnt. Ich liebe dich. Du hast mich zurückgewiesen, doch nichts ist furchtbarer als die Rache einer gekränkten Frau. Ich werde nicht eher ruhen, als bis ich euch beide auseinandergebracht habe.«

Friederike lag im Bett und weinte. Ihre Brüste schmerzten, ihr Schoß war ein einziges Brennen. Sie war so erschöpft, dass sie mit den Zähnen klapperte, und nichts gab es, was sie trösten konnte.

Vor einer Stunde war ihr Sohn zur Welt gekommen. War aus ihrem Schoß geschlüpft, während sie vor Schmerzen wie von Sinnen war. War aus ihr herausgeschlüpft wie ein Fisch, noch verbunden mit ihr und schon in der Lage, gänzlich ohne sie zu leben.

Brigitte war dabei gewesen, hatte das Kind aufgefangen, in Tücher gewickelt und weggetragen. »Christoph soll er heißen«, hatte Friederike ihr nachgerufen, doch sie wusste nicht, ob Brigitte sie gehört hatte.

Jetzt lag sie im Bett, von der Hebamme versorgt, und weinte die bittersten Tränen ihres Lebens. Sie hatte nun weniger als gar nichts mehr. Sie hatte ihr eigenes Fleisch und Blut weggegeben, hatte sich von der Frucht ihrer Liebe getrennt, wie sich Christian von ihr getrennt hatte. Doch ihr tat alles weh.

Ich muss ihn finden, dachte sie noch, bevor sie vor Erschöpfung einschlief. Ich muss ihn finden und ihm sagen, dass seine Liebe mich und unser Kind getötet hat, dass ich nun weniger bin als Staub. Wissen muss ich, ob er mir seine Liebe nur vorgespiegelt hat. Er soll mir sagen, ob er mit mir gespielt hat, ob es ihm jemals ernst war mit seinen Worten, die er mir damals in Frankfurt gesagt hat. Er soll mir sagen, warum er sich vor mir verbirgt, soll sagen, was er vor mir verbirgt.

Und dann, wenn ich es weiß, wenn ich alles weiß, dann kann ich in Ruhe sterben.

Noch immer kam Theda der Tisch leer vor. Seit Friederike und Stefan nicht mehr im Haus waren, fehlte ihr etwas. An Barbara und Herzgütl hatte sie sich inzwischen so sehr gewöhnt, dass sie nicht mehr wusste, wie es vor ihnen gewesen war. Auch Tilly, das Dackelchen, gebärdete sich unter dem Tisch, als wäre dort sein Platz von alters her.

»Ich habe Euch etwas zu sagen«, begann sie und nahm sich mit der zweizinkigen Silbergabel ein Stück kalten Braten von der Platte.

»Ja, Maman?«, fragte Barbara höflich. Theda war aufgefallen, dass sie seit Jagos Entlassung aus dem Gefängnis besser aussah. Ihre Haut schimmerte rosig, das Haar glänzte, ihre Laune war ausgeglichen und heiter. Einmal hatte Hedi sogar berichtet, dass Jago Barbara zuliebe auf den Besuch des Kaffeehauses verzichtet habe.

»Ihr wisst, wie es um das Unternehmen steht, nicht wahr?

Wir sind im Grunde bankerott. An Barschaft haben wir kaum noch etwas und können daher keine Waren einkaufen. Außerdem ist alles, was wir hätten zu Gewinn machen können, von den Franzosen beschlagnahmt worden. Deshalb bitte ich dich, Jago, die zwanzigtausend Gulden deines Erbes zu verleihen, und dich, Barbara, bitte ich, uns die fünftausend Gulden deiner Mitgift anzuvertrauen.«

Theda nickte lächelnd, dann nahm sie sich eine zweite Bratenscheibe, legte sie ordentlich auf ihren Teller und trank einen Schluck aus ihrem Rotweinglas.

»Was ist? Warum sagt ihr nichts? Jago, gleich morgen früh werden wir gemeinsam zur Bank gehen.«

Sie sah ihren Sohn an, sah, wie dieser beredte Blicke mit seiner Frau wechselte. Dann erwiderte Jago: »Verzeiht, Maman. Ich wusste nicht, dass mir zwanzigtausend Gulden gehören. Bisher habt Ihr mir davon geschwiegen.«

»Aus gutem Grund, mein Lieber!«, erwiderte Theda.

»Wie auch immer. Jetzt also weiß ich es. Und ich erbitte mir Zeit zum Überlegen. Es ist gut möglich, dass mir für dieses Geld noch andere Möglichkeiten der Verwendung einfallen.«

Bei diesen wenigen Sätzen war Jago ins Schwitzen geraten. Jetzt tupfte er sich mit einem Taschentuch den Schweiß von der Stirn, sah zu seiner Frau, die ihm zunickte.

Theda aber hatte das Besteck fallen lassen und sah mit großen Augen auf ihren Sohn. »Ich fürchte, du hast mich nicht verstanden«, sprach sie mit einer Stimme, in der man Eiswürfel klirren hörte. »Du hast Geld, das das Handelshaus im Augenblick braucht, nachdem es durch Ausgaben, die du verursacht hast, ruiniert wurde.«

»Ich habe nichts Unrechtes getan. Dass die Franzosen mich gefangen nahmen, war Zufall. Es hätte jeden anderen Kaufmann auch treffen können. Zudem habe ich Euch nicht gebeten, das Unternehmen meinetwegen zu ruinieren. Ich bin volljährig, Maman. Gewöhnt Euch daran, dass ich meine eigenen Entscheidungen treffe.«

Theda sah von Jago zu Barbara und wieder zu Jago. Ihre Augen konnten nicht glauben, dass ihr ältester Sohn ihrem strengen Blick standhielt. Ihre Ohren konnten nicht glauben, dass er ihr Widerworte gab. Und ihr Mund fand keine Antworten.

Sie stand auf, warf die Serviette auf den Tisch und öffnete den Mund. Sie wollte Jago drohen, wollte ihm sagen, dass er, wenn er nicht gehorchte, das Haus verlassen müsste. Doch plötzlich wusste Theda, dass er es tun würde. Dass er Barbara und Herzgütl nehmen und mit ihnen verschwinden würde. Und sie wäre ganz allein in diesem Haus und mit diesem Unternehmen, das sie allein nicht führen konnte. Theda schluckte, dann verließ sie das Speisezimmer. Einzig Tilly folgte ihr.

In ihrem Salon angekommen, ließ sie sich in einen Fauteuil fallen und starrte blicklos vor sich hin. Sie hatte die Zähne in die Unterlippe gegraben, ihre Hand streichelte den kleinen Hund, ohne dass sie es bemerkte.

Was ist nur los?, dachte Theda. Ich begreife das alles nicht. Vor wenigen Wochen war doch noch alles in Ordnung. Wie kann eine funktionierende Welt innerhalb so kurzer Zeit nur so völlig aus den Fugen geraten? Friederike ist schwanger und hat ihre Zukunft verdorben, bevor sie sie begonnen hat. Stefan hat sich losgesagt von uns, er will einen Weg gehen, der den unseren nicht einmal kreuzt. Und Jago? Der sanfte, poetische Jago, der es stets allen recht machen wollte und sich jedem Streit durch Flucht entzog, Jago, der sich als so schwach erwiesen hat, enthält mir vor, was ich brauche, um letztendlich ihn zu versorgen. Ja, haben meine Kinder immer noch nicht begriffen, für wen ich das alles tue? Gilt dieser undankbaren Brut denn der Name gar nichts? Ist alles, was ich in den letzten zwanzig Jahren getan habe, alles, woran ich geglaubt habe, wofür ich gekämpft habe, umsonst gewesen?

Theda spürte, wie ihr die Tränen in die Augen schossen. Schon rann ihr das Nass über die Wangen.

»Was habe ich nur falsch gemacht?«, flüsterte sie. »Wieso ist jetzt alles anders, als ich es gewollt habe?«

Sie legte den Kopf in den Nacken. Der kleine Hund schien ihren Schmerz zu spüren und sprang auf ihren Schoß, schmiegte sich an sie.

Am liebsten, dachte sie, würde ich für den Rest meines Lebens hier sitzen bleiben. Am liebsten würde ich nur noch aufstehen, um mir eine Zeitschrift zu holen oder Hedi um eine Tasse Schokolade zu bitten. Sonst habe ich keine Wünsche mehr. Ich hatte doch noch nie Wünsche. Wozu auch? Eine Frau hat keine Wünsche zu haben. Und wenn, dann hat sie sich nur das zu wünschen, was sie ohnehin bekommt. Mann und Kinder. Im Grunde wollte ich nie einen Mann. Warum auch soll sich eine gesunde Frau mit intaktem Kopf einen Mann wünschen? Warum soll sich jemand einen anderen an seine Seite wünschen, dem er zu Diensten sein muss? Eine Magd wird nicht Magd, weil es ihren Neigungen entspricht. Eine Magd wird Magd, weil sie nicht anders kann. Aber eine Frau begibt sich scheinbar freiwillig in eine Ehe mit einem Mann, dem sie Tag und Nacht zu Diensten sein muss. Eine Magd bekommt Lohn und einen freien Tag in der Woche. Eine Ehefrau bekommt Kinder.

Ich habe mich nie gefragt, ob ich überhaupt Kinder will. Ich habe geheiratet, und dann waren sie da.

Und dann war nie mehr die Zeit, mich zu fragen, was ich eigentlich will. Es hätte sowieso keinen Sinn gehabt. Mein Leben war festgeschrieben seit dem Tag meiner Geburt. Vielleicht schon früher.

Ich habe im Grunde versagt, gestand sie sich ein. Es ist mir nicht gelungen, die Liebe meines Mannes zu erringen. Nun, ich hätte damit ohnehin nichts anzufangen gewusst.

Aber es ist mir auch nicht gelungen, meine Kinder so zu erziehen, dass die ihren von Gott gegebenen Aufgaben nachkommen. Das alles ist meine Schuld.

Theda zuckte mit den Achseln, beugte sich zu dem Dackel hinab. »Was hätte ich anders machen sollen?«, fragte sie. Das Tier gähnte, legte sich nieder und schloss die Augen.

Es ist seltsam, dachte Theda. Es ist seltsam, zu leben. Lebe ich nur, damit andere glücklich werden? Und nun, da ich versagt habe, habe ich damit auch das Recht auf Leben verwirkt? Gibt es mich eigentlich wirklich, oder gibt es mich nur als Mutter und Witwe?

Sie saß da und spürte, wie sich eine Last auf ihre Schultern senkte. Seit Jahren schon spürte sie diese Last, die immer schwerer wurde. Wie gerne hätte sie geweint. Laut und lange, doch das gestattete sie sich nicht. Es ging doch immer noch nicht um sie. Es ging um die Zukunft der Familie, den Fortbestand des Handelshauses. Seit zweieinhalb Jahrhunderten galten die Geisenheimer etwas in Frankfurt. Und das sollte nun einfach so vorbei sein? Ich muss mit jemandem darüber reden, dachte sie. Jetzt gleich.

Theda stand auf, trat zum Spiegel und betrachtete sich darin. Müde sah sie aus, fand sie. Müde und freudlos.

Schade, dachte sie. Ich wäre gern anders. Aber wie das gehen soll, weiß ich auch nicht.

Sie nahm ihren Mantel, schlang sich einen Schal um den Hals, bedeckte das Haar mit der Dormeuse und verließ das Haus.

Die Straßenlaternen brannten schon, als sie durch den Nieselregen schritt. Außer ihr waren nur noch wenige Leute auf der Zeil. Zwei Kutschen mit gut gekleideten Menschen fuhren zur Städtischen Komödie. Ein Hausdiener kam mit Bierkrügen daher, und zwei ältere Frauen in der Kleidung der Weißnäherinnen standen an einer Ecke und redeten.

Theda hatte es eilig, doch sie lief langsam, atmete tief die kalte Novemberluft ein, spürte den sanften Regen auf ihrer Haut. Vor ihrem Mund bildeten sich weiße Nebelwölkchen. Theda zog ihre Kalbslederhandschuhe aus und versuchte, den weißen Nebel zu greifen. Sie stellte sich vor, ein Mädchen zu sein, unbeschwert und voller Vertrauen in die Zukunft. Ein Mädchen voller Wünsche und Sehnsüchte. Welche Wünsche? Nun, heiraten musste sie. Also wünschte sie sich einen Mann, den sie lieben konnte, der sie liebte. Und natürlich Kinder, die sie lieben konnte und von denen sie geliebt wurde.

Abrupt blieb Theda stehen und schüttelte den Kopf. Jetzt hatte sie sich schon die Freiheit genommen, Wünsche zu äußern, und dann wünschte sie sich, was sie gehabt und verloren hatte?

Sie spürte einen Stein in ihrem Magen, der so schwer schien, dass sie kaum weitergehen konnte. Sie fühlte sich alt und schwach, unfähig fast, einen Schritt vor den anderen zu setzen. Müde schleppte sie sich zum Haus von Eckehard von Hohenstein.

Wenig später saß sie in einem bequemen Sofa, hatte eine Decke um die Schultern liegen. Die Haushälterin brachte eine heiße Schokolade, in die Eckehard großzügig einen kräftigen Schluck Cognac goss. Theda nahm die Tasse in beide Hände, blies vorsichtig hinein und trank.

Eckehard hatte seine große warme Hand auf ihren Rücken gelegt. Als sie die leere Tasse abgestellt hatte, sagte er leise: »Und nun erzähle mir, was los ist.«

Das warme Getränk, die stützende Hand, die sanften Worte. Plötzlich riss etwas in Theda. Tränen stiegen in ihr auf. Die Tränen von Jahren und Jahrzehnten ergossen sich in einem Strom über ihre Wangen. Und Eckehard saß neben ihr, hütete ihren Schmerz und ihre Tränen, hielt einfach seine große, warme Hand auf ihrem Rücken und reichte ihr mit der anderen ein Taschentuch. Und Theda schluchzte und weinte alles aus sich heraus. Sie verzog den Mund, wand sich vor Qual, krümmte sich. Als endlich, endlich die Tränen versiegten, war Theda so erschöpft, dass sie sich gegen Eckehard lehnte. Er hielt sie, strich weiter über ihren Rücken, gab ihr einen Kuss auf das Haar, auf die Stirn, die Wangen und auf den Mund. Dort fand er

Theda, und so, wie kurz zuvor die Tränen aus ihr herausgebrochen waren, brach jetzt die Leidenschaft, von der sie gar nichts gewusst hatte, aus ihr heraus.

Friederike stand am Fenster, sah hinaus auf die Stadt, die genauso grau war wie ihre Stimmung. Sie lehnte die Stirn an die Scheiben, um sie zu kühlen, und sah auf die Grimmaische Straße hinunter. Den Boten, der mit dem Pferd geritten kam und vor dem Hause der Tante hielt und absaß, sah sie auch. Behutsam und ohne den geringsten Lärm zu machen öffnete sie das Fenster und beugte sich leicht vor.

»Hier, dieses Schreiben bringt nach Naumburg«, hörte sie die Stimme Brigittes.

»Zu Diensten, Herrin. An welche Adresse?«, fragte der Bote.

»Stellt Euch nicht dumm, Bote. An dieselbe Adresse wie immer. Und hütet Euch, ein Wort darüber zu verlieren.«

Ganz weit beugte sich Friederike nun aus dem Fenster, doch sie konnte das Gesicht des Boten nicht erkennen, sah nur, wie er den Brief in die Satteltasche steckte, sich auf sein Pferd schwang und davontrabte.

Behutsam schloss sie das Fenster, dann holte sie die halb verbrannten Papierschnipsel, die sie vor Christophs Geburt im Kamin gefunden hatte, hervor und setzte sie erneut zusammen. Und richtig, da stand es: Naumburg.

Christian war in Naumburg. Und Brigitte hatte es gewusst, aber ihr nichts davon gesagt. Friederike spürte, wie die Erstarrung, die sie so lange in ihrem Griff gehalten hatte, von ihr wich. Ja. Sie würde nach Naumburg gehen, würde Christian mit eigenen Augen sehen und mit eigenen Ohren hören, warum er sie verlassen hatte. Sie packte warme Kleidung in einen Lederbeutel, holte sich in einem unbeobachteten Augenblick aus der Küche etwas Proviant und überlegte, ob sie Brigitte einen Brief schreiben sollte. Doch schnell verwarf sie diesen Gedanken wieder. Ihre Tante hatte heimlich mit Christian korrespondiert. Wenn sie nur ahnte, wohin sich Friederike aufmachen wollte, würde sie Himmel und Hölle in Bewegung setzen, um sie aufzuhalten. »Gott schütze Christoph. Pass gut auf ihn auf.« Das musste genügen als Nachricht, beschloss Friederike.

Dann verließ sie das Haus, um zu erfahren, warum ihr Leben, noch kaum begonnen, schon verloren war. Was hatte sie falsch gemacht, dass niemand sie lieben konnte? Die Mutter nicht, der Liebste nicht, und auch die Tante hatte sie verraten.

Bin ich schlechter als die anderen?, fragte sie sich, wahrhaftig weniger klug und anmutig? Bin ich zum Verlieren geboren?

Ich bin dieses Leben leid. Aber bevor alles zu Ende geht, will ich doch wissen, warum ich so unglücklich bin. Vielleicht gibt es dann anderswo ein anderes Leben für mich, und ich kann von vorn beginnen. Ohne die alten Fehler.

18

Es ist unsere Chance, ein eigenes Leben zu führen, Barbara. Zum Kaufmann bin ich nicht gemacht. Aber als Kaffeehausbesitzer könnte ich Geschäfte machen und gleichzeitig der Dichtkunst nachgehen. Hier verkehren sie, die Poeten und Verleger, die Philosophen und Gelehrten. Ich könnte dazulernen, während ich arbeite. Ich bekäme Inspirationen, ohne das Haus verlassen zu müssen. Und du, du könntest dich um die Gäste kümmern. Sie würden dich lieben, das weiß ich.«

»Du willst ein Schankmädchen aus mir machen?«

»Aber nein, nein. Ganz anders. In Berlin und in Frankreich, da unterhalten vornehme, gebildete Damen Salons, in die sie Künstler und Gelehrte laden. Wäre das nichts für dich? Du stehst dem Kaffeehaus vor, kontrollierst die Bücher, kümmerst dich um alles Geschäftliche, den Einkauf und so weiter. Und am Abend, wenn die Tagesgäste zu Hause sind, kannst du Maler und Musiker, Lyriker und andere interessante Menschen einladen. Wir könnten Musikabende geben oder Lesungen und Vorträge abhalten. Wir könnten zu einem kulturellen Mittelpunkt werden, und du, Barbara, stehst dann all dem vor.«

Barbara biss sich auf die Unterlippe und überlegte. »Ein

seriöses Unternehmen gibt Sicherheit, hat einen guten Ruf und genießt Ansehen. Warum dies alles aufgeben für etwas, von dem niemand weiß, wie es läuft?«, fragte sie.

»Weil es nicht von uns kommt, sondern von den Vätern und Vorvätern. Weil ich mir nicht ausgesucht habe, in ein Kaufmannsgeschlecht hineingeboren zu werden, und weil ich, wenn es schon so ist, dort nicht zeitlebens verweilen möchte. Eine neue Zeit ist angebrochen, Barbara, die Vernunft regiert. Die Vernunft und das Gefühl.«

Barbara, die die ganze Zeit am Kamin gelehnt hatte, setzte sich und sah ihren Mann nachdenklich an.

»Eine neue Zeit, sagst du. Müsstest du mich dann nicht fragen, was ich möchte?«

Jago breitete die Arme aus. »Aber das tue ich doch. Wenn du nicht willst, so brauchst du nicht mehr im Kontor zu arbeiten. Du kannst machen, was du willst.«

»Und wenn ich auch nicht in einem Kaffeehaus arbeiten möchte?«

Jago fiel die Kinnlade herunter. »Nicht? Aber ich dachte … Was möchtest du dann?«

Barbara sah ihrem Mann fest in die Augen. »Kinder. Ich möchte gerne Kinder haben.«

Jetzt schwieg Jago. Nachdenklich starrte er in das Kaminfeuer. Endlich sagte er: »Könntest du denn hier, im Handelshaus, Kinder haben und dich gleichzeitig um das Kontor bekümmern?«

Barbara zuckte mit den Schultern. »Ich könnte immer bei den Kindern sein, wenn sie mich brauchen. Ein Kaffeehaus ist hingegen kein Ort für Kinder.«

»Du könntest das Geschäftliche von zu Hause aus erledigen. Oder wir könnten über dem Kaffeehaus wohnen. Das alles ist nur eine Frage der Verhandlung.«

»Und des Geldes. Was soll das Kaffeehaus kosten?«

Jago schluckte. »Zwanzigtausend Gulden.«

Barbara biss erneut auf ihre Unterlippe. »Ist es dein Traum, Jago?«

»Wie bitte?« Jago schreckte aus seinen Gedanken auf.

»Ich frage dich, ob dieses Kaffeehaus dein Traum ist.«

»Warum willst du das wissen?«

»Weil ich glaube, dass es eine Aufgabe der Liebe ist, dem anderen bei der Erfüllung seiner Träume zu helfen.«

»Barbara! Ist das wahr?« Jago griff nach ihren Händen, fiel vor ihr auf die Knie. »Meinst du das, wie du es sagst?«

Die junge Frau nickte. »Wenn es dein Traum ist, ein Kaffeehaus zu haben, so sollst du es bekommen. Wie wir es mit den Kindern machen, entscheiden wir, wenn wir Kinder haben.«

»Oh, Barbara!«, rief Jago und bedeckte ihr Gesicht mit Küssen. »Ich liebe dich. Ich liebe dich so!«

Er legte seinen Kopf in ihren Schoß, und Barbara fragte sich, ob Dankbarkeit eine Form von Liebe war, mit der sie leben konnte.

Es war schon dunkel, als die Kutsche Frankfurt erreichte. Das Haus der von Bösdorffs war hell erleuchtet. Stefan atmete auf, als die Kutsche endlich hielt, obwohl er Schlimmes erwartete. Die ganze Fahrt über von Allendorf bis Marburg und von Marburg bis nach Frankfurt hatten die beiden Frauen geschwiegen. Und auch er, Stefan, hatte nur mit seinen beiden Schützlingen gesprochen, hatte alles, was am Kutschenfenster vorüberzog, mit französischen Vokabeln bedacht, welche die Kinder wiederholen sollten. Einmal war Annemie bei einem Halt kurz verschwunden, um sich zu erleichtern, da war ihm Lisette um den Hals gefallen. »Ich liebe dich so, Stefan. Ich liebe dich dermaßen, dass ich nicht weiß, wie ich ohne dich leben soll. Was immer auch in Frankfurt auf uns wartet, versprich mir, dass du in meiner Nähe bleibst.«

Und Stefan hatte Lisette an sich gepresst und ihr alles versprochen, was sie wollte. »Ich liebe dich, Lisette«, hatte auch er gesagt. »Vor dir wusste ich nicht, wie die Liebe ist. Vergehen würde ich, wenn ich nicht mehr bei dir sein könnte.«

Die Worte hatten sich wahr und richtig angefühlt, als er sie ausgesprochen hatte, doch jetzt hing Lisettes Blick so flehentlich an ihm. Gleich würde ihr Mann aus der Tür stürzen, und kein Mensch wusste, was dann geschah.

Und Stefan, ja, er spürte den Wunsch, wegzulaufen, ganz schnell und ganz weit wegzulaufen. Was willst du von mir?, hätte er Lisette am liebsten angeschrien. Ich kann nicht für dich sorgen, kann nicht einmal für mich allein sorgen. Was soll ich mit deinen Kindern? Ich bin nicht zum Vater gemacht. Du wirst mich hassen für das, was mit uns geschehen ist. Deine Kinder werden mich hassen. Und doch liebe ich dich, würde dich gern noch viel mehr lieben, wenn wir nur frei wären. Frei von Schuld, frei von Verpflichtungen, frei von Konventionen.

Er lächelte sie zaghaft an, strich über ihr Knie.

Annemie verzog angeekelt den Mund.

»Was ist?«, herrschte Lisette sie an.

»Geschmacklos seid Ihr«, erwiderte Annemie. »Noch

nicht einmal vor dem Haus Eures Mannes könnt Ihr tugendhaft sein. Geschmacklos.«

Der kleine Arno hatte gut zugehört. »Was ist geschmacklos, Stefan?«, fragte er.

»Wasser ist geschmacklos«, erklärte dieser. »Es schmeckt nach nichts. Erdbeeren schmecken süß, manche Äpfel schmecken sauer, und Wasser schmeckt nach nichts. Es ist geschmacklos.«

»Schmeckt Maman nach nichts? Schmeckt sie wie Wasser?«, wollte der Junge wissen.

Stefan lächelte. »Ich weiß es nicht. Ich habe noch nicht von ihr gekostet.«

Der Junge lachte, und die kleine Elisabeth stimmte ein. Doch schon kam der Hausdiener, riss den Wagenschlag auf und reichte Lisette die Hand.

»Ihr sollt Euch sofort in den Salon begeben, Madame«, sagte er. »Herr von Bösdorff erwartet die kleine Gesellschaft dort, hat er gesagt.«

Wieder richtete Lisetten einen Hilfe erflehenden Blick auf Stefan. Und Stefan senkte die Augen, sah auf seine Füße, ließ Lisette allein.

Bösdorff saß auf einem zierlichen Sessel, in dem er noch kräftiger wirkte als ohnehin schon. Seine Lippen waren wie immer feucht, und er leckte darüber, als ob sie ihm schmecken würden. Er deutete mit seinem wurstigen Zeigefinger auf Stefan und sagte: »Verzeiht, dass ich Euch keinen Platz anbiete, ich glaube, Ihr habt Euch auch so schon genug in meinem Haus eingenistet.«

Dann trat Lisette ein, den Blick gesenkt, eine Hand im Nacken, in der anderen ein Buch.

»Willst du mich nicht zur Begrüßung küssen?«, fragte von Bösdorff.

Sie trat zu ihm und küsste ihn auf die Wange, da holte er auch schon aus und schlug ihr kräftig auf den Hintern, sodass sie aufschrie. »Was erlaubst du dir?«, herrschte sie ihn an. »Ich bin doch keine Wäscherin.«

»So?«, fragte er scheinheilig. »Ich hörte aber, du benimmst dich wie eine.«

Annemie kam herein. Bösdorff stand auf, ging ihr entgegen, nahm ihren Arm und geleitete sie zum bequemsten Sessel von allen, drückte ihr ein Kissen in den Rücken und holte sogar einen Schemel herbei für ihre Füße.

Endlich nahm er neben Annemie Platz, Lisette saß mit geradem Rücken und eng zusammengepressten Knien auf der Sofakante, während Stefan in der Nähe der Tür stand, den Hut noch in der Hand.

Von Bösdorffs Blick verweilte lange auf Lisette, die sich darunter quälte wie inmitten eines Eissturms.

Dann war Stefan an der Reihe, doch der war noch ungeübt im Zweikampf der Männer. Er sah dem Freiherrn geradewegs ins Gesicht, wollte darin lesen, was er zu erwarten hatte.

»Senk Er endlich die Augen!«, brüllte plötzlich der Freiherr los, und Stefan tat es, fuhr verlegen mit der Schuhspitze auf dem Salonparkett herum.

»Mir ist zu Ohren gekommen, dass ich wohl zu viel Vertrauen in die Tugend meiner Frau hatte, zu viel Vertrauen auch in meinen Hofmeister.«

Dann schwieg er, und Stefan warf einen Blick zu Lisette, die zu zittern begonnen hatte.

»Ich kann nichts beweisen, kann auch keinen Ärger gebrauchen. Die Franzosen treiben es schlimmer, als jeder von uns gedacht hat. Im Augenblick habe ich wahrhaftig keine Zeit für die Launen meiner Frau. Meine Mutter sagte mir einst, man solle die Frauen immer beschäftigen, so würden sie nicht auf dumme Gedanken kommen. Ich halte die Worte meiner Mutter in Ehren. Du, Lisette, wirst ab heute die Kinder unterrichten. Und Ihr, Hauslehrer, werdet die Güte haben, mein Anwesen so schnell wie möglich zu verlassen. Eine Empfehlung kann ich Euch leider nicht ausstellen, es sei denn, Ihr wolltet Euch als Deckhengst verdingen.«

Lisette schrie leise auf bei diesen Worten, doch der Freiherr war schon aufgestanden und schlug ihr mit der flachen Hand quer über den Mund.

Stefan ballte die Fäuste, trat zu Bösdorff und holte aus. Sofort schoss Blut aus der Nase des Freiherrn.

Der lächelte, wischte das Blut mit dem Handrücken über sein Gesicht. Dann nahm er einen Handschuh und warf ihn Stefan ins Gesicht. »Ihr wisst, was das bedeutet, nicht wahr?«

Stefan nickte. »Ihr fordert mich zum Duell.«

»Morgen, bei Sonnenaufgang in der Bornheimer Heide. Benennt mir Eure Sekundanten.«

Stefan schüttelte den Kopf. »Ich habe keine.«

Von Bösdorff runzelte die Stirn. »Ihr werdet doch Freunde haben.«

Stefan dachte an Georg und den Zimmermann, welche die Aristokraten am liebsten an der Laterne sehen würden. »Haltet mich für einen Feigling, mein Herr, aber ich duelliere mich nicht. Nicht mit Euch und nicht mit anderen. Mit Waffen löst man keine Probleme.«

Dann verbeugte er sich vor den Damen und ging.

»Eckehard?« Thedas Stimme klang leise und so weich, als käme sie von einer anderen Frau.

»Ja, mein Herz, was ist?«

Sie seufzte. »Ich muss jetzt gehen.«

Sie stand auf, zog sich in fliegender Eile an, wich Eckehards Blick aus.

»Was ist mit dir, warum die Eile?«

»Ich … ich muss nach Hause, muss im Kontor nach dem Rechten sehen. Halte mich nicht zurück!«

Ihr Ton klang eisig. Selbst der Dackel, der auf einem Fell in der Nähe der Tür lag, zog den Schwanz zwischen die Beine. Eckehard richtete sich im Bett halb auf. »Habe ich etwas falsch gemacht?«, fragte er.

Theda lachte schrill auf. »Nein, wieso denn? Ganz und gar nicht. Aber nun muss ich los.«

Sie nickte mit dem Kopf, als wäre er ein flüchtiger Bekannter, den sie auf dem Markt getroffen hatte, und wandte sich zur Tür. Doch da war Eckehard mit einem Satz aus dem Bett, hielt sie am Arm.

»Theda, was ist los? Warum bist du jetzt so kalt? Eben warst du noch so weich und warm in meinen Armen, und nun benimmst du dich wie eine Fremde. Bereust du, was wir getan haben?«

Theda schluckte, dann stieß sie Eckehard mit beiden Händen von sich. »Lass mich. Was war, das war. Es wird nicht wieder vorkommen.«

Sie merkte selbst, dass ihre Stimme auf einmal zu zittern begann. Tränen stiegen ihr in die Augen. Als sich Eckehards Arme fest um sie schlossen, trommelte sie mit ihren Fäusten gegen seine Brust, doch schon bald fehlte ihr die Kraft dafür, und sie ließ ihren Kopf an seine Schulter sinken und weinte.

»Pscht, pscht«, machte Eckehard, strich über ihren Rücken, führte sie zurück zum Bett, wiegte sie in seinen Armen wie ein Kind. Und sie verbarg sich an seinem Leib, suchte Schutz an seiner Haut und weinte, wie sie noch nie in ihrem Leben geweint hatte. Mit jeder Träne wurde ihr leichter, jeder Schluchzer machte ihre Brust freier, und jedes Seufzen ließ ihren Atem ruhiger fließen.

Eckehard hielt sie fest, streichelte sie, und als sie sich schon beinahe beruhigt hatte und von ihm weg wollte, da hielt er sie noch fester und sagte leise: »Bleib noch ein wenig bei mir, meine Kleine, mein Liebes, meine Zarte.« Theda hörte diese Worte, sah ihn an und musste erneut weinen. »Meine Kleine, mein Liebes, meine Zarte«, flüsterte sie vor sich hin, als würde sie erst in diesem Augenblick die Bedeutung dieser Worte begreifen.

»Ja, meine Zarte, meine Feder, mein Glück.«

Da wurde Theda ganz ruhig und ganz leicht. Sie strich mit der Hand über Eckehards Brust und fragte leise: »Denkst du nun schlecht von mir?«

Eckehard lachte leise. »Wie kommst du darauf? Weshalb soll ich schlecht von dir denken?«

»Ich habe mich benommen wie eine feile Metze, wie eine Magd im Heu, habe gestöhnt … und … und alles.«

»Ich habe es genossen«, erwiderte Eckehard. »Du bist

eine leidenschaftliche Frau, ein Weib mit Temperament, ein Vulkan unter der Haube der Ehrbarkeit. Jeder Mann wünscht sich eine solche Frau.«

»Aber ist das nicht billig? War ich nicht wie eine Hündin, wie ein Tier, das keine Moral kennt und keine Tugend?«

Eckehard fasste sie bei den Schultern und schob sie ein kleines Stück von sich weg, sodass er ihr in die Augen sehen konnte. »Weißt du denn wirklich so wenig von der Liebe?«, fragte er.

Theda wurde rot, sah nach unten auf ihre Hände, die sie im Schoß verkrampft hielt. »Ich war verheiratet, das weißt du doch.«

Eckehard nickte, bedeckte ihr Gesicht mit Küssen, dann flüsterte er: »Lass mich dir die Liebe zeigen. Immer, jeden Tag und jede Nacht. Bleib einfach bei mir. Gleich morgen können wir das Aufgebot bestellen und heiraten.«

Theda stieß ihn von sich weg. »Was denkst du dir, Eckehard. Wir haben schon darüber gesprochen. Ich bin eine Geisenheimer, mein Platz ist auf der Zeil. Ich habe Kinder, ich habe ein Unternehmen, um das ich mich kümmern muss.«

Eckehard stand auf, schlüpfte in seine Sachen, kämmte sich das Haar und schwieg.

»Warum sagst du nichts?«, fragte Theda.

»Was soll ich noch sagen? Deine Kinder brauchen dich nicht mehr. Und das Unternehmen, herrjeh. Es gehört deinen Kindern. Sie sollen sehen, wie sie damit zurechtkommen. Wenn du nur wolltest, Theda, dann könntest du deine Siebensachen in einen Koffer packen und zu mir kommen. Du könntest alles tun, was du wolltest. Ich dachte immer, du bist eine mutige Frau. Aber nun entpuppst du dich als eine, die der alten Zeit anhängt. Goethe und Herder und Kant haben uns neue Ideen gegeben. Verstand und Gefühl. Darauf kommt es an, Theda. Nicht auf Konventionen oder darauf, was die Leute denken. Die Revolution in Frankreich hat gezeigt, dass die Frauen nicht schlechter oder weniger klug sind als Männer. Nur du, Theda, klammerst dich plötzlich ans Alte. Was willst du? Wovon träumst du?«

»Was soll ich schon wollen?«, fragte Theda. »Ich bin Witwe, ich habe nicht mehr viel zu wollen. Ein ordentliches, ehrbares Leben will ich führen mit Kindern und Enkeln, die wohlgeraten sind und mir keine Schande machen.«

»Nein, ich meine es anders. Stell dir vor, eine gute Fee käme zu dir und fragte dich, wie du dir dein zukünftiges Leben denkst. Du darfst dir alles wünschen, darfst Königin sein wollen oder Gauklerin, darfst dir Juwelen und Perlen wünschen oder die Gabe, alle Sprachen dieser Welt zu sprechen, und zu reisen wie die Brüder Humboldt. Was würdest du dir wünschen?«

Theda überlegte nicht lange. »Ich würde mir wünschen, ich wäre ein Mann.«

Eckehard lachte. »Ja, so kenne ich dich. Aber wie würdest du als Mann leben?«

»Oh«, über Thedas Gesicht zog ein Lächeln. »Ich würde mir Vorträge anhören, würde den *Merkur* lesen anstatt des *Journals des Luxus und der Moden*. Ich würde im Kaffeehaus sitzen wie Jago und Tabak rauchen. Aber Verse, nein, die würde ich nicht schreiben. Das sicher nicht. Nur reden würde ich gern, reden mit den Dichtern und den Malern. Vielleicht würde ich all ihre Bücher lesen und ins Theater gehen, so oft ich wollte. Und dann würde ich gern reden über das, was ich gesehen und gelesen habe. Und vielleicht, wenn ich noch jünger wäre und keine Verpflichtungen hätte, ja, vielleicht würde ich reisen. Ich war noch nie in Zürich. Es muss wunderschön sein, ein See mitten in der Stadt. Goethes Mutter hat mir erzählt, ihr Augenstern wäre dort gewesen. Die Alpen, stell dir vor, Berge, deren Spitzen mit Schnee bedeckt sind, das ganze Jahr hindurch. Berge, so hoch, dass sie in den Wolken verschwinden. Ja, das würde ich gern sehen, das würde ich tun, wenn ich ein Mann wäre.«

Lächelnd sah Theda zu Eckehard. Der breitete die Arme aus und sagte: »Aber das kannst du doch alles tun. Du bist frei, hast deine Pflichten getan. Du kannst reisen. Wir können zusammen reisen. Nach Zürich, über die Alpen nach Italien. Wir können ans Meer fahren, können Zitronenbäume sehen.«

Sofort verschwand Thedas Lächeln. »Nein«, sagte sie. »Es geht nicht. Meine Söhne, Friederike, das Handelshaus, sie alle brauchen mich noch. Besonders das Unternehmen, und besonders jetzt.«

In wenigen Worten berichtete Theda, wie die derzeitigen Zahlen aussahen. »Ich muss große Anstrengungen unternehmen, um zu retten, was zu retten ist. Im Übrigen wurde mir zugetragen, dass mein Sohn Jago das Kaffeehaus, in dem er sich beinahe jeden Tag aufhält, kaufen will. Ich muss das verhindern.«

»Aber warum? Für wen das alles?«, fragte Eckehard. »Sag mir, für wen willst du das Handelshaus retten? Jago sieht sich als Dichter, Stefan als Revolutionär. Friederike ist Mutter, und eine ledige dazu. Für wen willst du es retten? Ist es nicht eher an der Zeit, dass du zu leben beginnst? Und zwar das Leben, welches du gern führen würdest? Verkauf das Handelshaus. Gerade jetzt. Euer Ruf ist erstklassig, du könntest einen hohen Gewinn erzielen, ohne dich um die Probleme kümmern zu müssen. Verkauf das Geschäft, zahle deine Kinder aus, lass sie machen, was sie zu ihrem Glück brauchen, und suche du das deinige.«

Theda schüttelte den Kopf. »Mag sein, ich bin noch nicht reif für die neue Zeit. Erst muss alles seine Ordnung haben, ehe ich an mich denken kann.«

»Nie wird alles seine Ordnung haben, und also wirst du nie an dich denken. Du hast Angst, Theda. Du hast Angst vor dem Leben und vor der Liebe. Du versteckst dich nur hinter deinem Unternehmen und deinen Kindern.«

Er brach ab und betrachtete sie. »Es ist schade, Theda. Ich würde dir gern die Welt zu Füßen legen, würde dir gern die Sterne vom Himmel holen, würde dich gern glücklich machen. Aber das kann ich nur, wenn du mich lässt.«

19

Die Preußen und die Hessen ziehen heran.« Georg hatte rote Wangen und blitzende Augen. Er saß in der *Eisernen Hand*, ihm gegenüber auf der Bank Stefan, daneben der Zimmermann. »Wenn sie vor den Toren stehen, dann werden die Franzosen ihnen den Arsch versohlen. Frankfurt wird eine Republik wie Mainz werden.«

»Wie kannst du da so sicher sein? Auch in Mainz wollen nicht alle die Republik«, erwiderte Stefan. »Die Obrigkeit hat sich aus dem Staub gemacht. Im Grunde ist Mainz eine Stadt ohne Führung. Ein Leichtes, sich da an die Spitze zu setzen, wie Forster und die Jakobiner es getan haben. Eine Mainzer Republik? Dass ich nicht lache. Nein, ich glaube nicht an deren Bestand. Der Erzbischof von Mainz ist der zweitgrößte Mann im Lande nach dem Kaiser, er ist Erzkanzler. Er wird seine Stadt, die heimliche Hauptstadt des Heiligen Römischen Reiches Deutscher Nation, nicht aufgeben. Wahrscheinlich werden andernorts schon Truppen herangezogen, um Mainz zu befreien.«

»Was weißt du denn schon? Bist lange weg gewesen, hast dich aus dem Staub gemacht, als wir dich hier gebraucht hätten.«

»Ja, ich war unterwegs. Und in den Herbergen habe ich

gehört, was die Leute reden. Ein paar Männer, Handwerker wie ihr, kamen direkt aus Mainz und haben mir berichtet, was sich dort ereignet hat.«

Der Zimmermann spuckte auf den Fußboden. »Verdrückt hast du dich, als wir die Tore öffnen wollten.«

»Die Tore sind von allein aufgegangen. Ohne dass es Tote gegeben hat.«

»Trotzdem hätten wir dich hier brauchen können. Es ist uns noch nicht gelungen, mit den französischen Generälen zu reden.«

Stefan zog verblüfft die Augenbrauen hoch. »Wieso nicht?«

Der Zimmermann betrachtete seine Fingernägel, während Georg dem Schankmädchen ein Zeichen machte, ihm neues Bier zu bringen. Schließlich antwortete er: »Einige Frankfurter sind nach Mainz gegangen, um dort an der neuen Republik zu bauen. Andere haben sich, als es ernst wurde, von uns getrennt. Und wir, die wir noch übrig sind, wir sind Handwerker.«

»Na, und?«, fragte Stefan.

»Wir sprechen kein Französisch.«

»Was?«, fragte Stefan. »Ihr habt hier gesessen und gewartet und nichts getan, weil ihr kein Französisch sprecht? Die Revolution in Frankfurt ist an euren Sprachkenntnissen gescheitert? Freiheit, Gleichheit und Brüderlichkeit verloren wegen Unwissenheit?« Und dann lachte er, lachte so laut und so lange, bis der Zimmermann aufsprang und ihm aufs Maul haute.

* * *

Blutend kam er nach Hause. Hedi fragte nicht viel. Sie brachte Wasser, Tücher, Kamille. Erst als Stefan rein von Blut war, holte sie aus ihrer Schürzentasche einen Umschlag, der von der Feuchtigkeit in der Küche leicht gewellt war.

»Was ist das?«, fragte er.

Hedi zuckte mit den Achseln. »Ein Bote brachte das Schreiben. Der Hausdiener der von Bösdorffs.«

Stefan brach das Siegel. Hedi stellte sich dicht hinter ihn und versuchte, über seine Schulter zu schauen.

»Ist es etwas Schlimmes?«

Stefan ließ das Schreiben sinken. »Nein, mach dir keine Sorgen. Es ist nur eine Art Empfehlung für meine Dienste als Hofmeister.«

Dann drehte er sich um und ging in sein Zimmer, setzte sich auf die Fensterbank und las das Schreiben noch einmal:

»Mein Herr,

hiermit fordere ich Euch nochmals zum Duell auf. Wir treffen uns am 2. Dezember 1792 im Morgengrauen hinter der großen Bleiche.

Falls Ihr mir noch immer die Satisfaktion verwehrt, so werde ich meine Frau am Mittag des oben genannten Tages aus meinem Hause weisen.

Erweist Euch also als Herr und erspart meiner Frau diese Schmach.

Gezeichnet Carl August, Freiherr von Bösdorff.«

* * *

Stefan seufzte. Dann sah er aus dem Fenster. Der 2. Dezember, das war morgen. Er musste zum Duell, unbedingt. Lisettes Schicksal lag in seiner Hand. Er konnte nicht zulassen, dass ihr Mann sie verstieß, ihr die Kinder raubte.

Aber er konnte auch nicht auf ihn schießen. Er konnte überhaupt nicht schießen, besaß gar keine Waffe. Niemals wollte er auf einen anderen Menschen zielen, niemals Gewalt ausüben. Sollte er hingehen, ohne Waffe, und sich erschießen lassen?

Er sah aus dem Fenster über den Hof des Handelshauses. Hier sollte nach dem Willen seines Vaters seine Zukunft liegen. Er hatte sie verschmäht. Jetzt habe ich keine Zukunft mehr, dachte er und seufzte. Ich bin noch so jung. Ich bin nicht wie Jago, kein Dichter, der womöglich bereit wäre, für seine große Liebe zu sterben.

Aber ich liebe Lisette. Lisette soll leben. Sie soll glücklich sein. Ich übernehme die Verantwortung. Sanft strich er über das Holz seines Schreibtischs, nahm zaghaft Abschied. Dann, bevor ihm die Tränen in die Augen stiegen, stand er auf und verließ das Haus.

In der *Eisernen Hand* herrschte ungewöhnliche Leere.

Nur ein junger Mann, der Stefan gerade mal bis zum Kinn reichte, war da. Stefan setzte sich zu ihm. »Bist du einer von den Jakobinern?«, fragte er.

Der junge Mann nickte. »Gabriel heiße ich, wie der Erzengel. Ich bin Geselle beim Bäcker in der Töngesgasse. Und Jakobiner.«

Er murmelte etwas, das Stefan nicht verstand.

»Was hast du gesagt?«

»Jakobiner bin ich, aber sicher nicht mehr lange.«

»Wieso das? Die preußisch-hessischen Truppen stehen mit überlegenen Kräften vor den Toren. Hast du Schiss in der Hose, jetzt, wo es drauf ankommt?«

Gabriel verzog den Mund. »Du redest wie Georg. Aber das ist es nicht, ich bin kein Feigling. Es ist nur so, dass das, was in Paris geht, nicht unbedingt auch in Frankfurt gehen muss. Ich bin nicht unzufrieden mit dem Stadtrat, und ebenso wenig mit dem Kaiser. Warum also soll ich gegen sie sein? Mein Meister zahlt mir ordentlich Lohn, und wenn ich Glück habe, gibt er mir eine seiner Töchter zur Frau.«

»Du willst also nicht kämpfen, weil es dir einigermaßen gut geht?«, fragte Stefan verblüfft. Er spürte, dass ihm Gabriels Gedanken nicht so fremd waren, wie er es gern gehabt hätte.

»So kann man es nicht sagen. Die Armen der Stadt, sie hätten sich zusammenschließen und kämpfen sollen, so wie in Paris. Aber das haben sie nicht getan. Wie viele Jakobiner gibt es in Frankfurt? Nur die zwei, drei Dutzend, die sich in der *Eisernen Hand* treffen? Ich war gestern in der Gesellenstube der Bäcker. Niemand von uns will sich gegen seinen Meister erheben. Frankfurt war und ist eine Reichsstadt. Hier gelten andere Gesetze.«

Stefan dachte nach. »Warum erheben sich die Armen nicht, was meinst du?«

Gabriel zuckte mit den Achseln. »Vielleicht scheuen sie die Verantwortung. Sie haben nicht gelernt, andere zu regieren. Sieh dich doch um. Seit die Franzosen in der Stadt sind, geht es uns schlechter. Wir backen ganze Nächte durch Brot. Morgens kommen die Franzosen und holen es sich, ohne einen roten Heller dafür zu bezahlen. Wenn die

Hausfrauen dann kommen, haben wir für sie nichts mehr. Unser Weizen geht bald zu Ende. Wer weiß, womit wir dann backen. Bei den Bierbrauern, den Schlachtern und vielen anderen Gewerken sieht es ähnlich aus. Zwei Millionen Gulden wollen die Franzosen von der Stadt erpressen, von den Bürgern, also von uns. So habe ich mir die Revolution nicht vorgestellt.«

Stefan nickte. »An deinen Worten ist Wahres dran. Die Besatzung drückt die Stadt zu Boden. Niemand hat etwas davon, dass die Franzosen da sind, ausgenommen einige wenige, die mit ihnen Geschäfte machen.«

»Und so wird es immer bleiben. Täubchen fliegt, wo Täubchen ist.«

Jetzt schwiegen beide jungen Männer. Das Schankmädchen brachte Wein, und Stefan dachte mit einigem Grauen an den nächsten Morgen. Was soll mir die Revolution, was soll mir Gleichheit, Freiheit, Brüderlichkeit, wenn ich morgen sterbe. Da fiel ihm ein, dass er einen Sekundanten brauchte.

Er sah zu Gabriel. »Kannst du mir einen Gefallen tun?«

Der junge Bäcker nickte. »Was soll ich machen?«

»Im Morgengrauen hat mich jemand zum Duell gefordert. Ich muss da hin, habe eine Verpflichtung. Aber ich werde nicht schießen, werde ohne Waffen dorthingehen. Einen Sekundanten brauche ich, der danach meiner Familie berichtet. Würdest du das tun?«

Gabriel seufzte. »Es geht um die Ehre?«

»Ja. Es scheint so. Mir wäre lieber, man könnte die Angelegenheit anders regeln.« – »Eine Frau?«

»Wenn ich nicht erscheine, so wird er sie verstoßen.«

Gabriel nickte. »Dann musst du gehen. Ich werde dich begleiten.«

Stefan dankte ihm, dann rief er das Schankmädchen und ließ eine große Kanne vom besten Wein kommen.

Als Jago in das Kaffeehaus kam, sah er Erato auf dem Schoß eines Franzosen sitzen. Sogleich stand sie auf und kam zu ihm. »Du warst lange nicht da«, sagte sie.

»Du hast dich auch ohne mich nicht gelangweilt, sehe ich.«

»Was soll ich tun? Ich habe keinen Mann, der für mich sorgt. Also muss ich sehen, wie ich zurechtkomme.«

Jago zog sie an sich heran und roch französisches Parfum. »Hurst du mit den Franzmännern?«, fragte er drohend.

Erato schüttelte den Kopf. »Ich bin nett zu ihnen, das ist alles.«

Jago sah sich um, dann packte er Erato fest am Handgelenk. »Ich werde dieses Kaffeehaus kaufen, meine Muse. Sobald ich es habe, können wir jeden Tag zusammen sein. Dann gehörst du nur mir.«

Erato lachte. »Du willst das Kaffeehaus kaufen? Das wollten schon einige. Und was habe ich davon?«

Das Mädchen setzte sich auf Jagos Schoß, spielte mit der Kette, die er ihr geschenkt hatte. Auf einmal erinnerte sich Jago daran, dass er sie von Barbara gestohlen hatte. »Gib mir die Kette, mein Lieb. Ich brauche sie. Ich kaufe dir eine viel schönere.«

Erato sprang auf und schüttelte den Kopf. »Du willst mich bestehlen? Willst mir nehmen, was mir gehört?«

»Aber nein, ich liebe dich. Doch meine Frau wird hierherkommen, wenn ich das Kaffeehaus gekauft habe.«

»Pffft! Das ist mir gleichgültig, mein Lieber. Du kommst zu mir nur, wenn du mich brauchst. Ansonsten bin ich dir nicht mehr als ein einfaches Schankmädchen.«

Sie warf den Kopf in den Nacken, ihre Augen blitzten. »Würdest du mich wirklich lieben, dann würdest du für mich sorgen. Gerade jetzt.«

»Gerade jetzt? Was soll das heißen?«

Erato lachte, und es klang schrill. »Gerade jetzt soll heißen, dass ich dich gerade jetzt brauche.«

Dann wandte sie sich ab und ging zurück zum Tisch der Franzosen, die sie mit großem Gejohle empfingen.

Barbara kämpfte mit den Tränen. Sie stand hinter einem Laternenpfahl verborgen und verfolgte die Vorgänge im Kaffeehaus. Sie hatte alles gesehen. Alles. Wie Erato auf dem Schoß ihres Mannes saß, wie dieser sie geküsst und ihre Brüste gestreichelt hatte. Ja, sie hatte sogar an Eratos Hals eine Kette gesehen, die ihr sehr vertraut war.

In manchen Stunden hatte sie bisher geglaubt, Jago habe grundsätzlich kein Interesse an der Liebe, es reiche ihm womöglich, die Liebe in Verse zu bringen, doch nun wusste sie es besser. Sie schluckte, taumelte ein Stück die Straße entlang. Dann aber fasste sie einen Entschluss und machte sich auf den Weg zu ihrem Vater.

Es war kalt, so bitterkalt. Friederike, noch geschwächt von der Geburt, zitterte am ganzen Leib. Den ganzen Tag über war sie gelaufen. Jetzt, am späten Nachmittag, spürte sie ihre Füße. Sie setzte sich am Wegrand auf einen Baumstumpf und verschnaufte. Einen Großteil der Strecke war sie mit einem Buchdrucker aus Leipzig gefahren, nun sah sie die Türme des Domes zu Naumburg vor sich.

Friederike starrte in die Ferne. Sie wusste jetzt, wo Christian war. Noch einmal war sie in der Burse gewesen, und dieses Mal hatte sie einen ehemaligen Mitstudenten Christians getroffen. Nach Naumburg sei er gegangen, um für ein Jahr am dortigen Gericht als Assessor zu arbeiten.

»Warum hat er sein Studium unterbrochen?«, hatte Friederike ihn gefragt.

Der Student war von einem Fuß auf den anderen getreten. »Ich kann es Euch nicht sagen«, hatte er schließlich gemurmelt. »Es müssen persönliche Gründe gewesen sein.« So viel Friederike auch noch gefragt hatte, der junge Mann war ihr eine Antwort schuldig geblieben.

Und nun saß sie vor den Toren der Stadt, sah der blassen Wintersonne beim Untergehen zu, fror am ganzen Leib und fragte sich ängstlich, was sie sich von Christian erhoffte, wenn sie ihn fand.

Sie hatte Wünsche, so viele Wünsche. Alles sollte so sein, wie es in Frankfurt gewesen war. Christian und sie und eine schneeweiße Zukunft vor ihnen. Aber das ging nun nicht mehr. Sie hatte ein Kind geboren. Weh hatte es getan, so weh, den winzigen Christoph in Brigittes Armen zu sehen. Sie hätte ihn so gern als ihr Kind gehabt. Ihr Kind, um das sie sich kümmern und das sie aufziehen konnte. Aber wie sollte das gehen ohne Mann. Nein, sie hatte vernünftig gehandelt und schuldete Brigitte alle Dankbarkeit dieser Welt. Die Tante hatte ihr die Zukunft wiedergegeben und auch ihrem Kind eine Zukunft versprochen. Aber was sollte sie, Friederike, mit einer Zukunft ohne Christian?

Sie seufzte, stand mühsam auf und schleppte sich zum Stadttor. Dort fragte sie nach einer christlichen Herberge, die sie bald erreichte. Sie aß ein wenig Suppe, trank ein paar Schluck heißen Wein und rollte sich dann auf einem Strohsack in einem Schlafsaal für Frauen zusammen. Morgen, dachte sie beim Einschlafen, morgen werde ich Christian suchen. Und, bei Gott, ich werde ihn finden.

Stefan hatte bis zur Sperrstunde in der *Eisernen Hand* gesessen und eine Kanne nach der anderen geleert. Doch sein Kummer ließ sich nicht ersäufen. Die Gedanken blieben klar, der Morgen rückte unerbittlich näher. Stefan hatte geglaubt, verzweifeln zu müssen, doch er verspürte nur eine tiefe Traurigkeit und Wehmut, wenn er an all das dachte, was er verpassen würde. Er hätte Lisette gerne länger geliebt, am liebsten sein ganzes Leben lang. Lisette, seine schöne Lisette, seine Zarte, Kluge, und vor allem seine Erste. Er hätte gern einen Sohn mit ihr gehabt, einen Sohn, der seinen Namen trug. Und er wäre gern Advokat geworden. Wie Goethe, aber nicht deswegen. Er wollte gegen Unrecht kämpfen, gegen Unheil und Unbill. Das hatte er nicht gewusst. Erst heute war ihm klar geworden, dass die Revolution nicht mehr als ein Knabentraum gewesen war. Seit heute war er kein Knabe mehr. Seit heute war er erwachsen. Wenn ich noch einmal von vorn beginnen könnte, dachte er, ich würde vieles anders machen. Das Recht würde ich studieren, der beste Jurist würde ich werden wollen. Der Beste in Frankfurt, womöglich im ganzen Reich. Recht sollte Recht bleiben. Für alle. Aber nicht für mich. Jetzt nicht mehr. Ich muss gehen, einfach so. Ich werde sterben. In wenigen Stunden schon.

Gabriel hatte ihn schon vor einiger Zeit verlassen. Er musste in der Backstube seine Arbeit erledigen, um im Morgengrauen bereit zu sein.

Stefan hockte auf der Bank, plötzlich ganz ruhig, und fragte sich, ob er Lisette noch einmal lieben würde, wenn er das Ende im Voraus kannte.

»Ja«, murmelte er leise vor sich hin. »Ja, ich würde es wieder tun.«

Das Mädchen kam zu ihm. »Herr, Ihr müsst zahlen, wir schließen jetzt.«

»Gib mir eine Korbflasche für den Heimweg«, bat er.

Das Mädchen zögerte, doch sie erkannte wohl die Not des jungen Trinkers und holte die Flasche.

Wenig später überquerte Stefan die nächtlich stille Zeil, blieb wenige Minuten vor seinem Vaterhaus stehen und sah an den Fenstern hinauf. »Lebe wohl, Maman«, flüsterte er. »Ich hätte dir gern noch gesagt, dass ich dich liebe. Ich hoffe, du hast es gespürt. Und auch dich, Jago, liebe ich mit aller Kraft, aber Friederike war mir von euch allen die Nächste. Gott schütze euch, Gott segne euch und halte seine Hand über euch.«

Jetzt stiegen tatsächlich Tränen in seine Augen. Er zog die Nase hoch und wischte mit dem Rockärmel über sein Gesicht. Dann nahm er die Kokarde vom Jackenaufschlag und legte sie vor die Haustür. Seine Jakobinermütze hängte er an die Kutscheneinfahrt. Auf eine nie gekannte Art fühlte er sich plötzlich frei. Mit der Korbflasche im Arm ging er zum Stadttor, schlüpfte dort durch ein Pförtchen, welches die Trinkbrüder auf dem Wege vom lustigen Dörfchen Bornheim nach Hause benutzten. Er lief durch die Sommergärten der Reichen. Nun, im Dezember, lagen die Beete und sorgfältig angelegten Wege verlassen da. Schon bald war er an der Bornheimer Heide angelangt, blickte über die große Bleiche hinweg in die sternklare Nacht.

Obwohl es kalt war, fror Stefan nicht. Er setzte sich am Waldrand auf einen umgefallenen Baumstumpf, entkorkte die Weinflasche, trank einen langen Schluck und sang noch einmal leise die Marseillaise vor sich hin:

Allons enfants de la Patrie,
le jour de gloire est arrivé!
Contre nous de la tyrannie,
l'étendard sanglant est levé.
Entendez-vous dans les campagnes
mugir ces féroces soldats?
Ils viennent jusque dans vos bras
égorger vos fils, vos compagnes.

Stefan hatte gehört, dass Custine seine Hauptmacht zwischen Oberursel und Höchst zusammengezogen hatte. Nur eine kleine Besatzung war in der Stadt zurückgeblieben. Aber er soll den Frankfurter Festungskommandanten angewiesen haben, die Stadt sofort in Brand zu schießen, wenn sich die Bewohner gegen die Franzosen auflehnten. Stefan hatte das alles gehört, doch er hatte sich nur kurz darüber gewundert. Freiheit und Gleichheit und Brüderlichkeit sahen anders aus. Vielleicht war das alles sowieso nichts als reine Utopie. Vielleicht war der Mensch nicht dafür geschaffen, brüderlich, frei und gleich zu leben. Aber das alles lag jetzt sowieso hinter ihm. Es war ihm gleichgültig, was die Franzosen, die Preußen und die Hessen vorhatten. Mit ihm hatte das alles jetzt schon nichts mehr zu tun.

Er wusste nicht, wie lange er dort gesessen hatte. Er wusste auch nicht, ob er zwischenzeitlich eingeschlafen war. Als er hochsah, erblickte er am Himmel den ersten schwachen Streifen Morgenlicht. Er stand auf, streckte die Glieder, wandte sich um – und erblickte den Freiherrn von Bösdorff mit seinem Sekundanten. Gleich dahinter erschien auch Gabriel.

Stefan sprach ein leises Gebet. Er beobachtete, wie Bösdorffs Sekundant zu Gabriel trat und auf diesen einsprach. Kurz darauf war Gabriel bei ihm.

»Es wird mit Pistolen geschossen«, erklärte Gabriel. Stefan wollte etwas erwidern, doch Gabriel schnitt ihm das Wort ab. »Ich weiß, du hast keine Pistole. Ich habe ihm nichts davon gesagt, das ist deine Sache. Soll ich nach seinem Sekundanten rufen?«

Stefan sah zum Himmel. Es ist das letzte Mal, dass ich die Sonne aufgehen sehe, dachte er. Aber ich würde es wieder tun. Ich würde Lisette wieder lieben. Und es ist gut und richtig, dass ich dies hier tue. Jeder richtige Mann hätte an meiner Stelle dasselbe getan. Noch ein allerletztes Mal sah er nach Osten, sah einen schwachen roten Schein am Horizont. Ganz tief sog er die Luft in seine Lungen, war erstaunt, wie würzig die Morgenluft schmeckte.

»Nein«, sagte er. »Sag dem Sekundanten nichts. Ich habe mich entschlossen.«

»Gut, wie du willst«, entgegnete Gabriel. »Jeder von euch hat drei Schuss. Wir geben euch das Zeichen für den ersten. Duelliert wird, bis einer von euch tot ist. Hast du alles verstanden?«

Stefan nickte. »Eine Bitte habe ich noch. Wenn ich tot bin, wirst du zu meiner Mutter gehen und ihr alles erklären? Wirst du ihr sagen, dass ich sie geliebt habe? Immer?«

Gabriel seufzte, dann nickte er. »Ich werde zu ihr gehen, ich werde sagen, dass du gestorben bist als ein Ehrenmann. Wir haben uns auf eine Entfernung von hundert Schritten und auf drei Schüsse geeinigt.«

Stefans Füße hoben sich, als würden sie an Fäden gezogen. Wie durch Watte hörte er die Sekundanten laut die Schritte mitzählen.

Bei »Halt« blieb er stehen und drehte sich um. Er sah, wie von Bösdorff die rechte Hand mit der Pistole hob, auf ihn zielte. Ganz ruhig stand er, die Arme locker neben sich hängend. Ganz ruhig wartete er auf den Knall, auf den Schuss.

20

Barbara hatte sich die ganze Nacht in ihrem Bett hin und her gewälzt und nachgedacht. Neben ihr schnarchte Jago, als wolle er Holz für den gesamten nächsten Winter sägen.

Er war spät nach Hause gekommen, hatte nach Tabak gerochen.

»Was brauchst du, um gute Verse schmieden zu können?«, hatte Barbara ihn gefragt.

»Nicht viel.« Jago lächelte bei diesen Worten. »Ruhe und Zeit zum Nachdenken. Ein Gedicht, weißt du, ist wie eine lange Erzählung, wie eine Novelle, wie ein Roman. Nur in der kürzesten Form, die sich denken lässt. Einem guten Dichter gelingt es, die ganze Welt in wenige Verse zu packen.«

»Bist du ein guter Dichter?«, fragte Barbara.

Jago zuckte mit den Schultern. »Ich weiß es nicht. Wann ist man ein guter Dichter? Wenn einem selbst gefällt, was man schreibt? Wenn es den anderen gefällt? Wenn man Geld bekommt für das, was man schreibt? Was meinst du?«

Barbara legte den Kopf ein wenig schief, dann erwiderte sie: »Ein guter Dichter bist du wohl, wenn es dir gelingt, die ganze Welt in Verse zu packen. Gleichgültig, was die anderen dazu sagen. Aber es ist schöner, denke ich, wenn man jemanden hat, der an einen glaubt.«

»Und? Glaubst du, dass ich ein guter Dichter bin?«

Sie zuckte die Schultern. »Du zeigst mir nur selten, was du schreibst. Woher soll ich das wissen?«

Darauf ging Jago in sein Arbeitszimmer, kam mit einem Packen Papier zurück. »Da, das sind die Gedichte, die Mercurius von mir drucken wollte. Es ist nicht dazu gekommen, von heute auf morgen wollte er nicht mehr. Nicht einmal als ich ihm alles bezahlen wollte.«

Er drückte ihr den Packen in die Hand. »Glaube nicht, ich wüsste nicht, wer dahintersteckt. Meine Mutter wird es gewesen sein. Sie wird zu ihm gegangen sein und gesagt haben, dass es sich für einen Kaufmann nicht ziemt, Gedichte zu schreiben. Ich glaube, sie würde mir erst Respekt zollen, wenn Goethe ihr schriftlich gäbe, dass das, was ich schreibe, etwas taugt.«

»Sie will doch nur das Handelshaus retten, Jago. Sie tut das alles nur für dich und Stefan und Friederike.«

Jago lachte auf. »Oh nein. Meine Mutter klebt an der alten Zeit wie eine Fliege am Honigtopf. Sie will einfach nicht begreifen, dass jeder selbst seines Glückes Schmied ist.«

»Sie will dich vor Enttäuschung und Unglück bewahren.« Barbaras Stimme war ganz sanft geworden bei diesem Satz. »Jede Mutter will das für ihr Kind. Jeder will für den, den er liebt, nur das Beste.«

Jago sah Barbara prüfend an, doch er schwieg.

»Was also brauchst du, um gute Verse schreiben zu können. Was außer Zeit und Ruhe?«

Jago fuhr herum. Er hatte den kantigen Zug, den er beim Hereinkommen im Gesicht getragen hatte, abgelegt. »Willst du das wirklich wissen? Warum?«

Barbara lächelte. »Weil ich will, dass du glücklich bist, Jago. Wir sind verheiratet. Wir wissen beide, dass unsere Hochzeit keine Liebesheirat war, doch jetzt sind wir zusammen. Wir können uns gegenseitig das Leben schwer machen, aber wir können einander auch helfen, das zu werden, was wir sein wollen.«

Er trat einen Schritt zu ihr, fasste sie beim Kinn und zwang sie, ihn anzublicken. »Das ist es, was du willst? Mich glücklich machen?«

Barbara nickte ernsthaft. »Ja, und dabei auch mein Glück finden.«

Er sah sie lange an, als sähe er sie zum ersten Mal und wolle sich ihr Gesicht für immer einprägen.

Seine Züge wurden weich dabei. »Ich wusste gar nicht, dass du so schöne Augen hast«, sagte er leise. »Dein Gesicht, es ist so … so übersichtlich, so klar und ohne Falsch. Sag, Barbara, meinst du wirklich, was du gesagt hast?«

»Ja, Jago. Ich meine es, wie ich es gesagt habe. Ich möchte mit einem glücklichen Mann und glücklichen Kindern in einem glücklichen Haus leben.«

Er ließ sie los und schüttelte verwundert den Kopf. Dann breitete er die Arme aus und rief: »Ich habe alles, was ich zum Schreiben brauche. Ruhe und Zeit und … und …«

»*Was* und?«

Er wurde still, sah auf den Boden zu seinen Füßen. »Ich hatte geglaubt, ich bräuchte eine Muse. Alle haben eine Muse. Die Musen von Goethe hießen immer Charlotte.

Aber vielleicht stimmt das nicht, vielleicht brauche ich gar keine Muse. Vielleicht ist es sogar so, dass die falsche Muse beim Schreiben nur hemmt.«

Müde wirkte er plötzlich und älter, als er war. Barbara stand auf, legte ihre Hand an seine Wange. »Lass uns neu anfangen«, bat sie. »Lass uns das Alte prüfen, ehe wir das Neue wagen. Lass es uns gemeinsam tun.«

Er nickte, lehnte seinen Kopf an ihre Schulter, verharrte eine kleine Weile so. Barbara strich ihm über das Haar. »Du bist müde«, sagte sie dann.

Und Jago erwiderte: »Ja, ich bin erschöpft. So als hätte ich die ganze Zeit gekämpft wie in einer Schlacht.«

»Ich weiß«, sagte seine Frau. »Mir geht es auch so.« Und der Kampf ist noch nicht zu Ende, dachte sie.

Jetzt lag sie im Bett, sah auf ihren schlafenden Mann, der seine Nase ins Kissen gegraben hatte. Neben ihm auf dem kleinen Nachttisch lagen die Blätter mit den Versen. Sie stand leise auf, nahm die Papiere, begab sich in den kleinen Salon, entzündete die Lampe und las.

»In meiner Brust fühl ich ein Beben,
doch ich weiß nicht: Ist dies das Leben?
Ist das schon alles, was Gott mir gab?
Dieses tägliche Sehnen nach dem Mehr,
oh, ich bitte so sehr um Erlösung …«

Barbara kämpfte mit den Tränen. Sie wusste genau, was Jago meinte. Hier war sie, ihre Welt in wenige Verse gepackt. Und es war ihr gleichgültig, ob das Versmaß stimmte, ob die Reime den literarischen Ansprüchen genügten. Da war eine Welt beschrieben. Ihre Welt. Nicht mehr. Und nicht weniger. Sie sah aus dem Fenster, sah im Osten langsam die Sonne aufgehen und wusste, was sie zu tun hatte.

Friederike war schon früh wach. Sie fühlte sich schwach und zittrig. Auch das Frühstück, Haferflocken mit Nüssen und Honig, stärkte sie nicht. Sie packte ihr Bündel, bezahlte die Zeche und trat hinaus in den nebligen Naumburger Morgen. Der Dom hatte dicke Wolken auf seine Spitzen gespießt. Handwerksgesellen öffneten die Werkstätten, in den oberen Stockwerken der Wohnhäuser wurden Kissen und Decken in die Fenster gelegt. Es roch nach heißer Milch, nach warmen Betten. Es roch nach einem Zuhause. Und Friederike fühlte sich so allein und verloren wie eine Bettlerin. Sie kramte in der Tasche nach einem Zettel, auf dem die Adresse des Gerichts stand. Dort arbeitete Christian als Assessor. Langsam ging sie die Straßen entlang, drückte gegen die riesige Holztür des Gerichtsgebäudes.

»Was wollt Ihr hier, Frau?«

Ein Mann mit Perücke trat auf sie zu, musterte sie von oben bis unten. Friederike senkte den Kopf vor Scham. Sie ahnte, was der Mann dachte: Was will diese abgerissene, kränkliche Person hier?

Leise sagte sie: »Ich suche Christian Altvater.«

Der Mann trat näher. »Christian? Wer seid Ihr? Was wollt Ihr von ihm?«

»Das … das ist privat«, stammelte Friederike.

»Nun, privat könnt Ihr ihn hier nicht sprechen, er ist gewöhnlich zum Arbeiten da. Jetzt jedoch gerade nicht.«

In diesem Augenblick zerbrach etwas in Friederike. Sie taumelte, Tränen strömten über ihre Wangen. Sie hatte so viel ausgehalten in den letzten Wochen und Monaten. Nun konnte sie plötzlich nicht mehr. Alles um sie herum begann sich zu drehen. Sie hörte noch, wie der Mann etwas rief, dann wurde ihr schwarz vor Augen.

Als sie wieder zu sich kam, lag sie auf einer Bank in einem abgelegenen Gang, eine Wolldecke über sich.

»Na, geht es wieder?« Der Mann mit der Perücke sah sie freundlich an und reichte ihr einen Becher Wasser.

Sie nickte, nahm den Becher und trank in kleinen Schlucken. Dann richtete sie sich auf, strich über Haar und Kleid.

»Woher kommt Ihr?«, fragte der Mann.

»Aus Frankfurt gebürtig, doch jetzt aus Leipzig.«

»Aus Frankfurt?« Der Mann sah sie überrascht an.

»Seid Ihr womöglich Friederike Geisenheimer?«

»Woher kennt Ihr meinen Namen?«

Der Mann räusperte sich. »Christian hat ihn einmal genannt.«

»Wer seid Ihr?«

Der Mann stand auf. »Gestatten, mein Name ist Herbig. Robert Herbig. Ich bin Richter hier. Christian ist mir als Assessor zugeordnet.«

Er verbeugte sich ein wenig, dann setzte er sich nieder. »Sagt mir, was Ihr von ihm wollt. Er hat genug durchgestanden in den letzten Monaten.«

»Er?« Friederike glaubte ihren Ohren nicht zu trauen. »Wieso denn er? Christian hat mich verlassen. Zuerst kamen noch ein paar Briefe, dann nichts mehr. Als ich nach

Leipzig kam, kannte ihn niemand. Es hat lange gedauert, bis ich erfahren habe, dass er in Naumburg ist.«

»Und nun? Was wollt Ihr von ihm?«

Friederike richtete sich auf. Alles Kindliche war von ihr abgefallen. Sie wirkte entschlossen und ernst. »Wissen will ich, warum er mich verlassen hat. Wissen will ich auch, warum er mir nichts davon gesagt hat, warum er sich wortlos davongestohlen hat. Zu einer Zeit, als ich ihn dringend gebraucht hätte.«

»Er Euch verlassen?«

»Natürlich!«

Der Richter strich sich über seine Perücke. Dann sagte er langsam: »Er hat Euch nicht verlassen. Ihr habt ihn verlassen. Einen anderen hättet Ihr und wärt im Begriff, Euch zu verheiraten mit ihm.«

Friederike riss die Augen auf und wich ein Stück zurück. »Wer behauptet das?«

»Nun, es gab wohl Briefe aus der Heimat, in denen das stand. Eure Mutter, so viel ich weiß, hat dies Eurer Tante geschrieben. Und diese hat Christian informiert. Deshalb ist er weg aus Leipzig. Deshalb, und weil er sich auf einmal nicht mehr sicher war, ob die Jurisprudenz wirklich das ist, was er sein Leben lang treiben will. Es ging ihm schlecht, sehr schlecht sogar. Er war krank und elend. Erst seit einigen Wochen hat er sich wieder gefangen.«

Der Richter hob seine Hand, legte sie auf Friederikes Arm. »Geht«, sagte er. »Geht dorthin, wo ihr hergekommen seid. Ich möchte nicht, dass der Junge erneut leiden muss.«

* * *

Stefan stand mit hängenden Armen da, wartete auf den Schuss, auf den Knall, auf den Schmerz. Doch nichts geschah. Nur ein Rabe krächzte.

Langsam öffnete Stefan die Augen. Von Bösdorff stand hundert Schritte von ihm entfernt und hatte die Pistole sinken lassen.

Gabriel rannte zu ihm, gefolgt von Bösdorffs Sekundanten, und Stefan sah, wie der Freiherr die Waffe von sich warf.

Dann winkte ihm Gabriel, kam aufgeregt zu ihm gerannt.

»Was ist?«, fragte Stefan. »Warum hat er nicht geschossen?«

»Er sagt, es wäre gegen seine Ehre, auf einen Unbewaffneten zu schießen.«

»Nein, das darf er nicht, er muss schießen!«

Stefan wurde bleich, rannte dem Freiherrn hinterher.

»Hier bin ich. Erschießt mich. Vergesst die Regeln des Duells. Erschießt mich einfach.«

»Wenn Ihr wüsstet, wie gern ich das täte, aber ich bin ein Mann von Ehre.« Bösdorffs Gesicht war hochrot, an seiner Stirn pochte eine blaue Ader.

»Bitte! Ihr müsst schießen. Lasst uns noch einmal von vorn beginnen.«

»Ihr habt keine Waffe, also werde ich nicht auf Euch schießen.«

»Lisette, was ist mit Lisette? Ihr müsst mich töten, damit sie leben kann. Ihr dürft sie nicht verstoßen, sie ist Eure Frau. Wo soll sie denn hin?«

Bösdorff betrachtete Stefan prüfend. »Ihr wollt Euch erschießen lassen, damit ich meine Frau nicht aus dem Haus weise?«

»Ja. Auch ich bin ein Mann von Ehre, Freiherr.«

Der Freiherr schüttelte leicht den Kopf, sah zum Horizont, dann schüttelte er erneut den Kopf. Stefan stand ruhig vor ihm. Sein Herz schlug in gleichmäßigen Schlägen.

Der Freiherr räusperte sich, dann hob er die Hand, und Stefan erwartete eine Ohrfeige. Doch der Freiherr bot ihm stattdessen die Hand dar. »Ja, Ihr seid in der Tat ein Mann von Ehre. Einer, der sich für die Ehre einer Frau erschießen lassen würde, verdient Respekt. Geht. Geht nach Hause und seht zu, dass Ihr mir nie wieder unter die Augen kommt.«

»Und Eure Frau?«

»Wenn jemand meine Frau so sehr liebt, dass er für sie sein Leben lässt, dann muss sie wohl liebenswert sein.«

»Lasst Ihr sie bei Euch?«

»Ja. Unter der Bedingung, dass Ihr Euch von ihr fernhaltet. Wenn Ihr sie in der Stadt trefft, so tut, als würdet Ihr sie nicht kennen. Begegnet Ihr meiner Frau auf einer Gesellschaft, so werdet Ihr diese Gesellschaft verlassen. Tut Ihr es nicht, wird unser kleines Abkommen von heute wirkungslos.«

Der Freiherr von Bösdorff winkte seinem Sekundanten und wandte sich zum Gehen. In diesem Augenblick erwachte die Stadt mit einem Donnerschlag aus ihrem Schlaf.

»Was ist los?«, rief Gabriel.

Von Bösdorff und Stefan sahen sich an. »Die preußisch-hessische Armee ist da.«

Jetzt hielt Stefan nichts mehr. Er rannte die große Bleiche hinunter, stürzte an den Sommergärten vorüber und gelangte atemlos auf die Zeil. Überall waren Menschen unterwegs. Frauen hielten sich hinter Gardinen versteckt, berittene Stadtknechte preschten vorüber, an einigen Ecken hatten sich Männer versammelt. Manche hatten Degen dabei, andere Pistolen, und wieder andere hielten Hämmer, Eisenstangen oder große Stöcke in der Hand.

Stefan sah sich nach allen Seiten um. »Was ist hier los?«, rief er.

Ein Handwerker, erkennbar an seiner Kluft, blieb kurz stehen. »Die Preußen und die Hessen versuchen, sich Einlass durch das Friedberger und das AllerheiligenTor zu verschaffen. Und die Franzosen wollen die Stadt in Brand stecken. Es ist Zeit, Freund, dass wir die Franzosen vertreiben. Komm, schließ dich uns an. Wir werden die französischen Kanonen zerschlagen und den Preußen die Tore öffnen.«

»Ja, aber, wollt ihr keine Republik wie die in Mainz und Paris?«, fragte Stefan.

»Den Teufel wollen wir. Zu fressen und genug zu saufen wollen wir, heiraten und einen Herd unser Eigen nennen, das wollen wir.«

Er schwang seinen Knüppel und sah Stefan auffordernd an. »Komm, hilf uns, die Stadt vor Unheil zu bewahren.«

Theda war sehr früh aufgestanden, vor den Hähnen sogar. Sie hatte gestern den ganzen Abend lang über den Büchern gehockt. Eckehard von Hohenstein hatte ihr geraten, einen Teil des Handelshauses zu verkaufen, um den Rest zu retten, doch das kam für sie nicht infrage. Da hätte Eckehard gleich von ihr verlangen können, einen ihrer Arme oder ein Bein zu verkaufen.

Im Weinkeller, ganz hinten, in einer versteckten Nische, lagerten noch einige Fässer mit Wein. Die Franzosen hatten sie bei ihrer Plünderung übersehen. Der Wein war nichts Besonderes, er würde im Verkauf nur wenig bringen. Guter Wein, edle Tropfen würden schon bald Mangelware werden. Und sie wusste, wie man aus einem essigsauren Getränk einen edlen Tropfen zaubern konnte. Zumindest musste sie es versuchen.

Die halbe Nacht lang hatte sie aus einem Holzblock von der Eiche Späne abgehobelt und diese zu Pulver vermahlen. Ein wenig Eichenholzspäne in ein Fass, dazu etwas Ruß, nur ein ganz kleines bisschen, und schon würde dem Wein der Geschmack der edlen Barriquefässer anhaften. Er würde schmecken, als wäre er lange gelagert und immer wieder umgefüllt worden in neue Eichenfässer, die vorher mit einer Fackel ausgebrannt worden waren.

Theda lief über den Hof, das Säckchen in der Hand, als sie Getöse von der Zeil her hörte. Kanonendonner, Schüsse, Schläge, als würde Eisen auf Eisen geschlagen. Sie hielt inne. Angst packte sie. Stefan war heute Nacht nicht nach Hause gekommen. Sollte wirklich die Revolution begonnen haben und ihr Sohn mittendrinstecken?

Sie ließ das Säckchen mit dem Holzmehl fallen, rannte zurück ins Haus, griff sich ihren Umhang und eilte zur Haustür hinaus, gefolgt von ihrem Dackel.

Die ganze Zeil war in dichten Rauch gehüllt. »Frau, was wollt Ihr hier draußen?«, schrie sie einer an, der eine Axt schwang. »Macht, dass Ihr zurück in Euer Haus kommt.«

»Aber mein Sohn, mein Sohn ist hier mittendrin. Ich muss ihn finden, muss ihn retten.«

Der Mann packte sie beim Arm. »Hier ist nichts mehr zu retten. Macht ihm einen Braten, damit er was zu beißen hat, wenn er nach Hause kommt. Hier stört Ihr nur. Am Ende steht Ihr uns noch vor den Füßen herum. Geht schon, los, ins Haus mit Euch.«

Er schob Theda zurück in den Hof.

Kaum war er weg, öffnete sie das Tor einen Spalt breit.

Sie sah flüchtende Franzosen, auf der Gasse lagen zertretene Kokarden. Da rannte einer, die Hand am Helm, und wurde von zwei Männern mit Knüppeln verfolgt. Von links ertönte Geschrei. Ein Franzose stürzte, wollte sich aufrappeln, doch schon waren die Handwerker über ihm und droschen auf den Mann ein.

Der Dackel versuchte, zwischen ihren Füßen durchzuschlüpfen, doch Theda hielt ihn fest. Sie schloss das Tor, faltete die Hände und murmelte: »Herr im Himmel, schütze meinen Sohn. Ich bitte dich. Halte deine Hand über ihn. Nimm ihn mir nicht. Ich verspreche dir, wenn du ihn verschonst, werde ich meine Schuld sühnen.«

21

Christian, oh, mein Christian, mein Geliebter. Wo ist er? Schnell, bringt mich zu ihm. Ich will ihm nicht schaden, ich muss ihm sagen, dass ich ihn liebe. Wäre ich sonst hier?«

Der Richter lächelte. »Nein, Ihr hättet den langen Weg wohl allein nicht auf Euch genommen, wenn Ihr nicht noch etwas für den Jungen empfändet.«

»Also lasst uns zu ihm gehen. Oder gebt mir seine Adresse. Ich muss hin, muss zu ihm.«

Der Richter blieb sitzen, hinderte auch Friederike mit einer Hand auf ihrer Schulter am Aufstehen. »Keine Eile, kleines Fräulein, er wird in wenigen Minuten da sein. Geht in das Zimmer dort vorn. Es ist offen, dort könnt Ihr auf ihn warten.«

Friederike sah den Richter fragend an, doch der nickte lächelnd. »Es wird alles werden, wie es werden soll. Habt keine Furcht.«

Da stand Friederike auf und ging, wohin der Richter sie geschickt hatte.

Sie stellte sich ans Fenster und sah hinaus, in der Hoffnung, Christians Ankunft zu erleben. Doch noch keine fünf Minuten waren vergangen, als die Tür sich öffnete. Sie fuhr herum, rief »Christian« und flog schon durch den ganzen Raum auf ihn zu und in seine Arme. Und er breitete die Arme aus, hielt sie fest, ganz fest umschlossen und sagte leise: »Jetzt lasse ich dich niemals mehr los.«

Die Schlacht hatte den ganzen Tag getobt. Stefan hatte mitgeholfen, die Kanonen der Franzosen zu zerschlagen. Schließlich waren die Soldaten durch das Bockenheimer Tor geflüchtet, während der Herzog von Braunschweig mit den preußisch-hessischen Truppen durch das Friedberger Tor einzog.

Erst jetzt, als sich der Kampflärm beruhigte, spürte er, wie müde er war. Er hatte die letzte Nacht nicht geschlafen, hatte nichts gegessen. Ihm war beinahe schlecht vor Erschöpfung und Hunger.

Rußgeschwärzt, mit abgerissenem Ärmel, wildem Haar und dreckverschmiertem Gesicht kam er nach Hause.

Er trat in den Vorsaal, roch den vertrauten Geruch aus Hedis Küche. Als er Thedas Stimme hörte, stürzte er die Treppe hoch, fiel ihr in die Arme und flüsterte: »Mama, ich bin wieder zu Hause.«

Und Theda hielt ihren Jungen ganz, ganz fest. »Ja«, sagte sie. »Du bist wieder zu Hause. Und dafür danke ich Gott.«

Sie sorgte dafür, dass ihm ein heißes Bad bereitet wurde, ließ Hedi den Braten bringen und bemutterte den verloren geglaubten Sohn so, dass dieser sich fühlte wie damals, als er als kleiner Junge krank gewesen war. Stefan glaubte, er hätte sich noch nie so wohl gefühlt. Hier gehörte er hin. Hier, in dieses Haus, zu diesen Leuten.

»Mutter«, sagte er später zu ihr, »es ist viel passiert in den letzten Wochen. Ich bin nun erwachsen. Und ich werde zum Studium nach Marburg gehen. Richter will ich werden, will dafür sorgen, dass Recht bleibt, was es ist, und Unrecht bestraft wird.«

Theda strich ihm über das Haar. »Ja, Stefan«, sagte sie leise. »Das ist wohl der richtige Beruf für dich.«

Kurze Zeit später kam Jago nach Hause. Auch er war schmutzig und abgerissen. »Das Kaffeehaus, es ist in Flammen aufgegangen«, berichtete er. »Überall wurde geschossen. Ich habe Tote und Verletzte gesehen.«

Er ließ sich, wie er war, in einen Fauteuil sinken, und Theda füllte ihm ein großes Glas mit Branntwein, das er sogleich hinunterstürzte.

Als er sich ein wenig erholt hatte, nahm sie ein Schreiben vom Kaminsims. »Hier, das ist schon gestern mit der Post für dich gekommen.«

Lustlos nahm Jago das Schreiben, sah auf das Siegel und richtete sich kerzengerade auf. »Es ist von Schiller. Ich habe ihm vor Wochen meine Gedichte geschickt. Hier kommt die Antwort.« Er sah seine Mutter bei diesen Worten fest an. Theda zwang sich ein Lächeln ins Gesicht. »Lass hören, was er schreibt.«

Jago brach das Siegel, las, stutze, lächelte dann. »Er will meine Gedichte abdrucken.« Seine Stimme klang ungläubig. »Zwei Stück sollen in die erste Ausgabe einer Literaturzeitschrift, die er demnächst herausgeben will.«

»Glückwunsch!« Stefan stand auf und klopfte seinem Bruder auf die Schulter. »Du wirst gedruckt. Von Schiller! Du bist ein Poet.«

»Ja«, erwiderte Jago. »Ich bin ein Poet.«

Dann hielt er inne, sah zu seiner Mutter. »Es ist viel geschehen. Wir alle haben dem Tod ins Auge geblickt. Ich weiß nun, was ich will. Wenn Goethe gleichzeitig Dichter und Minister sein kann, wenn Schiller dichtet und an der Universität lehrt, so kann ich Kaufmann und Dichter zugleich sein.«

Theda seufzte so tief, wie ihre Söhne es noch nie von ihr gehört hatten. Dann ließ sie sich auf einen Sessel fallen und bat: »Gieß mir auch ein Glas Branntwein ein, aber ein großes.«

Stefan stand grinsend auf, und beide Söhne sahen mit offenem Mund zu, wie ihre Mutter den Branntwein schluckte, als ob es sich um klares Wasser handelte.

Dann knallte sie das Glas auf den Tisch, wischte sich über den Mund und sagte: »Jetzt muss ich mich nur noch um Friederike kümmern.«

»Was ist mit ihr?«, fragte Stefan, der ja lange fort gewesen war. »Sie ist doch in Leipzig bei Tante Brigitte, um sich zu erholen, nicht wahr?« – »Brigitte schrieb mir, dass Friederike einen Sohn hat. Brigitte hat die Pflegschaft für ihn übernommen. Wie es aber um sie und Christian steht, das weiß ich nicht. Sein Vater hat abgelehnt, die beiden zu verheiraten, unser Haus hätte seinen guten Ruf verloren. Mit armen Leuten will er sich nicht verbinden.«

»Wir haben Geld. Fünfundzwanzigtausend Gulden. Die stecken wir in das Handelshaus. Und dann wollen wir doch mal sehen, wie schnell der Name Geisenheimer wieder ehrfurchtsvoll geflüstert wird.« Jago sagte diese Worte mit einer Entschlossenheit, die Theda sich nicht mehr zu erträumen gewagt hatte.

22

Theda war so aufgeregt wie seit ihren Mädchentagen nicht mehr. Das Herz klopfte in ihrer Brust, als wolle es zerspringen. Im Bauch spürte sie ein Kribbeln, als hätte sie eine ganze Ameisenstraße verschluckt. Und gleichzeitig hatte sie Angst.

Sie war auf dem Weg zu Eckehard von Hohenstein, um das Versprechen einzulösen, das sie Gott gegeben hatte. Sie wollte ihre Schuld eingestehen, wollte endlich, endlich die Schuld von mehr als zwei Jahrzehnten loswerden, die Schuld, die ihr Herz verhärtet hatte, besonders gegen sich selbst.

Eckehard von Hohenstein schien nicht überrascht, als sie an seine Tür klopfte. Noch immer dampften die Straßen vom Schlachtgetümmel, noch immer lag Pulverrauch über den Gassen und Häusern.

Er aber sah sie an, als gäbe es nur sie beide auf der Welt, nahm ihr Gesicht in seine großen, warmen Hände und sagte leise: »Da bist du ja endlich.«

»Ja«, erwiderte Theda schlicht. »Da bin ich.«

Dann ging sie hinein, folgte ihm in den Salon, ließ sich den Umhang abnehmen, die Füße auf einen Schemel legen.

Eckehard von Hohenstein goss heißen, gewürzten Rotwein aus einer Kanne in zwei Becher, reichte ihr einen davon. »Trink. Du siehst aus, als hättest du Stärkung nötig.«

Als die Becher leer auf dem Tisch standen, kniete Eckehard von Hohenstein vor ihr nieder und nahm ihre Hand: »Theda, ich frage dich heute zum letzten Mal, ob du mich heiraten willst. Wenn du heute Nein sagst, dann werde ich für immer aus deinem Leben verschwinden. Doch bevor du antwortest, solltest du Folgendes wissen: Ich habe wegen der Franzosen große Verluste gemacht, doch mein Unternehmen ist gesund. Ich möchte nicht länger arbeiten, möchte, dass dies nun andere für mich tun. Zeit möchte ich haben, um mit dir auf Reisen zu gehen. Ich möchte dir die Welt zeigen, und vielleicht sogar das Glück.«

Tränen stiegen in Thedas Augen. Sie schluckte, dann machte sie sich aus seinem Griff los.

»Wir können nicht heiraten, Eckehard«, flüsterte sie. »So gern ich es wollte, so sehr ich dich auch liebe, wir können nicht heiraten.«

Dann begann sie zu weinen, und Eckehard nahm sie in den Arm, wiegte sie und flüsterte: »Es ist das erste Mal, dass du mir sagst, dass du mich liebst. Was soll uns denn noch trennen?«

Und Theda machte sich los und schüttelte den Kopf. »Nein, Eckehard. Es ist das zweite Mal. Das erste Mal liegt über zwei Jahrzehnte zurück. Damals waren wir jung. Ich dachte, unsere Liebe hält für immer. Dann musste ich begreifen, dass für Leute wie uns eine Heirat aus Liebe nicht infrage kommt. Du musstest dich verloben, vielleicht wolltest du dich auch verloben. Mir jedenfalls hat es das Herz gebrochen. Seither habe ich mich vor Gefühlen gescheut. Warum soll ich mir Schmerz ins Herz holen? Nie wieder lieben, habe ich mir geschworen. Und ich habe den Schwur gehalten. Bis heute. Heute erst habe ich begriffen, wie sehr ich meine Kinder liebe. Seit heute erst weiß ich, dass mein Herz noch immer so lieben kann, dass es fast zerspringt.«

»Dann ist ja alles gut, meine Liebe, alles ist gut.«

»Nein, Eckehard. Du hast deine Frau verloren, dein Kind. Durch meine Schuld.«

»Was? Was redest du da?« Eckehard wich zurück.

»Ich habe sie damals an der Bornheimer Heide gefunden. Blut lief an ihren Beinen hinab, ich habe das Bild nie vergessen. Sie flehte mich um Hilfe an, aber ich bin einfach weitergegangen. Sie ist gestorben, weil ich ihr nicht geholfen habe. Ich bin die Mörderin deiner Frau und deines Sohnes.«

Jetzt stand der Mann auf, fuhr sich mit einer Hand durch das Haar, wandte Theda den Rücken zu, stand einfach nur da und schwieg. Lange stand er so.

»Jetzt siehst du, warum wir nicht heiraten können. Du kannst nicht mit einer Mörderin vor den Altar treten.«

Langsam wandte Eckehard sich um. »Es ist nicht deine Schuld, dass die beiden gestorben sind. Das Kind war schon Tage lang tot in ihrem Leib, bevor die Wehen begannen. Am Leichengift ist sie zugrunde gegangen. Nein, Theda, du bist keine Mörderin.«

Theda starrte ihn mit aufgerissenen Augen an. Jahrzehntelang hatte sie sich eine Mörderin geglaubt. Beinahe jede Woche hatte sie von der Frau und dem toten Kind geträumt, hatte ihr Herz verhärtet, weil sie sich so von Schuld beladen fühlte. Und jetzt sollte das alles nicht wahr sein?

»Vielleicht bin ich keine Mörderin«, sagte sie leise. »Aber ich wäre dazu fähig gewesen. Ich hatte es vor, in meinen Gedanken habe ich sie getötet.«

Jetzt wandte Eckehard sich um. »Ja, vielleicht hast du das. Aber du hast dafür gebüßt. Mehr als jeder Mörder, der seine gerechte Strafe erhalten hat. Ein Leben ohne Liebe, Theda, das ist die größte Buße, die man sich auferlegen kann. Du bist frei von Schuld, hast alles abgetragen. Ich spreche dich los.«

Theda stand auf, griff nach ihrem Umhang, nach den Handschuhen. Sie fühlte sich befreit und gleichzeitig doch so traurig wie nie zuvor in ihrem Leben. Es schien, als hätte sie ein Stück vom Glück gesehen, ein Häppchen nur von der Liebe gekostet, um sofort zu erleben, wie ihr das Schicksal den Teller wieder wegzog. »Leb wohl, Eckehard«, flüsterte sie. »Leb wohl, und vergiss nicht, dass du der einzige Mann warst, den ich zeitlebens geliebt habe.«

Dann ging sie zur Tür, sah sich noch einmal um, blickte in das geliebte Gesicht, nahm jede Falte wahr, jede Pore darin. Und in diesem Augenblick liebte sie den Mann vor ihr so sehr, dass ihr Herz laut aufschrie. Sie fürchtete, zusammenzubrechen, wenn sie noch eine Sekunde länger blieb. Also drehte sie sich um und rannte die Treppe hinab. Sie hörte ihn rufen, doch ihre Ohren waren taub. Es war, als hätte Gott ihr eine neue Strafe auferlegt. Es war, als würde er sie erst jetzt bestrafen für das, was sie getan hatte. Sie hatte den Mann ihres Lebens endgültig verloren.

Theda rannte die Straße entlang, blind vor Tränen.

Plötzlich wurde sie am Arm zurückgehalten, sodass sie aus dem Tritt kam und gegen eine breite Männerbrust fiel. Es war Eckehards Brust. »Willst du wieder davonlaufen und einen im Stich lassen, der deine Hilfe braucht?«, fragte er, und Theda sah, dass auch er Tränen in den Augen hatte. Er hielt sie ganz fest umschlungen und flüsterte: »Wir lieben uns schon so viele Jahre. Auch ich habe nie eine andere Frau so geliebt wie dich. Damals habe ich eine andere geheiratet, weil mein Vater es so wollte und ich nicht die Kraft hatte, nicht den Mut, mich ihm zu widersetzen. Jetzt hat uns das Glück eine zweite Chance gegeben. Theda, bitte, wir sollten sie nicht verstreichen lassen.«

Und sie sah ihn an, war sich ihres von Tränen fleckigen Gesichts bewusst, ihrer verrutschten Dormeuse, unter der ihr grauer Haarflaum hervorlugte, war sich bewusst, wie der Schlamm ihr Kleid bespritzt hatte, sah sich vor ihrem inneren Auge, eine vor Kummer hässlich gewordene alte Frau, und fühlte sich doch jung und schön. Und geliebt. Endlich. Endlich wieder.

»Mit dir«, flüsterte sie, »würde ich es noch einmal wagen. Mit dir würde ich die Liebe wagen.«

»Hab keine Angst«, raunte er. »Was kann schon passieren? Ich bin ja bei dir.«

»Ja«, erwiderte sie. »Du bist bei mir, und jetzt wird alles gut.«

Sie schluckte, schob die Lippe ein wenig trotzig vor und fügte hinzu: »Außerdem steht mir der Titel Freifrau ja schon von Geburt an zu.«